友罪

薬丸　岳

集英社文庫

友罪

1

「何か資格は持っているのかな?」

履歴書からこちらに視線を戻し、社長が訊《き》いてきた。

「資格、ですか……」

益田純一《ますだじゅんいち》は社長を見つめながら訊き返した。

「そうそう。例えば、溶接とか旋盤の資格を持っているといいんだけどね」

「いえ……資格といえばそこに書いたように英検二級と運転免許ぐらいです」

「運転免許はアレだけど、英検なんていうのはうちの仕事には何の役にも立たないね」

社長は事もなげにそう言うと、ふたたび履歴書に視線を向けた。学歴と職歴の欄をゆっくりと指でなぞっていく。

「今までにこういう仕事はやったことがあるかな。工場だとか、機械加工の仕事は」

社長がこちらに視線を向けることなく訊いた。

「ありません」

見られていないことはわかっていたが、益田は首を横に振った。

「どうしてうちで働きたいと思ったの?」

もっともな質問だ。理由はひとつしかない。

「以前からこういう仕事に興味があったんです」

益田が答えると、社長は顔を上げてこちらを見つめた。

「自分も二十七歳ですし……次に仕事をするとしたら手に職をつけるようなことをしたいと思っていました」

じっとこちらを見つめていた社長がかすかに口もとを緩めた。それは自分の言葉に好感を持ったというものではなく、嘘《うそ》を見透かしているぞという笑みに感じられた。

「もうひとつは……寮がある会社を探していたんです」

この時点で正直に話しておいたほうがいいだろう。

「申し訳なかったのですが……そこに書いた住所は前に住んでいたものです。二ヶ月前にアパートを出なければならなくなって、それで……」

「ネットカフェかどこかで寝泊まりしているというわけ?」社長が同情とも好奇ともつかない顔で訊いた。

「そうです。もちろん、こういう仕事に興味があったというのは本当ですが、一番大切な条件として寮がある会社を探していたんです」

「なるほどねえ……」社長が履歴書を机の上に置き、腕を組んで唸《うな》った。「求人票には経験不問と書いてありましたけど、やっぱり資格や経験がなければダメなんでしょうか」

「ダメってことはないよ。たしかに即戦力になればそれに越したことはないけど。仕事は経験を積めば覚えていくし、資格だっていつでも取ることができる。要はそれらを補って余りあるやる気があればいいんだよ」

社長の言葉に、益田は大きく頷《うなず》いた。

「だけどね……きみみたいに派遣切りに遭ったっていう人がよくやってくるんだけどさ、実際のところ長続きしないんだよね」

食い入るように履歴書を見ていたようだったが、何か勘違いしているみたいだ。

自分は派遣切りに遭ったわけではない。ただ、こんな年齢の自分に住む家がないというと、今のご時勢ではそう思われるのだろう。

昨年の暮れから、多くの派遣従業員が不況の影響によって契約解除されるということが大きな社会問題となっている。

「おれは不思議に思っちゃうんだよね。公園の炊き出しだとか、派遣村だとか、きみみたいな若い人たちが仕事も住む家もなくて野宿してるって姿をよくテレビとかでやってるじゃない。だけど、そんなに仕事がないものかなってさ。うちなんかずっとハローワークや雑誌とかに求人を出しているけど、ほとんど人なんか来ないし、雇っても長続きしないからね」社長が溜《た》め息《いき》をつくように言った。

「社長、お電話です――」

奥の席に座っていた女性従業員が声をかけた。

「ちょっと悪いね」

社長が立ち上がって奥の席に向かった。女性従業員に何か声をかけて受話器を取った。

益田はさりげなく室内を見回した。壁に掛かったタイムレコーダーが目に入った。ラックのタイムカードを見ると十五人ほどの従業員がいるようだ。だが、事務所内にはこの会社の制服らしい灰色の事務服を着た女性がふたりいるだけで、がらんとしている。

求人票によると、この『カワケン製作所』はステンレスを加工して主に厨房設備などを製作している会社らしい。

初任給は月十八万円。社長には悪いが、人が長続きしないのも頷ける。もしこの会社に寮がなければ面接にすら来なかっただろう。

「どうぞ――」

女性の声とともにテーブルの上に麦茶が出された。

「ありがとうございます」

顔を上げて女性事務員と目が合った瞬間、益田ははっとした。

女性は黒縁の眼鏡をかけているが、その奥の憂いを含んだ大きな瞳と、顎《あご》のほくろにひきつけられた。どこかで会ったことがあるような気がする。

遠目では、やぼったい制服と化粧っ気のない地味な顔立ちから三十代半ばぐらいに感じていたが、こうして見ると自分と同世代のように思える。

女性は軽く会釈すると先ほど座っていた席に戻っていった。入れ替わるように電話を切った社長がやってきて益田の向かいに座った。

「どこまで話したっけ？」社長が訊いた。

「最近の人はあまり長続きしないという話です」

「そうそう。きみはどう？　正直なところ、ずっとうちで働く気がある？」

「ええ、そうしたいと思っています。やる気はあります」益田は力強く言った。

「感じのいい人だからきみに決めたいんだけど……この後、もうひとり面接をすることになっててね。今日の夜に採用かどうか電話させてもらうよ。それでいいかな」

「わかりました」益田は立ち上がった。

「他に何か訊きたいことはある？」

「今回の採用予定は何人なんですか」

益田が訊くと、社長は「ひとり」と指を一本立てた。

「よろしくお願いします」

頭を下げてドアに向かった。途中でちらっと若い女性事務員のほうを見た。机に向かって書きものをしている。長い黒髪に隠れて顔は見えなかった。

ドアを開けようとしたのと同時にノックの音がした。ドアを開けると、外に立っていた若い男と目が合った。ひょろっとした色白の男だ。

「先ほど電話をした鈴木《すずき》ですが……」

たどたどしい口調で言われ、益田は社長のほうを振り返った。

社長は「入って」と鈴木と名乗った男を事務所の中に促した。そのまま先ほどまで益田がいたソファに座らせる。どうやらもうひとりの応募者のようだ。

「それでは失礼します」益田は深々と一礼してから事務所を出た。


池袋駅に着くと、構内のコインロッカーから鞄《かばん》を取り出した。

これからどうしようかと考えて、とりあえず駅に直結しているデパートに入ってしばらく涼むことにした。

今日はうだるような暑さだ。川口にあるカワケン製作所までの往復だけでかなり疲れている。

このままネットカフェに行って休もうかと思ったが考え直した。所持金は十万円を切っている。少しでも節約したい。

デパートでしばらく時間をつぶしてから西口公園のそばにあるハンバーガーショップに向かった。百円のハンバーガーをふたつ買い、水をもらって二階に上がる。

最初の頃は、レジの女の子に安いハンバーガーだけを注文することに抵抗があったが、今ではすっかり慣れてしまっている。

窓際の席に座ると、夕暮れが迫る外の景色を眺めながらハンバーガーにかぶりついた。ひとつ食べ終えるとスマートフォンを取り出した。インターネットにつないでいくつかのニュースサイトをチェックする。一通りニュースに目を通して今日のテーマを決めるとSNSにアクセスした。

その日起きた事件や社会的な出来事について、自分なりの論評を書き記していくのが数年前からの日課になっている。

五日前、どうにも金がなくなり、持っていたノートパソコンを売ってしまった。スマートフォンでは記事を読むことにも書くことにも不便を感じているが、この日課だけはやめるわけにはいかない。

マスコミの職を得られたときのために、つねに社会に対する観察眼を養っておかなければならないのだ。

もう少しで書き終えようというとき、スマートフォンが震えた。

見慣れない番号からの着信だ。電話に出るとカワケン製作所の社長だった。

「うちで働いてもらえるかな」

社長の言葉を聞いて、思わず安堵《あんど》の溜め息が漏れた。

雇う条件として社長からいくつかの話があった。まず、正社員の手続きをしたにもかかわらず簡単に辞められては困るから、四ヶ月間はとりあえず試用期間ということでアルバイトとして働いてほしいとのことだ。時給は千円。日給にすると八千円。四ヶ月後に双方の話し合いで正社員への登用もあるという。

あの会社に長居をするつもりはないので、益田にとっても好都合だった。

給料は毎月二十日締めの二十五日払いで、そのときに寮費として二万二千円を徴収する。光熱費込の金額だが食事は出ないという。

今日が二十二日だから給料をもらえるまでに一ヶ月以上かかる。だが、とりあえず住む場所は確保できるので来月の給料日までじゅうぶんにやっていけるだろう。

「明日の十一時半に会社に来てもらえるかな」

益田がその条件を了承すると、社長が言った。

「わかりました。寮はいつから入れますか」

「明日から入ってもらっていいよ」

四ヶ月間切り詰めて生活すれば、新しい部屋の契約金ぐらいは貯《た》められるだろう。これでこんな生活から抜け出せる。途切れかかった人生を修正することができるのだ。

「よろしくお願いします」


カワケン製作所に近づくと、大きな機械音が耳に響いてきた。

益田は開いた窓から工場の中を覗《のぞ》いてみた。かなり広い空間にいくつかの大きな機械が置いてある。作業服を着た男たちが汗を拭《ぬぐ》いながら働いていた。あちこちで溶接の火花が飛び散っている。

　これからしばらくの間、ここで働くことになるのだ。

　益田にとってはまったく馴染《なじ》みのない仕事だ。うまくやっていけるだろうかと、不安が胸をよぎった。

　少しの辛抱だ。新しい部屋を借りられるだけの金が貯まったらすぐに辞めればいい。

　益田は気を取り直して工場の斜め向かいにある事務所に向かった。

「失礼します――」

　ドアを開けて事務所に入ると社長の顔が目に入った。

「おはようございます。よろしくお願いします」

　益田が言うと、社長は頷きながら「とりあえず座って」とソファを勧めた。

　ソファには昨日の若い男がいた。昨日と同じ黒い長袖のシャツを着て背中を丸めるように座っている。

　採用するのはひとりではなかったのか？

　そんな疑問を頭の片隅に残しながら、益田は目が合った男に軽く会釈をした。だが、男は無表情のまま何の反応も返さない。

　男の隣に座ると、社長がこちらにやってきた。

「一応、身分証明書をコピーさせてもらいたいんだけど」

　社長に言われ、益田は財布から免許証を取り出して渡した。

ちらっと隣の男の足もとに目を向ける。大きな鞄を床に置いていた。

この男も寮に入るのだろうか――。

うつむきがちな男の横顔を窺《うかが》いながら、早くもとっつきにくさを感じている。

壁掛け時計の針が正午を指すとチャイムの音が聞こえてきた。しばらくすると作業服を着た男たちがどかどかと入ってきた。

「みんな聞いてくれ。明日からうちで働いてもらうことになった益田くんと鈴木くんだ。よろしく頼む」

「益田です。よろしくお願いします」益田は立ち上がって従業員に頭を下げた。

一拍遅れて隣の鈴木も立ち上がった。だが、声を発せず小さく頭を下げただけだ。

「山内《やまうち》さん、ちょっといいですか」

社長に声をかけられ、中年の男がこちらにやってきた。

「このふたりはこれから寮に入るんで、いろいろと教えてやってもらえますか。こちらは寮長をしている山内さんだ」

社長に紹介されて益田は「よろしくお願いします」と山内に頭を下げた。

「じゃあ、さっそく寮に行くか」

山内がそう言って事務所から出ていった。益田と鈴木は鞄を持つと山内の後についていく。川口駅のほうに向かっているようだ。

「寮はこの近くなんですか?」益田は訊いた。

「いや、ふた駅先の蕨《わらび》にあるよ」

「寮長ということは山内さんも寮にお住まいなんですね」

「ああ。もう十年近く住んでるね。社長はあのおんぼろの寮を早く潰したいみたいだけど、おれが退職するまで待ってくれているみたいだ」

川口駅から電車に乗った。吊革をつかんだ山内の右手が目に入った。小指と薬指が途中から欠けている。

「おれはこれもんじゃねえから安心してくれ。機械でやっちまったんだ」

益田の視線を感じ取ったようで、山内が笑いながら自分の頰を指でなぞった。

愛嬌《あいきょう》を感じさせる笑みに、これからの生活の不安が少しばかり拭われた。

「ふたりはいくつなんだい?」

「ぼくは二十七です」益田は答えた。

「へえ、息子と……」

そこまで言いかけて山内が口を閉ざした。先ほどからずっと黙っている鈴木に目を向ける。益田もつられて隣に立っている鈴木を見た。

鈴木は吊革《つりかわ》につかまってじっと窓外を見つめている。長袖シャツの袖の隙間から長袖のインナーが覗いている。

「そっちは?」

山内がさらに問いかけると、ようやく鈴木が「ぼくも……」と小さく言った。

「酉年《とり》？」

益田が訊くと、鈴木が頷いた。

同い年だ。外見の雰囲気からてっきり自分よりも三、四歳は若いだろうと思っていた。

「長袖を二枚着てて暑くない？」益田は少しくだけた口調で訊いた。

「別に……」

鈴木はそう言うと益田から視線をそらしてふたたび窓外を見つめた。


会社の寮は蕨駅から五分ほど歩いたところにある一軒家だった。

社長が早く潰してしまいたいというのも頷けるほど古びた建物だ。おそらく築五十年近く経っているのではないだろうか。

山内が鍵を開けて益田たちを中に促した。玄関に入ると何足かの靴が乱雑に脱ぎ捨てられている。

「何人のかたが寮に入っているんですか？」益田は靴を脱ぎながら訊いた。

「おれを入れて三人だな。だからこれから五人になるってことか。掃除なんかは交代制でやってるから人が多くなればそれだけ楽になって助かる」

山内に案内されて一階を見て回った。一階には水回りと十五畳ほどの広い食堂があった。大きめのテーブルとテレビが置いてあるから、みんながくつろぐ部屋になっているのだろう。

山内が食器棚の引き出しを開けて鍵を取り出した。

「二階がそれぞれの部屋になってるんだ。今空いているのは二号室と三号室だから」

ふたつの鍵を渡された。ひとつは家の鍵で、もうひとつは部屋の鍵なのだろう。小さな鍵には『2』と書かれたプラスチックの札がついている。

さっそく狭い階段を上って二号室に向かった。ドアを開けると溜め息が漏れそうになった。三畳ほどの狭い部屋だ。真ん中に小さな座卓が置いてあり、壁際にせんべい布団が折りたたまれていた。

部屋に足を踏み入れると、もわっとした熱気とすえた臭いがまとわりついてきた。益田は申し訳程度についている小さな窓を開けて空気を入れ替えた。

「じゃあ、おれは会社に戻るな」

山内の声に、益田は部屋から出た。

「門限や決まり事なんかは特にないけど、まあ、集団生活だからな、人の迷惑になるようなことはしないこと。それぐらいかな。出かけるんなら戸締りだけはきちんとしていってくれ。夜、みんなに紹介するから」山内がそう言って階段を下りていった。

益田は隣の三号室を覗いた。こちらも三畳ほどの狭い部屋だが、二号室よりもさらにひどかった。窓がないのだ。

おそらく、もともとは六畳だった部屋を薄い壁で半分に仕切っただけだろう。二号室にはない押し入れがついているので多少広く感じるが、窓がないのでサウナのような蒸し暑さだった。

「これで月二万二千円は取りすぎだよな」

益田が溜め息交じりに言うと、部屋の中に立っていた鈴木がゆっくりと振り返った。

「じゃんけんで決めようか」

鈴木は意味がわからないというように首をかしげた。

「隣の部屋もひどいけど、この部屋はもっとひどい」

「ここでいいよ」鈴木が抑揚のない声で言った。

「そうか。鈴木くんがそれでいいならアレだけど……これから駅前のスーパーに日用品を買いに行こうかと思ってるんだけど、一緒に行かない？」

「いい」鈴木が即答してドアを閉めた。


階下からにぎやかな声が聞こえてきて、腕時計に目を向けた。七時を過ぎている。

益田は起き上がって部屋を出ると一階に向かった。

「おつかれさまです」

食堂に入って声をかけると、テーブルにいた三人が振り返った。山内の他に、ガタイのいい茶髪の男と、眼鏡をかけたおとなしそうな男がいる。

山内がふたりを紹介してくれた。ガタイのいい少し強面《こわもて》な感じの男が清水《しみず》で、もうひとりの眼鏡のほうは内海《うつみ》という。年齢は清水が二十九歳で、内海が二十一歳ということだ。

「ささやかながら歓迎会をしようぜ」

清水と内海が立ち上がって缶ビールやつまみのスナック菓子を用意した。

「もうひとりは？」清水が訊いた。

「たぶん部屋だと思います」

ドアを閉じられてから鈴木と会っていない。

「呼んできてよ」

清水に言われて、益田は二階に向かった。何度か三号室のドアをノックしたが応答がない。外出しているのだろうかと戻ろうとしたときに、「何？」と声が聞こえた。

「寮の人たちが一緒に飲もうって。おれたちの歓迎会をしてくれるってさ」

鍵を外す音がして少しだけドアが開いた。

「行かなきゃダメかな？」

ドアの隙間から鈴木の顔が見えた。感情を読み取れない顔だった。

「体調でも悪いの？」

鈴木が少し間を置いた後に小さく頷いた。

嘘だと思った。

「体調が悪いならしかたないけど……これから一緒に暮らす人たちなんだから少しだけでも顔を出したほうがいいんじゃないか」

益田が言うと、鈴木がしかたなさそうに部屋から出てきた。

「益田くん、出身はどこなの？」

ビールを飲みながら清水が訊いてきた。

「神戸です」

「じゃあ、ご両親は神戸にいるんだ」

山内の質問に、益田は軽く相槌《あいづち》を打った。

生まれは神戸だが、中学二年生のときに奈良に移った。両親は今でも奈良で生活をしている。そんな話をするのが面倒だったわけではないが、あそこで生活していた数年間のことをあまり思い出したくなかったのでごまかした。

「いつ、こっちに出てきたの？」

清水がさらに訊いてきた。見た目は厳《いか》つい感じだが話し好きなようだ。

「高校を出て東京の大学に」

「へえ。大学はどこなの？」

「東協大学です」

「すごいですね。東協大学っていったらかなり偏差値が高いんじゃないですか」内海が感心するように言った。

「だけど、そんな大学を出た人が何でうちなんかに……」

清水の言葉に、何とも答えようがなかった。ただ、運が悪かったのだ。

「ところで鈴木さんの出身はどこなんですか？」

先ほどからずっと押し黙っている鈴木に気を遣ったのか、内海が訊いた。

「新潟……」鈴木がぼそっと答えた。

「本当ですか？　おれも新潟なんですよ。新潟のどこですか」

「新潟市内……」

「ええっ！　学校はどこですか。もしかしたらおれの先輩かもしれない」嬉々《きき》とした表情で内海がさらに訊いた。

鈴木が視線をそらした。四人の誰とも視線を合わすことなく、じっと台所のほうを見ている。しばらくすると立ち上がった。

「疲れたので寝ます」鈴木がそう言ってドアに向かった。

益田は呆気《あっけ》にとられながら、食堂を出ていく鈴木の背中を見つめた。他の三人も呆然《ぼうぜん》とした表情で、階段を上っていく足音を聞いている。階上からドアが閉まる音が聞こえると、清水が大きく舌打ちした。

「何なんだあいつ、けったいな奴《やつ》だな！」清水が不愉快そうに吐き捨てた。

その一件でしらけてしまったようで、しばらくすると歓迎会はお開きになった。

益田は階段を上って三号室の前で足を止めた。

同じ日に入った同僚として、何か言ってやったほうがいいだろうか。

ノックをしようとした手を引っ込めた。

別に鈴木が嫌われようと自分には関係ない。

二号室に入ると壁際に置いてあったせんべい布団を敷いた。服を脱いで下着だけになるとその上に寝転がった。

窓を開けていてもいっこうに和らがない熱気とすえた臭いに、なかなか寝つくことができない。

益田はスマートフォンを出してインターネットにつないだ。

今日はまだブログに書き込んでいない。薄暗い天井とスマートフォンの画面を交互に見ているうちに溜め息が漏れた。

両手を広げて寝られたとしても、自分を覆い尽くす閉塞感は昨日までと何も変わらない。

しばらくすると奇異な音が漏れ聞こえてきた。三号室から聞こえてくるようだ。うなされているような唸り声だった。苛立《いらだ》たしい思いでブログを書き込んだ後も、隣から聞こえる唸り声は激しさを増すばかりだ。

いや、唸り声という言葉では言い表せないほど、その声はどこか尋常ではないものだった。

冗談じゃない——。

益田は音楽を聴きながら寝ることにして、スマートフォンにイヤホンをつなげた。イヤホンを耳につけると、聞こえよがしに大きな舌打ちをしてから再生ボタンを押して目を閉じた。

2

「藤沢《ふじさわ》さん、お茶淹《い》れてくれるかしら」

社長の奥さんに言われて、藤沢美代子《みよこ》は立ち上がって給湯室に入った。

急須にお湯を入れると盆に湯飲みをふたつ載せて給湯室を出た。事務所のソファではちょうど社長の川島《かわしま》と奥さんが弁当を広げていた。ふたりの前に湯飲みを置いてお茶を注ぐ。

「あら、あなたのは？」奥さんが訊いた。

美代子はいつもここでふたりに囲まれながら昼食をとっている。

「いえ……今日はお弁当じゃないんです。ちょっと寝坊しちゃって」

嘘をついた。

「外で食べてきますね」

美代子はふたりに告げると、ロッカーからバッグを取って事務所を出た。

工場から従業員が出てくるのが見えた。清水と内海と、先週の金曜日から働き始めている益田だった。どこかに食べに行くようで、美代子に気づかないまま歩いていく。

美代子は三人とは反対のほうに向かって歩いた。

社長と奥さんにはああ言ったが、本当はバッグの中に弁当が入っている。今日は涼しい風が吹いて天気がいいから、ここからすぐ近くにある河川敷で食事をしよう。社長や奥さんのことが嫌いなわけではない。ただ、昼休みの一時間をあのふたりに囲まれるのは少し疲れる。

ふたりにとってはただの世間話のつもりなのだろうが、会話の端々から美代子のことをあれこれと詮索しているように思えてどうにも気が滅入《めい》ってくるのだ。

たしかに美代子の履歴書を見ているふたりにしてみれば、多少の興味をかき立てられるのかもしれない。

高校を卒業してから今までの経歴をまったく書いていなかったからだ。

ふたりと一緒に食事をするとよく、高校を出てからの八年の間、どんな生活をしてきたのかという話になる。そのたびに適当にはぐらかしてきたのだが、いい加減それも疲れている。

河川敷に上がると大きな荒川が見えた。その向こう側は東京だ。

どうして自分はこんな中途半端なところにいるのだろう——。

向こう岸を見つめながら、ふと、そんなことを思った。

東京という街が嫌で、怖くなって、逃げようと思ったのではなかったのか。それなのに、川ひとつ越えただけのこんな場所にいるなんて。

過去から逃げるのであれば別にここでなくてもよかったのだ。大阪でも、名古屋でも、九州でも、北海道でも。だけど、どこに逃げたとしても、心を覆い尽くす漠然とした不安が完全になくなるものではないとも思っている。

河川敷にはたくさんの人がいた。食事をしている人や、ジョギングなどの運動をしている人や、子供と遊んでいる主婦などだ。その誰もが美代子よりもはるかに幸せそうに見えた。

カワケン製作所の作業服を着た男性が目に入った。益田と同じ日に入社した鈴木だ。鈴木は草むらに座って、荒川を見つめながらおにぎりを食べていた。

益田とは何度か簡単な挨拶を交わしたが、鈴木とはまだひと言も口を利いていない。面接が終わった後に社長から見せられた履歴書には、美代子と同じ新潟出身だと書いてあった。美代子よりもひとつ年上だが、どこか幼さを感じさせる。

鈴木は無表情にじっと向こう岸を見つめている。

声をかけたほうがいいだろうかと考えて、すぐに心の中で苦笑した。

たった今、人が煩《わずら》わしいと、この場に逃げてきたばかりではないか。

このまま歩いていって向こうが気づかなければ、そのまま素通りしてちがう場所で食事をしよう。

特に意識したわけではないが、猫の鳴き声が聞こえて鈴木のほうを見た。子猫が鈴木に向かって歩いていく。どうやら手に持ったおにぎりにつられているようだ。

子猫の存在に気づいた鈴木が凍りついたような表情になってその場で固まった。

猫が苦手なのだろうか。それにしても尋常ではない怯《おび》えかたが気になった。

鈴木はからだを小刻みに震わせながら、ロボットのようなぎくしゃくとした動きでおにぎりをちぎると遠くに放った。

子猫が餌《えさ》を求めて鈴木から離れていった。

「猫が苦手なんですか？」

美代子が声をかけると、鈴木がびくっとしたように振り向いた。

目が合っても美代子のことがわからないようで呆然とした顔をしている。

「同じ会社の藤沢です」

「ああ……」

鈴木は素っ気なく言うと、すぐに視線をそらした。

「あんなにかわいい子猫なのに」美代子は笑いながら子猫に近づいた。

「いきものは苦手なんだ……」

その言葉に振り返ったときには、鈴木はすでにそこから歩き去っていた。

美代子は遠ざかっていく鈴木の背中をしばらく見つめた。


川口駅の改札を抜けて階段を下りていくと、二番線にちょうど電車が停《と》まっているのが見えた。慌てて駆け下りて、ドアが閉まる寸前に飛び乗った。

何人かの乗客から注目され、ばつの悪さを感じて隣の車両に向かった。

車内は帰宅ラッシュの前でそれほど混んでいない。吊革につかまっている乗客の間をすり抜けながら、自分を滑稽に思った。

何もあんな無理をして電車に駆け込む必要などないのだ。美代子のマンションがある蕨は川口から二駅だ。電車に乗れば五分ほどで着いてしまう。たとえこの電車を逃してもまたすぐに次の電車がやってくる。それに早く帰らなければならない用事があるわけでもない。

だけど、できるだけ早く自分の部屋に帰りつきたかった。

誰かが待っているわけでもないのに——。

美代子は前方のドアを見て思わず足を止めた。ドアにもたれるようにして益田が立っていた。近くの吊革につかまり顔をそむける。

別に益田を避ける理由もないのだが、顔見知りに遭遇すると自然とそうしてしまう癖がついている。

しばらくすると肩を叩《たた》かれた。顔を向けるとすぐ横に益田が立っている。

「おつかれさまです。藤沢さんもこっち方面なんですか」

「ええ……仕事は慣れましたか?」美代子はしかたなく愛想笑いを浮かべた。

「働き始めて三日なのでたいした仕事はしてないんですが、今まで経験したことのない仕事なのでちょっと疲れました」

「続けられそうですか」

あと二駅の辛抱だと思いながら話を続けた。

「ええ。みなさんいい人ですし、できるだけ長く続けたいですね」

それは建前だろう。

社長は益田と鈴木のどちらを採用するかで相当悩んでいた。ずっとふたりの履歴書を見比べていた社長から、どちらがいいかと美代子も意見を求められた。

益田も鈴木も二十七歳と年齢は同じだった。溶接や旋盤の資格を持っている鈴木を採用するのが普通だろうが、社長は鈴木に対して若干の危うさを感じていたようだ。

たしかに鈴木は線が細く、肉体労働には向いていないように思える。それに愛想がないというか、どこか人を寄せつけない独特な雰囲気を醸し出していた。それに比べて益田は仕事に必要な資格や経験はないが人当たりはよさそうだ。

社長は益田のほうが会社の人間とうまくやって長続きするだろうと考えたのだろう。当面の即戦力として鈴木と、将来的なことを考えて益田と、ふたりを採用することにしたみたいだが、美代子は益田のほうが先に辞めてしまうだろうと感じていた。

きっと、益田からは切羽詰まったものを感じなかったからそう思ったのだろう。

自分の居場所はこんなところではない。自分にはもっと他にふさわしい場所があるのだ。そんな余裕を益田から感じ取っていた。

「あの……ひとつお訊きしたかったんですが」益田が遠慮がちに訊いてきた。

「何でしょうか」

「前にどこかで会ったことはありませんか？」

からだがかっと熱くなった。

「いえ……」美代子はとっさに否定した。

「あの、変な意味じゃなくて……本当にどこかで会ったような気がしてならないんです。どちらのご出身ですか」

益田にじっと見つめられ、からだの底から激しい羞恥心がこみ上げてくる。

「出身は新潟です。埼玉に来たのは半年前ですが」

「埼玉の前はどちらに？」

「ずっと新潟です」

嘘をついた。

「そうか……じゃあ、どこかでお会いしてるってことはないか」

そう言いながら、益田は納得していないようだ。

「次は蕨、蕨――」

電車のアナウンスが聞こえた。

「ありふれた顔ですから」

美代子はそう言うと「おつかれさまです」とドアに向かった。

「ぼくもここです」

益田が後ろからついてきて一緒に電車を降りた。

「蕨に住んでいるんですか？」

「会社の寮が蕨にあるんです。知りませんでしたか？」

会社の寮があることは知っていたが、蕨にあるとは知らなかった。

改札から出ると、益田がどちらの出口かと訊いた。

「東口です」

「反対ですね。じゃあ、おつかれさまでした。今度うまいメシ屋さんを教えてください」

屈託のない笑顔で手を振ると、益田は西口のほうに歩いていった。

その背中を見つめながら重い溜め息が漏れた。

美代子は益田と会ったことなどないが、相手が自分のことを知っていても不思議ではない。

これから益田とこの街でたびたび顔を合わせることになると思うと気が滅入った。

ようやく誰も自分のことを知らない居場所を見つけられたと思っていたのに。

美代子がこの街にやってきたのは半年前のことだった。あのとき、美代子はほとんど着の身着のままの状態で長岡の実家を飛び出した。

行く当てなどどこにもなかった。東京には頼りにできる友人など誰もいないし、ふたたび足を踏み入れることさえおぞましいと思っていた。

頼りにできるものといえば、四十万円ほどの貯金が入った銀行口座のカードぐらいだ。

とりあえず長岡から新幹線に乗って上野の手前の大宮で降りた。大宮のネットカフェで一夜を明かして、翌日から新しく住むための家を探し始めた。大宮から京浜東北線に乗り、一駅ずつ降りて不動産屋を巡った。

この街に降り立ったときの第一印象は、ずいぶんごみごみとしたところだなあというものだった。全体的に古いビルが多いからだろうか、街自体が窒息しそうな色をしているように感じた。

不動産屋の営業マンの話によると、蕨市は全国の市の中で最も面積が狭く、市町村の中で最も人口密度が高いらしい。

駅前に降りた瞬間、息苦しいほどの圧迫感を抱いてしまったのはそのせいだろうか。だが、最初は苦手に思っていた駅前のけばけばしい風景も、肩を寄せ合うように屹立《きつりつ》するビルの群れも、今では心地よく感じていた。

この街なら——息を潜めるようにこの街の中に埋もれてしまえば、誰も自分のことなど気にも留めないのではないだろうかと思わせてくれるからだ。

だけど、それはただの錯覚だったのかもしれない。

人とのつながりを完全に断ち切らないかぎり、美代子の心の傷も憂鬱《ゆううつ》も永遠に癒されることはないのだ。

駅から出ると雨が降っていた。売店でビニール傘を買おうと思ってやめた。四、五百円の金さえ無駄にしたくない。

美代子は早足で駅から十分ほど歩いたところにあるマンションに向かった。

マンションといっても一階にある五畳のワンルームだ。クローゼットが小さいので家具を置きたいと思っているが、そうしてしまうと足の踏み場もなくなってしまう。さすがに窮屈すぎると思ったが、家賃四万九千円で保証人が必要ないということでそこに決めた。

もうひとつの決め手は、オートロックがついていながらその程度の家賃だったからということもある。

過去に経験してきた嫌な思いを踏まえて、防犯がしっかりしていることが最も重要だと自分を納得させた。

だが、エントランスにオートロックはついていても、路地に面した低い塀からいくらでもベランダに侵入できてしまうと後で気づいた。

正面はガードを固めているつもりでも、脇が甘いからいくらでもつけ入られてしまう。まるでひと頃の自分のような物件だ。

どこからか鳴き声のようなものが聞こえてきて、美代子は立ち止まった。

あたりを見回していると、目の前のコインパーキングに停めてある車の下で何かが動いた。ゆっくりと車に近づき下を覗き込んだ。

前輪のタイヤの前に子猫がいた。

美代子の手のひらに乗ってしまいそうなほど小さな子猫で、からだを小刻みに震わせながらミィミィ……と鳴いている。

親猫とはぐれてしまったのだろうか。あたりを見回してみたが親猫らしい姿はなかった。

車の下に隠れた子猫は、かなり衰弱しているように見えた。このままここにいたら車が出るときに轢《ひ》かれてしまうかもしれないが、かといって、雨が降りしきる外に出すのがいいとも思えない。

美代子は車の前でしゃがみ込んだまま、バッグの中から弁当箱を取り出した。昼食の卵焼きとごはんが少し残っていた。箸で卵焼きを小さくつまんで子猫の前に差し出した。

だが、子猫は助けを求めるようにミィミィ……と鳴くばかりで、まったく食べる気配がない。

子猫だからこんなものは食べないのだろうか。

今まで動物を飼ったことがないから、こういうときにどうすればいいのかわからない。部屋に連れて帰ってやりたいが、美代子のマンションはペットの飼育が禁止されている。それに今の経済状況では猫一匹飼うことさえ大変だろう。

「ごめんね……」

美代子はとりあえず子猫を両手で包むように持つと、タイヤから離れたところにゆっくりと置いた。

かわいそうだが、今の自分にはこんなことしかしてやれない。

もう一度、「ごめんね……」と呟《つぶや》くと、後ろ髪を引かれる思いでその場から立ち去った。

マンションに着いたときにはびしょ濡れになっていた。

エントランスのオートロックを開けて一〇九号室に向かう。濡れたままかけていた眼鏡を外してバッグに放り込んだ。代わりに鍵を取り出すと部屋のドアを開けた。

電気をつけると、殺風景な光景が浮かび上がってきた。

五畳の部屋には布団が敷いたままになっている。それ以外には小さなローテーブルと十六インチのテレビとＤＶＤデッキを載せたラックしかない。

狭苦しい部屋だが、ここに戻ってくると不思議と少しだけ呼吸が楽になったような気がする。

美代子は靴を脱ぐとすぐ右手にあるユニットバスのドアを開けた。取っ手に掛けていたタオルで濡れた髪を拭った。

からだが濡れてしまっているから、夕食の準備をする前にシャワーを浴びてしまおう。

あの子猫はこれからどうなってしまうのだろうか。

親猫に再会できるか、もしくは誰か優しい人に拾われればいいのだが。

シャワーを浴び終えて夕食の準備を始めてからも、ずっと子猫のことが気になった。

そんな自分の心境を少し不思議に思った。今まで動物を見てもあまり心を動かされたことがなかったというのに、どうしてこんなに……。

きっと、今の自分とどこかで重ね合わせているのかもしれない。

親や兄妹と離れて、ひとりで生きていかなければならない自分と――。

そうせざるを得なかった出来事を思い返しているうちに涙がこみ上げてきた。必死に抑えようとしても涙が滲《にじ》んで止まらない。

包丁を置いてエプロンで涙を拭った瞬間、何かに急《せ》き立てられるように靴を履いて部屋から飛び出した。

エントランスを出ると、雨に濡れることをかまいもせずに走った。

コインパーキングが見えてくると、嫌な予感がしてからだが震えてきた。

子猫が雨宿りをしていた車がなくなっていたのだ。

美代子は先ほどまで子猫がいた駐車スペースまで駆けていくとあたりを見回した。一見したところ子猫の死骸はないようなので、安堵の溜め息を漏らした。

すぐに駐車している他の車の下を覗いていった。何台目かの車の下からミィミィ……という鳴き声が聞こえてきた。

しゃがんで覗き込むと、身を震わせながらこちらを見つめている子猫と目が合った。

もしかしたら、今の自分はこの子猫以上にすがるような眼差しを向けているのかもしれない。

「友達になってくれる？」

手を差し出すと、子猫がゆっくりとやってきて美代子の指先をぺろぺろと舐《な》めた。

くすぐったさに、思わず笑った。

美代子は子猫を持ち上げるとエプロンで包むように胸もとで抱いた。

急いで部屋に戻り、とりあえず床にタオルを敷いて子猫を寝かせた。

今日からここがおまえの居場所だよ――。

冷蔵庫からミルクを取り出して底の浅い皿に注ぐと、電子レンジで人肌ぐらいに温めて子猫の前に置いた。

子猫はミィミィ……と鳴きながら皿のミルクに口をつけた。

名前はどうしよう。ミィミィ……と鳴いてばかりだからミミでどうだろうか。

おいしそうにミルクを飲むミミを微笑《ほほえ》ましい思いで見つめていると、ふいに昼間の光景が脳裏をよぎった。

荒川の河川敷でミミのようなかわいい子猫に激しく怯えていた鈴木の姿だ。

「いきものは苦手なんだ……」

そう言って歩き去っていった鈴木のことが少し気になっている。

まるで何かから逃げているような、何かに怯えているようなところが、どこか自分に似ているように感じていたからだ。

あの鈴木はいったいどういう男なのだろうか――。

3

「どう——だいぶ慣れた?」

乾杯して生ビールに口をつけると、清水が訊いてきた。

「ええ、まあ、何とか……ただ、今までからだを使った仕事をあまりしたことがないので」益田は首を回しながら苦笑した。

カワケン製作所で働き始めて一週間が経つが、慣れるどころか日に日にからだの悲鳴が激しくなっている。

「まあ、最初の一ヶ月はきついかもな」清水が唐揚げをつまみながら言った。

「それにしても彼はかなり仕事ができるみたいですね」

何気なく口から出てしまったが、瞬時に不愉快そうになった清水の顔を見て、余計なことを言ってしまったと後悔した。

鈴木は働き始めた翌週から溶接の仕事を任されていた。別にやりたい仕事ではないが、益田は荷物運びや掃除などできる仕事がかぎられているから少しばかり悔しさがある。

「溶接と旋盤の資格を持ってるみたいですね」

内海の言葉に、清水がさらに表情を険しくした。

「そうなんですか。だったらどうしてぼくを雇ったんだろう」

「なんで」

「いや、社長が……今回の募集で採用するのはひとりだと言ってたので。資格を持っている人がいるならその人が優先でしょう」

「いくら資格を持ってても、辞めちまうかもしれねえって思ってるんじゃないのか。資格は後からいくらでも取ることはできるけど、人間性というのはそんなに簡単に変わんないしね。おれは益田くんのほうがうちに向いてると思うけどな。社長に言ってやってもいいよ」

「ありがとうございます」

益田は清水に頭を下げながら、長くここにいるつもりはないからそんな気は遣わなくてもいいと心の中で思った。

「たしかに変わった人ですよね」

内海の言葉に、益田は目を向けた。

「変わってるどころじゃねえよ。まったくいけすかない奴だぜ」清水が吐き捨てるように言った。

寮に入ってからの一週間、鈴木はまったくといっていいほど自分たちと接触しようとはしない。

最初の数日は益田も気を遣って食事などに誘っていたが、そのたびに鈴木から素っ気なく拒絶され誘うことをやめた。

「毎晩どこに行ってるんですかね」

内海の言うとおり、鈴木は毎晩遅い時間に帰ってきている。

益田たちはだいたい深夜の十一時半過ぎまでテレビを観たり、酒を飲んだりしていて、その後だから、零時近い時間に帰ってきていることになる。

益田たちが部屋に戻ったのを見計らったようなタイミングで、階下から帰ってきた音が聞こえてくるのだ。かすかにシャワーの音が聞こえ、しばらくすると階段を上ってくる音がして、隣のドアがばたんと閉まる。翌朝、目を覚まして下に行くと、すでに鈴木は寮を出ている。

まるで幽霊と同居しているかのように、同僚である鈴木の実態がわからないでいた。

「山内さんと飲んでいるんじゃないですかね」益田は言った。

山内は毎晩飲み歩いているようで、いつも鈴木よりもさらに遅い時間に帰ってくる。

職場では鈴木に何かと指導をしているようだから、仕事が終わってから一緒に飲みに行っているのかもしれない。

「いや、それはないな。山さんは酒癖がよくないから、会社の人間と飲みに行くことはほとんどない。一度、寮のみんなで飲みに行って大変だったことがあったよな」

清水が同意を求めるように言うと、内海が「あのときは大変でしたね」と頷いた。

「そんなに酒癖が悪いんですか?」

「店の中で暴れてふたりで羽交い締めにして寮に連れて帰ったんだ。寮に戻ってからもあちこちに吐きまくってつぶれちまった」

　穏やかな人柄を見ていると、酒に酔った山内の醜態というのはなかなか想像できない。

「ひとりで暮らしている寂しさがそうさせるのかもな」

「山内さんのご家族は？」

　そういえば、初めて会った日に、山内が息子のことを言いかけて口を閉ざしたのを思い出した。

「奥さんと息子さんがいたって聞いたことがあるけど……いたっていうことは別れたのか、もしくは亡くなったのかもな。それ以上はおれも訊きづらくて訊いてない」

「そうなんですか」

「話は変わるんですけど、益田さん、きつくないっすか」内海が言った。

「何が？」

「鈴木さんですよ。毎晩、すごい声でうなされてるじゃないですか。おれの部屋まで聞こえるっていうことは益田さんの部屋だったら」

　たしかにきつい。この一週間、慣れない肉体労働によるからだのつらさや蒸し風呂のような暑さ以上に、隣から聞こえてくる鈴木の唸り声にほとほとまいっている。

「まあ、そうだね……」

「何か鈴木さんって謎だらけですよね」

「山さんはなかなか仕事ができる奴だと言ってたけど、おれは何だか薄気味悪くてしょうがないぜ」清水が肩に乗っかった毛虫を払うような仕草をした。

「新潟出身っていうのも嘘じゃないですかね」

「だけど、どうしてそんな嘘を？」

益田が訊くと、内海はわからないと首を横に振った。

「そういえばさ、少し前に捕まったあいつ……」

清水が二週間ほど前に警察に捕まった男の話を始めた。

その三十歳の男はクラブホステスを殺害して、二年近く逃亡を続けていたのだ。捕まるまでの間に、建設作業の職などを転々としながら、稼いだ金で顔の整形を繰り返していたという。

「あの男も会社の寮に住みながら働いていたんだろう。観たかどうかわかんないけどテレビで同僚だったって男が証言してたんだよな。捕まった男は同僚たちとの付き合いも悪くて、ほとんど自分の話をしなかったって。もしかしたら、鈴木も何かの事件を起こして逃げてるんじゃねえか？」

「まさか……」それはないだろうと、益田は首を振った。

だが、清水と内海はそんな益田を置いてきぼりにするように、その話で大いに盛り上がっている。

「おい、あれ――」

清水が立ち止まって指を向けた。寮の向かいにある公園だ。

目を凝らして見ると、薄暗い公園のベンチに座っている人影があった。

鈴木だ。

「あんなところで何やってるんだ、あいつ……」

清水が言ったが、益田もわからず首を横に振った。

鈴木はベンチに座って寮があるほうに顔を向けている。

誰かと待ち合わせをしているのだろうかと考えたが、そうではないと感じた。鈴木はひたすらここで時間をつぶしているのではないか。

どうしてそう思ったのかはわからない。ただ、誰かと待ち合わせをするなら、寮の人間に見られてしまうかもしれないこんな場所を選ぶはずはないだろう。

ここから寮の部屋の窓を窺っていて、益田たちの部屋の明かりがついたのを確認してから帰るのではないか。

あくまで想像でしかないが、もしそうであったとしたら清水でなくとも不快感がこみ上げてくる。しょせん他人でしかないが、どうして自分たちがそこまで拒絶されなければならないのか。

「おい、行こうぜ」清水がおもしろくなさそうに歩きだした。

寮に戻ると玄関に山内の靴はなかった。まだ帰ってきていないようだ。とりあえず一階の食堂に向かう。

「ビールでも飲みましょうか」

早く自室に行って休みたいという思いもあったが、少し飲み直したほうがよさそうな空気も感じていた。

「ああ。ちょっと先に着替えてくるわ」

清水と内海が二階に上がった。益田は食堂に入って冷蔵庫から缶ビールを取ってテーブルに置いた。

「なあ――」

その声に振り返ると、清水と内海がにやにやしながら近づいてきた。

「これから鈴木の部屋を捜索してみないか」

清水の言葉に、益田は意味がわからず首をひねった。

「あいつが何者なのか部屋をガサ入れするんだよ」

清水は嬉々とした表情をしているが、その行為が何かを連想させそうになって、益田は同調できなかった。

「部屋には鍵がかかっているでしょう」

清水たちを思い留まらせたい。

「何かあったときのためにスペアキーがあるんだよ」清水が食器棚を指さした。

あんなところにスペアキーがあるというなら、鍵をかける意味などないではないか。

「別に何かを盗もうってわけじゃない。あいつがどういう人間なのか、何か危ないものを持ってないかどうか確認するだけだよ」

「そうですよね……このままじゃちょっと不安ですよね」内海が同調するように言った。

「おれたちにはそれを知る権利があるだろう」

自分を納得させるように言うと、清水が食器棚の引き出しから鍵を取り出して階段に向かった。

益田は気が乗らないまま、それでも何とか清水を止めることができないかとついていった。清水が階段を上ろうとしたときに、玄関の鍵が開く音がした。ドアが開いて、鈴木が入ってきた。

廊下にいた益田たちを認めると、鈴木は少し怯《ひる》んだような表情になった。だが、すぐに視線を落として靴を脱ぎ始める。

「鈴木――悪いけど、トイレットペーパーがないから買ってきてくれねえか」

清水が言うと、鈴木がゆっくりと顔を上げた。

「今からですか？」鈴木が探るような眼差しで訊いた。

「ああ。ないと困るだろう。駅前に二十四時間営業のスーパーがあるんだよ。金は後で渡すからちょっと行ってきてくれよ」清水が有無を言わさぬ口調で言った。

鈴木がしかたなさそうに頷いて出ていくと、清水が腕時計に目を向けた。

「二十分ってところかな。行こうか――」

「清水さん」

階段を上ろうとした清水を呼び止めると、「何だ？」とこちらに目を向けた。

「清水さん……やっぱりこういうのって……」

それ以上は言葉にできなかった。

「気が乗らねえならおまえは別にいいよ」

清水は冷めた口調で言うと、内海を連れて階段を上っていった。

ふたりの背中を見つめながら、益田は小さな溜め息をついた。

こんなことで清水たちと険悪な関係になるのは自分にとって損だ。もともとは、鈴木が自分で蒔《ま》いた種じゃないか。

そう自分の気持ちを納得させると、益田は階段を上った。

二階に着くと、ちょうど清水が鈴木の部屋のドアを開けたところだった。

清水と内海が部屋の中に入っていく。益田も入ったほうがいいだろうかと考えたが、三畳ほどの部屋に三人が入ると窮屈なのでドアの外から様子を見ることにした。

部屋には大きな鞄と、小さなデイパックが置いてあった。壁際には布団が積み上げられている。ドアの横に三冊の本があった。

「物色されたのがわからないように慎重にな」

内海に指示しながら、清水が大きな鞄の中を調べ始めた。ほとんど衣類しか入っていないようでつまらなそうな顔をしている。

内海が調べていたデイパックの中には、携帯電話やノートなどの文房具類が入っていた。

「バッテリーが切れてるみたいで携帯の電源が入らないですね」しばらく携帯を操作していた内海が言った。

「そのノートは何だよ」

清水に訊かれて、内海がふたりに見えるようにノートをめくっていった。

ノートの中身を見て、益田は意外な思いを抱いた。

絵が描かれていた。らくがきなどではなく、鉛筆できちんと描かれたデッサン画だ。

ノートを見ていた清水たちも益田と同じような感想を抱いたようだ。意外そうな表情を浮かべながらノートをめくっている。そこに描かれているのはほとんどが風景だった。

益田は足もとにある本に目を留めた。本の中から紙切れのようなものが覗いている。

何だろうと、しゃがんだ。

「おい、これ――」

清水の声に、本に伸ばしかけていた手を止めて視線を向けた。

「どうしたんですか……」

「これ、見てみろよ」清水がノートの中身を指さしながら笑っている。

女性を描いたデッサン画だ。裸で横たわった女性がこちらに微笑を向けている。

「誰をモデルに描いたんでしょうね」内海がいやらしい笑みを浮かべながら言った。

「さあな。でも、この絵を見るかぎりかなりの年増だぜ。あいつはきっとマザコン趣味なんだろう。記念に一枚――」

清水はポケットから携帯を取り出すと、ノートのデッサン画を写真に撮った。

「そろそろ帰ってくる。片づけよう」

清水と内海が物色したことを悟られないように慎重に片づけている。

益田は清水たちがこちらを見ていないのを確認して、足もとの本を開いた。写真が挟まっている。家族で撮った写真のようだ。父親と母親、そして小学校三、四年生ぐらいの男の子とベビーカーに乗せられた幼児が写真に収まっている。

だが、男の子以外の顔は針のようなもので何重にも引っかかれて剝《は》げ落ちていた。

一瞬、その中の何かに既視感のようなものを覚えたが、見てはいけないものを見てしまったという思いに駆られてすぐに元に戻した。


目を覚ますと、激しい動悸《どうき》がしていた。

どうやらうなされていたようだ。顔中にびっしょりと汗をかいている。スマートフォンに手を伸ばした。まだ深夜の二時過ぎだ。

夢の中にいた桜井学《さくらいまなぶ》の残像がまだ脳裏に残っている。

ふたたび目を閉じる気になれず、益田は布団から起き上がって電気をつけた。

殺風景な部屋の光景に目を向けているうちに、少しずつ学の残像が薄れていく。

東京に来てからほとんど見ることはなかったというのに、ここしばらく、十四歳のときのことを夢に見るのだ。

夢の中の学はいつも冷ややかな眼差しで益田を見ていた。益田を責めているのか、何かを訴えようとしているのかわからない。ただ、感情をまったく窺わせない氷のような視線をじっとこちらに据えている。どうして今さらあいつの夢を見るのだ。どうして今頃になって自分を苦しめるのだ。

その理由に思い至り、三号室につながる壁に目を向けた。

壁の向こうから激しい唸り声が聞こえてくる。

益田は寝ることをあきらめて部屋を出た。三号室の前で立ち止まった。ドアに耳を近づけてみる。はっきりと聞き取ることはできないが、悲鳴にも似た苦しそうな声で、何かを訴えているようだ。

いったいどんな夢を見れば、あれほどのうなされかたをするのだろうか。

自分が嫌な夢を見たばかりとあってか、鈴木が見ているであろう悪夢から助け出してやりたいという衝動に駆られた。

益田は三号室のドアを何度かノックした。だが、鈴木の声は収まらない。もう二、三度、強めにノックすると、ぴたっと鈴木の唸り声がやんだ。

だが、声を発してこないということは、起きたわけではないだろう。

益田は階段を下りて食堂に向かった。冷蔵庫からビールを取り出して椅子に座るとテレビをつけた。深夜の通販番組をぼんやりと眺めながらビールを飲んだ。

明日は仕事が休みだから無理に寝る必要もない。うちわで扇《あお》ぎながらビールを飲んでいると、背中に気配を感じた。振り返ると、流しの前に長袖のスエットを着た鈴木が立ってこちらを見つめている。

益田は思わず視線をそらした。先ほど、鈴木の部屋を物色した罪悪感がそうさせた。

居心地の悪い思いで、たいして観たくもない通販番組にじっと視線を据えている。背後から水道の音が聞こえた。鈴木は水を飲んでいるようだ。

「ずいぶんとうなされているみたいだな」益田は目を向けることなく言った。

「自分だって」

鈴木の言葉に、益田は振り返った。

「自分だってすごくうなされてる」

益田に非難されたと思ったようで、鈴木が口をとがらせるようにして言った。

「おまえのせいだよ」

益田の呟きが聞こえてしまったようで、どうして自分のせいなのだと、鈴木の表情に抗議の色が滲んだ。

何か言い返してくれれば腹を割って話せるきっかけになるかもしれないと思ったが、鈴木はそれ以上言葉を返すつもりはないらしい。

鈴木は水を飲み干すと背を向けてコップを洗い始めた。コップを食器入れに戻すと食堂から出ていこうとした。

「おれたちのことが嫌いか？」

思わず声を上げると、鈴木が一瞬肩をびくっとさせて立ち止まった。

「どうしてそんなにおれたちのことを避けるんだよ」

「別に避けてなんかいないよ……」鈴木が顔をそむけた。

「嘘つけ。おれたちが部屋に行って寝るまで外の公園で時間をつぶしてるんだろう。ちがうか？」

鈴木は何も答えない。

「そうやって極端なほどに人を避けるから、みんなに余計な心配をかけるんだよ。ちょっと前に話題になっただろう。二年近く逃亡を続けていた殺人犯が捕まったって話。犯人は住み込みの仕事を転々としながら逃げ回ってたって……」

「ぼくも人を殺して逃げ回ってるかもしれないと思ってるの？」鈴木が薄笑いを浮かべながら問いかけてきた。

「ばかばかしいと感じているけど、少しでもそんな風に思わせてしまうのは損だろう。おれは今まで他人と一緒に生活をしたことはない。特にここに入るまでの二ヶ月間はネットカフェで寝泊まりしながら日雇い派遣の仕事をしていたから、ほとんど人との付き合いがなかった。もしかしたら鈴木くんもそういう生活をしてきたんじゃないの？」

益田が訊くと、鈴木が小さく頷いた。

「四六時中まわりに気を遣わなきゃいけない生活に煩わしさを感じる気持ちも正直言っ

てわからないでもない。だけど、おれは寮のみんなと仲良くやりたい。せっかくこうやって一緒に生活することになったんだからさ」益田は鈴木を見つめながら訴えかけた。部屋の捜索などといういじめみたいなことはもうやりたくない。

「どうして……」

鈴木が言いかけたとき、玄関のドアが開く音がした。

山内が帰ってきたようだ。続いて、何かが倒れる大きな物音が聞こえてきた。

どうしたのだろうと思った次の瞬間、鈴木が食堂から出ていった。

益田も立ち上がると、鈴木に続いて玄関に向かった。玄関が近づいてくると、異臭が鼻をついた。見下ろすと、玄関先で山内がうつぶせで倒れている。そのまわりの三和土《たたき》には吐瀉物《としゃぶつ》が撒《ま》き散らされていた。

異臭の原因を直視して、益田は思わず顔をしかめた。

見なかったことにして、このまま部屋に戻りたい気分になった。

鈴木がしゃがみ込んで山内の肩を揺すった。

「大丈夫ですか……大丈夫ですか……」

何度か問いかけたが、山内はまったく反応しない。

仰向けにすると、地べたを這《は》いながらここまで戻ってきたのだろうかと思わせるほど、山内の顔と服は泥と吐瀉物で汚れていた。

鈴木がその場を離れて階段を上っていった。

ひとり取り残されて、益田は倒れている山内を見下ろした。

目が覚めたら自分で後始末をするだろう。

酒癖がよくないということは清水から聞いていたが、それにしても、いつもの山内からはまったく想像できない情けない姿だった。

しばらくすると、階段を下りて鈴木が戻ってきた。両手に何枚かタオルを持っている。

鈴木はタオルで黙々と三和土の吐瀉物を拭き始めた。山内の顔についた汚れも丁寧に拭っている。

呆然とその様子を見ていると、鈴木が山内のポケットを探って益田に目を向けた。こちらに手を伸ばし何かを差し出してくる。山内の部屋の鍵だ。

「部屋に……」

益田に鍵を渡すと、鈴木が山内の足もとに移動した。

どうやら山内を背負って部屋まで連れて行くつもりのようだ。華奢《きやしや》な鈴木が山内を背負って二階まで行くのはかなり大変だろう。

だが汚物にまみれた山内の姿に、代わりに背負っていくとは言い出せなかった。

「しばらくここで休めば目を覚ますんじゃないか」

益田が言っても、鈴木はその場から離れようとはしない。あくまで山内を部屋まで連れて行くつもりのようだ。鈴木の表情に頑《かたく》なさが窺えた。

しかたがないと、服の汚れていないところを探して山内の上半身を持ち上げた。山内を背負わせると、鈴木がゆっくりと立ち上がった。益田は先に階段を上った。

「大丈夫か？」

一段一段踏みしめるように階段を上ってくる鈴木に訊いたが、何の返事もなかった。答える余裕がないのだろう。何とか二階までたどり着くと、顔を伏せていた鈴木が大きく息をついた。

鈴木を先導するように、益田は部屋の鍵を開けて中に入った。

六畳ほどの和室だった。中年男の部屋にしては小奇麗に片づいている。部屋の真ん中に座卓が置いてあり、壁際に小さな本棚とカラーボックスが積み上げられていた。カーテンレールにTシャツと股引《ももひ》きや下着が掛けてあった。

部屋に入ると鈴木がゆっくりとしゃがんだ。とりあえず山内を畳の上に寝かす。

「布団――」鈴木が益田を一瞥《いちべつ》して言った。

命令されるのはあまり気持ちよくないが、鈴木の次の行動を見て、益田はすぐに襖《ふすま》を開けて布団の準備をした。

鈴木が汚れた山内のシャツとズボンを脱がせ始めた。Tシャツと股引き姿にすると、ふたりでからだを持ち上げて布団に寝かせた。山内は先ほどから苦しそうに呻《うめ》いている。何もこんなになるまで飲まなくてもいいのに。

鈴木が脱がせた服を畳んでいる間、益田はそれとなく室内に目を向けた。

ふと、本棚に置いた写真立てが目に入った。

山内が苦しそうに譫言《うわごと》を言っている。

「マサト……すまない……」と言っているように聞こえた。

「おれたちの部屋の倍は広いな。寮費は同じなのかな」

室内を見回しながら言ったが、鈴木は何も答えずに山内のことをじっと見つめている。

別に不平を言いたかったわけではない。ただ、何か口にしていないと、このどんよりとした空気に耐えられないのだ。

自分たちの部屋の倍の広さがあろうと、それで寮費が同じであろうと、そんなことに不満はない。

山内はここにもう十年近くひとりで暮らしていると言っていた。

おそらくここに住み着く前には、あの写真立ての中のような生活があったのだろう。

妻と、息子とともに笑顔で写真に収まる生活が——。

益田は立ち上がって部屋を出た。階段を下りて食堂に向かう。テレビの前に座って、飲み残してあった缶ビールに口をつけた。

だが、いくらビールを飲んでも、先ほどから胸の奥につかえている澱《おり》のようなものを押し流すことができない。

鈴木が食堂に入ってきた。吐瀉物を拭ったタオルをゴミ箱に捨てて、流しで手を洗っている。

「山内さんと仲がいいのか?」

益田が訊くと、鈴木がゆっくりと振り返った。

「別に。どうして？」鈴木が抑揚のない声で言った。

「鈴木くんがあんなことをするなんて意外だったから」

「ひとりだから……あの人は」

「ひとり？」

意味がわからず、益田は訊き返した。

「そう。あの人はひとりだから……においでわかるんだ。きみはひとりじゃないだろう。清水という人も、内海という人も、ひとりじゃない」

そこまで聞いても、鈴木が何を言いたいのかがよくわからない。

「鈴木くんはひとりなのか？」

訊きながら、鈴木が持っていた写真が脳裏によみがえってきた。

一瞬であったが、今でも鮮明に思い出せるほど、強烈な印象を残すものだった。

あの写真の男の子は鈴木なのだろうかとずっと気になっている。男の子が持っていた戦隊ヒーローの人形を見て、自分と同じくらいの世代だろうと判断できた。だが、面影があるようにも見えるし、顔の印象が今とかなりちがうようにも感じる。写真の男の子は印象的な切れ長の目をしていたが、鈴木はぱっちりとした二重《ふた》瞼《えまぶた》だ。

あの写真の男の子が鈴木だとしたら、どうして家族の顔に傷をつけたのだろうか。どうしてそんなものを持ち歩いているのか。

ずっと気になっていたが、黙って見たものなのでそのことに触れるわけにはいかない。

しばらく待ったが、鈴木は何も答えなかった。

そのまま食堂から出ていくかと思ったが、鈴木がこちらに近づいてきた。

「どうしてぼくのせいなんだよ」

すぐにその言葉の意味がわからなかった。

「さっき、うなされるのはぼくのせいだって言っただろう」

「ああ……」

その話か——。

できれば人にしたくない話だ。ただ、たとえ本人には知られていないとしても、益田は土足で鈴木の一部に踏み込んでしまっている。この話をすることで、先ほどから胸につかえている澱を少しでも押し流せないだろうか。

益田は立ち上がって冷蔵庫に向かった。缶ビールを二本取り出すとテーブルに戻った。

「飲まないか？　一言二言で話せるものじゃない」

向かいの席に缶ビールを置くと、鈴木が警戒するような眼差しを向けながら椅子に座った。

プルトップを開けると缶を鈴木に向ける。

「一応、乾杯しようぜ」

戸惑った表情を浮かべていた鈴木が弱々しく缶をぶつけてきた。

益田はビールをひと口飲むと、小さな溜め息をついた。

「おれの中学の同級生に似てるんだよ」

益田が言うと、缶を口もとに運んでいた鈴木の手が止まった。

「学っていうんだけどさ、顔とか外見がというんじゃなくて……何ていうか、雰囲気が鈴木くんに似てるんだよ」

鈴木は何も言葉を発しない。ただ、じっと探るような眼差しで益田を見ている。

「中学二年の新学期におれと学は転校生として同じクラスになったんだ」


桜井学は物静かな少年だった。そして、いつも人を遠ざけるようなオーラを全身から漂わせていた。

益田が神戸から移り住むことになったのは奈良市内にある町だ。一応、新興住宅街ということで多くの新しい家が立ち並んでいたが、周辺には田畑や竹林が広がっているのどかな土地だった。

新学期の初日、母親と一緒に学校に向かいながら益田は激しく緊張していた。初めての転校だ。新しい土地、新しい学校、新しい人間関係の中で、これからうまくやっていけるだろうかと不安だった。だから、学校の職員室でもうひとりの転校生を担任から紹介されたとき、益田はほっとしたのを覚えている。

新しい学校で益田がはじめて自己紹介をした生徒が桜井学だった。

学の第一印象はあまりいいものではなかった。どこかとっつきにくく何を考えているかわからない奴というもので、それは半年間という短い付き合いの中でも最後までほとんど変わることがなかった。

学は話しかけづらい少年だったが、そのとき一緒に対面した彼の母親はとても人懐っこい明るい女性だった。益田の母親とはちがい、若くきれいな母親だった。

益田は学の母親の名前を今でも知らない。だが、その対面以来、心の中で勝手に『さちこさん』と名づけていた。ちょうどその頃はやっていたテレビドラマに出ていた、女優の桜井幸子に雰囲気が似ていたからだ。

初対面のとき、息子と仲良くしてやってねと明るい笑顔を向けてきたさちこさんに、益田はときめきのようなものを感じながら大きく頷いた。

最初の数日こそ緊張して過ごしていたものの、益田はすぐに新しい生活に慣れていった。学校でも次々に友達ができた。

対照的に、学はなかなかクラスに馴染めないでいるようだった。教室の中でも学はいつもひとりで本を読んでいた。クラスメートが一緒に遊ぼうと誘ってみても、学は冷めた眼差しを向けたまま、輪に加わることはなかった。

おまえらみたいな田舎者とは付き合っていられない――。

クラスメートのほとんどは、学の態度をそのように受け取ったのだろう。

学はクラスの中で浮いた存在になっていった。

益田も学のようなタイプはどちらかというと苦手だった。別に親しくなりたいとも思っていなかった。だが、そんな益田と学を半ば強引に結びつけたのは、やはりさちこさんの存在だった。

学校からの帰宅途中、益田はよくさちこさんと道ですれ違ったり、立ち寄ったスーパーで会ったりした。そのたびに、さちこさんはうちに遊びに来てと、笑顔で益田を誘った。

さちこさんの顔を見ていると、断りきれなかった。かといって、家に遊びに行っても学と何をするわけでもない。部屋を訪ねても、学は益田の存在などまったく気にも留めない様子で静かに本を読んでいる。

本棚には益田が読む気も起きないような難しそうな本がたくさん並んでいた。その本を眺めた時点で、学とは話が合わないだろうなと悟った。

益田はさちこさんが用意してくれた菓子を食べながら、本を読んでいる学の隣で、テレビゲームをして時間をつぶした。

学の部屋で一緒に過ごしていても、ほとんど会話を交わすことはなかった。他の人間となるそんな沈黙の時間を苦痛に感じるのだろうが、学に対しては不思議とそういう気持ちは起こらなかった。

教室での学を見ていると、その態度から人を馬鹿にしているのではないだろうかと感じてしまうところもあるが、こうやって一緒の時間を過ごしていると、本人はそんなつもりはないのかもしれないと思える。

ただ、学はひとりでいることが何よりも心地よいと感じる人間だというだけかもしれない。

学とはあまり多くの言葉を交わしていない。しかし、その会話のひとつひとつは、他のクラスメートと話したことよりもよく覚えている。

さちこさんは学の父親、つまりさちこさんの旦那さんと離婚して自分の実家があるこの場所に戻ってきたそうだ。学はそのことで、いろいろな大人の事情というものを見せつけられてきたのかもしれない。

学がまわりの人間関係や友人から距離を置き、冷ややかな態度をとることしかできないのは、自分の両親から感じさせられた人間不信が原因だったのかもしれない。

さちこさんは母親としてそんな息子のことを心配していたのだろう。いつも帰っていく益田を、「遊びに来てくれて本当にありがとう。また来てね」と感謝の眼差しで見送ってくれた。

単に浮いた存在でしかなかった学だったが、次第に彼に対する嫌がらせのようなものが始まった。最初はクラスの何人かがふざけて軽く叩くといった程度のものだった。学はそういうことをされても抵抗せず、ただ冷めた眼差しで一瞥するだけだった。そんな態度が、相手にとっては馬鹿にされていると感じられ、火に油を注ぐようにどんどんといじめがエスカレートしていったようだ。

もっとうまく人と付き合っていけよ。そうすればあんな嫌がらせを受けることもないだろう。

益田はふたりきりのときに、それとなく学に助言した。だが、そんな益田の言葉に、学は鼻で笑うような態度を示した。

そういう処世術ばかり考える人間って、くだらないよな——。

口にはしなかったが、そう言われているような気がして無性に腹が立った。

益田はそれから次第に学と距離を置くようになり一緒に遊ぶこともなくなった。学という、自分にとって面倒くさい人物ともう関わりたくなかったのだ。

「出会って半年後に学は自殺してしまったんだ……」

益田が言うと、それまでほとんど変わることのなかった鈴木の表情が少しだけ反応した。

学は自宅近くの竹林で手首を切って自殺した。

「何だか今の鈴木くんを見ていると学のことを思い出してしまうんだよ。十四年も昔のことなのに……」

「それでうなされるんだ」

益田は頷いた。

「自分を責めてるの？」

「どうだろう……おれは学のことをいじめていないし、自殺を考えているほど追いつめられているとは気づかなかった」

そう言った瞬間、心臓を針で突き刺されたような痛みが走った。

「それほど親しい間柄だったというわけではなかったけど、同級生として学を助けることはできなかったのかと後悔はしてる。だから……そんなことがあったから、気になるんだよ」

「だけど……もし仮にぼくが自殺したとしてもきみには関係ないじゃないか。ただの同僚が自殺したというだけのことだろう」鈴木が素っ気なく言った。

「ちがうよ。多少でも自分と関わりのあった人間に自殺されてしまうっていうのは、自分にとっても消しようのない傷になってしまうんだよ。きれいごとかもしれないけど、自殺を食い止められるのは人の絆《きずな》しかないと思う。もし、もっとあの人との絆を深められていたらって……その人を失ってしまったときに必ず痛みとなって感じてしまうんだよ」

「もし、ぼくが自殺をしたら……痛みを感じる？　悲しいって思う？」鈴木がこちらを見つめながら訊いてきた。

どうだろうか。

そのときの関係性によるのではないか。もし、ここで一緒に生活をしているときに鈴木に自殺されたら、それなりの痛みを感じてしまうだろう。だけどそれは、鈴木という人間に対しての痛みではないのかもしれない。もし、鈴木を救えたなら、学との過去を帳消しにできたかもしれないという歪《ゆが》んだ思いにちがいないと、心の片隅で感じていた。

「ああ。悲しいにきまってるだろう」

益田が答えると、鈴木は少し顔を伏せた。

「ありがとう……」

鈴木はそう呟くと立ち上がって食堂から出ていった。

顔を伏せていたのではっきりとはわからないが、かすかに目もとが潤んでいたように見えた。

階上からドアの閉まる音が聞こえると、両手で頭を抱えて溜め息を漏らした。

学の話をしてしまったせいで、あの頃の出来事が堰《せき》を切ったように脳裏にあふれだしてくる。

純一くんはいつまでも強くて正しい人間でいてね――。

さちこさんの言葉がよみがえってきて心から離れてくれない。

学の葬儀から数日後、さちこさんから電話があった。時間のあるときに会ってほしいと言われたが、益田は適当な理由をつけて断り続けていた。

学は遺書を残していなかったそうで、さちこさんは学の自殺の理由を探っているのだと思っていたからだ。

今、さちこさんからそんなことを問われても、益田には何も答えようがない。もし、いじめが原因ではないかと話せば、益田はそれを見て見ぬふりをして学を見捨てた卑《ひ》怯者《きょうもの》ということになってしまう。とてもそんなことは言えない。

さちこさんは学がいじめに遭っていたのではないかと学校に問い質《ただ》していたらしい。学のからだにはいくつものあざや傷が残っていたという。だが、学校は担任の話からも生徒に書かせたアンケートからもそんな事実は確認できないと、いじめがあったことを頑なに否定していた。

今、さちこさんと顔を合わせたら、間違いなく益田はいじめの事実がなかったのかを訊かれるだろう。

毎日、さちこさんと会わないようにと願いながら、益田は狭い町で息をひそめるように生活していた。

ある夜、母に呼ばれて二階から下りた益田は、玄関先に立っているさちこさんの姿を見て凍りついた。

「突然、ごめんね。どうしても少しだけお話がしたかったの」

決然としたさちこさんの表情を見て、これ以上逃げ通すことはできないとあきらめた。

さちこさんに言われるまま、益田は近くの公園に行った。

これからどんなことを訊かれるのだろう。そして、どんな厳しい言葉を投げかけられるのだろうと身を丸めながらベンチに座っていると、さちこさんが「ありがとう」と呟いた。

その言葉の意味がわからず、さちこさんを見た。さちこさんの目に涙が溜まっているのが、薄闇の中でもはっきりとわかった。じっとさちこさんの目を見つめたが、その言葉の真意がわからない。

さちこさんは膝の上に置いたハンドバッグから封筒を取って差し出した。

「これ。純一くんでしょう」

封筒を受け取って見つめた。宛名には新聞社の名前と住所が書かれている。だが、その筆跡がどうもおかしいことに気づいた。定規で線を引いたようにして書いた筆跡だ。裏面を見ると差出人の欄には、益田が通っている中学の名前と二年C組という自分のクラス名だけが書かれている。こちらもやはり定規で線を引いたような筆跡だった。

わけがわからず、ふたたびさちこさんに視線を向けた。

「純一くんも辛かったんだよね。でも、勇気を出してくれてありがとう」

「いったい何のことですか」

益田が訊くと、さちこさんはわかっているからと頷いた。

「隠したい気持ちはわかる。純一くんだって学と同じ転校生だもんね。こんなことを密告したなんてまわりに知られたら何をされるかわからないって恐れてるんでしょう。でもね……」

さちこさんの言っていることの意味がまったくわからず、益田は封筒の中に入っていた便箋《びんせん》を取り出して読んだ。

便箋の細かい文字もやはり定規で線を引いたような筆跡で書かれている。その内容は、学がクラスメートから受けていたいじめの実態と、いじめに加担していた生徒の名前を記したものだった。また、担任の教師もいじめがあったことを把握していたということも、具体的な事柄を挙げながら書かれている。

この手紙を読んで、ようやくさちこさんの勘違いがわかった。

誰かわからないが、学へのいじめを告発する手紙を新聞社に送ったのだ。

そして、手紙の後半には、このいじめを抑えられなかった書き手の後悔と、学の自殺を食い止められなかった自身の懺悔《ざんげ》が綴《つづ》られている。

ぼくがもっと強い人間だったら。学くん、ごめんなさい――最後にはそう綴られていた。

ぼくじゃない――と、益田は首を横に振った。

「純一くんの後悔は痛いほどわかる。わたしだって……何も気づかなかった。何ひとつ、あの子の異変に気づいてやれなかった」さちこさんが涙を浮かべながら言った。

そうじゃないんです――。

益田は何度も首を横に振った。

「純一くんは学のたったひとりの友達だったんだね。三十七人いたクラスメートの中でたったひとりの……学校の話っていうと学は純一くんの話しかしなかった。友達でいてくれてありがとう。匿名であったとしてもたったひとりで、学校や、三十六人のクラスメートに立ち向かってくれたんだよね。でも、ひとつだけ言わせてほしい。それだけの勇気があるならもっと強くなってほしい。これからは手紙に書いたようにもっと強く生きてほしい……」

さちこさんからしてみれば、責めたい気持ちがまったくないわけではないだろう。こんな後になって告発の手紙を新聞社に送るぐらいなら、どうしていじめがあったときに公にしなかったのだ。友達であるならば、どうして息子の命を救ってくれなかったのだと。

だが、さちこさんの眼差しからは寂しさは感じても、益田を責めるようなものは微塵《みじん》も窺えなかった。

すべては、さちこさんの勘違いだというのに。

それを知ったら、さちこさんはどう思うだろうか。その憂いを帯びた眼差しが一気に、鋭い切っ先のような一瞥に変わってしまうのだろうか。

「純一くんはいつまでも強くて正しい人間でいてね」

嗚咽《おえつ》を漏らしながら訴えるさちこさんに、益田はただ頷くしかなかった。

それからしばらくして、いじめによる学の自殺と、それを隠蔽《いんぺい》しようとした学校の対応が新聞に大きく取り上げられた。他のマスコミもこの記事に追随して、連日のように学校には多くの報道陣が押し寄せてきた。マスコミからの激しい追及を受けて、学校側はとうとういじめの事実を認めてさちこさんに謝罪した。

学のいじめ自殺によるマスコミの狂騒は、その直後に隣町で発生した未曾有《みぞう》の大事件にかき消されるまで続いた。

目を覚ますと、昼の十二時を過ぎていた。

疲れはまったく癒えていない。昔のことをいろいろと思い出してしまったせいで、けっきょくほとんど眠れなかった。

益田は布団から起き上がってシャツとジーンズに着替えた。

ここにいても蒸し暑さでからだを休めることはできないだろう。近辺の図書館でも探して涼みに行くことにしよう。

「おはようございます」

食堂に入ると、山内と清水と内海がテーブルでそうめんを食べていた。

「おはよう」

山内が数時間前とは打って変わってけろっとした様子で挨拶を返してきた。

「大丈夫ですか？」益田は訊いた。

「いやー、何だか迷惑かけちまったみたいで面目ない。罪滅ぼしと言っちゃなんだけど益田くんも食べてくれよ」

そうめんを勧められ、とりあえず山内の隣に座った。

「金曜日の夜の山さんは本当に最悪だからなあ。土曜日の朝に玄関に行くとよくゲロにまみれて寝てるんだよ」清水が笑いながら言う。

「だから土曜の昼はそうめんだとかそばだとかあっさりしたものを作るんだよ。まあ、迷惑かけたお詫《わ》びも込めてね」山内がそう言って頭をかいた。

お詫びなどと言っているが、その表情から反省している様子は窺えない。数時間前の悲惨さはすっかり消え失せている。

「毎度のことだから放っておいてもらっていいんだよ。部屋まで連れて行くのは大変だっただろう。ありがとう」山内が頭を下げた。

「いや……ぼくは布団を敷いただけで何もしてません。鈴木くんが部屋までおぶっていって服を脱がせたんです。あと、いろいろな処理を……」

「あんな華奢な奴が山さんをおぶって二階まで？　嘘だろう」清水が信じられないというように言った。

隣で話を聞いていた内海も同調するように頷いている。

「いや、本当です。ちょっと、とっつきにくいところがありますけど、意外といい奴なんだなって思いました」

益田の話を聞いていた山内が箸を置いて立ち上がった。

「もうちょっと茹《ゆ》でようか。五人じゃ足りないだろう」

山内が微笑みながらガス台に向かうと、清水が「おいっ」と内海を肘《ひじ》でつついた。

「飯だって呼んできてやれよ」

「来ますかね」内海が立ち上がりながら言った。

「わかんねえけど、さあ……」

ふたりの表情を見ていると、鈴木のことを根っから嫌っているわけではないのだろうとわかる。

内海が食堂を出ていった。しばらくすると階段を下りてこちらに向かってくる足音が聞こえてきた。

「おはようございます」

鈴木の声を確認して、益田は目の前のそうめんに箸を伸ばした。

4

上北沢駅に到着すると、白石弥生《しらいしやよい》は電車を降りる前にちらっと腕時計を見た。午後十一時二十分を過ぎている。駅前のスーパーは十一時で閉店だから、今夜もコンビニ弁当で我慢するしかない。

今夜はもう少し早く帰宅するつもりだったのに、少年院を出る直前に教官から院生のことで相談され、気づいたらこんな時間になってしまった。

数日前から今日はできるだけ早く帰宅しようと考えていたが、どうしてそんなことを思っていたのかさえすっかり忘れてしまっている。きっと、たまには家で夕食を作ろうとでも思っていたのだろう。もう何ヶ月も家で食事を作っていない。

改札を抜けてしばらく歩くと甲州街道に出た。街道沿いにあるコンビニに立ち寄る。弁当コーナーに向かったが、さすがに毎日眺めていると、何を見ても食指が動かなくなっている。けっきょく幕の内弁当とサラダをかごに入れてレジに向かった。

コンビニから五分ほど歩くとアパートが見えてきた。弥生が住んでいるのは二階の角部屋である二〇五号室だ。

あとは階段を上れば部屋にたどり着くというのに、ここしばらくは、その最後の数歩がとんでもない重労働に思えていた。

年のせいにも、気持ちの問題にもしたくはないが、自分の内側から以前は漲《みなぎ》っていたであろうものが急速に失われているのを感じている。

「ただいま……」

ドアを開けると、誰にともなく言った。

靴を脱ぎ捨てると、玄関の横にある台所のシンクの台の上にコンビニの袋を置いた。やかんを火にかけて、ユニットバスに湯を張った。

夏場だから軽くシャワーで済ませたいが、風呂の湯に浸かると翌日の疲れの量が多少なりともちがうのだ。

洋室のドアを開けると、真っ暗な室内で光が点滅している。留守番電話が入っているようだ。

弥生は電気をつけると留守番電話のボタンを押した。三件入っている。だが、メッセージには何も吹き込まれていない。表示を見ると、公衆電話からとなっていた。

誰だろう……。

電話機を見ながら思案していたが、ディスプレイの日付が目に入って、弾かれたように早く帰宅しようとした理由を思い出した。

八月十二日——今日は智也《ともや》の誕生日だ。しかも、二十歳の誕生日。

いくら一緒に暮らしていないといっても、ひとり息子の二十歳の誕生日を忘れてしまうなんて。

ずっと、今日は早く帰って智也に電話してみようと思っていたのだ。智也に電話するとなったら心の準備だけで一時間はかかってしまいそうだからだ。それなのにすっかり忘れてしまっていた。

どうしよう……。

弥生はその場にへたり込んで頭を抱えた。

今頃は家で休んでいるだろうか。それとも、弥生が知らない恋人と一緒の時間を過ごしているのか。こんな時間に電話をしたら、また迷惑そうな口調で疎んじられてしまうだけか。

十三日まであと五分ほどある。せめて日付が変わる前にメールだけでも送っておこう。メールを打っていると部屋の電話が鳴った。ディスプレイを見ると公衆電話からとある。

智也からだろうかと一瞬期待したが、それはないだろうとすぐに思い直した。

「もしもし――」

とりあえず後でまた掛け直してもらおうと受話器を取った。だが、相手の言葉が返ってこない。

「もしもし……どちら様でしょうか……」

問いかけてみたが、応答がない。間違い電話だろうか。

「もしもし……どちら様ですか？」

これで応答がなければ電話を切ってしまおうと思っていたときに、「先生……？」と男性の声が耳もとに響いてきた。

その声を聞いて、弥生の心臓がざわついた。

まさか——でも……。

「先生？」

相手がもう一度問いかけてきた。

「もしかして……秀人《ひでと》くん？」

問いかけてから、彼は今でもこの名前を使っているのだろうかと考えた。

「そう……」

彼の声が聞こえた。

「どうして……」

あまりにも突然のことで、それ以外に次の言葉を見つけられないでいる。

「先生の電話番号を調べるの大変だったよ」

ぜんぜん大変そうに思えない抑揚のない声だった。

「今、どこにいるの？」

「言えないよ」

ようやく一番大切なことを思い出した。それを真っ先に訊かなければならない。

「どうして？」

「言ったら、あの人たちに伝えるでしょう」

たしかに、彼の居場所がわかったら特別チームに伝えなければならないだろう。

半年前から彼の行方がわからなくなって大騒ぎになっていると人づてに聞いていた。

「あの人たちはあなたを守るためにいるのよ。あなたがいなくなってみんなものすごく心配しているわ。すぐに連絡を取って」弥生は彼を刺激しないように努めながら諭した。

「ちがうよ。あの人たちはぼくを監視するためにいるんだよ」

もちろん、そういう役割も担っていると言えなくもない。

「ちゃんとごはんは食べてるの？」

弥生は瞬時に矯正局の職員から彼の母親に役割を切り替えた。

ここで電話を切られてしまったら、二度と彼とコンタクトを取れなくなってしまうかもしれない。

「うん、大丈夫だよ。きっと心配しているだろうから、先生にだけは連絡しなきゃと思って。それで……」

「連絡してくれてありがとう。でも、あなたがいなくなったって聞かされてからどれだけ心配してたかわかる？」

弥生が窘《たしな》めるように言うと、彼は小さく「ごめんなさい……」と呟いた。

「ねえ。他の人には黙っているから会えないかな」弥生は切り出した。

電話では埒《らち》が明かない。直接会って説得すれば何とかできるかもしれない。いや、何とかしなければならないと思った。

彼を説得して、チームのもとに帰さなければならない。そうしなければ、そのうちに危険にさらされてしまうかもしれない。

彼は自分が再犯をしないよう監視されているのだと思っているようだが、それだけではなく、世間の憎悪から彼自身を守るために組織されたチームでもあるのだ。

「でも……」

彼はためらっているようだ。

「絶対にわたしひとりで行くから。わたしがあなたとの約束を一度でも破ったことがある？」弥生は強い口調で言った。

本当の家族を捨てることになってまで築いてきた彼との信頼関係に賭けた。

「本当に先生ひとりで来る？　絶対に約束してくれる？」

「わかった。約束する」

彼との待ち合わせ場所を決めて電話を切った。

ディスプレイを見ると、零時をとっくに過ぎている。

また、心の中から息子の存在を閉め出してしまった。

弥生は溜め息をつきながら携帯電話を取ると、打ちかけのメールの文面を消去した。

池袋駅の改札を抜けると、弥生は地下構内からデパートに入った。

さすがに土曜日とあってか、デパートの中は家族連れやカップルなど多くの人で混み合っている。地下一階からすし詰め状態のエレベーターに乗った。ドアの上に貼りだされたフロア案内を見上げる。屋上がある九階でエレベーターを降りた。

屋上に出る前に、弥生は軽く深呼吸をした。

電車を降りたときから、これから彼に会うという緊張感で必要以上にからだが強張っている。

彼は繊細で敏感なところがある。あまり自分の緊張を悟らせたくなかった。

屋上に出ると一面に青空が広がっていた。強い陽差しが容赦なく肌に突き刺さってくる。しばらく進んでいくと、出店の前にいくつものテーブルセットが並んでいるのが見えた。だが、そこに彼の姿はなかった。

弥生は自販機でペットボトルのお茶をふたつ買って、プラスチックの椅子に座った。彼が来たら一緒に飲もうとしばらく待っていたが、暑さに耐えきれなくなってペットボトルのふたを開けた。お茶をひと口飲んで、ふたたびあたりを見回した。

ここは彼が指定してきた場所だ。こんな暑い日が続く中、どうしてここを選んだのだろうか。

もしかしたら、弥生が約束を破って誰かを連れてきているのではないかと、どこかで様子を窺っているのかもしれない。

あそこからならここを見渡すことができるだろうと、日の光を反射させているデパート別館の窓ガラスに目を向けた。

もちろん、そういう考えがまったくなかったわけではない。今まで彼の生活をサポートしてきたチームは、彼が突然いなくなったことに慌てふためいているという。失踪した彼と誰にも内緒で会い、そのことをまったく報告しなければ、後々何らかの問題にされてしまうかもしれない。

だが、彼は罪を犯して逃げているわけではないのだ。彼の保護観察期間はとっくに過ぎている。彼がどこに行こうが、どこで暮らそうが、法的にはまったく問題はない。チームの役割はあくまでも彼の今後の生活をサポートし、更生の手助けをするという、拘束力のないものだった。

チームに連絡を取って、ここで彼を引き渡すことは簡単だろう。だがそうしても、また彼がどこかに消えてしまえば意味のないものになってしまう。そしてそのときには、信頼を裏切った弥生にはもう連絡をしてこなくなるだろう。

弥生は考えた末に、ひとりでここに来て彼を説得することにした。

先ほどから、のどかなメロディーが耳に響いている。振り返ると、パンダの遊具に乗った子供がはしゃいでいた。子供の近くで、父親らしい男性が楽しげにその様子を眺めている。

いや、父親ではない。蜃気楼《しんきろう》のように揺らめく景色の中で、背の高い男性がこちらを向いた。ゆっくりと弥生に近づいてくる。

彼だ――。

医療少年院を仮退院して以来だから、六年ぶりの再会ということになる。

「ちょっと向こうで遊んでたんだ……」

そう言ってはにかんだ彼を、弥生は見上げた。

長袖シャツを着ていたが、自分の記憶よりもいくぶん体格がよくなったように思えた。顔は日に焼けて肌の色が少し濃くなっている。

弥生の知っている彼は、どこか植物を思わせるような蒼白な顔にほっそりとしたからだつきをしていた。

彼は少し照れるように弥生の向かいに座った。ペットボトルのお茶を差し出すとおいしそうに飲んだ。額から滴らせた汗を手で拭う。

「暑いでしょう。もっと涼しいところに行かない？」

彼は微笑みながら首を横に振った。

「ここでいいよ。最近のお気に入りの場所なんだ」

「そうなの？」

彼が言うには、よくここで絵を描いたりして過ごしているという。

それを聞いて、そういえば彼には絵の才能があったことを思い出した。

入院してしばらくは弥生たちが理解できないようなグロテスクなものばかり描いていたが、それでもその絵のひとつひとつには圧倒的な個性があった。彼にしか描き得ないであろう、激しい感情の発露だ。

「ここにいると何だか気持ちが安らぐんだ」

彼はそう言って遊具があるほうに目を向けた。子供連れの父親や母親らしい姿が何組かあった。

どんなことを思っているのかまったくわからなかったが、彼は眩《まぶ》しそうにその光景を見つめている。

年齢的に考えれば、彼があの父親であっても不思議ではない。もしかしたらそんな想像を膨らませているのだろうかと、つい昔のように彼の心の中を覗き込もうとしている。

「村上《むらかみ》さんはお元気ですか」

彼がこちらを向いて、担当教官だった男性の名前を口にした。彼が父親のように慕っていた教官だ。

どうやら彼は子供連れの光景を見ながら、医療少年院での疑似家族の日々を思い出していたようだ。両親の愛情に飢えていた彼を立ち直らせるために、弥生と村上はそれぞれ母親と父親の役割になって接していた。

「村上さんはちがう少年院に移られたわ」

「そっか」彼が感慨深そうに頷いた。

「それにしても……よくわたしの電話番号がわかったわね」

弥生が言うと、彼がじっと見つめてきた。

彼にとって弥生は特別な存在だっただろう。だが、仮退院していく彼にけっきょく連絡先などは知らせなかった。それは、息子の智也に対するせめてもの詫びの気持ちだった。自分の役割はここで終わりなのだという。

「興信所で調べてもらったんだ」彼が少しためらうように言った。

「興信所って……」

「まさかあそこに電話をかけて訊くわけにもいかないでしょう」

それはそうだが。それにしても……。

弥生は深い戸惑いを顔に出さないよう努めた。

「ネットで調べてたら『初恋の人捜します』みたいな広告を見かけて……だけど安心して。電話番号以外のプライバシーは調べてないから。ただ、興信所のスタッフから『よかったですね。相手のかたは独身になってましたよ』って勝手に告げられて……冗談で言ったつもりなのに」

彼は言い訳しながらも、どこかうれしそうな表情をしている。

弥生は八年前に歯科医師であった夫の智晴《ともはる》と離婚した。もともと夫婦仲はそれほど良好ではなかったが、それ以前の四年間でさらに関係を悪化させてしまったのだ。

ちょうど彼が弥生の勤める医療少年院から、職業訓練のために一時的に中等少年院に移った直後のことだ。ようやくこれで家族との関係改善に努められると思っていたが、弥生が想像していた以上に夫婦の溝はすでに修復不可能なほど広がっていた。

離婚の話をしたとき、智晴と弥生のどちらと一緒に住むかと訊くと、智也は何の迷いも見せずに智晴と一緒に暮らすと答えた。

智也の冷たい眼差しを見た瞬間、自分は罰を受けたのだと感じた。

おそらく智晴は、弥生があの事件の犯人の矯正を担当していることを智也に話していたのだろう。だからといって、自分に向けられた智也の冷たい視線が智晴のせいだとは考えていない。仕事にかまけて、智也のことをないがしろにしてきたのは事実だ。母親としての役割をきちんと果たしてこなかった報いを受けただけだ。

弥生は自分の本当の息子よりも、他人である少年の将来を選んだのだから。

「どうして愛知からいなくなったの？」

智也の思い出から気持ちをそらしたくて、話題を変えた。

だが、その話題を出した途端、彼はうつむいてしまった。

医療少年院を仮退院した後、彼は全国各地を転々としていたそうだ。

彼にとっての安住の地はなかなか見つからなかったのだろう。落ち着き先であの事件の犯人がこの近くに住んでいるらしいと噂《うわさ》が出るたびに、彼はチームが探してきた新しい職場や土地に逃げるように移っていった。そして、一年半ほど前からは愛知県にある自動車の部品を作る工場で働いていたという。

アパートでひとり暮らしをしながら、真面目に仕事に取り組んでいたというが、半年ほど前に突然姿を消してしまったのだ。

住民票は動かされていない。彼を支えてきたチームの中には、彼が社会生活に絶望してどこかで自殺してしまったのではないかと悲嘆に暮れているメンバーもいると聞いた。

「みんな、あなたのことを本当に心配しているのよ。どこでどうしているんだろうかって。とりあえず連絡を取りなさい」

弥生が諭すように言うと、ずっとうつむいていた彼が顔を上げた。

「いやだ」

「どうして」

「あの人たちはぼくをかごに入れてるんだ。逃げないようにかごの中にね。かごの種類はその時々で変わるけど、とにかくかごに入れて安心したいだけなんだ」

「そんなことないわ。あなたのことを心配していろいろと尽くしてくれているのよ。そんなことを言うもんじゃないわ」

「先生は何もわかってないッ！」彼が感情をあらわにして言い放った。

まわりのテーブルで休んでいた人たちが驚いたようにこちらに注目したのがわかった。

「とにかく落ち着いて」弥生は身を乗り出して彼の肩に手を添えた。

「あの人たちは警察にぼくを売ったんだ……」

「え？」

その言葉の意味を今すぐにでも知りたかったが、まわりの目が気になりだしていた。

「とにかく……何か食べに行かない？　先生も少しお腹が減ってきちゃった」

彼を促して立ち上がらせると、弥生はドアに向かって歩きだした。建物に入り案内を見ると別館の十二階にレストラン街がある。

「何でも好きなもの食べていいわよ」

レストランの窓際の席に座って食事を勧めると、彼は「オムライス」と呟いた。

弥生はウエイトレスにオムライスとハンバーグランチを頼んだ。料理が運ばれてくるまで彼はうつむいたままだ。

オムライスが運ばれてきても、彼はそれに目を向けたまま食べようとはしなかった。

「さっきの話だけど、いったいどういうこと？　警察にあなたを売ったって……」

料理を食べ終えるまで話は中断しておこうと思ったが、スプーンを持ったまま いっこうに食べようとしない彼を見て切り出した。

「ヨシオくんって友達ができたんだ……」彼がオムライスに目を向けたまま呟いた。

「ヨシオくんって……愛知でできた友達？」

先ほどの話と関係があるのだろうかと思ったが、とにかく聞こうと少し身を乗り出した。

「うん。ぼくのアパートの近くのコンビニでアルバイトをしていて……通っているうちに話すようになった」

彼は内側からほとばしる怒りを目の前のオムライスにぶつけるように、スプーンを何度も突き刺していく。

「ぼくよりも二歳年下だけど、話しているうちに気が合って……」

薄焼きの卵がなんだか人の肌に見えていい気分はしなかったが、その動作を窘めることはしなかった。

彼の話によると、ヨシオという青年はその土地の出身で、地元の友人たちとも交友関係が広がっていったという。

「だけど……ヨシオくんとぼくの部屋で遊んでいるときに警察がやってきたんだ」

「警察？」

彼は弥生を見つめながら頷いた。

訪ねてきた二人組の刑事は警察手帳を示して、いきなり二ヶ月ほど前の日付を彼に告げたという。そして、その日の夜にどこで何をしていたのかを厳しい口調で問い詰めた。他にも免許証や車は持っているかと訊かれたそうだ。

いきなり二ヶ月前のある日のことを聞かれても急には思い出せない。彼は戸惑いながら、おそらく家で寝ていたと答えると、刑事は冷たい一瞥を残して帰っていった。

その場にいたヨシオも突然の刑事の訪問に啞然《あぜん》としていたという。どうして刑事がそんなことを訊きに彼のもとにやってきたのかと興味を持ったヨシオが、携帯のネットでその日付を調べ始めた。すると、愛知県内で発生した殺人事件の記事が出てきた。女子中学生がバラバラにされて山中に遺棄された事件だ。

その記事を見たふたりの間には重苦しい沈黙が流れたという。

「ヨシオくんは警察に対して怒りはじめたんだ。どうしてそんな事件のアリバイを訊きにぼくのところにやってくるんだって。ひどいじゃないかって、自分のことのように怒ってくれた……」

「まさか、事件のことは話していないでしょうね」

弥生が恐る恐る訊くと、彼が小さく頷いた。

「そんなこと話せるはずないよ。ただ……」

そのことがあってから、ヨシオは彼に対してよそよそしくなっていったという。急に付き合いがなくなったわけではないが、ヨシオの仲間たちもあきらかに彼から距離を置き始めたそうだ。

そしてしばらくすると、周辺で彼に関するおぞましい噂が流れるようになった。

彼があの事件の犯人ではないかという噂だ。

警察が彼のもとを訪ねてきたことと、ネットにあふれている少年時代の犯人の顔と彼の特徴が似ているということからそういう話になったらしい。

「それで……その土地を飛び出したのね」

彼が頷いた。

目の前のオムライスに目を向けると、ケチャップと卵とライスがスプーンでぐちゃぐちゃにされていた。

「東京に来てすぐに二重瞼に整形したんだ」

「だけどどうしてあなたをサポートしてくれている人たちに相談しなかったの？　その話をすればまた新しい職場や住まいをきっと探してくれたでしょう」

チームのメンバーは彼の近くに住んでいるわけではない。だが、定期的に彼の様子を見に行ったり、相談に乗ったりしているはずだ。

「あの人たちが警察にぼくの居場所を知らせたに決まってるんだッ。かごの中に入れられているかぎりまともな生活なんかできない。まともな人間と思われない。いくらどんなにまっとうに生きていこうとしてもその度に邪魔をされるんだ」

冷たい言いかたかもしれないが、それはしかたのないことだろう。

彼がやったことは決して消えない。それは、彼がこれからまっとうに生きていくこととはまったく別の問題でもある。

彼は死ぬまで、その重い十字架を背負っていかなければならないのだ。

「あの人たちがぼくのためにいろいろなお膳立てをしてくれてるのはわかってる。だけど、あの人たちが用意したかごの中に入っているかぎり、ぼくは本当の意味で生きていくことなんかできないんだ。先生たちはよくぼくに言ったよね。人間らしい感情を持てとか、被害者に対する償いの気持ちを持って生きろって……だけどこのままじゃ、他人が用意したかごの中にいるかぎりとてもそんな気持ちにはなれないし、生きることの意味なんか見つかんないよ」彼がまくし立てるように言った。

たしかに彼の言うことにも一理ある。彼は世間の憎悪から手厚く保護されているのだ。

そんな中で、生きていくことの本当の意味を、自分がやったことに対する償いの気持ちを、どれだけ育んでいけるのだろうかとも思う。

医療少年院に入って一年が過ぎても、彼は自分が犯した罪に対する反省を微塵も見せることはなかった。

弥生をはじめスタッフたちの必死の思いも彼の心にはまったく響かず、自分など生きていてもしかたがない、早く死にたいと、ただ自殺をほのめかすだけだった。

ある日、彼は自分の手首を嚙《か》み切って自殺を試みたことがあった。すぐに手当てを施されて命に別状はなかったが、どうして死なせてくれなかったのだとわめき散らした彼の頰を弥生は思いっきり叩いた。

初めて人に手を上げた瞬間だった。

生きなければならない——。

いや、そんなに簡単に死なせてたまるか、という気持ちのほうが強かったように思う。被害者のひとりは息子の智也と同じ年だった。もし、智也があんなひどい目に遭ってしまったらと想像すると、たとえそれが自分の仕事であったとしても、彼を救う手助けをすることに深いためらいがあった。

そのとき彼を叩いたのは、あくまで彼への愛情ではなかったと思う。ただ、自分が起こした事件への反省も、罪の意識もまったく抱かせないまま彼を楽に死なせてはいけないという、弥生のせめてもの抵抗だったのだろう。

これから生きていくことがどれだけ苦しかったとしても、自分が犯してしまった大きな罪に一生苛《さいな》まれながら、被害者やその家族への償いを続けなければならない。それを彼に伝えることが自分の使命だと、たとえ家族と過ごす時間を犠牲にしたとしてもやらなければならないことなのだと、そのときの弥生は感じていた。

その日を境に、彼は少しずつではあるが弥生や他の教官に心を開くようになっていった。

弥生は彼の両手の袖に目を向けた。直接確認することはできないが、あの頃から傷跡が増えていないことを願っている。

「ぼくは本当の意味で生きたい。もちろん苦しいことも悲しいことも含めてね。だから、かごの中から飛び出したんだ」彼は決然と言った。

それなりの思いが言わせているのだろうが、世間は彼が考えているほど優しくはない。

「愛知を飛び出してからはどうしてるの」

「関東にやってきてしばらくネットカフェで寝泊まりしながら日雇いの仕事をしてたんだ」

「あなたの気持ちはわからないではないけど……でも、ずっとそんなことをして暮らしてはいけないはずよ」

「わかってる。そう思って三週間前から日雇いではない仕事を始めたんだ。ステンレスを加工する会社でさ。少年院で取った資格が役に立ってる」

「何ていう会社？」

弥生は訊いたが、埼玉県内にある会社としか答えない。

「それで……とりあえず先生だけは安心させたいと思って電話をしたんだ」

彼はその会社の寮で、四人の従業員とともに生活しているという。

寮には山内という村上教官と同じくらいの年配の男性がいて、その人から仕事を教えてもらっているそうだ。普段は優しくて温厚な人だが、酒癖はあまりよくないらしい。

また彼と同時に会社に入ってきた同い年の男性がいるという。益田という名前で、その寮でみんなと打ち解けるきっかけを作ってくれた親友だと、ことさらうれしそうに語った。他には彼よりも年上の清水と、彼の弟と年の近い内海という男性がいる。

清水は少し強面な感じらしいが、悪い人ではないという。内海は少し苦手だと語った。特に理由があるわけではないが、どうしても自分の弟のことを思い出してしまうらしい。

不安も感じているというが、新しい生活に期待と希望を持っているのが彼の話しぶりからわかった。

「ぼくがようやく自分で見つけた場所だよ」彼が誇らしげに言った。

駅の改札にたどり着くまでに何度か訊いたが、彼は会社の名前を頑として教えてくれなかった。

「ひさしぶりに先生に会えてうれしかった」

改札の前で立ち止まると、彼が言った。

けっきょく彼を説得することができないでいる。

このまま彼を行かせてしまっていいのだろうかと、焦燥感に駆られた。

「ねえ、定期的に連絡をくれないかな。一週間に一度ぐらいは……」

弥生は声をかけたが、彼は曖昧に返事をするだけだ。

「あなたの携帯の番号を教えて」

「あの人たちからもらった携帯は電源を入れてないよ」

「あなた自身の携帯は持ってないの？」

弥生が訊くと、彼は頷いた。

「だってお金がもったいないし、それに電話をかけ合ったりする相手もいないからムダでしょう」

「そうなの」

このまま世間の渦の中に入っていく彼を見逃していいのだろうか。

「じゃあ……」彼が軽く手を上げて、改札に向かっていった。

やはり放っておくわけにはいかない。

「ねえ」

弥生が呼び止めると、彼は改札の前で振り返った。

「これから新しい携帯を買いに行きましょう。絶対に誰にも教えないから」

そう言うと、彼がゆっくりとこちらに戻ってきた。

「わたしが買ってあげるわ。それに通話料もしばらく出してあげる。だけど、わたしもそれほど高給取りじゃないから月に一万円以上は使わないようにしてね。それでどう？」

「ひとつ条件があるんだ」彼は少し考えてから口を開いた。

「何？」

「先生の番号……『お母さん』って名前で登録してもいいかな？」

5

「次は西川口——」

電車のアナウンスを聞きながら、美代子はもどかしい思いを募らせていた。

早く家に帰りたい。

タイムカードを押した瞬間から、そんな思いが胸の中でほとばしっている。

もちろん以前も早く家に帰りたいと思っていた。だけど、あの頃の鬱々とした気持ちとはぜんぜんちがう。

自分のことを待っていてくれる存在がいる。たったそれだけのことで、これほどまでに気持ちが軽やかになることに美代子自身も驚いていた。

ミミと一緒に生活を始めてから一ヶ月ほど経つ。拾ってきた当初は餌をあげてもほとんど動かず心配していたが、今ではからだもかなり大きくなって部屋のあちこちを元気に飛び回っている。

ドアが閉まって電車が走り出した。蕨まであと一駅だ。

今日はミミとどんなことをして遊ぼうかと思案していると、何かの気配を感じた。振り返って車内を見回す。

誰かに見られているように感じたが、混雑した車内に美代子のことを見ているような人物は特にいなかった。

気のせいだろうか。

そういえば朝の通勤電車でも、同じような感覚を抱いたのを思い出した。

蕨駅に着き、人波に押し出されるように電車を降りた。階段を上ると少し早足になって改札を抜けた。

駅前のスーパーに立ち寄った。店内を歩いていると、野菜売り場の前に立っている鈴木を見つけた。

入社してしばらくはまわりの人たちとうまくやっていけるのかと危うさを感じさせたが、いつ頃からか笑顔を見せるようになった。

人見知りが激しく、入社してしばらくは緊張していただけなのか。

とはいっても、美代子は河川敷で猫の話をしてからまったくといっていいほど言葉を交わしていない。

「こんにちは」鈴木が美代子に気づいて声をかけてきた。

「こんにちは。夕食のお買い物ですか？」

美代子は愛想笑いを浮かべてとりあえず訊いた。

「じゃんけんで負けて、ぼくが寮のみんなに焼きそばを作ることになったんです」

どことなくぎこちない笑みだった。

「楽しそうでいいですね」

軽く世間話を交わしてその場から離れた。店内を巡りながら夕食の献立を考える。今月はキャットタワーやミミの玩具にずいぶんとお金を使ってしまったから、今夜は大鍋にカレーを作ろうと思い立った。小分けして冷凍しておけば、しばらく夕飯には困らないだろう。

そうと決まると、美代子はカレーの材料をかごに入れていった。最後にペットコーナーに立ち寄る。ミミの餌と新しい玩具をかごに入れるとレジに向かった。

会計を済ませると台の上にバッグを置いて、かごの中身をレジ袋に入れていく。何気なく窓の外に目をやる。

さっと路地に隠れた人影をとらえて、心臓が凍りつくような衝撃を受けた。

まさか達也《たつや》ではないだろうか。

そんなことあるわけがない。達也がこんなところにいるわけがないではないか。見間違いに決まっている。

そう思ってもからだが震えだしてきて止まらない。無造作にレジ袋の中に物を詰め込むと、スーパーから飛び出した。後ろを振り向かず一心不乱にマンションまで走った。

マンションまでたどり着けば……マンションまでたどり着けば……。

それだけを念じながらようやくマンションのエントランスに入った。オートロックの鍵を開けようとしてバッグを持っていないことに気づいた。

ドアが開く音に、びくっと振り向いた。

エントランスに男が入ってくる。達也だった。

「ずいぶん捜したぜ」達也が薄笑いを浮かべながら近づいてくる。

からみつくような達也の視線に、美代子は金縛りにあったように動けなくなった。

それでも何とか達也から逃れようと必死に足を後退させていく。オートロックのドアに背中がぶつかった。インターフォンを横目で見ながら、どうして鍵を入れたバッグを忘れてきてしまったのだろうと恨めしい思いがこみ上げてくる。

達也の隙をついて逃げだせないだろうかと考えたが、それは無理だと察した。

ひんやりとしたガラスの感触を背中に感じながら、近づいてくる達也を睨《にら》みつけることしかできないでいる。

「どうして……」美代子は絶望感に心を支配されながら呟いた。

どうしてこの男がここにいるのだ。

「どうして?」

達也が美代子のすぐ目の前までやってきて、可笑《おか》しそうに笑った。

美代子のほうに手を伸ばしてくるのを見て、とっさに顔をそらした。達也が美代子の頬に手を添えてくる。

「おまえに会いたかったからに決まってるじゃねえか」

指先で頬を撫《な》でまわしながら、美代子の耳もとで囁《ささや》いた。

その瞬間、からだ中を無数の虫が這いまわるような嫌悪感に襲われて、達也の手を振り払った。

美代子のささやかな抵抗をあざ笑うかのように、達也がポケットから煙草《たばこ》を取り出して口にくわえた。ライターで火をつけると、美代子のほうに煙を吹きかけてくる。

「あんなにおまえのことを愛してたっていうのに黙って消えちまうなんて、まったくひどい女だぜ。おまえを捜すのにどれだけの手間と金をかけたかわかってるのか？」

胸の底から激しい憎悪が突き上げてくる。同時に、からだ中を縛りつけていた鎖が砕けるのを感じて、目の前の達也を思いっきり突き飛ばした。

「わたしのことを愛してたですって？　ふざけないでよッ！」

達也は気圧されたようによろよろと後ずさったが、すぐに体勢を立て直して不敵な笑みを浮かべる。

「わたしのことを利用して金を絞り取ってただけじゃない！　お父さんにもわたしの映像を見せて脅迫しようとしたんでしょう。最低な男ね」美代子は吐き捨てた。

父の書斎から自分が出演したＡＶのＤＶＤを見つけたときのことを思い出し、心がかきむしられそうになった。

恥ずかしさと悔しさで涙があふれだしそうになったが、この男の前ではそんな姿を見せるわけにはいかない。

いったん弱みを見せてしまうと、しつこいくらいにそこにつけこんでくる達也の性格はよくわかっている。

美代子は唇を嚙み締めながら、気丈さを装うしかなかった。

「それなりの配慮はしてやったつもりだぜ。おまえの出演作の中じゃずいぶんソフトなものを選んでやったんだ。あれだったら、家族団欒《だんらん》の食卓で流されててもたいして気にならないだろう」

達也がさらに怒りを煽《あお》ってくる。

「もっとも親父さんにしてみればかなり刺激が強かったみたいだな」

「それでお父さんにお金をせびったのね」美代子は達也を睨みつけた。

「せびったなんて人聞きの悪いことを言うなよ。大切な娘の血と汗と涙の結晶を買い取ってくれねえかと持ちかけただけさ。だけど、『娘がやったことにわたしが金を払う筋合いはない』とぬかしやがったんだ」

「それだけじゃないでしょう。あんたのことだから、あれを近所にばらまくだとか、お父さんの職場に配るとか言って脅したんでしょう」

父は地元の中学校で校長をしていた。

「どうぞご自由にだとさ」達也が鼻で笑いながら言った。

やっぱりそうだ。

「まったく、娘の身が可愛くないのかねえ。娘のためにたった百万ぽっちの金も出さないなんて……親父さんはおまえのことを愛してなかったんだろうな」

ちがう――。

仮に達也に金を払ったとしても、一度で済むとは思っていないからだ。こういう輩《やから》の脅しに一度でも屈してしまえば、骨の髄までしゃぶられることになるとわかっている。潔癖な父は、そんな脅しに屈したくないから、自ら仕事を辞めるという道を選んだのだろう。

「けっきょくおまえにはおれしかいねえんだよ。また一緒に暮らして楽しくやろうぜ」

達也が煙草を床に捨てて足で踏みつけた。

「それにしてもちんけなマンションだよな。あの会社でいったいいくらもらってるんだよ。川口のさえねえ工場でよお……」

目の前が真っ暗になった。カワケン製作所のことも達也に知られている。

今朝、通勤電車で違和感を抱いたときに、どうしてもっと警戒しなかったのだろうと、後悔が押し寄せてくる。

「おまえだったらもっと稼げる仕事があるだろうが。昔取った杵柄《きねづか》でよお。なんだったら池袋でも大宮でも仕事を紹介してやるぜ。まあ、でもその前に、ひさしぶりに可愛がってやるよ」達也が美代子の手を強引につかんだ。

「ふざけないでよッ！」

美代子は達也の手を振り払って、エントランスから飛び出した。

どこでもいい。とにかく達也の姿が見えないところに逃げ込みたい。だが、マンションを出てすぐのところで達也に捕まった。

達也は強い力で美代子の手首を押さえつけ、自分のほうに向かせる。

「まったくおまえはわかってねえよな」

威圧するような目つきに、ふたたびからだが硬直して動けなくなった。

「おまえのすべてを知っても受け止めてくれる人間がいったいどこにいる？　親父はおまえのことを受け止めてくれたか？　家族はどうだ？　おまえのまわりにいる人間はどうだろうな」達也がまくしたてるように言う。

マンションの前の歩道を歩いていた通行人が、好奇の眼差しをこちらに向けながら通り過ぎていく。

「おれはおまえのまわりにいる人間に、いや、これから知り合う全員にあれを見せてやるぜ。どこに住もうが、どこで働こうが、誰と付き合おうが、その都度おまえのまわりにいる人間におまえの本当の姿をさらしてやる。それでもおまえのことを受け止めてくれる人間が、おまえのことを愛してくれる人間がはたしているかな？」

最低な人間だ――。

美代子は心の中で、あらんかぎりの罵《ののし》りの言葉を目の前の男に浴びせかけた。

だが、その憎しみの半分はナイフのような鋭さとなって、自分の心の奥深くに突き刺さってくる。

どうしてこんな男を、一時でも愛してしまったのだろうか。

「けっきょくおまえにはおれしかいねえんだよ。おまえのすべてを知って、いろんな男に抱かれて、いろんなものを突っ込まれて、それでも愛おしいと思える人間はこの世の中でおれしかいねえよ。おまえの孤独を慰めてやれるのはおれだけだ。そうだろう?」

三流のホストが使う常套手段のように、急に優しい声音《こわね》になって囁きかける。

達也の視線が美代子からそれた。そのまま美代子の背後を見据えている。

「おいッ——見世物じゃねえぞ!」

達也の怒声に驚いて、美代子は後ろを振り返った。

反対側の歩道に男が立っていた。じっとこちらを見つめている。

鈴木だ。右手にスーパーの買い物袋を提げて、左手には美代子のバッグを持っている。

スーパーで忘れたバッグを届けに、美代子のことを追ってきたようだ。

達也の気が一瞬でも美代子からそれて助かったと思うのと同時に、恥ずかしいところを同僚に見られてしまったというばつの悪さも感じている。

どこまで鈴木に話を聞かれてしまっただろうか。

「おいッ、てめえ——耳ついてねえのかよ。うぜえからどっかに消えろよ!」

達也が凄《すご》みを利かせて言ったが、鈴木はその場に立ち尽くしたまま動こうとはしない。

ここから鈴木の顔はよく見えないが、入社した頃に見せていた感情を窺わせない表情に思えた。

鈴木がゆっくりと道路を渡ってこちらに向かってくる。美代子たちとは少し距離を置いたところまで来て立ち止まった。

「何なんだよ、てめえはよッ！」達也が苛立ったように吐き捨てた。

その言葉を無視するように、鈴木が「大丈夫？」と抑揚のない口調で訊いてきた。

美代子は何とも答えようがなく、無言のまま鈴木の顔を見返していた。

やはり、美代子が思っていた通り、鈴木は以前に見せていたような無表情だった。達也に対する怯えに顔が強張っているのか。

「おいッ、何とか言えよッ！」

つかみかからんばかりの形相で一歩足を踏み出した達也が、鈴木の持っていた女物のバッグに目を留め、怪訝《けげん》な表情で美代子のほうを見た。

「おまえ……美代子の男か？」すぐに鈴木のほうに向き直って睨みつける。

鈴木は黙ったまま、美代子のことを見つめている。

「そうよ」

美代子は思わず叫ぶと鈴木の隣に駆け寄っていき、正面にいる達也を見据えた。

「私たち一緒に暮らしてるのよ。だからもう来ないで」

やむにやまれぬ嘘ではあるが、いきなりこんなことを言われて鈴木はさぞや迷惑しているだろう。

ちらっと鈴木の横顔を見たが、表情はまったく変わっていなかった。

「行きましょう」

とりあえず達也から逃げるのが先決だと、鈴木の手を引いてマンションに向かった。すぐに達也が目の前に立ちふさがった。

「何よ」

美代子は顔を上げたが、達也はこちらを見ていない。正面に仁王立ちし、鈴木の顔を睨《ね》め回している。

「兄ちゃん、ずいぶんときれいなお顔をしてるね」達也が挑発するように鈴木の頬を叩いた。

「ちょっとやめなさいよ」

美代子は止めようとしたが、達也に押し倒されて地面に尻餅をついた。

「けっこうもてるんじゃないの？」

達也はそう言いながら、今度は鈴木の肩をつかんで押さえつけた。

背丈は同じぐらいだが、体格はあきらかに達也のほうが勝っている。それに達也の粗暴さは美代子が一番よくわかっていた。喧嘩になれば、鈴木はひとたまりもないだろう。

「達也、待って——その人は……」

自分がついた嘘を訂正しなければと、美代子は立ち上がった。

「うるせえッ！　おまえは黙ってろ！　おれはこいつと話してんだよ」

達也にすごい形相で怒鳴りつけられ、次の言葉が出てこなくなった。

怒りの矛先は完全に鈴木に向けられている。

「兄ちゃんだったら他に女はいくらでも見つかるだろう。こいつはおれのものだから身を引いてもらいたいんだけどなあ」

達也の口調は不気味なほどやわらかかったが、鈴木の答えによっては殴りかからんばかりの殺気を全身から放っている。

怪我をする前に早く本当のことを言ってどこかに立ち去ってほしい。

そんな思いで見つめていると、鈴木が美代子に目を向けた。

どんなことを考えているのかまったくわからない眼差しだった。だが、本当のことを話してもいいかと問われているのだと察して、美代子は頷いた。

これ以上、関係のない人を巻き込むわけにはいかない。

「いやです」

達也に向き直った鈴木の言葉を聞いて、美代子は唖然とした。

どうしてそんなことを言うのだ。達也のことが怖くないのか。

さんざん脅しをかけていた達也は、美代子以上に呆気にとられたようだ。目の前の華奢な鈴木を見つめながら、すぐに言葉を返せずにいる。

「邪魔なんでどいてもらえますか」

鈴木は怯むどころか、どこか小馬鹿にしたような冷ややかな眼差しを達也に向けて言った。

「兄ちゃん——美代子とのアレがよっぽど気に入ってるようだな」達也が下卑《げび》た笑いを

口もとに浮かべた。

達也が何を言おうとしているのかを察して、背筋が冷たくなった。

「同じ兄弟として、おれも美代子とのセックスは最高だと思うよ。なんてったって……美代子はAV女優として何百人もの男から仕込まれてるんだからな。知ってたか?」

恐る恐る鈴木のほうを見た。だが、達也の話を聞いても、鈴木の表情に変化はない。

達也がいきなり鈴木の股間のあたりを手でつかんだ。

「だけどなあ、おまえ……これで本当に美代子のことを満足させられると思ってるのか? 美代子は演技がうまいから感じさせてるように勘違いしちまうかもしれねえけど、おまえの鉛筆みたいなナニじゃこいつはちっとも満足できねえと思うぜ。今まで黒人のぶっといペニスやら、バイブやら、ペットボトルやら、あらゆるものを突っ込まれてるからな」

達也の話はそれだけで終わらない。かつて美代子が経験してきた恥部を嬉々とした表情でさらしていく。

美代子は達也が発する下卑た言葉の数々に完全に打ちのめされていた。絶望的なほどの羞恥が心とからだを縛りつける。

泣かないと決めたはずなのに、達也の言葉を聞いているうちに視界が滲んできた。

お願いだからもうやめて——わかった——もうわかったから——。

あなたに降参するから。あなたから離れることができないと悟ったから。だからもうこれ以上、わたしのことを辱《はずかし》めないで――。

美代子が言葉を発しようとした瞬間、今までじっと立っていた鈴木が達也を突き飛ばした。

達也はふいをつかれたようで、そのまま地面に倒れた。

滲んだ視界の中で、鈴木の表情が変化しているのがわかった。嫌悪の眼差しで倒れた達也を見下ろしている。

「何しやがんだ、てめえ！」

達也はすぐに起き上がると、鈴木の顔を拳で殴りつけた。

「調子に乗るんじゃねえぞ」

俊敏な動きで、倒れた鈴木の脇腹に蹴りを入れる。鈴木の呻き声が聞こえた。

「やめて」

美代子は達也のもとに駆け寄って止めた。だが、達也は怒りが収まらないというように、倒れた鈴木の脇腹や背中を蹴り続ける。

「助けてッ――誰か助けてください――警察を呼んで！」美代子は叫んだ。

道行く人が立ち止まってこちらに視線を向ける。

さすがにまずいと思ったのか、達也が動きを止めた。美代子を睨みつけて舌打ちする。

「また来るからな」

達也は捨て台詞を吐くと、駅のほうに走っていった。

「大丈夫ですか」

美代子はその場にしゃがみ込んで鈴木に問いかけた。

倒れた鈴木が苦しそうに唸っている。背中をさすると、ゆっくりと顔を上げた。鼻から血があふれ出している。

とめどなく流れる血と、憎悪をはらんだ鈴木の形相を見て、美代子は息を呑《の》んだ。


「大丈夫ですか……?」

ユニットバスのドアを叩きながら声をかけてみたが、中に入っている鈴木からは何の応答もなかった。

顔を洗っているような水の音を聞きながら、向かいにあるミニキッチンの冷蔵庫を開けた。麦茶を入れたポットを取り出してコップに注ぐ。

カーテンレールに掛けたままの洗濯物が目に入って慌てて取り外した。それを申し訳程度のクローゼットに放り込むと、今度は敷きっぱなしの布団を折りたたんだ。だが、こちらはクローゼットには入らない。しかたがないので壁際に移動させる。空いたスペースに小さなローテーブルを置いた。

鈴木を部屋に入れることには少なからず抵抗があった。プライバシーを隠しようもない狭い部屋だ。特に、いつ掃除したか定かではない、トイレと浴槽と洗面台が一体になったユニットバスを他人に見られるのは恥ずかしかった。

だが、もはやそんなことを恥ずかしがっている場合ではない。もっともっと恥ずかしい自分の過去を鈴木に知られてしまったのだ。

恥ずかしさのあまり、あのままひとりで部屋の中に逃げ込みたいという衝動に駆られたが、顔中血だらけになった鈴木を放っておくこともできない。もともとは美代子のせいで達也に痛めつけられてしまったのだ。

ユニットバスのドアが開いて、鈴木が出てきた。

「ごめん……汚しちゃったから洗濯して返す」鈴木が赤く染まったフェイスタオルを見せて言った。

「そんなのいいんです。とりあえず麦茶を入れたんで……もし、お酒がよかったらチューハイなら……」

「麦茶で」

口の中が切れているのか話しづらそうだった。

鈴木の顔は左の唇から鼻にかけて赤く腫《は》れ上がっている。明日になれば目立つあざになってしまうかもしれない。

「狭いところですけど座ってください」

美代子がクッションを手で示して言うと、鈴木は脇腹を押さえながらローテーブルの前に座った。痛みがあるようで少し顔を歪めた。美代子はシンクの台の上に置いた麦茶を取って鈴木の前に置いた。

鈴木の向かいに座ることをためらって、美代子はミニキッチンの前に立ったまま自分のコップに口をつけた。

「わたしのせいでごめんなさい……」鈴木の背中を見つめながら言った。

鈴木は何も答えない。落ち着かないように室内に目を向けているようだ。

狭い部屋の中で、息苦しくなるような沈黙が続いた。

部屋に置いてあったタオルケットがもぞもぞと動いて、鈴木がびくっと肩を震わせた。警戒するようにじっとそちらに顔を向けている。タオルケットの中からミミが顔を出した。あたりを窺うようにゆっくりとタオルケットから出てきた。

背中を見ているだけで、鈴木の表情が強張っているであろうことがわかった。

「そういえば、猫が苦手だって言ってましたよね」

美代子はミミのそばに寄った。振り向いた鈴木のほうに目を向けると、想像していたように顔を強張らせている。

「こんなにかわいいのにどうして?」

どうしても訊きたいわけではないが、重い沈黙から解放されたくて話を振った。

「猫からはきっと嫌われてるから……」鈴木がぼそっと呟いた。

しばらく警戒するようにじっとしていたミミがローテーブルのほうに向かっていった。鈴木は自分のもとに近づいてくるミミを怯えるような目で見ている。ミミはローテーブルの下をくぐり、あぐらをかいている鈴木の膝の上に飛び乗った。

「自分が思っているほど嫌われてないみたいですよ」美代子は少し微笑ましくなって言った。

鈴木はどう対処していいかわからないという表情で、膝の上に乗ったミミを見つめている。やがて、恐々《こわごわ》といった手つきでミミのからだに触れた。

「かわいいでしょう。わたしの唯一の友達なの」

しばらくミミのからだを撫でていた鈴木がはっと顔を上げた。

「どくんどくんって音がする」

新発見を母親に報告する子供のような口調と眼差しに、美代子はおかしくなった。

「当たり前ですよ。生きているんですから」美代子は鈴木の向かいに腰を下ろした。

「名前はあるの？」

「ミミです。拾ったときにミィミィ……って鳴いていたので。今ではしっかりとニャーニャーって鳴いてますが。一ヶ月ほど前に拾ったんですけど、このマンションはペットの飼育がだめですから内緒にしててくださいね」

鈴木は恐れと好奇心が入り交じったような手つきでミミを撫でている。ぎこちない手つきにも、ミミはそれなりに満足しているみたいだ。

ミミのおかげで、この場の空気が少し和らいでいた。

「あの男が言ったことは本当です」

自然とその言葉が口からこぼれ、鈴木が顔を上げた。美代子のことを見つめてくる。

いつもなら男から視線を合わせられるとどうしようもなく不安に駆られるが、今はそんなふうには感じなかった。

「あの人は？」鈴木が訊いた。

「昔の彼氏です。女優さんに憧れて……高校を出ると親の反対を押し切って東京にやってきたんです。アルバイトをしていた居酒屋で知り合いました」

達也は美代子よりも三つ年上のフリーターだった。知り合った頃は達也も、音楽で食べていくという夢を持っていた。

お互いに夢を持っていたふたりはやがて意気投合して付き合うようになった。達也はできるだけ音楽活動に時間を割きたいとアルバイトを辞め、美代子のアパートに転がり込んで同棲生活が始まった。もちろん親には内緒だ。

美代子はアルバイトをしながら下北沢を中心に活動しているアマチュア劇団に参加していた。入ったばかりの美代子は台詞が数行だけの端役だ。アマチュア劇団だから、当然一円のお金にもならない。むしろ自分たちで公演のチケットをさばかなければならないから逆にお金がかかる。それでも、夢のために頑張っているのだという思いに酔うことはできた。

だけど、あの頃の自分にどれだけの決意や覚悟があっただろうか。ただ、長岡での生活が退屈だったから、東京での華やかな生活に憧れていただけではなかったのか。

そんな世間知らずな田舎娘だから、悪い男の甘言に引っかかってしまったのだろう。

達也は公演があるたびに観に来てくれて、いろいろとアドバイスをしてくれた。だが、それは付き合い始めた最初の頃だけだった。

同棲を始めてしばらくすると達也の態度は変わっていった。付き合う前にはあれほど熱く語っていた音楽活動をあっさりと辞め、なんだかんだと理由をつけては仕事もせず、一日中パチンコやギャンブルをやっているか酒を飲んでいるかという生活になった。

それだけではなく、金にもならない演劇をやっている美代子を馬鹿にするような言動が多くなっていった。達也のそんな言動はこれから始めようとすることへの布石だったのだろうが、そのときの美代子は気づかなかった。

きびしい現実にぶち当たって夢を見失いかけているが、しばらくすれば自分が好きだった頃の達也に戻ってくれるのではないかと願っていた。

そんなある日、達也はタレント事務所の社長と知り合いになったと話した。美代子のことを話したらぜひ会ってみたいと言っているという。美代子の写真を見せたら、女優としてものになるかもしれないと言ってくれたそうだ。

美代子は達也と一緒にタレント事務所の面接に行ったが、そこで待っていた社長から「さっそく脱いでくれる？」と事もなげに言われた。

何のことはない。そこはＡＶのタレントを抱えている事務所だったのだ。もちろん、美代子は裸になることを激しく拒絶した。

「ＡＶで顔を売って有名になった女優がいるよ。大切なのは夢を叶《かな》えるという結果だからチャンスは何でも生かさないと」

「達也はわたしが他の人とエッチしても平気なの？」

美代子が問い詰めると、達也は寂しそうな顔になった。

「平気なわけないだろう。だけど、美代子の夢のためなら我慢できるよ。おれには音楽の才能はないって悟った。これからは美代子の夢のために生きる」

達也と社長の甘言に、美代子はいつの間にかその気にさせられていた。

美代子はＡＶに出演することになり、達也はマネージャーとしてその事務所で働くことになった。

最初の数本は単体の女優としてＡＶに出た。それなりにちやほやされて勘違いしそうになったがそんな時期は長く続かず、やがて一本十万円ほどのギャラで男たちのあらゆる欲望を満たすためのモノに成り果てていた。

もうその頃には女優になるという夢など微塵も残っていなかった。男たちからあらゆる辱めを受けながらからだを張って稼いだ金も、すべて達也に吸い取られていった。

そして、美代子がもう金にならないと見ると、達也の態度は急速に冷たくなった。

ＡＶがダメでも他に風俗などでいくらでも稼げるだろう。

その言葉を聞いて、遅まきながらようやく達也の本性に気づいた。

美代子は身も心もぼろぼろだった。達也から離れたかったし、東京からも出て行きたかった。だけど、自分に他の居場所などあるのだろうか。今さら実家には帰れるはずもない。

もしかしたら、実家や地元ではＡＶに出ていたことを知られているかもしれないという恐怖があった。

父は中学校の校長をしていて厳格で潔癖な人だった。

美代子は迷った末にひさしぶりに実家に連絡をしてみた。

電話に出た父は美代子の声を聞いてうれしそうだった。どうやら実家でも地元でもＡＶに出ていたことは知られていないようだと安堵した。

帰りたいな……と思わず呟くと、父は「いつでも帰ってきなさい」と優しく言ってくれた。

美代子は達也に黙って長岡に帰ることにした。その頃には達也の蛭《ひる》のような本性を思い知らされていた。美代子が実家に帰ると聞いて、黙って金づるを手放すことはしないだろうと思っていた。

長岡の実家に戻ってからは髪型も化粧も地味にして、伊達《だて》眼鏡をかけるようになった。やはり、どこかで誰かがＡＶに出ていた自分に気づいてしまうのではないかと怖かったからだ。映像に残っている容姿とは似ないように外出のときには気をつけた。

美代子はスーパーでアルバイトをしながら簿記の勉強を始めた。

学生の頃は固いことばかり言う父が疎ましくてしかたなかったが、実家に戻ってからはそんな父に安心してもらえるような職に就きたいと思うようになった。

実家でのんびりした生活を送っているうちに、東京での過酷だった記憶が徐々に薄れていった。

だが、そんな生活も長くは続かなかった。

地元でも自分の過去に苦しめられることになったし、それ以上に、美代子にとって耐えがたいことが起こったのだ。

ある日、実家の近くで達也を見かけた。

美代子を連れ戻すためにやってきたのだとしばらく戦々恐々としていたが、けっきょく達也が自分の前に現れることはなかった。

いったい何のためにこんなところにやってきたのだろうと不思議に思っていたが、その頃から父の美代子に対する態度が変わり始めた。

美代子への眼差しがどこか冷たくなり、顔を合わせると瞬間的に視線をそらす。そして、実家に戻ってきた頃にはうるさいぐらいに話しかけてきたのに、まったくといっていいほど話しかけてこなくなった。

何となく理由は察していたが、美代子からそれを訊くことはできなかった。

家族が留守のときに、美代子は父の書斎に入って、あるものを探した。机の引き出しにそれらしいものがあった。ラベルに何も書かれていないＤＶＤだ。

美代子は心臓を締めつけられながら、ＤＶＤを取り出して机の上のノートパソコンに挿入した。

しばらくすると画面に粗い画像が浮かび上がってきた。

美代子が出演したAVの無修正版だ。恍惚《こうこつ》とした表情で男のアレをしゃぶっている美代子の姿が映し出されている。この後は何人もの男たちに代わる代わるヤラれるのだ。穴という穴に男たちのモノを突っ込まれて。

男たちに弄《もてあそ》ばれながら歓喜の喘《あえ》ぎ声《ごえ》を上げている自分を見つめているうちに、涙があふれてきた。

もう父や家族と顔を合わせることはできない。

美代子は机にあったメモ用紙に『ちがうところで生きていきます。さようなら』と置手紙を書くと実家を出ていった。


「それから半年間、家族とは連絡を取り合っていません。ただ、二ヶ月ほど前に実家で暮らしている兄から、父が仕事を辞めたというメールがありました」

鈴木は身を乗り出すでもなく、相槌を打つでもなく、じっと美代子の話を聞いていた。ただ、視線だけはまっすぐ美代子に据えられている。

何の抵抗も抱かず、こんなことを人に話している自分が不思議だった。だけど、心の片隅でその理由のひとつに気づいていた。

鈴木には自分と同じにおいを感じるのだ。

いつだったか、河川敷で会ったときに鈴木が漏らした言葉を思い出している。

いきものは苦手なんだ……。

あれは何も猫に対してだけ言ったものではないだろうと、美代子は感じていた。

美代子は猫や犬は苦手でもなんでもないが、人間といういきものは苦手だった。昔はそんなことはなかったが、いろいろな経験が、人間といういきものを苦手にさせてしまったのだろう。

欲深く、人を傷つけるいきもの。

もちろん猫や犬や他の動物であっても嚙みついたり引っかいたりして人を傷つけることはあるが、人間は直接的な暴力だけではなく、悪意という心を使って人を傷つけることのできる唯一のいきものなのだ。

そして人間は、からだだけではなく心までも傷つけられるいきものでもある。ときにはそれが致命傷になってしまうこともある、本当に脆《もろ》い、いきものだ。

「今まで話したことは誰にも内緒にしておいてもらえますか」

美代子が言うと、鈴木がゆっくりと頷いた。

だが、そんな口止めも意味のないことだと感じている。きっと達也は会社の人たちにもあのＤＶＤをばらまくつもりだろう。会社の人たちの好奇な視線にさらされたら、さすがにあそこにいることもできなくなる。

「けっこう気に入ってた会社だけど、またどこかに逃げなきゃいけなくなるだろうなあ……」美代子は顔を伏せた。

「逃げ回ることなんかない……」

鈴木の言葉に、顔を上げた。

「別に悪いことはしてないじゃないか。人を殺したわけじゃないし、罪を犯したわけでもない。逃げ回ることなんかないよ」

その言葉が胸に染みた。

人を殺したという喩《たと》えは少し飛躍しすぎだと思ったが、きわめてまっとうな意見だった。

美代子はたしかに人を傷つけたわけではないし、罪を犯したわけでもない。それなのにまわりの冷たい視線によって、自分がどうしようもない罪人のように思わされている。

鈴木の言葉はまっとうすぎて、逆に新鮮なものに思えた。

それに、それまでの抑揚を感じさせない口調とちがって、初めて鈴木の感情をあらわにした言葉に思えたのがうれしかった。

「ありがとう……」

このまま鈴木の目を見つめていると涙が出てきそうで、美代子は立ち上がった。鈴木のコップを持ってキッチンに行くと、麦茶を注いだ。

「そういえば、鈴木さんの出身は新潟なんですよね。わたしの実家も長岡なんです。鈴木さんは？」

そう言うと、鈴木が座ったままこちらに顔を向けた。

「あれは嘘なんだ」

どうして——嘘の出身地を書いたのだと訊こうとしてやめた。話したくないこともあるだろう。美代子だってそうだ。本当の出身地をごまかしたい何らかの事情を抱えているのかもしれない。

「会社には秘密にしておいてくれますか」鈴木が言った。

「もちろんです」

鈴木と秘密を共有できたことに、美代子は少しばかりの喜びを感じていた。

「そろそろ寮に戻らないと」鈴木が少し顔を歪めながらゆっくりと立ち上がった。

先ほどまでは早くひとりになりたいと思っていたのに、玄関で靴を履く鈴木の後ろ姿を見ながら名残惜しくなっている。

「あの……」

声をかけると、鈴木が振り返った。

「電話番号とメルアドを交換してもらえますか」

思い切って言うと、鈴木は少し戸惑ったような表情になった。だがすぐに、ズボンのポケットから携帯を取り出す。

お互いの携帯を近づけて赤外線通信で電話番号とメールアドレスの交換をした。

『メモリ番号2に登録しました』

鈴木が持っていた携帯の画面を見て、美代子は驚いた。

自分は鈴木にとって二番目の登録者なのだ。そのことを心の片隅に留めながら、部屋から出ていく鈴木を見送った。

6

アラームの音が聞こえて、益田は枕元に置いてあるスマートフォンを手に取った。ディスプレイを見ると七時を過ぎている。仕事に行く前にシャワーを浴びたいので六時半から十分おきにアラームをかけているが、なかなか布団から起き上がる気になれなかった。

仕事は八時半からだ。そろそろ起きて準備をしなければ間に合わなくなってしまう。起き上がれと自分を鼓舞してみても、からだは言うことを聞いてくれない。

カワケン製作所で働き始めてから一ヶ月半が経つ。だが、からだのほうはいっこうに慣れてくれない。今まで経験したことがなかった単調な肉体労働の日々に、疲れが蓄積されている。それに加えて連夜の睡眠不足が輪をかけている。

幸いなことに、ここに入ってからしばらく悩まされていた嫌な夢を最近は見ていない。もしかしたら学やさちこさんの夢を見ているのかもしれないが、少なくともそれにうなされて夜中に目を覚ますようなことはなくなった。

だがその代わりに、熱帯夜の蒸し暑さに頻繁に目を覚ました。小型の扇風機を買ったがあまり効果はない。

それに、相変わらず隣室から漏れ聞こえてくる鈴木の唸り声も睡眠を妨げる大きな原因になっていた。

ノックの音が聞こえて、益田は「はい――」と答えた。

「ちゃんと起きてるか？　そろそろ支度しないと遅刻するぞ」

山内の声だった。

「大丈夫です。もう起きてますから」

本当なら仮病を使ってこのまま寝ていたいところだが、みんなの前でうまく病気のふりをする自信もない。一緒に暮らしていなければ電話一本で会社を休めるのだが。

益田は気力を振り絞って布団から起き上がり部屋を出た。

「おはようございます」

食堂に入ると、テーブルで食事をしていたみんながこちらを向いた。

「起きてくるのが遅いからほとんど残ってねえぞ」清水がバターロールの袋をつかんで言った。

他のみんなはおのおのハムやチーズを挟んで食べている。

益田と鈴木が入るまではそれぞれ勝手に朝食をとっていたそうだが、清水の提案で、みんなで金を出し合ってまとめて朝食用の食材を買うことになった。そのほうが節約になっていいだろうという理由からだ。

「あまり食欲がないんで今日はいいです」

「そうか。じゃあ、おれがもらうぞ」

清水が袋に入っていた最後の一個を取り出した。テレビに向き直って口に入れる。テレビでは朝の情報番組をやっていた。

益田はみんなが観ているテレビから視線をそらして冷蔵庫に向かった。ペットボトルのお茶を取り出して渇いた喉に流し込んだ。

「それにしてもスギキヨはそそるよなあ。朝っぱらからちがうところが元気になっちまいそうだぜ」

清水の言葉に反応して、テレビのほうを向いた。

画面の中にいるメインキャスターの杉本清美《すぎもときよみ》と目が合った。清美は淡いピンクのノースリーブを着ている。胸元が少し開いていた。

「そうですかね。おれは断然ヤベポンのほうがいいけどなあ」内海が反論した。

ヤベポンとは清美の隣で話している新人アナウンサーの矢部千穂《やべちほ》のことだ。番組の中でふたりはケーキを食べながら談笑している。

「ヤベポンなんてガキじゃねえかよ。アイドル路線を狙ってるのかもしれねえけど、色気がなさすぎるぜ」

どうでもいいようなふたりのやりとりを聞きながら山内は微笑み、鈴木は黙々とパンを食べている。

「だけどスギキヨはちょっと苦手だなあ。なんかバリバリのキャリアウーマンを目指してますって感じで、どこかスカしてるっていうか、冷たい感じがして。友達が少なそう」

「別に友達が少なくたっていいじゃねえかよ。ああいうスカしてそうなのにかぎって、服を脱いだらドMなんだよ」

「Mですかねえ。超ドSって感じがするけど」

「わかってねえなあ。これだから素人童貞くんは……ただ、ああいうキャリアっぽい女はダメな男に引っかかりそうだけどな」

「それは言えてるかも」

　ふたりの会話を聞いているうちに苛立ちが募ってきた。

「見た目は冷たい感じがするけど、実際はかなりのお人よしだよ」

　思わず益田が口を開くと、清水と内海が同時にこちらを向いた。

「実際はかなりのお人よしって……益田さん、スギキヨのこと知ってるんですか？」内海が身を乗り出すようにして訊いてきた。

「ああ。大学の同期生なんだ」

　益田が答えると、清水と内海が驚いたように顔を見合わせた。

「そうなんですか？　スギキヨってどんな人ですか？」

「けっこう誤解されやすいんだけど、話してみるとものすごく気さくだよ。それに友達も多かったな」

「へえ、すごいなあ……今度、サインをもらってきてくださいよ」

「おまえ、さっきまでスギキヨは苦手って言ってたじゃねえかよ」清水が隣から内海の頭を軽く叩いた。

「サインは無理かな。ここ数年会ってないし、きっと会うこともないだろうし」

「もう別世界の人間ってわけか」

何気なく口にしたのだろうが、清水の言葉が心に引っかかった。

別世界の人間——たしかに、大学を出てからの五年間でふたりの距離は天と地ほどに広がった。

清美は大手テレビ局の看板アナウンサーだ。そして、今の自分は……。

「なあ、おれの推理は当たってると思うか」

「推理？」益田は清水に訊き返した。

「スギキヨがMかSかって話だよ」

「さあ、そこまでは……ただの同期生ですから」

益田ははぐらかした。

「ただ、ダメな男に引っかかりそうだっていうのは当たってなくもないかも」

今はどんな男と付き合っているのか知らないが、四年前まで益田と付き合っていた。

益田はテレビから視線をそらして食堂を出た。

あなたはそんなところで何をしているの——？

画面の中の清美がそう問いかけてくるように感じたのだ。

洗面所に行って歯を磨いた。顔を洗おうとして手が止まった。水をすくった手のひらをじっと見つめた。手のひら全体が油で黒ずんでいる。

それを見た瞬間、すべての気力が失せてしまうのを感じた。

益田は石鹸で手を洗った。しつこいぐらいにこすりあわせると、手の汚れはだいぶ落ちてきた。だがそのぶん、爪の隙間に溜まった黒い汚れが目立っている。歯ブラシに石鹸をつけて爪の隙間を丹念にこすった。

むきになってブラシをこすりつけるが、爪の先の汚れはまったく落ちない。

くそっ——くそっ——。

「益田くん」

後ろから鈴木に呼びかけられ、益田は振り返った。

「一緒に出よう」鈴木が笑顔を向けてきた。

「ああ……」

益田は忌々《いまいま》しい思いで歯ブラシをごみ箱に捨てると洗面所から出た。

「具合が悪そうだけど大丈夫？」

駅に向かう途中で、鈴木が訊いてきた。

「ああ。特に具合が悪いわけじゃないけどこう暑くっちゃな。それに……」そこで言葉を濁した。

「うるさい?」鈴木が申し訳なさそうに訊いた。

正直言ってそうだ。だが、それを口にはしなかった。

毎晩、鈴木はいったい何を唸っているのか、どんな夢にうなされるのかと、何度か壁越しに聞き耳を立てたことがあった。

鈴木はいつも、ごめんなさい……ごめんなさい……と苦しそうに誰かに許しを乞うているようだった。

そのうなされかたから何かよほどの事情があるのだろうかと気になってはいたが、それを訊いてみることにためらいがあった。

鈴木はただの同僚のひとりに過ぎない。数ヶ月もすれば関係のない間柄になってしまうだろう。へたに鈴木の事情に立ち入って、気が滅入るような重い話でもされたらかなわない。

「鈴木くんはずっとこの会社で続けていくつもり?」益田は話題を変えた。

「できればずっと続けたい。働きやすい職場だし、みんないい人たちだし、だけど……」

鈴木がそこで言葉を切った。

「益田くんはずっといるんでしょう?」

「いや。ここだけの話にしてほしいけど、おれはそんなに続けないと思う」

「そうなの?」鈴木が驚いたように益田を見つめてくる。

「むいてないと思うんだ。こういう工場の仕事も初めて経験するし、鈴木くんみたいに資格もないしさ」

「資格だったら取ればいいじゃないか。益田くんだったらちょっと勉強すれば取れるよ。大学を出てるんでしょう。ぼくにだって取れたんだから」

「面接したときに採用はひとりだって社長が言ってた。だから、おそらくふたりを正社員にはしないと思う。四ヶ月間の試用期間でどちらが使えるかを見定めて、ひとりは肩を叩かれるんだろう。鈴木くんがこの会社にいたいと思っているなら、会社にとってもそのほうがいい」

「でも、わからないじゃない。ふたりとも正社員として採用してくれるかもしれない。まだ二ヶ月半以上あるんだ。それまでにいろいろな仕事を覚えたら社長だって簡単に切ろうなんて思わない」鈴木が言い張った。

どうしてそんなにむきになる必要があるのだ。鈴木がここで仕事を続けたいというなら、益田が辞めたほうが話が早いではないか。

「それに……これは他の人には内緒にしてほしいんだけど、おれがこの会社に入ろうと思った動機は少し不純なものなんだ」

「不純？」

「住むところが欲しかったからとりあえず……ってことさ」

「そんなのぼくだって同じだよ。毎日、ネットカフェで寝泊まりするんじゃなくてちゃんと住めるところがほしい。人間らしい生活がしたいと思って面接に来たんだ」

鈴木の動機は不純でも何でもない。実際にこの仕事を求めていて、会社の役にも立っているのだ。それに比べて自分はただの腰掛けの仕事だと思っている。新しい部屋に移れるだけの金ができたらさっさと辞めるつもりだ。これからずっと重い資材を運んだり、油にまみれるのはうんざりだった。

「それにずっとやりたいと思っている仕事があるんだ」益田は言った。

「どんな仕事？」

「ジャーナリストだよ。以前は出版社で働いていたんだ」

出版社で働いていたといってもアルバイトだ。だが、鈴木にはそこまで話さなかった。

大学の就職活動で受けたマスコミ関係の仕事はすべて落とされた。しかたなく内定をもらえた外食チェーンの会社で働き始めたが二年で辞めた。大学の先輩から週刊誌の編集部でアルバイトを探しているからやらないかと誘われたからだ。

アルバイトであっても将来的に正社員になれる可能性がある。それにフリーの記者になるという手だってある。いずれにしても、どんな形であっても報道の現場に携わりたいという思いが強かった。

だが、せっかく始めた編集部の仕事も、辞めざるを得なくなった。

「できればまたそういう仕事に就きたい」

「夢があっていいね。ずっとそういう仕事をしたいと思ってたの？」鈴木が羨《うらや》ましそうに言った。

「ずっとじゃないよ。大学に入ってからさ」

大学に入るときにはマスコミ関係の仕事に就きたいとは考えていなかった。ただ、あの場所から逃げ出したい、学との思い出に縛られたくないという一心で親の反対を押し切って東京の大学に入ったのだ。

マスコミを志望するきっかけになったのは清美だった。

益田は大学に入ってから匿名のブログを書いていた。特に何が目的で書いていたわけではないが、日々の生活であったり、また社会で起こる出来事について自分なりに思ったことを書き記していたのだ。それほど多くの者に読まれることを期待して始めたわけではなかったが、一年ほどするとかなりの閲覧数になっていた。

ある日、ニュースを観ていると益田の胸をひどく痛める事件があった。

男子中学生がいじめを苦に自殺してしまったのだ。いじめがあったとする遺書が見つかったものの、学校も教育委員会もその事実を否定し続けているという。

益田はそれらのニュースを観て感じたことをブログに綴った。学校や教育委員会のありかたに対する批判だけではなく、いじめを行っていたという生徒に対しても、そして自殺をしてしまった今はいない男子生徒に対しても、自分の考えや思いを切々と訴えた。

それはあのとき、学や、学をいじめていたクラスメートに伝えられなかった思いだった。

数日後、いくつかのコメントの中に、それからの益田の人生を大きく変えるものを見つけた。

そのコメントを書き込んだ人物は学校でのいじめに苦しみ、まさに自殺を考えていたところだというが、益田のブログをたまたま目にして、そこに書かれていた言葉に勇気づけられたことで思い留まったという感謝の言葉だった。

どこまで本当のことなのかはわからないが、益田はそのコメントを見て心が洗われるような感動を覚えた。

自分の言葉によって救われる人がいる。

益田はその充実感を胸に抱きながらそれからもブログの更新を続けた。いじめに対する問題だけでなく、少年による犯罪や、日々起こる事件や社会問題、さらに政治や経済についても、益田は自分なりの考えを書き記していった。

匿名でやっていたが、人づてに話が広がったのか、大学内でも益田のブログは話題になっていった。そんなときに知り合ったのが学部はちがうが同期生の清美だった。

清美はアナウンサーを目指していてマスコミ研究会というサークルに入っていた。ブログを見ていた清美は益田の社会に対する考察にいたく感心したと言い、自分が入っているマスコミ研究会に入らないかと誘ってきた。

それまではマスコミという業種にそれほど関心がなかった益田だったが、清美や、サークル仲間と過ごした日々によって、ジャーナリストという仕事を強く志望するようになっていった。

自分の言葉によって何かを変えられるかもしれない。社会にはびこる不正や、人が悲しむような事件や出来事を少しでもなくすことができるかもしれない。

あの頃は毎日が楽しくてしかたなかった。サークル仲間とよく飲みに行ってはいろんな話をした。くだらない話や恋愛話で盛り上がったり、ときには政治や経済や事件などの真面目な話を朝まで議論したり、将来の夢を熱く語り合ったりした。

あの頃は自分には無限の可能性があるのだと信じて疑わなかった。ジャーナリストになって世の中の不正と対峙《たいじ》し、社会の役に立つ人間になるのだと。

自分の人生の中で最も光り輝いていた時期だ。

それが今はどうだろう。自分が思い描いてきた未来とはかけ離れた場所で立ち往生して、もがいているだけだ。

蕨駅の階段を上って改札に向かうと、人波の中に藤沢美代子の姿があった。美代子は改札の横にたたずんであたりをきょろきょろと窺っている。美代子がこちらを向き、目が合った。軽く会釈すると、一瞬、笑顔になった美代子がすぐに表情を消した。

「おはようございます。誰かと待ち合わせですか」益田は美代子に近づいて声をかけた。

「いえ……そういうわけではないです」

美代子はちらっと鈴木のほうを見ると、そそくさと改札の中に入っていった。

益田は全身に力を込めて台車を押した。

「マスやん、ハリーアップ。早くしねえと昼飯食いそびれるぜ」

機械の前にいる清水が大声でせかすが、台車には何十枚ものステンレス板が積まれていてなかなか前に進まない。何とか清水のもとに台車を運ぶと、息つく暇もなく今度はステンレス板を一枚一枚機械の中に積み上げていく。

いいかげん腕の感覚が麻痺してくるが、目の前にいる清水は機械の点検をしているようで手伝ってくれる気配はない。

何とかすべてのステンレス板を積み上げると、清水が機械の運転ボタンを押した。

益田は額の汗を拭って時計に目を向けた。十一時前だ。まだ一日の半分も経っていないことを知って気が遠くなった。

「清水さん、事務所の人が呼んでます――」

同僚のひとりが清水を呼んだ。

「ああ、わかった。マスやん、ちょっとここで機械の様子を見ててくれ。見てるだけでいいから」清水はそう言うと工場の出口に向かった。

益田は重い溜め息をつくと機械に向き直った。清水に言われたとおりに、機械の内部の刃がステンレス板を次々とカットしていく様をぼんやりと見つめる。

機械の振動に混じって、作業着のポケットの中から着信メロディーが聞こえた。

マナーモードにするのを忘れたと思うのと同時に、そのメロディーに心臓が激しく波打った。

コブクロの『Million Films』のメロディーだ。この曲を着信メロディーにしている人物はひとりしかいない。

だけど、まさか……。

勤務中の携帯の使用は禁止されている。だが、すぐにこの目で確かめたいという思いが胸の中で反響していた。

あたりを窺うとこちらに目を向けている従業員はいない。右手の軍手を外してポケットに手を突っ込んだ。スマートフォンを見ると間違いなく清美からの着信メールが入っている。タイトルは『元気にしてる?』となっていた。

ディスプレイの清美の写真を見ながら、心の中が激しく揺さぶられている。

スマートフォンが手からこぼれた。機械の隙間に落ちていくのを見て、とっさに右手を伸ばした。

しまった——と思った瞬間、指先に衝撃があった。

何があったのかをすぐには理解できなかった。ステンレス板の上にぽとっと落ちた小さなふたつの物体を見ても、それが何であるのか理解できない。続いて赤い液体がその上に滴った。それは自分の指先からとめどなくあふれている。

親指と人差し指が第一関節の上からなくなっているのに気づき、右手を押さえて絶叫した。

「どうしたの?」

鈴木の声が聞こえた。

「指が、指が……」それ以上、声にならない。

鈴木が慌ててボタンを押すと機械が止まった。機械の振動がやんで自分の身に起きた事態をようやく把握できるようになると、激しい痛みが指先から突き上げてきた。

鈴木が機械の中を覗き込んでいる。益田も機械の中に目を向け、すぐに視線をそらした。自分のからだの一部なのに、それを視界に入れることも触れることも怖くてできなかった。

「どうしたんだ!」

山内や他の従業員が益田のまわりに駆けつけてきた。

すぐに事態を察したようで、山内がハンカチを取り出した。引きちぎった布で益田の指の付け根を締めつける。

「救急車!」山内が叫んだ。

自分の手もとを見ることができなくて、鈴木のほうに視線を向けた。

鈴木が機械の中に手を伸ばしている。ふたつの肉片を取り出すとハンカチで包んでどこかに走っていった。

「大丈夫だ。すぐに救急車が来るからな。手を心臓よりも高く上げておくんだ」

視界に映る光景が現実のものとは思えない。夢を見ているように視界がかすんでいる。

だが、指先から突き上げてくる激しい痛みは絶望的なほどに現実のものだった。

サイレンの音が聞こえてきた。山内に支えられながらよろよろと出口に向かう。工場の外に救急車が停まっていた。隊員に促されながら救急車に乗り込んでベッドの上に横になった。山内も乗り込んで益田の隣に座る。

事務所から出てきた鈴木がこちらに駆けてくるのが見えた。

「山内さん、これ」

鈴木がそう言って、手に持っていたビニール袋を山内に差し出した。

心配そうにこちらを見つめる鈴木を遮るように救急車のハッチが閉まった。


益田はずっと天井に据えていた視線をゆっくりと移動させた。

ギプスと包帯で固定され、器具で吊《つ》るされた右手が見えた。縫合手術が終わってから病室のベッドでこの姿勢で寝かされている。

おれはこんなところで何をやっているのだ。

目の前に吊るされた右手を見つめ、悔しさと情けなさで涙がこみ上げてくる。

静寂の中で、ドアをノックする音が聞こえた。

「はい……」

力なく答えると、ドアが開いて山内が病室に入ってきた。

「なに、この世の終わりみたいな面してるんだよ」山内がかすかに笑みを浮かべながら言った。

縫合手術をしている間中、ずっと病院にいてくれたみたいだ。手術室を出たときに山内の姿は見かけなかったが、益田の気持ちが少し落ち着くまで別の場所で待っていたのだろう。

「社長と連絡がついた。仕事で鳥取のほうに行ってるんだがすぐに戻ってくるそうだ。うちの会社はまともだから労災の申請もしてくれるだろう」

「いろいろとご迷惑をおかけしました……」

「それにしてもあの機械に手を突っ込むなんて正気の沙汰じゃない。この仕事はちょっとの油断で大怪我をするからな」

益田は小さく頷いた。

これはもしかしたら罰なのかもしれない。どこかでこの仕事を舐めていた。

「まあ、人のことは言えねえが……」山内が自嘲するように言いながら、小指と薬指の欠けた右手を出した。

「山内さんも同じような機械でやったんですか?」

「ああ。おまえは運がいい。今はおれの頃よりも医療技術が発達してるし、リハビリをすればまた動かせるようになるだろう。それに医者も感心してたが、鈴木の処置がよかった」

「鈴木くんの?」

「切断した指をきれいに拭って氷で冷やしてうまく保存してた」

「そうなんですか」

山内に差し出したビニール袋の中身がそれだったのだろう。今までそんなことに思いを向ける余裕もなかった。

「とっさの事態になかなかあそこまで冷静に対処できる人間は少ないだろう」

もし誰かがそんな目に遭ったら自分は同じことができるだろうか。いや、きっとできないだろう。自分のからだであるにもかかわらず、益田は恐ろしくて見ることさえできなかった。

鈴木くんに嫌な思いをさせてしまった。

「鈴木くんは？」

「仕事が終わってから病院に駆けつけてきた。外にいるよ」

「呼んでもらえますか」

益田が頼むと山内が病室から出ていった。入れ替わりに鈴木がひとりで入ってきた。ベッドのそばまで近づいてくるとポケットからスマートフォンを取り出した。

「これ……」鈴木がサイドテーブルの上にそっとスマートフォンを置いた。

「ありがとう。借りができちゃったな」

鈴木は益田のことをじっと見つめている。やがて小さく首を振った。

「貸し借りなんかないよ」

「だけど、鈴木くんのおかげで指がつながった。いつかこの恩を返したい」

「当たり前のことをしただけだよ」

「当たり前か。だけど、おれだったら同じことをできたかどうかわからない。他人の切断されたからだの一部を……」

「ぼくだってそうさ。他の人間のなら見ることさえおぞましい。親友のだからできたんだ」

親友——という言葉が、胸に響いた。

「益田くんはぼくのことを救ってくれた。ぼくを救ってくれた唯一の親友だからやったんだ」

「救ったって……」益田は呟いた。

「もし、ぼくが自殺したら痛みを感じるって言ってくれたよね。その言葉を聞いて、本当にうれしかったんだ。自分のことを必要としてくれる友達に初めて出会えて、本当にうれしかったんだ……」

じっとこちらに向けられた鈴木の目が潤んでいる。

その涙を見て、自分の罪深さを知った。

それほど大きな意味を持って言ったのではない。別に鈴木のことを必要としているから言ったのではない。それなのに、あんな言葉を真剣に受け取っていたことが衝撃だった。

自分のことを必要としてくれる友達に初めて出会えて——。

だから、通勤のときに必死に益田のことを会社に引き留めようとしたのだろうか。

鈴木の目を見ていると、胸が痛くなる。

「何か必要なものあるかな」鈴木が少し笑みを浮かべて訊いた。

「いつでもいいから着替えが入った鞄を持ってきてほしい」

「わかった。明日持ってくるよ」鈴木が手を振って病室から出ていった。

ひとりになるとあらためて鈴木のことに考えを巡らせた。だが、考えれば考えるほど自分の心の中にある邪《よこしま》さを突きつけられるようで嫌になった。

益田は左手でスマートフォンをつかんだ。清美からのメールをチェックする。

『元気にしてますか？　萩原《はぎわら》くんがサークルのOB会の案内を送ったけど戻ってきたって連絡があったの。引っ越ししたの？』

メールの文面を見て、思わず舌打ちした。

清美に余計なことを言いやがって。

萩原とはそれほど親しくはないが、益田の携帯番号やメールアドレスぐらいは知っているはずだ。益田の携帯に直接連絡すれば済むことだ。おそらくこれにかこつけて清美に連絡を取りたかっただけだろう。

益田はメールを打った。

『こちらはまったく変わりがない。ただ引っ越ししただけだ』

7

弥生は後ろから聞こえてくる子供の声に振り返った。

広場でパンダの遊具に乗った男の子が興奮したようにはしゃいでいる。そばでビデオカメラを子供に向けながら父親らしい男性が笑っていた。フランクフルトを片手に持った女性がふたりのもとに向かっていく。

温かい家族の光景に、弥生は少し目を細めた。

智也があれぐらいの頃には、弥生も智晴とともによく遊園地や動物園やデパートの屋上にやってきた。

今の智也は家族三人で遊びに出かけたことをどれぐらい覚えているだろう。

弥生はそんな感傷を振り払うように腕時計に目を向けた。もうすぐ彼と約束した正午だ。ペットボトルのお茶で喉を潤しながらあたりを見回した。

デパートの屋上は多くの家族連れで賑《にぎ》わっている。その中でベンチにひとり座って新聞を広げていた男性とちらっと目が合った。男性はすぐにこちらには関心がないというように新聞に視線を戻した。

この二週間、何度も彼に連絡を入れて会おうとしたが、そのたびに忙しいからとけんもほろろに断られていた。仕事場や寮の近くまで出向いてもいいからと言っても聞き入れてくれない。それでも一昨日《おととい》の夜の電話で、ようやく彼と会う約束を取りつけることができた。

前回彼と会ってから三週間が経っている。

会う約束を取りつけたのはいいが、彼は前回会ったときと同じ場所を指定してきた。

正直なところちがう場所にしてほしいと思ったが、そんなことを言えば約束を翻されるのではないかと考えて口には出さなかった。

この場所に抵抗があるのは別にまだ厳しい陽射しにさらされるのが嫌だというわけではない。もちろん、それがまったくないとは言えないが、弥生のささやかなたくらみに気づかれてしまうのではないかと不安を覚えたからだ。

医療少年院に入っていた頃の彼は、人との共感能力は著しく欠如していたものの、洞察力は恐ろしいほどに鋭かった。

屋上の出入り口に目を向けていると彼が現れた。前回会ったときと同じ長袖のシャツとジーンズ姿の彼がこちらに向かって歩いてくる。

彼はこのテーブルに来る前に自動販売機に立ち寄った。一応、彼のぶんのお茶も買ってテーブルに置いていたが、どうやらちがうものが飲みたいらしい。

「今日は先生のほうが早かったね」

ペットボトルのコーラを片手にやってきた彼が言った。

「ええ、十時過ぎにはデパートに来てウインドウショッピングをしてたわ。仕事が休みのときには家にいてもやることがなくて退屈なのよ」

本当はちがう理由で早く来ていたのだが、弥生は微笑みで嘘を隠した。

「少し前のぼくもそうだったよ。でも、ウインドウショッピングをしても買うお金がないから虚しくなるだけだけどね」

彼は弥生の向かいに座ると、キャップを開けてコーラに口をつけた。

「少し前っていうことは、今は休みのときには何をしているの？」弥生は訊いた。

「いろいろだよ。この前の日曜日には競艇に行ったよ」

「競艇？」

彼の口から出てきた意外な言葉に、弥生は訊き返した。

「そう。馬の代わりにボートで競争するやつ。寮の近くにあるんだ」

彼は言ってから、はっとしたような顔になった。

自分の居場所につながるヒントを与えて、しまったと思ったのだろう。

「先生……ぼくと会ったこと誰にも話してないよね」彼が探るような眼差しで言った。

「もちろんよ」

弥生はふたたび嘘をついた。

彼と会った翌々日、弥生は悩んだ末に医療少年院の院長に彼から連絡があったと告げた。彼のサポートをしてきたメンバーの中には、彼がどこかで自殺してしまったのではないかと心配している者もいるという。せめてその心配だけは払拭してあげたかったのだ。直接会ったことまでは話していない。ただ、公衆電話から自宅に連絡があり、元気にやっているから心配しないでほしいと言ってすぐに切られたのだと話した。院長は驚きながら弥生の報告を聞いて、次に電話があったときには何とかして彼の居場所を聞き出してほしいと訴えてきた。弥生は、また連絡があるかはわかりませんが、と曖昧に答えた。

「あなた、ギャンブルなんかやるの？」

「寮の人が連れて行ってくれたんだ。もったいないから二百円しか買わなかったけど、それが三千円にもなったんだよ。連れて行ってくれた人は一万円も使ってすっからかんになったけど。初心者のぼくを連れて行ったせいで運を吸い取られたって帰り道でずっと愚痴られたよ」

彼が楽しそうに話した。こんな饒舌《じょうぜつ》な姿を初めて見た気がする。

「生活に変わりはないようね」弥生は少し安堵して言った。

だが彼は、「実は木曜日に大変なことがあったんだよ」と大仰に首を横に振った。

「大変なこと？」

背中がざわつくのを感じて、弥生は身を乗り出した。

「うん。益田くんが仕事場で大怪我をしたんだ」

益田くん——前回会ったときに、彼が寮で打ち解けるきっかけを作ってくれた親友だと話していた同い年の同僚だ。

彼の話によると、益田が仕事場の機械で指を二本切断する大怪我を負ったという。

「それでどうなったの」

「うまくつながったよ。お医者さんからぼくの処置がよかったって褒められたんだ」彼が誇らしげに口もとを緩めた。

「あなたの処置って？」

「機械に落ちた指を拾ってすぐに事務所に駆け込んだんだ。汚れをきれいにハンカチで拭ってからビニール袋に入れて氷で冷やして山内さんに渡したんだ」

山内さん——酒癖のあまりよくない年配の男性だと、前回していた話を思い出した。

「このときのコツは氷を直接指につけないことなんだよ。そうするとふやけちゃってうまく接合できなくなっちゃうからね。氷を入れたビニール袋の中に、さらにビニール袋で包んだ指を入れたんだ」

「よくそんなことを知ってたわね」弥生は感心して言った。

「以前の職場で同じような事故があったんだ。そのときはぼくは何もできなかったけど、工場長がそうしてたのを見ててね。これがこの間の写真だよ」

彼が向けてきた携帯の画面を見て、びっくりして仰《の》け反《ぞ》った。

ハンカチの上に血に染まったふたつの肉片を載せた写真だ。どうしてこんなものを撮影したのだろう。

写真を見ながら嬉々とした表情を浮かべる彼を見て、もしかしたら彼の病理はまだ完全に治っていないのではないかと、不安がこみ上げてきた。

「ぽとっと取れた指が完全につながるんだって。しかもリハビリをすればまた動くようになるそうだよ。人間のからだってすごいよね。包帯が取れたら傷口を見せてくれるって約束したんだ」

彼なりの新しい発見なのだろう。

警察の取り調べで彼は、子供たちを殺害したときのことに触れ、人間とはなんと脆くてちゃちなものなのだろうと思ったと語っていたそうだ。

自分が持っているおもちゃの人形でさえもっと頑丈で、こんなに簡単に分解などできないのに、神様はどうしてこんな脆い容器の中に魂などという複雑なものを入れようと思ったのだろう――と。

そのときの調書を目にして、背中に冷たいものが走ったのを覚えている。

突然、手に持っていた携帯の着信音が響いて、彼が驚いたように身を引いた。

メールが届いたようだ。彼は携帯を見ながら考え込むような表情をしている。

「誰からなの？」弥生は興味を抑えきれずに訊いた。

「会社の同僚だよ」

彼は答えて、携帯をこちらに差し出した。

『突然ですが、明日の日曜日は何か予定はありますか？　実は友達から映画の券を二枚もらったんですが、よかったら行きませんか』

名前を見ると『藤沢美代子』とある。どうやらデートの誘いのようだ。

「どうしたらいいかな……」

彼に問いかけられて、弥生は答えに窮した。

普通であれば、行って来ればいいじゃないのと答える。だが、彼のことをよく知っている弥生にしてみれば、簡単にそんなことは言えない。

もしこの女性と恋愛関係に発展するようなことになれば、彼とその女性はきっと大きな苦悩を抱えることになるだろう。

彼もそのことを自覚しているにちがいない。だから、弥生にどうすればいいのかと問いかけているのだ。

やめておいたほうがいいと半分では思う。だけど心の半分では、そう答えるのが本当に正しいのだろうかと迷っている。

普通の生活を送っていれば、こういう機会にたびたび出会うことになるだろう。

医療少年院に入院してきたときは、切れ長の目にまったく感情を窺わせない無機質な顔をしていて、まるで陶器でできた人形を見ているようだった。だが、今の彼はその頃とはかなり印象が変わって、なかなか魅力的なルックスをしている。

彼が起こした犯罪を知らなければ、少し陰のある格好いい青年として、女性の目には映るのかもしれない。

人を拒絶して遠ざけ続けることが彼にとっていいことなのだろうか。

彼は子供の頃から女性に対して性的な感情をまったく抱かなかったそうだ。物心ついたときから、動物の死体であったり、映画などで人が切り刻まれて殺されるような残虐なものにしか、性的な興奮を覚えなかったという。その極めて歪《いびつ》な性衝動があの事件を起こした大きな原因だったのだ。

その歪な性衝動を一般の男性が本来持っている正常なものに変えていくのが、弥生たち職員に課せられた大きな使命だった。

だが、医療少年院に入院している間に、彼がそれまで抱いていた殺人願望や歪んだ心理状態はかなり改善されたと感じられたが、彼の性衝動が正常なものになったかどうかだけは判然としていなかった。

弥生たちが知るかぎり、彼が医療少年院で自慰行為をしている形跡が見受けられなかったからだ。

彼はいったいどんなものに性的な感情を抱いているのだろう。そもそも彼の中の性衝動そのものがあの事件によって枯渇してしまったのではないか。

長い期間、彼のことを見てきた弥生にもそのことはわからないでいる。

今の彼は、普通の青年のように女性に関心を寄せるようになったのだろうか。女性に対して性的な感情を抱いているのだろうか。

いずれにしても以前のように、グロテスクなもので性欲を処理していないことを切に願っていた。

「ねえ、先生……どうしたらいいかな」

彼の言葉に、弥生は我に返って顔を上げた。

「どんな女性なの？」弥生は訊いた。

「どんなって……きれいな人だよ」

「あなたはどう思ってるの？　その人と一緒にどこかに出かけたい？」

彼はしばらく考えるように視線を宙にさまよわせ、やがて頷いた。

「その人から手を握られたことがあったんだ。そのとき不思議な感覚がした。今まで感じたことのない……何ていうんだろう……」

「うれしかった」

弥生が代弁すると、彼は少し恥ずかしそうに頷いた。

「先生から手を握られたときもうれしかったけど、それとはまたちがう……」

女性に好意を抱き、肌を触れ合いたいと思うのは、男性としていたって普通のことなのだ。彼がそれを願うということは、正常な人間に戻っている証ではないのか。

それを拒絶させることが、彼にとって本当にいいことなのだろうか。

「そう思うんだったら行ってきたら？」弥生は若干のためらいを抱きつつ言った。

「ねえ、来週の土曜日も先生とデートしない？」

改札口の前で、弥生は冗談めかして言った。

「まだわからないよ。ぼくにもいろいろと予定があるから」

彼は少し考えた後、そう答えた。

「それにいつまでも先生と一緒にいるといろいろ甘えちゃいそうだから。いいかげん親離れしないとね」

「別に甘えてもいいのよ」

「そういうわけにもいかないよ。ぼくはひとりで生きていかなきゃいけないんだから」

彼はそう言うとこちらに背を向けて改札の中に入っていった。

ちらっと改札の横に立っている男性に目を向けた。さっきまで屋上のベンチで新聞を読んでいた米沢《よねざわ》だ。軽く頷くと、彼に続いて改札に入っていった。

階段を上っていく彼と米沢の姿が見えなくなると、弥生はコインロッカーに向かった。ロッカーから鞄を取り出すとデパートに入って化粧室を探した。化粧室で鞄の中に入れていた先ほどとはまったく雰囲気のちがうワンピースに着替えた。帽子とサングラスをして化粧室を出ると喫茶店で米沢からの連絡を待った。

こんなことをするのは彼に悪いとは思うが、どうしても彼が住んでいる家や働いている職場を知っておきたかった。

最初は彼がやったように興信所に頼もうかと思った。だが、彼の家や職場以外のことまで勝手に調べられてしまう危惧を抱いてためらった。もちろん職場の人間にはこんなことを頼めるはずもない。協力してくれそうな人を思い巡らせたが、職場以外の自分の人間関係の薄さを痛感させられただけだった。

一瞬、智也の顔が脳裏をかすめた。もしかしたらおもしろがってやってくれるかもしれないし、それ以上に智也とひさしぶりに会うための口実になるのではないかと考えた。だがすぐにその考えを打ち消した。そんなことを智也に頼めるわけがない。

彼は智也がこの世で最も憎悪する存在なのだ。万が一にも、そんな男の後をつけさせていたことがわかったら、もう二度と自分とは口をきいてくれなくなってしまうかもしれない。

けっきょく大学時代のサークルの仲間ぐらいしか思いつかなかった。何人かに連絡を取ってみて、今日の予定が空いていたのが米沢だった。弥生は何も訊かずにある人物のことをつけてほしいと米沢に頼みこんだ。米沢はしばらく弥生の話に戸惑っていたようだが、最後には何とか協力を取りつけることができた。

二時間ほどすると米沢から電話があった。今、埼玉の蕨にいるという。

弥生は喫茶店から出ると電車に乗って蕨駅に向かった。

駅の階段を上っていくと改札の向こうに米沢が立っていた。弥生は手を上げて歩み寄った。

「わかった?」

改札を出て訊くと、米沢が頷いた。

「自分の意外な才能にびっくりしてるよ。探偵にでも転職しようかな」

耳鼻科の医師をしている米沢が冗談めかして言った。

「これから行ってみるか？」

米沢の言葉に少し迷ったが、弥生は頷いた。

もし彼とすれ違ってしまったとしても、ちらっと見たぐらいでは弥生とは気づかれないだろう。

米沢に続いて駅を出た。駅から五分ほど歩いたところにある一軒家の前で米沢が立ち止まった。

「ここに入っていったよ」

弥生は目の前の一軒家を見つめた。築四、五十年は経っていそうなほどかなり古い建物だ。

ここに彼は住んでいるのか——。

弥生は警戒しながら建物に近づいた。だが、どこを見ても表札や会社名などは出ていない。

「彼はここに来る前に川口にある病院に立ち寄ってる。川口東総合病院の二〇三号室に入っていった」

おそらく、木曜日に指を切断してしまった益田の見舞いだろう。

「ありがとう」

職場はまだわからないが、それはこれから自分で調べるしかないだろう。こんな探偵の真似事を何度も頼めない。

「なあ、白石——」

駅に向かっている途中、米沢が神妙な声で呼びかけてきた。

「もしかして彼はあの事件の……じゃないのか？」

唐突な米沢の言葉に、弥生は怯んだ。

米沢は同じサークルだった智晴とも交流を持っている。きっと弥生があの事件の犯人の担当をしていたことを聞いていたのだろう。

「ちがうわよ」弥生は米沢から視線をそらした。

「やっぱりそうか……おまえは昔から嘘がへただからな」

簡単に見破られてしまった。

「お願いだからこのことは誰にも話さないでね」

「別に誰にも話さないけどさ、どうしておまえがこんなことをしてるんだ。もう関係ないんじゃないのか」

少し咎《とが》めるような口調に感じた。

「心配だからよ」

「心配？」

「彼は少年院を出てから、矯正局のサポートチームに見守られながら生活していたの。だけど七ヶ月ほど前に彼らの前から突然姿を消してしまった」

「それできみのもとに連絡があったってわけか」

「ええ。三週間前にね」

「矯正局の人間はこのことを知っているのか？」

「連絡があったことは話した。だけど、こうやって会っていることは話してない。言えば彼のことを連れ戻しに来る。彼は自立したがっているのよ。つねに監視されるように生活するのは耐えられないから逃げ出したって」

「だけど矯正局はその必要があると思って彼を監視していたんだろう。もし、彼がふたたびあんな事件を起こすようなことがあって、きみが彼の居所を知っていたのがわかったら責任を問われることになるんじゃないか」米沢が心配そうに言った。

「彼はもうあんな罪は犯さないわ」

「そんなことどうして言い切れるんだ。そう言い切れない不安があるから、彼が住んでいるところや職場を知りたいと思ったんだろう。もし何かあったら、きみは息子さんと離れるどころではないさらに大きな痛みに苛まれることになるんだぞ。悪いことは言わない。彼のことを正直に上に話しておいたほうがいい」

米沢は暗に、彼のためにこれ以上自分を犠牲にしてはいけないと言っているようだ。

川口駅に着くと、弥生は米沢と別れて電車を降りた。

米沢と一緒にいるのが辛かったこともあるが、彼が立ち寄ったという病院に行ってみようと思い立ったのだ。

別に病院に行って何をしようというのではないが、彼が親友と呼ぶ益田のことを少しでも知りたかった。

駅前からタクシーに乗って病院に向かった。

病院に入ると階段を上がって二〇三号室に行った。ドアは閉じられていた。プレートに『益田純一』という名前があった。

彼は益田のことを慕っている。寮でみんなと打ち解けるきっかけを作ってくれた親友だという。

ヨシオのときのように、彼にとって残酷な関係にならなければいいが。

ふいにドアが開き、弥生は驚いて顔を上げた。

病室から出てきた若い男性と目が合った。包帯を巻いた右手を肩から吊っている。男性は怪訝そうな目で弥生を見つめていた。

「すみません……部屋を間違えました」弥生はとっさにそう言うと、逃げるようにその場を離れた。

8

いけふくろう像の前で待っていると、人波にまぎれてこちらに向かってくる鈴木の姿が見えた。

美代子は飛び出しそうになる心臓を押さえるようにしながら小さく手を振った。

「急に誘ったりしてご迷惑じゃありませんでしたか？」

美代子が訊くと、鈴木は首を横に振った。

「ご迷惑かなとも思ったんですけど、せっかくもらった券を使わないともったいないなと……だけど、わたし友達が少なくて……そういえば、この間鈴木さんと連絡先の交換をしたなって思い出して……鈴木さんの好みかどうかはわからないんですけどね」

映画の券を差し出しながら、自分でも少し言い訳がましいと感じている。

もちろん友達からもらったというのは嘘だ。少ないどころか、今現在交遊を持っている友達などひとりもいない。一昨日、川口のチケットショップで一時間吟味をした末に決めた映画だった。

「映画の時間をまだ調べてないんです。とりあえず携帯のネットで調べてみましょうか」

これも嘘で待ち合わせの時間を決める前に調べている。次の回まで一時間半ほど時間があった。軽くランチをしてから映画を観ようと思っている。

携帯のネットで次の上映時間を確認すると、近くのイタリアンレストランに入った。

だが、いざ鈴木と向かい合っても何を話せばいいのかわからず、沈黙したままランチを食べた。

「そういえば……益田さんの様子はどうなんですか？」

トマトソースのショートパスタを食べているときに極めて不適当な話題だと思われたが、他に話のきっかけが見つからなかった。

「うん、大丈夫そうだよ。完治するまでに少し時間がかかるみたいだけど、リハビリをすれば指も動かせるようになるって」

「よかったですね」

フォークに刺したパスタを見ているうちに、あのときの光景がよみがえってきて食欲が失せた。

突然、血相を変えた鈴木が事務所に飛び込んできた。何かただならぬ様子に美代子は鈴木に続いて給湯室に入っていった。

「ビニール袋二枚ありませんか？」

鈴木に急き立てられ、美代子はいったい何があったのかと訊ねた。

すると、鈴木が手に持っていたハンカチに包んでいたものを見せた。それを見た瞬間、美代子は悲鳴を上げた。慌てて引き出しを開けてビニール袋を渡すと、鈴木はひとつには切断された指を、もうひとつには冷凍庫から出した氷を入れた。そして氷を入れた袋に指の入った袋を入れると事務所から飛び出していった。

あまり思い出したくない衝撃的な光景であると同時に、あのときから抱いていた鈴木への思いをさらに深くした出来事だった。

いくら同僚のものであってもからだの一部を拾い、あれだけ的確な行動ができる鈴木を頼もしいと思った。

身を挺《てい》して達也から守ろうとしてくれたときから、鈴木に対して特別な感情を抱き始めていることに気づいていた。

だけど、それから二週間あまり、できるかぎりその感情を表に出さないように努めてきた。

男性に好意を抱き、その男性から裏切られるのが怖かったのだ。

東京から長岡の実家に戻り、一見平穏な生活を送っていたときに、心を深く傷つけられる出来事があった。

美代子は職場で、ある男性から食事に誘われた。美代子が以前から優しくて素敵だと思っていた池田《いけだ》という三つ年上の正社員だ。ふたりで食事に行くと、池田は以前から美代子のことが好きだったと告白してくれた。美代子は舞い上がる気持ちで池田の告白を受け入れた。

だが、食事を終えて車に乗ると池田はそのままラブホテルに入っていった。さすがにすぐにからだを許すことに抵抗があり、車中で相手を傷つけないように断ろうとすると、池田が意外な言葉を口にした。

別に減るもんじゃないからいいだろう——と、池田は強引に美代子をホテルに連れ込もうとした。

それまでの紳士的な振る舞いからかけ離れた池田の言動にショックを受けた美代子は、激しく抵抗した。逃げるようにその場から立ち去ろうとした美代子に、池田は愕然《がくぜん》とする言葉を投げつけてきた。

「おまえ、AVに出てた南《みなみ》涼香《すずか》だろう。こっちだって別におまえになんか興味はないよ。ただ同僚と似てるって話になって、じゃんけんで負けたおれが確認することになっただけだ」

美代子はその言葉に泣きながら家に帰り、翌日、スーパーの仕事を辞めた。

それから実家を出るまで家に引きこもるような生活になった。

あんな惨めな思いはもうしたくない。男なんてこりごりだ。ずっとそう思っていた。だけど、達也との一件があり、さらに益田の事故の折に鈴木の人間的な優しさを垣間見たことによって、もっとこの人のそばにいたいという思いを抑えきれなくなってしまったのだ。

「益田さんはきっと辞めちゃうでしょうね」

美代子が言うと、鈴木が少し顔を伏せた。

「辞めてほしくないな。たったひとりの親友だから」

その言葉にふと、あらためて鈴木という人物について思いを巡らせた。

鈴木が持っていた携帯のアドレス帳には美代子を含めてふたりしか登録されていなかった。出会って一ヶ月半ほどしか経っていない同僚を親友だという、彼の今までの人間関係を想像してみた。

「ところで鈴木さんはどんな映画が好きなんですか？」

深くそのことに立ち入ってはいけないような気がして、美代子は話題を変えた。

「子供の頃はたまにホラー映画とかを観てたけど最近は何も観ないな。藤沢さんはどんな映画が好きなの？」

「一番好きなのは『タイタニック』です」

あの映画はもう百回以上観ている。初めて観たのは中学三年生のときだ。少し背伸びをして映画館に観に行ったのだが、自分の想像を超えていたく感動してしまった。思えばあの映画を観たことで、将来は女優になりたいと漠然と考えるようになったのだ。

「『タイタニック』ってどんな映画？」

「『タイタニック』を知りませんか？　レオナルド・ディカプリオが出ているやつですよ」美代子は驚いて訊き返した。

観ていないのは理解できるが、あれだけ話題になった『タイタニック』を知らない人が同世代にいるなんて信じられなかった。

「いや、知らないなあ……」

鈴木が初めて聞いたというように首を横に振った。


「これからどうしましょう」

映画館から出ると、美代子は鈴木に訊いた。

鈴木が立ち止まって考え始めた。しばらくすると美代子を見つめてきた。行きたいところがあるが言い出せないでいるみたいだ。

「どこでもいいですよ」美代子は微笑みかけた。

「ミミに会いたいな」

鈴木が少し言いづらそうに答えた。

「いいですよ。じゃあ、ピザかなにか頼んでうちで食べましょう」

美代子と鈴木は駅に向かっていった。


美代子はミニキッチンで皿を洗いながらちらっと鈴木のほうを見た。

あぐらをかいた鈴木が真剣な眼差しでノートに絵を描いている。

ピザを食べ終えると、鈴木はノートと鉛筆がないかと訊いてきた。クローゼットの中を探してノートとシャーペンを渡すと、タオルケットの上で眠るミミをモデルに絵を描き始めたのだ。

「見せてもらっていいですか」

鈴木の後ろから絵を覗き込んだ美代子は驚いた。プロが描いたと見紛うほどの上手なデッサン画だった。今にもノートの中からミミが飛び出してくるのではないかと思ってしまうほど、毛の一本一本までもが細密に描写されている。

「すごいですね。それで生活できるんじゃないですか」

正直な感想を告げると、鈴木がこちらを向いてうれしそうにはにかんだ。

「わたしも描いてほしいな」

何気なしに言うと、「じゃあ、そこに座って」と鈴木がノートをめくった。

向かいに座ると、鈴木が美代子とノートに交互に目を走らせながら描き始めた。鈴木に真剣な眼差しで見つめられ、鼓動がせわしくなっていく。緊張と恥ずかしさで少し顔をそらした。

「動かないで」

鈴木に注意され、すぐに顔を戻す。

しばらくすると、鈴木がノートをこちらに差し出した。

ノートに描かれた絵を見て言葉を失った。あまりの陶酔にからだが震えてきそうになる。

「これが、わたし……？」

信じられない思いで問いかけると、鈴木が美代子を見つめながら頷いた。

「ぼくにはそう見える」

ノートに描かれた美代子は、自分でさえも今まで見たことがないような生き生きとした表情を浮かべている。

鈴木には、今の美代子が本当にこんな風に映っているのだろうか。

「ありがとう……」

抗いきれない磁力に引き寄せられるように、美代子はすぐ目の前にいる鈴木に顔を近づけていった。

目を閉じて鈴木の唇に自分の唇を合わせる。小刻みに震えていた。鈴木の唇が震えているのか、自分の唇が震えているのかわからない。ただ、美代子の心臓は間違いなく激しく高鳴っている。

もっと鈴木の中に入っていきたかった。だけど、鈴木の唇が固く引き結ばれているようだった。少し寂しさを感じながら鈴木の唇から離れ、ゆっくりと目を開けた。

鈴木と目が合った。戸惑いとも怯えともつかない眼差しでじっと美代子を見つめている。お互いに視線をそらした。

「そろそろ帰らないと」

鈴木が腕時計を見て言うと立ち上がった。ドアに向かっていく。

「あの……」

靴を履いている鈴木に声をかけると、こちらを振り返った。

何か言わなければいけないと思って声をかけたが、すぐに言葉が出てこない。

先ほど感じた怯えたような鈴木の眼差しに、美代子のことをどのように思っているのかと不安だった。

「今日は楽しかったです。また会ってもらえますか？」

何とかその言葉を絞り出すと、鈴木が小さく頷いた。

「今度、『タイタニック』のＤＶＤを買います。一緒に観ましょうね」

鈴木がもう一度頷いた。

「約束ですよ」

美代子は鈴木を見つめながら無理して笑顔を作った。

お別れにもう一度口づけを交わしたかったが、鈴木はそんな美代子の願いなど微塵も気づかぬようにドアを開けて、部屋を出ていった。

閉じられたドアを見つめながら、美代子は溜め息をついた。

部屋に戻ると、タオルケットの上に座っていたミミがこちらを見ている。

「またふたりだけになっちゃったね」美代子は呟いた。

こんな姿を見たら、清美はどんな言葉を投げかけてくるだろうか。

益田はそんなことを想像しながらベッドの上からテレビを見つめていた。

画面の中の清美は今の益田の憐れな姿など知る由もなく、神妙な面持ちでニュースを読んでいる。

9

「先月十四日に埼玉県飯能市内の山林で近くに住む戸田安彦《とだやすひこ》ちゃんが遺体で発見された事件について、埼玉県警は昨夜、容疑者の少年を逮捕したと発表しました……」

画面には犯行現場となったらしい山林が映し出されている。テロップには『被害者戸田安彦ちゃん（7）』と『容疑者　市内の中学校に通う15歳の少年』と出ている。

画面がスタジオに切り替わると、清美の隣に家庭裁判所の元裁判官という男性が座っていて、容疑者の今後の処遇などについて話をしている。

男性の声をバックに、近年発生した少年による殺人事件の事件映像が流れた。

その中のひとつに見慣れた景色があった。かつて益田が住んでいた近隣の光景だ。

十四年前——益田が中学二年生のときに、隣町で前代未聞といえる事件が発生した。

後に『黒蛇神事件《こくじゃしんじけん》』と呼ばれる、日本中を震撼させた殺人事件だ。

一ヶ月ほどの間に、ふたりの小学校低学年の男児が相次いで殺害された。発見された遺体はいずれも両目がくり貫かれていて、そばに犯行声明文が置かれていたのだ。

『黒蛇神の使徒』と名乗る犯人は、黒蛇神に捧げる聖なる生贄《いけにえ》に被害者児童を選んだと支離滅裂なことを記し、さらに被害者の両親に対して「このことを至上の喜びと受け止めよ」と、怒りと悲しみを煽るような文面を残していた。

警察とマスコミにもこれと同様の犯行声明文が送られ、テレビでも連日のように事件のことが報じられた。

当時の益田は近隣で起きた事件であるにもかかわらず、どこか遠い国で起きた出来事のようにそのニュースを観ていた。

あの頃の益田は、桜井学が自殺したという衝撃で頭が一杯だったのだ。

だが、犯人が逮捕されたというニュースを観て、益田もさすがに愕然とした。

犯人は益田と同じ中学二年生の少年だったのだ。

この事実に世間もマスコミも騒然となった。益田たちが住む地域が一躍全国に知れ渡った。見知らぬ人とほとんどすれ違わないような小さな町にマスコミや見物人が大勢押し寄せてきた。

十四年経った今でも、少年による凶悪犯罪が発生すると必ずといっていいほどこの事件が引き合いに出され、益田が住んでいた地域が取り上げられる。

益田は犯人の少年と会ったことはない。だが、同級生の中には犯人と同じ小学校で友達だったという者もいた。

二年前まで一緒にドッジボールをやっていた奴がこんなことをするなんて信じられねえ――そう言ったのを覚えている。

益田にとって十四という歳は、人を殺すこともでき、自らを殺すこともできるのだと知った、今までの生涯の中で最も息苦しい一年であった。

番組が終わるとテレビの電源を切った。ベッドに寝たまましばらくぼんやりとしていたが、思い立ってスマートフォンを手に取った。

ブログにアクセスするとさっそく飯能市内で起きた殺人事件について自分なりの考察を書き記していく。

入院してからの一週間、ブログはやっていなかった。だが、さすがに入院中の退屈さに耐えられなくなっていたこともあったし、何かやっていなければ自分という存在が完全に消えてなくなってしまうのではないかという焦りもあった。

とりあえず腰掛けのつもりでカワケン製作所に入ったが、そこにすら自分の居場所などなくなってしまうのではないかという危惧を抱いている。

昔はかなりのアクセス数があったが、今ではそれほどの数でもない。こんなブログを書いたところで自分への慰み以外の何物にもならないことはわかっているが、それでも何かせずにはいられなかった。

ひさしぶりに一件のコメントが入っていた。そのハンドルネームを見て鼓動が速くなった。

ナナ——清美が使っているハンドルネームと同じだ。

ナナは彼女が飼っている猫の名前だ。彼女の部屋に遊びに行くたびに餌づけをして仲良くなろうと試みたが、けっきょく自分に懐いてくれることはなかった。

『あいかわらず鋭い考察ですね。わたしもその事件に関しては同様の感想を抱いています』

一週間前に書いた、少年による傷害致死事件に関するものだ。入院する前に書いた最後のブログだった。

手の中でスマートフォンが震えた。着信表示を見て動悸が激しくなった。

清美からだ。

「もしもし……」益田は緊張しながら電話に出た。

「わたしだけど、今、大丈夫……？」

テレビで聞く声とはちがって硬い声音だった。

「ああ。どうしたんだ」

「別にどうしたっていうわけじゃないけど、ちょっと、どうしてるかなって思って……」

「あいかわらず元気でやってるよ。そっちも元気そうだな。たまにテレビで観てるよ」

強がりを言った。

「ありがとう。引っ越したってメールにあったけどどこにいるの？」

「埼玉の蕨」

「そうなんだ。ちょっと前に須藤《すどう》さんから聞いたけど、出版社は辞めたんだよね。今は何をしているの」

「休養中だよ。のんびりと次の仕事を探しているところさ」

工場のアルバイトとは言えなかった。

「時間があったらちょっと会えないかな」

その言葉を聞いて、心の中にさざ波が立った。

「あ、いや……たいしたことじゃないんだけどちょっと訊きたいことがあってね」

清美が益田の期待をかき消すように付け加えた。

「訊きたいこと？」落胆を悟られないように訊き返した。

「今、少年犯罪のことについていろいろと調べているの」

「例の飯能市内で起きた事件か？」

「うん。それもあるけど……今度、うちの番組で少年犯罪の特集をやることになったの。この前、益田くんのブログを見たわ。あいかわらず少年犯罪についての洞察力があるって感心した」

少年犯罪については益田も特別な関心を抱いている。卒論も少年犯罪についてのものだった。自分が住んでいた町の近くで未曾有の少年犯罪が発生したことの影響があったのかもしれない。

「もちろんあの事件についても触れることになると思う。それで……そういえば益田くんは黒蛇神事件の現場の近くに住んでいたんだと思い出して……それでいろいろと話を聞きたいなと思って……」

事務的だった口調が何か言い訳めいたものに変わっていく。

「だけど、おれはあそこに住んでいただけだぞ。聞いて面白いネタなんかないと思うけどなあ」

「そうだよね……いきなりこんな電話をして迷惑だったわよね。犯人と同い年ということで、そのときに同じ町に住んでいた益田くんがどんなことを考えたかを聞くだけでも少し参考になるかもしれないと思っただけなの」今にも電話を切ってしまいそうな早口だった。

「別に会って話をするのはいいぞ」

「本当？　じゃあ、明後日《あさって》の夕方なんかどうかな。空いてる？」

「悪いけどあと一週間は退院できそうにないんだ」

口が滑った。

「退院って……今、入院しているの？　どこの病院に？」

「いや……たいしたことないんだ。ちょっと手を怪我してしまっただけだから。退院したらまた連絡……」

「どこの病院？」

益田の言葉を遮るように鋭い口調で問われ、思わず病院の名前を言った。

「本当にたいしたことはないの？」

「ああ……たいしたことはないから心配しないでくれ。その特集番組に間に合うかどうかわからないけど、退院したら連絡する」

「絶対連絡してよね。同期生が入院しているなんて聞いたら心穏やかではないから」

「わかった」益田は電話を切った。

同期生──か。

スマートフォンを見つめながら苦笑を漏らした。

ノックの音がして、益田は「どうぞ──」と呼びかけた。

ドアが開いて社長が入ってきた。

「しばらく来られなくて悪かったな。ちょっと仕事が忙しくてさ」

社長が訪ねてきたのは益田が病院に運ばれた日の夜に駆けつけてきてくれたとき以来だ。そのときは益田も社長も動揺していたせいかあまり話をしなかった。

「花なんかよりも食えるものがいいだろう」社長が菓子折りを差し出した。

「お気遣いいただいてすみません」

益田は左手で菓子折りを受け取ると、ベッドの横にあるパイプ椅子を勧めた。

「どうだ、具合は？」社長がパイプ椅子に座りながら訊いた。

「ええ……あと一週間ぐらいしたら退院できるかどうか判断できるそうですが、ただ、退院してもすぐには……」益田は包帯でぐるぐる巻きにされた右手を見た。

「そりゃそうだろう。リハビリにも時間がかかるだろうしな。労災の申請はちゃんとしたから、仕事を休んでいる間もそれなりの補償はされるだろう」

「寮に戻っても大丈夫なんでしょうか？」

一番、気になっていることを訊いた。

「もちろんだよ。寮でゆっくりリハビリしながら完治させてくれ」

「ありがとうございます」

仕事もできないのに寮に住まわせてもらうことに申し訳なさを感じている。

「しばらくは右手を使うような仕事は難しいかもしれないが、簡単な事務仕事ぐらいならすぐに復帰できるだろう。もちろん通院やリハビリを優先させながらだけどな」

こんな状態になってしまったことで情けをかけてくれているのだろう。だが、この会社で役に立たないことを自覚している益田としては、情けなさばかりが募ってくる。

「ええ……」

曖昧に頷きながらこれから先のことを考えていた。

早くこの会社を辞めたい。それはこの仕事が嫌になったというよりも、今回のことで自分の邪さと仕事に対する甘さを痛感させられたからだ。自分にはこの会社にいる資格がないように感じている。だが、補償されるといっても給料の全額ではないだろうから、新しい部屋を見つけて仕事を辞めるという望みはかなり先延ばしになってしまいそうだ。

「今回のことでこの仕事が嫌いになってしまったかもしれないが、できればこれから先もうちで働いてほしいな。益田くんにはけっこう期待してるからさ」

「期待なんて……こんなヘマをやってしまう人間ですよ。会社にもご迷惑をおかけしてしまって……」

社長の優しい言葉に心苦しさを覚えている。

「別に清水くんを責めるつもりはないが、慣れない機械の前にきみをひとりにした会社の責任もある」

「清水さんはぜんぜん悪くありません。自分がこの仕事を甘く考えていたんです。やっぱり自分にはこの仕事は……」

「面接のときにも言ったが、仕事は経験を積めば覚えていくからさ。即戦力がほしいならそもそも資格のない益田くんを雇ってないよ。期待しているというのは本当さ」

「正直言って、今この状態で会社を辞めて寮を出て行けと言われたら厳しいです。だけど、正社員として採用するのは鈴木くんのほうがいいと思います」

「ああ、もちろん鈴木くんにも正社員として働いてもらうつもりだよ。履歴書には職歴らしいものは書いていなかったが相当経験があるみたいだし、仕事の覚えも早いしね。だけど、その鈴木くん自身がこの前こういうことを言ってきたんだよ」

鈴木が何を言ったというのだろう。

益田は社長を見つめながら首をひねった。

「きみが休んでいる間は自分がふたりぶんの仕事をするから、きみの試用期間を延ばしてほしいってね。他になかなかいい仕事がないから自分はどうしてもここで働き続けたいけど、できればふたりとも正社員として採用してほしいって頼みに来たんだ」

「彼がそんなことを言ったんですか？」

「ああ。別に、鈴木くんにそう言われたから益田くんにもうちで働いてほしいと言っているわけじゃないよ。この会社にむいてそうならふたりとも正社員になってもらおうと最初から思っていたんだ。ただ、正直なところ、鈴木くんを面接したときにはこの子は難しいかもしれないなと感じてもいた。いくら資格を持っていても、人と関係を築いていくのが極端なほど苦手なんじゃないかなと思ったからね。案の定、最初の頃は清水くんたちともうまくいってなかっただろう。それが今では見違えるほど明るくなって。ずっと不思議に思っていたんだけど、それはきみがいたからじゃないのかい？　そうじゃなきゃ、こんなことをわたしに頼んできたりはしないだろうからね」

社長は益田を見つめながら頷きかけ、立ち上がった。

「もしかしたらきみは、ここではないどこかに自分を本当に求めてくれる場所があるんじゃないかとずっとさまよっているんじゃないかい？」

社長の言葉に少し動揺した。

益田が考えていることなど、社長にはすべてお見通しだったようだ。

「だけど、実は意外と近いところにそういう場所があることも知っておいたほうがいいよ。まあ、考えておいてくれよ」社長は益田の肩を軽く叩くと病室から出ていった。

先ほどから時間ばかりが気になっている。

入院してから鈴木はほとんど毎日のように見舞いに来てくれている。来なかったのは日曜日だけだ。今日もやってくるとすればもうすぐだろう。

落ち着きなく時計に目を向けている自分に気づいて、何だか滑稽さを感じていた。

別に鈴木に会うことを心待ちにしているわけではない。ただ単に退屈を紛らわせる相手がほしいだけだ。

鈴木は見舞いにやってくるとだいたい一時間ぐらいいる。最初の十分は寮や職場であったことの報告だ。家に帰ってきた子供が学校であったことを嬉々として母親に報告するように、一方的に話をする。それが終わると今度はひたすら益田のことを訊いてくるのだ。

話のほとんどは、益田が学生時代にどんな生活を送ってきたかということだ。今まで高校や大学での話をたくさんしてきた。だが、逆に鈴木の学生時代の話を問いかけるとたんに口をつぐんでしまう。

自分は引きこもりのようなものだったから学生時代の思い出が少ないんだ。

その言葉を聞いて、鈴木が執拗《しつよう》なまでに益田の学生時代の話を聞きたがる理由を察した。同い年の男として、自分が経験できなかった世界に話だけでいいから触れてみたいのだろう。同時に、鈴木と出会ったときに感じた人を拒絶する見えない壁の正体にも思いを巡らせた。

もしかしたら、鈴木は桜井学と同じような経験をしたのかもしれない。学校でいじめに遭い、学がとった行動とはちがう選択をしたのではないかと。

ノックの音がして、益田はドアに視線を向けた。

「どうぞ――」

声をかけるとドアが開いて鈴木が入ってきた。

「調子はどう?」鈴木が訊いてきた。

「あいかわらずだよ」

勧めるまでもなく、鈴木はすぐにベッドの横のパイプ椅子に座った。

「いつ頃退院できそうか決まった?」

「まだはっきりとは決まってないけど、少なくともあと一週間はかかりそうだ」

「退院したら寮のみんなでお祝いをしないとね」

「医者からは退院してもしばらく酒は控えろと言われてるけど、ちょっとでいいからビールが飲みたいな」

「用意しとくよ」

それからはいつものように、鈴木が寮と職場であったことを話し始めた。

昨日の夜は寮のみんなで焼き肉を食べに行ったそうだ。珍しく山内も一緒で、その後もみんなで飲みに行ったという。会社では他の従業員も病院に行こうという話になっているらしいが、何を見舞いの品にするかで紛糾しているらしい。

「清水さんがAVかエロ雑誌を持って行ってやるのが一番だって言ったら、社長の奥さんが馬鹿なことを言うんじゃないって怒ってた」

「だけど、それが一番ありがたいかもしれない。清水さんに社長の奥さんに内緒で持ってきてくださいって伝えといて」

益田が冗談を返すと、鈴木が微笑んだ。鈴木が窓のほうに目を向け、しばらく会話が途切れた。

「益田くんは……付き合ってる人はいるの？」鈴木がふいにこちらに目を向けて訊いてきた。

今までたくさんの話をしてきたが、そういう話に触れたことはなかった。

「今はいないよ」

「今はいないっていうことは昔はいたの？」

「ああ。そんなに恋愛経験は豊富ではないけど」

高校の頃に付き合っていた同級生と、大学のときから付き合っていた清美のふたりだ。

「どんな人？」

「どんな人って言われてもなあ……まあ、素敵な人だったよ」

清美とは大学の三年生のときから付き合いだして、卒業した一年後に別れた。

「じゃあ、どうして別れたの？」

「いろいろさ……鈴木くんだっていろいろあっただろう」

清美とのことをあまり詳しく話したくなくて、鈴木に話題を振った。

「ぼくにはよくわからないよ。今まで女性と付き合ったことがないから」

「今までにひとりも？」意外に感じて訊き返した。

「うん……」

外見から、女性にけっこうもてるのではないかと感じていた。たしかに、以前に感じた人を寄せつけない暗い雰囲気を思い出すと納得できなくはないのだが。

「鈴木くんだったらすぐにできるよ」

「そうかなあ……」

「気になっている人とかはいないの？」

益田が訊くと、鈴木が唇を引き結んだ。

どうやらいるようだ。

「思い切って告白してみたらどうだ」

「ぼくなんかと付き合ったら不幸になるから……」鈴木が呟いた。

「ネガティブシンキングだなあ。幸せになれるようにがんばればいいじゃないか」

「もし……ぼくが女性と付き合うことになったら応援してくれる？」

「ああ」

どんな応援をすればいいのかわからないまま、益田はとりあえず頷いた。

「ありがとう。そろそろ行くね」

鈴木が椅子から立ち上がった。

「ひとつ、頼みがあるんだ」

益田は思い出して呼び止めた。

「今度来るときにいくつか本を持ってきてほしいんだ。図書館で借りてもらってもいいし、なければ書店で買ってもいい。お金は後で払うから」

鈴木に本のタイトルを書いたメモを差し出した。インターネットで調べて興味のあるものをリストアップしたのだ。

「黒蛇神事件……」

メモを見つめていた鈴木が眉根を寄せて表情を曇らせた。

わからないのだろうか。

「覚えてないかな。おれたちが十四歳のときに、同い年の少年が子供をふたり殺害した事件。奈良で起きた事件でものすごく大騒ぎになった……」

そこまで言うと、「ああ……」と鈴木が反応した。

「ど、どうしてそんな本を？」

「ちょっと興味があるんだ。実はうちの実家の近くで起きた事件だったんだ」

鈴木が驚いたような表情で「そうなの？」と訊いた。

「実家は神戸だって……」

「生まれは神戸なんだけど、中学二年生のときに奈良に引っ越してね。なんか嫌な思い出ばっかりある土地だから、必要に迫られないかぎりあまり実家のことを話さないようにしてるんだ」

「わかった。探してみる……」鈴木がこちらに背を向けて病室を出ていった。

心なしか元気がないように思えて少し気になった。

益田が実家は神戸にあるとごまかしていたことで、機嫌を損ねてしまったのだろうか。それぐらいのことでむくれなくてもいいではないか。

社長が言うように、出会った頃から比べれば見違えるように接しやすくなったが、やはりどこか変わっている。

益田はスマートフォンを手に取るとネットにつないだ。

専門家ではない自分にどれだけ清美の興味を惹くような話ができるかわからないが、せめて暇な時間を使って黒蛇神事件についてのおさらいをしておきたい。

『黒蛇神』で検索をかけるだけで無数の結果が出てくる。最近ではマスコミに取り上げられる機会は少なくなったが、ネット上にはあいかわらずあの事件の情報が氾濫《はんらん》している。

『黒蛇神事件　写真』や『黒蛇神事件　本名』などの様々な検索キーワードが並んでいた。

六年前に犯人の元少年が少年院を仮退院したことが話題になった。それからたまに週刊誌などで元少年の現在の消息について取り上げられたりしているが、どれも都市伝説の域を出ない。

彼は今どんな生活を送っているのだろうか。

そもそも彼は自分たちが住むこの社会で生きているのだろうか。生きているとすれば、益田と同い年の青年はどんな茨《いばら》の道を歩いているのだろう。

益田は興味の赴くまま、『黒蛇神事件　顔写真』という検索キーワードを押した。たくさんのホームページの項目が出てきた。それらのホームページを手当たり次第に覗いていく。やがてひとりの少年の顔写真に行き着いた。

粒子の粗い白黒の写真だ。中学校の制服なのかブレザーを着た少年が印象的な切れ長の目をこちらに向けている。

事件を起こす前の写真にちがいないから十四歳よりも前のものだろう。だが、写真の少年はその年齢よりも大人びて見えた。感情を窺わせないような冷めた表情がそう思わせるのだろうか。

誰が作ったホームページなのかわからないが、黒蛇神事件の経緯や犯人である少年のことについてかなり詳しく書かれていた。少年の本名も煽るような赤い大文字で記されている。

青柳《あおやぎ》健《けん》太郎《たろう》——それが、ふたりの子供を残虐に殺した犯人の名前だ。

どこまで名前や過去の経歴を変えられるのかは知らないが、彼はきっとその名前を捨てて今もどこかで生きているのだろう。

　画面をスクロールすると、他にも青柳と思われる写真が載せられていた。こちらはカラーで、何人かの子供たちがキャンプしている写真だ。ご丁寧にもひとりの少年以外の顔にはモザイクがかけられている。隅のほうでつまらなそうな顔で立っている少年を拡大した。先ほどの白黒写真よりもさらに幼いときのもののようだ。小学校四、五年生といったところか。

　その顔を見つめているうちに、妙な既視感を抱いた。すぐにその理由に行き当たった。益田は過去にも犯人の少年の写真を見たことがあった。少年が逮捕されてしばらくした頃に、同じ小学校に通っていたという同級生から卒業アルバムを見せてもらったのだ。だが、ずいぶん昔のことなのに、すぐにその記憶と結びついたことが少し不思議だった。それほど、自分にとって衝撃的な記憶だったということか。

　あのときは軽い気持ちで仲間たちと卒業アルバムを回覧したのだが、そこに写っていたあどけない顔の少年が、自分と同じ年の子供が、その写真を撮ってから数年も経たないうちにふたりの子供を殺したのだという事実を突きつけられ、激しく動揺したのを覚えている。

　このホームページの作成者も、小、中学校と青柳と同級生だったようだ。事件を起こすまでの彼の印象に触れている。

　小学校低学年のときの青柳には特に変わったところはなかったそうだ。仲間と快活に遊ぶごく普通の少年だったと書かれている。だが、弟が生まれて、高学年になるにつれて様子が変わっていったという。

何が原因でそうなったのかホームページには書かれていないが、友達を避けるようになり、いつもひとりでいたという。彼はひとりで過ごす時間の中で次第に空想の世界に浸るようになっていった。そして、自分が空想の中で作り上げた『黒蛇神』という存在を心のよりどころとして、崇《あが》めるようになる。

小学校を卒業する頃から、青柳は『黒蛇神』への生贄として近所の野良猫を殺すようになった。野良猫の目玉をくり貫いて、自分が『黒蛇神』のための聖なる場所と決めた机の引き出しの中に捧げていくことを儀式とした。やがてその儀式は青柳の中でエスカレートしていき、ふたりの罪もない子供たちに向けられることになる。

先ほどの白黒写真は中学校に入学した際に撮られたものだという。このときにはすでに彼の中には恐ろしい妄想が広がっていたのだろう。

それを想像しながらあらためて彼の顔を見ていると、薄気味悪さを感じて背中が粟立ってくる。

ホームページの情報の半分は、事件について書かれたノンフィクションを読んで知っていた事柄だ。

青柳が自身の中に『黒蛇神』なるものを生み出した最も大きな原因は、母親との関係にあったのだろうとそこには書かれていた。弟が生まれたことによって母親の自分への愛情が極端に減ってしまったと感じ、その満たされない思いを埋めるように、すべてが自分の思い通りになる空想の世界に没入していったのだろうと。

ふたりの被害者はいずれも青柳の弟と同じぐらいの年齢だ。『黒蛇神』への生贄は、弟ばかりをかわいがる母親へのメッセージだったのではないかと、のちにテレビなどで心理学者や精神科医などの専門家が言っていたのを思い出した。

このホームページを見て初めて知ったこともあった。

青柳は学校での成績はどの教科も芳しくなかったが、絵だけは抜群に上手かったそうだ。だが、子供が描くような絵からはあまりにも逸脱していて美術の成績もよくなかったらしい。

ホームページの作成者も何度か青柳が描いた絵を見せてもらったことがあるという。目玉をくり貫かれた猫の絵や、理解不能なグロテスクな絵を見せられてぎょっとしたと記している。

〈もしその絵の一枚でももらっていれば、今頃はオークションにかけて高値で売れたかもしれないのに――残念（笑）〉

そのコメントを見て、長々とこのホームページに付き合っていたことを後悔した。

益田は指を動かしてちがうページに移った。黒蛇神事件について語られている電子掲示板だ。

書き連ねられているコメントを眺めているうちに、溜め息が漏れた。

そこは卑しい狩りの場になっていた。

ふたりの罪もない子供を殺した犯人と、そんな悪魔のような人間を育てた家族を成敗するという大義名分のもと、青柳とその家族の個人情報が垂れ流されている。

父親が働いていた会社や、家族が身を寄せているらしい親戚の名前が住所や電話番号とともに記されている。

弟が通っている高校の名前も出ていた。だが、その下には弟はすでに高校を退学したらしいと書き込まれている。さらに、高校を退学して今は何をしているのか知らないかと情報提供を呼びかける書き込みもあった。

どこまで本当のことなのかわからないが、事件から十四年が経とうという今現在まで、青柳や家族の消息を求めたり伝えたりするコメントであふれ返っている。

被害者やその家族が感じた苦しみをおまえたちも味わえ——。

おれたちには社会に出てきた悪魔に鎖をつける権利があるんだ——。

一生、おれたちの情報網から逃れられると思うな——。

画面をスクロールしていくうちにどんどん気分が滅入ってくる。

益田もふたりの子供の命を無残に奪った犯人に対しては一切の同情はしない。会ったこともない人間であるが、死ぬまで苦しみ悶《もだ》えながら生きていけと願っている。

だが、筋違《へど》いな正義感を振りかざし、犯人の家族の個人情報までさらして嬉々としている輩に反吐が出そうだった。

もちろん、そんなホームページを覗いている自分にもかすかな自己嫌悪を抱いていた。

あのときと同じような感情が胸の底からこみ上げてくる。

週刊誌の編集部でアルバイトをしていた日々の記憶をよみがえらせる前に、益田はネットを切った。

10

寮から出てくる彼を見つけて、弥生は電柱の陰に隠れた。

外門を出るとひとりで駅のほうに向かって歩いていく。

弥生は彼に悟られないように、適度な距離を保ちながら後をつけた。

本当はこんなことはしたくない。だけど、あなたのためでもある。

彼の背中を見つめながらこみ上げてくる罪悪感を必死に抑えつけようとした。

先週の土曜日に、米沢の協力を得て彼が住んでいる寮がわかった。そのことで少しばかり安堵していたが、昨夜彼から来たメールを見てふたたび不安がぶり返してきた。

もうぼくに連絡してこないでほしい。たまに先生に近況を報告するつもりだけど、ぼくも親離れをしてひとりで生きていくつもりだから——と書かれていた。

そして最後に、携帯の通話料はこれから自分で負担するから弥生の銀行口座を教えてほしいとあった。

弥生はそのメールに戸惑い、すぐに彼の携帯に電話をかけたがつながらなかった。これからも定期的に会って話をしたいとメールを送ってみたが返信もない。

たしかに彼にしてみれば、いつまでも自分の過去を知っている弥生と接しなければならないのは息が詰まることかもしれない。だけど、このまま彼を放っておいて本当にいいのだろうか。

それにもうひとつ気になることがあった。前回会ったときに見せられた、同僚である益田の切断された指を撮った写真だ。

あれを見てから、彼の猟奇的な嗜好《しこう》は本当に改善されたのだろうかという疑問が拭えないでいる。

もちろん、彼がふたたびあんな事件を起こすとは思っていないし、考えたくもない。だけど、米沢が言うとおり、そんなことがないとは誰にも言い切れないのだ。

サポートチームのもとを離れた彼が日々どんな出来事に遭遇して、いつ何時ふたたびあのような邪悪な欲望を呼び覚ますのではないかと不安でたまらない。

幸い今日は勤務が休みだった。弥生は迷った末に自分だと悟られづらい格好に着替えて家を出た。

彼に続いて蕨駅の階段を上った。しばらく歩くと彼は改札に入らずに立ち止まった。弥生はすぐに人の波に身を隠して様子を窺った。

彼は改札の前に立っていた若い女性に手を振った。その女性と一緒に改札の中に入っていった。

先週、映画に誘うメールを送ってきた同僚だろうか。

弥生は改札を抜けるとホームに下り、彼に気づかれないように隣の車両を待つ列に並んだ。

ここからではどんな話をしているのかわからないが、彼と女性は楽しそうに談笑しているようだ。

川口駅で降りるとふたりは歩いて五分ほどのところにある建物に入っていった。『カワケン製作所』とプレートが掲げられている。

それを確認すると弥生は建物の前から離れた。しばらくすると、建物から作業服を着た男性がぞろぞろと出てきた。その中に彼の姿もあった。そばにいた同世代らしいふたりの男性と楽しそうに話しながら向かいにある建物の中に入っていく。

従業員の姿がなくなると、弥生はその建物に近づき、開かれた窓からさりげなく中の様子を窺った。奥のほうで彼が何かを溶接している姿が確認できた。

弥生はとりあえず川口駅に引き返すことにして歩き出した。

彼はあそこで生きていこうとしている。弥生や、今まで彼をサポートしてきた人たちから離れてひとりで生きていこうとしているのだ。

おそらく職場や寮ではいい仲間に囲まれているのだろう。彼の生き生きした表情からそう思えた。

弥生や医療少年院のスタッフには一度だってあんな表情を見せたことがない。

だけど、いくら彼の笑顔を思い返してみても、いや、彼の笑顔を思い返せば思い返すほど、胸を覆った不安が増していくのだ。

本当にこれからあそこで働く人たちとうまくやっていけるのだろうか。

彼の過去を知られることなく、普通の青年として平穏な生活を得られるのだろうか。そして何より、彼の病は完全に改善されていて、ふたたびあのような事件を起こすことはないのだろうか。

だが、どんなに不安に思っても自分にはどうすることもできない。弥生が彼の生活を見届けるには限界がある。仕事だってあるから、毎日彼の姿を見に来るわけにもいかない。それに、いくらこんな形で彼の姿を確認したとしても、普段の生活を窺い知ることはできないのだ。

やはりサポートチームに知らせるべきなのだろうか。たとえ彼が自分の手でようやく見つけた居場所を奪うことになったとしても。

あれこれと悩んでいるうちに、ひとりの男性の顔が脳裏をよぎった。

二〇三号室のドアをノックしようとして、弥生はためらった。

やはりこんなことはやめておいたほうがいいのではないだろうか。

先ほどまでさんざん考えた事柄が、ふたたび頭の中を駆け巡りだしている。

弥生は益田を通じて彼のことを見守れないだろうかと考えて、病院にやってきた。

益田は彼と同じ寮に住んでいて何かと世話を焼いてくれたそうだ。彼は益田のことを慕っている。きっと悩み事などがあれば真っ先に益田に相談するのではないか。

だが、そうは思っても益田に会うことにも二の足を踏んでしまう。いきなり彼の知り合いだという人物が現れて、定期的に彼の様子を聞かせてほしいなどと頼んだら、益田はどう思うだろうか。

一番避けなければならないのは彼の過去を知られてしまうことだ。

彼がようやくの思いで見つけた心安らげる場所なのだ。自分のせいでそれを壊すことがあってはならない。

それに、弥生が彼の生活を見守っている——彼からすれば監視されていると感じるだろう——ことを悟られてもいけない。

益田にこんなことを頼めば、彼が妙な警戒心や興味を抱く恐れがある。

だけど、他にいい考えが浮かばなかった。

彼がせっかく見つけた居場所を奪いたくない。だからといってこのまま放っておくわけにもいかない。彼の生活に大きな問題が発生する前に、彼がふたたびどこかに消えてしまう前に何らかの手を打っておく必要がある。その思いが勝った。

弥生は部屋のドアをノックした。だが、何度かノックをしても中から応答がない。

どこかで治療をしているのだろうか。

ドアに掛かったプレートには『益田純一』と書かれているからまだ入院している。

とりあえずロビーで時間をつぶしてまた訪ねようと思い、一階に向かった。

飲み物を買おうと売店に寄ると益田を見かけた。益田は週刊誌を買うと売店から出ていった。弥生はお茶を買ってすぐに益田についていった。益田は建物から出ると敷地内にある中庭に向かっていく。灰皿を囲むように四方にベンチが置いてあった。益田はそのひとつに座り週刊誌を読み始めた。

弥生が近づいていくと、益田がちらっと顔を上げた。軽く会釈をして益田の隣のベンチに座る。

「毎日、暑いですね」

声をかけると、益田が週刊誌からこちらに目を向けた。

「ええ。本当に暑いですね」益田が愛想笑いらしいものを浮かべながら相槌を打った。

何とか声をかけたが、そこから先がなかなか切り出せない。

じりじりとした時間を噛み締めているうちに、益田が週刊誌を閉じて立ち上がろうとした。

「あの、すみません――」

弥生が声をかけると、益田がびくっとしたようにこちらを見た。

「少し……お話をさせていただけないでしょうか」

益田は怪訝そうな顔で弥生を見つめている。

「いえ……あの……決して怪しい者ではありません。突然、お声をかけてしまって驚かれているかもしれませんが……あの……決して何かの勧誘ですとか、変な話ではないんです。あの……どういう風に説明すればいいか……」考えがまとまらないまま、とにかく益田を引き留めようとして言った。

益田は腰を少し浮かせながらこの場を立ち去るべきかどうか迷っているみたいだ。

「わたし、白石と申します。鈴木……鈴木秀人くんをご存知ですよね」

その名前を出すと、益田の目が反応した。

「鈴木って……」益田が弥生を見つめながら呟いた。

「あなたの病室に訪ねてきている」

「ああ……鈴木くん」益田が知っていると頷いた。

「わたしは鈴木秀人くんの親戚の者なんです」

「そうなんですか」

益田はようやく警戒心を解いたようにふたたびベンチに座った。だが、すぐに得心がいかないといった眼差しで弥生を見つめた。

どうして彼の親戚が自分のもとにやってきたのかと訝《いぶか》っているのだろう。

「先週の土曜日にたまたま街中で秀人くんを見かけまして、それで後をついていったらあなたの病室に入っていきまして……それでこうやってお声をかけさせてもらったんです」

そう説明したが、益田は怪訝そうな表情を消さなかった。

「彼の親戚ならばどうしてその場で声をかけなかったのかとお思いでしょう。どうしてここまで彼の後をつけてきたのかと……」

疑問に思っているだろうことを言うと、益田が頷いた。

「ちょっと事情がありまして」

「事情？」益田が首をかしげた。

思考をフル回転させながらもっともらしい説明を考えている。

「ええ。何と説明すればいいんでしょうか……秀人くんは家出をしていまして家族とも連絡が途絶えていたんです」

「家出——？」益田が驚いたように身を乗り出してきた。

「いいえ、そんなに大げさなものではないんですが」

益田の勢いに気圧されて、弥生は小さく手を振った。

「ただ、家族の者は秀人くんがいまどうしているだろうととても心配していまして。わたしは彼の母親の妹なんですが……そんなときに彼を街中で見つけたんです。ただ、声をかけたら逃げられてしまうのではないかと思って、そのまま彼の後をつけたんです。そしたらあなたの病室に入っていくのを見て……」

よくすらすらとこんな嘘を並べられたと、自分でも感心した。

「そういえば、土曜日に病室の前にいらっしゃいましたよね」益田が言った。

弥生のことを覚えていたようだ。

「彼のことを訊きたいと思ったんですけど、どういう風に説明したらいいかと迷ってしまってあの日はとりあえず帰ることにしました。ただ、どうしても彼のことが気になって今日……」

「そうだったんですか」

完全に信用されたわけではなさそうだが、益田は納得したように何度か頷いた。

「失礼ですが、秀人くんとはどういうご関係なんですか?」知っていたが訊いた。

「どういうって……会社の同僚です。ぼくが仕事で怪我をしてしまって見舞いに来てくれたんです」

「そうですか。秀人くんは職場ではうまくやっていますか?」

「ええ。ぼくは彼と同じ日に入ったんです。まだ二ヶ月ほどしか働いていませんが、会社の人たちからも信頼されていますよ」

「そうですか」

益田の言葉に少しばかり安堵した。

「家出をしたという話ですが、家族のかたは彼を連れ戻すつもりですか」益田が訊いた。

「いえ、それはしません。連れ戻したとしてもまた出て行ってしまうでしょうから」

「家出の理由は何なんですか」益田が興味を覚えたというようにさらに訊いてくる。

「正直言って家族の者にもはっきりとはわかりません。ただ、彼なりにそれまでの生活に不満が溜まっていたんでしょう」

「不満ですか……」

「こんなこと……厚かましいお願いなんですけど……あなたにどうしてもお願いしたいことがあるんです」

「何ですか」益田の表情が構えるように硬くなった。

「彼が……秀人くんがどんな生活をしているのか、定期的にわたしにお知らせいただけないでしょうか」

弥生はそう言い切ると、すぐにハンドバッグを開けて用意していた紙を取り出した。自分の名前と住所と、自宅と携帯の電話番号を書いた紙を益田に差し出す。

「ちょっと待ってください。定期的にあなたに知らせてくれって、そんなこと……」益田が困惑したように手を振った。

「家族の者は秀人くんが元気に暮らしていることさえわかれば安心できます」

「彼は二十七歳の大人の男ですよね。何かあったら自分から家族のもとに連絡するでしょう。それにどんな生活をしているのかって言われても……」

「秀人くんは何というんでしょうか、ちょっと世間とずれているところがありまして」

その言葉に反応したように益田が苦笑した。大きく頷く。

やはり親友という人物からもそういう風には思われているようだ。

「彼は引きこもりだったんですか」

益田に訊かれたが、どう答えるべきかと悩んだ。

彼が自分のことをどんな風に語っているのかわからない。

「秀人くんがそう言ったんですか？」

「ええ。だから、学生時代の思い出が少ないと話していました。ぼくと彼は同い年なんです。彼はよくぼくがどんな学生生活を送ってきたのかと訊いてきます」

「そうですね。ずっと引きこもりのような生活を送っていました。だから家族も心配しているんです。彼がわたしたちの知らない世界でうまくやっていけているのだろうかと……だから、もし会社の人たちとの関係がうまくいかなくなったり、何か変わったことがあったら教えていただきたいんです。それからもし職場を変わるようなことがあったときも。どうかお願いできないでしょうか」

「彼には内緒で、ということですよね」

「ええ。こんなことをお願いしたことや、わたしと会ったことは絶対に話さないでいただきたいんです。もし、わたしが彼の居場所を知っているとわかったら、またどこかに消えてしまうかもしれませんから」

「いや、でも……」

益田は気が乗らないようだ。何とか断る理由を探そうとしているのが表情からわかる。

「どうかお願いします」弥生は深々と頭を下げ続けた。

「わかりました……」

根負けしたように益田が言い、紙を受け取った。

「ありがとうございます」

弥生は顔を上げて益田に礼を言うと立ち上がった。

「どうかこれからも秀人くんと仲良くしてやってください」

もう一度、益田に深々と頭を下げるとその場を後にした。

上北沢駅からアパートに向かっている途中で携帯が鳴った。

着信表示を見て、弥生は怯んだ。智晴からだ。

いったい智晴が何の用だろう。八年前に離婚してからお互いにほとんど連絡を取り合っていない。

智也に何かあったのだろうか。それとも、米沢から弥生がいまだに彼と関わっていることを聞かされて苦言のひとつでも言おうというのだろうか。

「もしもし……」弥生はためらいながら電話に出た。

「忙しいところ悪い。きみにちょっと話しておきたいことがあるんだ。近いうちに時間を作ってくれないか」

丁寧だが極めて事務的な口調だった。

「話しておきたいことって何？」

とりあえず智也の身に何かあったわけではないと察して安堵した。

「電話で話してもいいんだが、最低限の礼儀としてできれば直接会って話したい」

持って回った言いかたが気になった。

「今日はお休みなの。これから会うこともできるけど」

積極的に会いたいわけではないが、早く聞いておかないとずっと気になってしまいそうだ。

「今、どこにいるんだ」

「上北沢」

「じゃあ、下北沢でどうだ。駅前に『カフェルーブル』って喫茶店がある」

智晴は経堂で歯科医院をやっている。

「わかったわ」


約束の七時に喫茶店に行くと、奥のほうの席で智晴が待っていた。

「会わない間にずいぶんとセンスが変わったんだな」

向かいに座るなり智晴が言った。

今日は彼のことを尾行していたので普段では絶対に着ないような服を着ている。だが、当然そのことは話せない。

「話っていったい何？　まさか、智也に関係のあること」

ウエイトレスに紅茶を頼むと、弥生はさっそく切り出した。

「きみも忙しいだろうから単刀直入に言うよ。再婚することにしたんだ」

「そう」

特に驚かなかった。ここに来るまでに予想していたことだ。

「相手は仁科紀美子《にしなきみこ》さんだ」

その名前を聞いて、驚いて身を乗り出した。

仁科紀美子——大学のサークルで一緒だった女性だ。

「きみは昔から彼女のことが苦手だったみたいだから、あまりいい気はしないだろうね。だけど、これだけは言っておきたいんだが、彼女とそういう間柄になったのはきみと離婚してから、それもずっと後のことだ」

たしかに弥生は紀美子のことが苦手だった。

男性からはちがう見方をされていたのかもしれないが、サークル内のほとんどの女性が彼女のことをよく思っていなかった。男性関係にだらしないところがあったからだ。

弥生たちが危惧していた通り、彼女は三度離婚している。

離婚しているのだから別に誰と一緒になろうがかまわないが、彼女が戸籍上であっても智也の母親になるということには耐えられない。

「智也は何て言ってるの？」一番気になっていることを訊いた。

「一応、祝福してくれてるよ。親は親だから好きなようにすればいいって」

本当に智也はそう思っているのだろうか。

紀美子が智也の母親として一緒に生活することを想像するだけで、激しい嫌悪感がこみ上げてくる。

「あなたが誰と結婚しようとわたしにどうこう言う権利はないけど、あの人が智也の母親になるなんて、正直言ってそれだけは認めたくないわ」厳しい言葉が口からあふれた。

「別に紀美子が母親だなんて智也は思ってやしないさ。智也はもっとドライな子だよ。ある時期から自分には母親はいないと思ってる」

その言葉が心に突き刺さった。

「いや、母親だけじゃなくて父親も、かもしれないな。智也はずっとひとり暮らしをしたいと望んでいた。子供の頃から家庭が安らげる場所ではないと悟っていたのかもしれない。これを機にひとり暮らしをさせてやろうと思ってる」

「そんな無責任な！」弥生は語気を荒らげた。

智也はまだ学生なのだ。東京の大学に通っているのにどうしてひとり暮らしをさせる必要があるのだ。

「きみに無責任だなんて言葉を言われたくない」智晴の眼差しが鋭くなった。

「ぼくは少なくとも父親としての役割をずっと果たしてきたつもりだ。きみはどうだ？どれだけ母親としての役割を果たしてきたというんだ。子供にとって最も大事な時期にどれだけ母親らしいことをしてきたんだ」

それを言われると、何も言葉が出てこなくなる。

きちんと母親としての役割を果たしてきたとは自分でも思わない。だけど、ずっと想っている。智也のことを想わなかった時間などほんの少しだってない。

「きみは人の心を見る専門家だ。そういう意味では尊敬もしていた。だけど、その目を本当に大切な人間にどれだけ向けていたんだ？」

屈辱感を抱えながら、弥生はひとりで喫茶店を出た。

駅に向かうまでの間も、智晴が発した言葉が頭から離れない。

すべて智晴の言うとおりだった。弥生は智也にとって最も大事な時期のほとんどを赤の他人の少年を救うことに費やしてきたのだ。

親の愛情をきちんと受けなかったことが子供にどんな影響を及ぼすのかを、誰よりもよくわかっているはずなのに。

弥生はハンドバッグから携帯を取り出した。携帯を見つめながら迷っている。

智也と話がしたい。どんなに冷たくあしらわれたとしても、自分の想いを伝えたい。

智也は自分にとって誰よりも大切な存在だ。そのことをわかってほしい。

今までは智晴の存在があったから智也に連絡をするのも遠慮があった。だけど、今はちがう。もしかしたら智也も父親の再婚話に本心では悩んでいるかもしれない。

一緒に暮らすというのはどうだろうか、と心の中で強く考えていた。

せめて大学に通っている間だけでも、智也と一緒に暮らしたい。

もう自分のことなど必要としていないかもしれないが、それでも母親としてほんの少しでも罪滅ぼしがしたい。

どんなことをしても失った時間を取り戻すことはできないが、空白だった親子の時間を少しだけでも埋めたかった。今が、それができるラストチャンスなのかもしれない。

弥生は勇気を振り絞って智也の携帯に電話をかけた。

「もしもし」

十数回のコールの後、智也の声が聞こえた。

「もしもし……お母さんだけど」

いつも『お母さん』と言うことにためらいを覚えるが、今は遠慮をしなかった。

「ああ、何？」智也が素っ気ない口調で訊いた。

「元気にしてる？」

「相変わらずだよ。これから友達とカラオケに行くんだ。たいした用じゃないんだったら――」

「会いたいの」思わず叫ぶような声が出た。

「どうしたんだよ、急に」

弥生の必死さが伝わったのか、智也の口調が変わった。

「どうしても会って話したいことがあるの。できるだけ早く、少しでもいいから時間を作ってもらえないかな」

しばしの間があった。考えているようだ。

「明日から友達と一週間、旅行に行くんだ」

この状態で一週間以上も待たされるなんて気が狂いそうだった。

「そう。どこに行くの？」

その思いを懸命にこらえて平静を装った。

「北海道。今、どこにいんの？」

「下北沢」

「奇遇だね。おれも下北沢にいるんだよ。少しだったらいいよ。駅の近くにいる？」

北口のすぐ近くにいる。だが、ここらへんで待ち合わせをすると智晴に見られてしまうかもしれない。

南口で待ち合わせの約束をして電話を切った。

約束の場所でしばらく待っていると智也がやってきた。どれぐらいぶりに会うだろうか。たしか、高校を卒業したときに会って以来だ。

体型や顔つきなどはほとんど変わらないが、全体的な雰囲気は大きく変わっていた。離婚してから会う智也はいつも学校の制服を着ていたが、今はかなりラフな格好をしている。黒くて短かった髪は長い茶髪になり、両耳に大きなピアスをしている。

「突然ごめんね。友達は大丈夫なの？」弥生は気遣って訊いた。

「ああ。先にカラオケに行ってもらったから。腹が減ってるから何か食べたいんだけど」

弥生がどこでもいいと言うと、智也は近くのステーキレストランに向かった。

店内に入って向かい合わせに座ると、智也はステーキセットとビールを頼んだ。弥生はあまりお腹が減ってないからと言って、アイスコーヒーだけを頼んだ。

料理が運ばれてくると、智也は本当にお腹が減っていたようで無心にステーキセットを食べ始めた。何も話をしなくても食事をしている智也の姿を見ているだけで、胸がいっぱいになりそうだった。

「で、話って何?」

ステーキセットを平らげると満足そうな顔で智也が訊いてきた。

「場所を変えようか」

あまり落ち着いて話ができる場所ではない。

「ここでいいよ。あまり時間もないし」

弥生の話を聞くのは食事のついでだと言わんばかりだ。

「さっき、お父さんと会ってたの」

弥生が切り出すと、智也は「それでか」と得心がいったというように笑った。

「再婚話を聞いたってわけか。突然、いったい何の用かと思ってたけど」

「いいの?」智也の本心を知りたくて問いかけた。

「いいも悪いも、あの人の人生だからね」

「彼女には会ったの?」

「ああ。何度か一緒に食事をしたよ。別に奴がどんな人と再婚しようとかまわないけど、あの服装のセンスはいかがなものかって感じだよね。あんたと同い年なんでしょう?」

あんた——という言葉を聞いて、漏れそうになる溜め息を必死に押し留めた。

「ひとり暮らしをするって話だけど……」

「お互い気を遣って生活するよりもそのほうがいいでしょう。先週、中目黒に物件を見に行ったんだよ。けっこう気に入ったんだけど家賃がちょっと高いから奴と交渉中。だけどさ、あの女と何度もホテルに行くことを考えたら、そっちのほうが安上がりだと思うんだけどなあ。さすがにおれが家にいたんじゃできないだろうし。そう思わない？」

智也の冷めた笑いを聞いて鳥肌が立った。

一番大切な存在であるはずなのに、智也の心の中がよくわからない。

母親である弥生をあんたと呼び、ずっと一緒に生活している父親を奴と言う。

智也の心の中にはどれだけの寂しさと親に対する憎しみが渦を巻いているのだろうか。もはやそんなものすら存在しないのかもしれない。

弥生は今まで医療少年院にやってくる子供たちの乾ききった心に必死になって水を撒いてきた。だけど、智也の心の中にはそれらの少年以上に荒涼とした風景が広がっているのかもしれない。

「まあ、あんたも負けじといい人を見つけりゃいいじゃん。それとも、今でも仕事一途な毎日なのかね？」智也があざけるような眼差しを向けてきた。

「それほど忙しくないわ」

「そうだろうね。何てったってあの化け物もとっくに退院したらしいしね」

「ねえ、智也――」

それからの言葉を遮りたくて言った。

「ひとつ考えてることがあるの」

智也の目をじっと見つめた。感情を窺わせない智也の視線に怯みそうになったが、視線をそらさなかった。

「しばらくお母さんと一緒に暮らさない？」

そう言うと、智也の目が少しだけ反応した。

「東京の大学に通っているのに、わざわざひとり暮らしなんかする必要はないでしょう。それにひとり暮らしって何かと大変だし、あの家にいるのが嫌だったら……」

「どうしておれがあんたと一緒に暮らさなきゃいけないんだ」

冷ややかに言い放った智也の顔を見て全身が凍りつきそうになった。

「そう言いたい気持ちはわかる。でも……でもね……」

「今さら何わけのわかんないことを言ってるんだよ」

「あなたに罪滅ぼしがしたいの。たしかにわたしは母親らしいことをしてこられなかった。あなたにもずいぶん辛い思いをさせてきたとわかってる。だから、母親として少しでも罪滅ぼしをさせてほしいの」弥生は頭を下げて懇願した。

「母親って言うけどさあ、おれに化け物の兄弟はいないよ」

智也の言葉に顔を上げた。

「何年か前だったか、テレビであんたのことを観たよ」

智也が穢《けが》れたものでも見るような目で弥生を見ている。

三年ほど前、医療少年院での彼の矯正の記録を綴ったドキュメンタリー番組が放送された。そのことを言っているのだろう。

弥生も含めて、彼の矯正に携わった医療少年院のスタッフが何人か出演して、彼が入院していた六年間の様子を語ったのだ。

弥生はテレビに出ることに深いためらいがあった。だが、医療少年院での矯正の様子をきちんと伝えることが、彼が社会に戻ってきたことを不安視している世間の人たちにとっても、またその社会の中で生きていかなければならない彼にとっても有益なことなのではないかと、番組のディレクターに説得されて渋々ながら出演したのだ。

「顔にはモザイクがかかって声も変わってたけど、少年Aの母親役として更生に多大な貢献をしたS先生ってあんたのことだろう。二十四時間態勢で三百六十五日、本当の母親以上の愛情を注いであの化け物の心を救った。あまりの美談に涙が出そうになったよ。あんたはおれを捨ててあの化け物の母親になったんだろう」智也があざけるように言った。

「それはちがう。わたしはあなたのことを捨ててなんかいない。ずっとあなたのことを想ってた。あなたのことを考えなかった日なんて一日もなかった。だけど、そう感じさせてしまったのならごめんなさい。本当にごめんなさい……」

涙があふれてきて止まらない。

「でもね、彼のやったことは間違いだけど、彼は決して化け物なんかじゃない。わたしたちと同じ人間なの。親の愛情を感じられずに育って、心の中にどうしようもない闇を抱えてしまったの。彼を救うためにはしかたがなかったの。でも、これだけはわかってちょうだい。わたしは決してあなたのことを捨てたんじゃない」

「おれは親の愛情なんかまともに受けてない。だけど、人を殺したりはしない。幼い子供をふたりも殺すような化け物にはならない。あんたはおれのことを捨てたんだ。だからおれも母親を捨てた。母親面して二度と連絡なんかしてこないでくれ！」

視界が滲んでいてまわりの景色がよく見えなかったが、智也が席を立ったのはわかった。

弥生はその場から動くことができなかった。ただ、すすり泣きをこらえるのに必死だった。涙が乾いていくにしたがって、まわりにいた客がおかしなものでも見るようにこちらを注目しているのがわかった。

目の前のテーブルの上に千円札が二枚置いてあった。

11

女性からもらった紙切れを見つめながら、益田は溜め息を漏らした。

まったく厄介な頼まれごとをされてしまったものだ。

その気の重さと同時に、ここ数日、白石弥生という女性の存在が心の片隅に引っかかっている。

益田にこんな頼みごとをするために、弥生が必死になって語っていたことはそれなりに筋が通っているように感じている。

出会った当初から、鈴木は何か訳ありの人物ではないだろうかと思っていた。

人との間に見えない壁を作り、極端なほどに自分の話をすることを拒んでいた。多少社交的になったとはいっても、自分のことをほとんど話さないというのは変わらない。

だが、家出をしていると聞いて、今まで不可解に思えていたことが納得できた。

それでも、何か釈然としない思いが胸の中でくすぶっているのだ。

特に、益田が弥生の頼みを受け入れると言い、彼女が弾けるような笑みを浮かべたときからずっと何かが引っかかっている。

それはなぜだろうとずっと考えている。

ノックの音がして、益田はドアのほうに目を向けた。

「ぼくだけど――」

鈴木の声が聞こえて、益田は慌てて紙切れをパジャマのポケットに突っ込んだ。

「どうぞ」

声をかけるとドアが開いて鈴木が顔を出した。後ろから事務の藤沢美代子が続いて入ってくる。

見舞いに来るとしても鈴木ひとりだけだと思っていたのでだらしない格好で寝そべっていたが、若い女性の姿に慌てて姿勢を正した。

「本当は会社のみんなでお見舞いしたいと話していたんですけど、あまり大勢で押しかけるとかえってご迷惑になるかと思って、とりあえずわたしが代表で……」

美代子がそう言いながらベッドサイドに花瓶に入れた花を置いた。

「ここに来る前に藤沢さんがいけてくれたんだよ。ここはちょっと殺風景だから」鈴木が言った。

「ありがとうございます」

美代子に礼を言うと、「あまりこういうセンスはないんですけど」と照れたように笑った。

以前はあまり見たことがなかった柔らかな表情だ。

鈴木と美代子は並んでパイプ椅子に座った。

「退院の日は決まったんですか？」美代子が訊いた。

「ええ。今日先生と話をして今週の金曜日に退院できるそうです」

「本当？　よかったね」鈴木が笑みをこぼしながら言った。

美代子も鈴木のほうに目を向けてうれしそうに微笑んだ。

しばらく三人で世間話をしていて美代子の様子が気になった。見舞い相手の益田ではなく、ことさらに鈴木のほうに視線を向けているのに気づいたからだ。

もしかしたら、ふたりは付き合っているのではないかと感じた。

以前、見舞いに来たときに、鈴木に気になる人がいるというのを察してはいた。嫉妬というほどではないが、何だか自分がいろんなものから取り残されていっているような寂しさを少しばかり感じている。

「じゃあ、そろそろ行くね」

鈴木がそう言うと立ち上がった。美代子とともに病室から出ていこうとする。

「退院したらすぐにみんなでお祝いをしようね。それまではこれで我慢して」鈴木はそう言うと画用紙をこちらに差し出した。

何だろうと思って見ると絵が描かれている。ビールの缶とその横にコップに注がれた絶妙な泡加減のうまそうなビールが描かれている。

「鈴木くんは案外いじわるなやつだな。こんなうまそうなビールを見せられたら一日だって我慢できなくなっちゃうだろ」

益田が言うと、鈴木は軽く笑みを漏らしながら病室を出ていった。

それにしても見事な出来だ。感心するように鈴木が描いた絵を見ているうちに、頭の中に閃光《せんこう》が走った。

その記憶が目の前にゆっくりと浮かび上がってきてやがて鮮明になる。

いつか鈴木の部屋の中の物を盗み見たときの記憶だ。

鈴木のデイパックに入っていたノート——そこに描かれていた様々なデッサン画——その中のひとつ——。

女性を描いたデッサン画だ。裸で横たわった女性がこちらに微笑を向けている。

ずっと心に引っかかっていたものの正体があらわになってくる。

白石弥生に似ていた。

だけど、もしあれが弥生を描いたものであるなら、鈴木はどうして母親の妹の裸の絵など描いたというのだ。

だが、そんな大きな疑問を押しのけるようにして、新たな記憶が突き上がってくる。

あのデッサン画を目にした後にさらに見つけた一枚の写真——。

家族で撮ったらしい写真の中に何か既視感のようなものを覚えていた。

あれは益田の実家の近くにあった遊園地のエントランスではなかったか。はっきりとは言い切れないが似ている風景だと思ったのだ。だけど、鈴木は新潟の出身だという。

さらに、あの男の子の顔が頭の中で鮮明になった瞬間、益田はすぐにスマートフォンをつかんだ。

ウェブサイトにアクセスするともどかしい思いで画面をスクロールさせていく。

黒蛇神事件の犯人の子供の頃の写真。みんなでキャンプをしている中でひとりつまらなそうに佇《たたず》んでいる男の子の顔を拡大させた。

似ている。

印象的な切れ長の目に感情を窺わせないような冷めた表情が、あのとき鈴木の部屋で見つけた写真の男の子に似ているような気がする。

いや、たかが一回ちらっと見ただけの写真だ。自分の記憶ちがいということも大いにありえる。だが、そう思っても、あのときの自分の記憶と目の前の画面の男の子の顔がどうしても重なって映るのだ。

鈴木は黒蛇神事件の犯人と知り合いなのか——？

いや、だとしたらどうしてそんな写真を大切そうに持ち歩いているのだ。

まさか、鈴木が……。

すぐにその考えを頭から振り払った。

そんなことあるはずがない。鈴木が黒蛇神事件の犯人だなんてありえない。

益田はホームページに載っているもうひとつの白黒写真まで画面を移動させた。

黒蛇神事件の犯人は印象的な切れ長の目をしているが、鈴木はぱっちりとした二重瞼だ。この写真と鈴木の顔は別人のようにちがう。

本当にそう言えるだろうか——。

もうひとりの自分が心の中に訴えかけてくる。

整形手術をして一重《ひとえ》から二重瞼にすれば、現在の鈴木とまったく別人だとは言い切れない。どことなく面影があるようにも感じる。

いや、そんなことはない。そんなことあるわけないじゃないか。自分は何を馬鹿なことを考えているのだろう。

鈴木は優しい人間だ。いつだったか酔いつぶれた山内のことを親身になって介抱し、自分が事故に遭ったときにも助けてくれたじゃないか。

そんな鈴木がふたりの子供を残虐に殺した悪魔のような人間であるはずがないッ！

12

「お腹が減りましたね。どこかで食べて行きませんか?」

川口駅が近づいてきてさりげなく言うと、鈴木が申し訳なさそうな顔を向けた。

「ごめん。これから清水さんたちと飲みに行く約束をしてるんだ」

「別に気にしないでください。ところで来週の金曜日って何か予定はありますか」美代子は気を取り直して訊いた。

「来週? 今週じゃなくて?」

「ええ。今週の金曜日は益田さんの退院の日ですから、おそらく寮のみなさんで飲むんでしょう」

「うん。来週なら空いてるよ」

その言葉を聞いて気持ちが浮き立った。来週の金曜日は鈴木の誕生日だ。

鈴木から直接聞いたわけではないが、履歴書の生年月日にはそう書いてあった。新潟出身というのは嘘だと言っていたが、まさか生年月日までは嘘を書かないだろう。

「じゃあ、その日の夜は絶対に空けておいてくださいね」

美代子は約束を取りつけると、駅前で鈴木と別れてデパートに向かった。

まだ十日以上あるがさっそく鈴木の誕生日プレゼントを選びに行くつもりだ。

閉店時間までにはじゅうぶん間に合うだろうと思っていたが、鈴木の誕生日プレゼント選びは思いのほか難しかった。

いろんな売り場に立ち寄ってみたが、なかなかいいプレゼントが見つからない。

そもそもどんなものを贈ればいいのだろうかというところで思い悩んでいる。

真っ先に思い浮かんだのは時計や財布などだ。どうせなら普段から身に着けてもらえるもののほうがいい。でも、まだ付き合っているというわけでもない今の時点で、あまり高価なものを贈ったら逆に迷惑がられないだろうかと考えた。

ライターと思いかけて、鈴木が煙草を吸っているところを見かけたことがないのに気づいた。

あまり鈴木に気を遣わせるようなものではなく、それでいて印象に残るものがいい。だけど、なかなかそういうものが見つからない。

CDなどはどうだろうかと考えたが、鈴木がどんな音楽が好みなのかもわからない。自分が好きなCDを贈るという手もあるが、何だかそれは押しつけがましいように思えて気が引けた。

あてもないこうでもないと考えながら歩き回っているうちに、閉店時間が近づいてくる。

文具売り場の前を通りかかったときに、ようやくひとつひらめいた。

色鉛筆はどうだろうか――。

鈴木は絵を描くのが趣味だ。子供がよく使っているようなものではなくて、少し高価な色鉛筆を贈ったら喜んでくれるのではないだろうか。

高価だといっても色鉛筆だからそれほど気を遣わせずに済むだろう。

それに、この前描いてもらった自分とミミのデッサン画に色をつけてほしいと言えば、さりげないアプローチにもなる。

美代子は文具売り場に入るとさっそく色鉛筆を探した。思っていたようなものがすぐに見つかった。高級そうに見えるメタルケースに入った六十色セットの色鉛筆だ。

エントランスに入るとオートロックのドアを開けた。一〇九号室に向かうとドアに何か変なものがついているのが見えた。

怪訝な思いで近づいていくと、ドアの取っ手にレジ袋が引っかけられていた。警戒しながら中を確認してみる。白い封筒が入っていた。封がされていて何も書かれていない。

封筒の中に入っている硬い感触を指先に感じながら、心臓が締めつけられるように痛くなった。

封筒を持ったままドアを開けて部屋に入るとすぐに鍵をかけた。

真っ暗な部屋の中でミミの鳴き声が聞こえた。電気をつけると靴を脱ぐのももどかしくその場で封筒の口を切った。

封筒の中に入っていたのはケースに入ったＤＶＤディスクだ。ケースにもディスクにも何も書かれていないが、これがどういうものなのかはすぐにわかった。封筒の中には他に一枚の紙が入っていた。

『職場の人たちにもっとおまえのことを知ってもらおうとこれをプレゼントするつもりだよ。まあ、おまえの出方によるけどな』

蛇がのたうったような文字を見て、深い絶望にとらえられた。

どこまで自分を苦しめれば気が済むのだろう。

すべての気力が奪い取られてしまったようにその場に崩れた。唇を震わせながら紙を見つめる。手紙の最後には携帯番号が書いてあった。会社の人たちにこのＤＶＤを配られたくなかったら連絡しろということだろう。

達也に連絡するつもりなどない。おそらく連絡をすれば金の無心をするか、美代子を風俗か何かで働くように仕向けるつもりなのだ。

だが、連絡をしなければ達也は必ず会社の人たちに、恥辱にまみれた姿をさらした美代子のこの映像をばらまくだろう。

たとえそれで何も得られなかったとしても、人が苦しむ姿を見ることに生きがいを覚える。達也はそういう男なのだ。

以前であればすぐにでもこの場から逃げ出そうと思っただろう。カワケン製作所を辞めて、このマンションを引き払って、達也が追ってこられないようなどこか遠くの街に逃げることを選んだはずだ。だけど、今はそれをしたくない。

鈴木のそばにいたい。もっと一緒にいたい。そのためにはこの場所に留まらなければならない。どんなに苦しくても。

そう思っていても、やはり自分には耐えられないだろうと感じている。

会社の人たちの好奇の視線にさらされながら仕事を続けていくことなど自分にはとても無理だ。

どうすればいいのだろう。いくら考えてもまったく答えが見つからない。

ただ、鈴木に会いたかった。

会いたい……会いたい……。

美代子は泣きながら鈴木の携帯にメールをした。

『会いたい。今すぐ会いたい』


チャイムの音に、美代子はびくっと布団から起き上がった。

時計を見ると夜中の十二時過ぎだ。鈴木にメールを送ってから三時間近く経っていた。

鈴木だろうか。それとも――。

美代子は不安をこらえながら立ち上がってインターフォンを取った。

「ぼくだけど……」

鈴木の声を聞いた途端、からだじゅうを締めつけていた恐怖という鎖が解けていった。

「入ってもらえますか」

オートロックの解除ボタンを押すとすぐに玄関に向かった。ドアの内側でじっと鈴木がやってくるのを待った。足音がだんだん近づいてくる。ノックの音が聞こえてドアを開けた。

「どうしたの?」

美代子と顔を合わせると、鈴木が戸惑ったような顔で訊いた。

泣かないように我慢していたが、鈴木の顔を見た瞬間、涙があふれ出してきて止まらなかった。

「遅くなってごめん。メールに気がつかなくて」

美代子は涙を拭いながら首を横に振った。

「いきなりあんなメールをしてごめんなさい」

「とりあえず入っていいかな」

美代子が頷くと、鈴木が靴を脱いで部屋に上がった。

「いったい何があったの?」

鈴木が問いかけてきたが、何をどう話せばいいのかわからず黙っていた。代わりに達也の手紙を見せた。

鈴木は床に腰を下ろして達也の手紙を見た。すぐに美代子に視線を向ける。

「鈴木さんは以前こう言ってくれましたよね。別に悪いことをしてないんだから逃げ回る必要はないって。だけど、あいつが会社の人たちにこういうことをしたら……わたし……とても耐えられそうにないです。そうなったらまたどこかに逃げなきゃいけない」

鈴木は黙って聞いている。

「会社を辞めることもここから出ていくこともどうってことないんです。ただ、鈴木さんと離れることだけが……」美代子はうつむいた。

「そうなったら一緒にどこかに逃げようか」

鈴木の呟きに、美代子は弾かれたように顔を上げた。

「いいんですか？　鈴木さんにとってあの会社や寮は大切な場所じゃないんですか」

うれしくてたまらなかったが、思わずそう問いかけた。

鈴木は自分が言ったことを少し後悔するような表情を浮かべた。

「やっぱりそうですよね。わたしなんかのためにそんなことできないですよね。でも、そう言ってくれただけでうれしいです」

美代子が言うと、鈴木はそうではないと首を横に振った。

「そうなったら藤沢さんが後悔するんじゃないかと思って……」

「どうしてわたしが後悔するんですか」

「ぼくは根無し草なんだ」鈴木が寂しそうに言った。

「根無し草？」

「どこにいても落ち着ける場所なんかない。ぼくもずっと逃げているんだ」

「逃げているって……何から逃げているんですか」

「過去から」

過去から――いったい鈴木はどんな過去から逃げているというのだろう。

「いつかどこでもいいから根を張って生きていきたいと思ってる。だけど難しいかもしれない。だから……藤沢さんとは……」

「どんな過去から逃げているんですか」

美代子は問いかけたが、鈴木は言いたくないと首を横に振った。

「帰るね」

鈴木が立ち上がろうとした瞬間、からだが勝手に反応した。

美代子は鈴木を強く抱きしめた。激しく鈴木の唇を求める。

離れたくない――。

どんな過去があろうと、自分は鈴木と一緒にいたいのだ。

美代子は鈴木が着ている長袖のシャツを脱がそうとした。鈴木は服を脱ぐのに抵抗している。

「わたしじゃ……わたしみたいな女じゃ嫌ですか」もの悲しくなりながら問いかけた。

じっと美代子を見つめていた鈴木は首を横に振って、やがてゆっくりとシャツを脱ぎ始めた。まだ暑さの残る時期だというのに、長袖のシャツの下にさらに長袖のインナーを着ている。それを脱いだ鈴木の両手首を見て、美代子は息を呑んだ。

両手首にびっしりとナイフで切り裂いたような傷跡がある。特に右手首にはナイフで切ったようなものの他に、何かの動物に食いちぎられたような大きな傷跡があった。

「死んだら逃げられるんじゃないかと思ってたんだけど……」

美代子は鈴木の両手をつかんだ。鈴木の両手首に自分の頰を当てる。

「この手はそんなことをするためにあるんじゃないですよ。抱きしめてほしい……」

美代子が訴えると、鈴木の両手が自分の背中に回された。


「そろそろ起きないと遅刻しちゃうね」

その声に、美代子は隣に目を向けた。

こちらを見つめていた鈴木が布団から起き上がった。自分が全裸だったのを忘れていたようで、少し戸惑った表情を浮かべてすぐに下着と服を身に着けた。

「一緒のところを見られたらまずいですよね」美代子は布団の中から鈴木を見上げて言った。

別に自分はかまわないが、寮の人たちと一緒に生活している鈴木からすれば、そんなことになれば面倒だろう。

「そうだね」

「先に出てください。わたしは支度に時間がかかるので」

そう言うと、鈴木が頷いて玄関に向かった。ドアの閉まる音がして、美代子は頭から布団をかぶった。

このままずっと布団の中にいたかった。
ほとんど寝ていないこともあったが、それ以上に、この温もりにいつまでも包まれていたい。

ここには鈴木と抱き合っていたときの熱がまだこもっている。

お互いに裸になって布団に横になると美代子はふたたび鈴木の唇を求めた。鈴木の髪を撫でまわしながら、必死に鈴木の唇の中に入ろうとした。やがて頑なに閉じられていた鈴木の唇が開き、美代子は舌をからませた。

激しい鼓動が全身に響き渡った。それが鈴木の鼓動なのか、自分のものなのかさえわからないほど、からだがひとつに溶け合っていくようだった。

もっとひとつになりたい。もっと鈴木の鼓動を感じたい。

美代子は鈴木の手をつかんで自分の胸に持っていった。鈴木は初めてミミに触れたときのように、恐々とした手つきで美代子の胸に触れた。鈴木は恐れと愛おしさが入り交じったような手つきで美代子の胸を揉《も》み始めた。そして、美代子の胸に顔を埋めて乳房を吸った。その愛撫は女性に対するというよりも、どこか赤ちゃんが母親に求めるようなものに思えた。

長い時間そうやって抱き合っていたが、けっきょく鈴木は美代子の中に入ってこなかった。そういう素振りさえ見せず、美代子の局部に触れることもしなかった。ただ、唇と手でひとしきり美代子の胸の感触を確かめるように愛撫すると、満足したように眠ってしまった。

だが、しばらくすると鈴木が激しくうなされだした。これほどの苦悶《くもん》の表情を浮かべながらうなされている人を見たのは、美代子の人生でも初めてだった。

鈴木はいったいどんな夢を見ていたのだろう。どんな夢を見ればあれほどの苦しみに苛まれるのだろう。

美代子は肩をゆすったが鈴木はなかなか目を覚まさなかった。激しく身をよじりながら叫び声にも似た声で、ごめんなさい……ごめんなさい……と許しを乞うていた。

誰に向かって謝っていたのだろう。

ただ怖い夢を見ていただけなのか。それとも、鈴木が逃げているという過去があれほどまでの苦しみを与えるのか。

死んででも逃げ出したいと思ってしまうような過去が――。

もしそうであるならば、少しでも鈴木の苦痛を取り除いてあげたい。

鈴木がどんな人生を辿《たど》ってきたのか美代子には知る由もないが、彼の心に寄り添って少しでもその苦しみを癒したかった。

自分にそうしてくれたように、美代子も鈴木のことを守りたいのだ。

13

「鈴木くんから聞いたんだけど、明後日に退院できるそうだね」

社長の言葉に、益田は頷いた。

「本当にいろいろとご迷惑をおかけしました。いや、これからもご迷惑をおかけしてしまうと思いますけど……」

「大丈夫よ。退院したら事務所のほうでこき使ってあげるから」

社長の隣に座っていた奥さんが冗談っぽく言って笑った。

「ぜひそうしてください。できるかぎりのことはします」

ノックの音がして、益田たちはドアに目を向けた。

奥さんが立ち上がってドアを開けた。外に立っていた人物を見て益田はびっくりした。

社長と奥さんも益田とはちがった驚きから、目の前の女性に釘づけになっているようだ。

花束を抱えた清美が少し戸惑ったような表情で立っている。

「あなたってアナウンサーのスギキヨでしょう？　どうして？」

奥さんが好奇心をむき出しにして益田に目を向けると、「おまえなあ、ちゃんとお名前で呼べよ」と社長がたしなめた。

「大学の同期生なんです」

「そうなのぉ」奥さんが意味ありげな笑みを浮かべた。

「こちら、今の会社でお世話になっている社長の川島さんと奥様」

益田は清美にふたりを紹介した。

「連絡もしないで突然伺ってしまってすみません。またあらためます」

清美が会釈して帰ろうとすると奥さんが「いいのよ。わたしたちはもう帰るところだったから」と病室に入るよう促した。

「どうぞどうぞ」

社長もテレビで見かける人物を前に緊張したようで、いそいそと立ち上がった。

「益田くんも、こんな素敵なかたがいるなら早くあんなぼろい寮から出て行かないとね」

奥さんがにやけながら言うと、清美が益田に目を向けた。

まったく余計なことを言ってくれる。

「ただの同期生ですから」

変な噂を流さないように奥さんに釘をさした。

「それじゃ、ごゆっくりしていってね」

社長と奥さんが部屋から出てドアを閉めた。

清美が窓際に歩いていき棚に置いてあった花瓶の横に花束を置いた。

「後で花瓶にいけるね」

「ありがとう。座ってくれ」

益田が言うと、清美がパイプ椅子に座った。

「手を怪我したって言ってたけど……」清美が益田の右手をしげしげと見て言った。

「ああ。軽く切っただけだ」

「軽く切ったって……骨折じゃないの？」

「ああ。大げさに包帯を巻いているけどたいした怪我じゃない。明後日には退院できる」

「さっきのかたが言っていた寮っていうのは」

「会社の寮で生活してるんだ。川口にあるステンレスを加工する会社だ。なかなかいい仕事が決まらなくて二ヶ月ぐらい前から働いてる」

「どうして寮に……」

「前の仕事を辞めてからしばらく仕事が決まらなくてさ」

出版社の編集の仕事を辞めてからもマスコミに絞って求職活動をしていた。

「その間、体調を崩したりいろいろあって、そうこうしているうちに家賃を払えなくなってアパートから出ていくことになった。とりあえず新しい部屋を借りるまでのつなぎとして今の仕事をしてる」

清美には知られたくなかったが、こうなってしまっては嘘をつき続けるのも難しいだろうと観念した。

「とりあえず実家に帰ればいいじゃない」

「いい年して親に頼りたくない」

それが本当の理由ではない。

益田の父は地元で保険の代理店をやっている。将来は、ひとり息子である益田に店を継がせたいと強く願っていた。そして両親とも益田が自分たちのそばで生活することを望んでいる。

益田はそんな両親を何とか説き伏せて東京の大学に行き、何の相談もせずに就職を決めた。その会社を辞めてから実家に戻っていないが、もし益田が東京でまともな仕事もない状態だと知ったら、両親は強引にでも実家に連れ戻そうとするにちがいない。

そんなことになれば、益田は一生あの町から出ていけなくなってしまうだろう。

桜井学やさちこさんの記憶に縛りつけられながらずっと生きていくのは、あまりにも耐えられない。

「その手の怪我は仕事で？」

「工場の機械で親指と人差し指を切断したんだ」

「切断……」清美がぎょっとしたように手で口をふさいだ。

「すぐに適切な処置をしたからうまくつながった。しばらくリハビリをしなきゃいけないけど、ちゃんと動くようになるそうだ」

だから心配いらないと、包帯を巻いた右手を軽く振った。

清美は益田の右手を見つめながら言葉がないというように押し黙っている。

「まったく間抜けな話だろう」

「そんな風には思わない」清美が首を横に振った。

「そうか？　腰掛けの仕事すら満足にできない。こんなんじゃ、ジャーナリストになるなんて夢のまた夢だな」

清美がじっとこちらを見つめてくる。その視線が痛かった。

「ちょっと前に偶然須藤さんと会ったんだ。そのときに少し話をして……益田くんが週刊誌のアルバイトを辞めたって聞いて」

「そうか」

外食チェーンの会社で二年ほど働いた頃、サークルの先輩であった須藤から仕事の誘いを受けた。『週刊現実』という週刊誌の編集部での仕事だ。アルバイトの扱いであったが、益田は一も二もなくその誘いに乗った。ジャーナリストへの夢を断ち切れなかったこともあるし、そのときの仕事にやりがいを見出せずにいたこともあった。

それに自分の夢を追い続けていれば、いつか清美とやり直せる機会が訪れるかもしれないという淡い期待もあった。

大学を卒業して一年ほど経った頃に清美と別れた。

何か決定的な理由があったわけではない。激しく言い争ったわけでもないし、大きな喧嘩《けんか》をしたという記憶もない。

それ以前に、お互いに別れの言葉さえ発していない。自然消滅というやつだ。

きっかけは、やはり清美がアナウンサーとして働き始めたことだろう。その頃からすれ違いができていったのだ。時間的なすれ違いもそうだが、それ以上に、お互いの意識のすれ違いが大きくなっていくように感じていた。

たまにデートをすると、清美は楽しそうに仕事の話をした。長年の自分の夢を実現させて毎日が充実していたのだろう。だが、そんな清美を見ていると自分がみじめに思えてしまい、彼女と一緒にいることを次第に敬遠するようになった。

連絡を取り合うことがどんどんと少なくなっていき、気づいたら連絡を取ることさえはばかられるほど彼女の存在は遠いものになってしまった。

「どうして辞めちゃったの？　念願だった週刊誌の仕事でしょう」清美が訊いた。

「あそこには向いてなかったってだけのことさ」

編集部で働き始めた頃は益田も期待に胸を膨らませていた。コピー取りや資料探しなどの雑用ばかりだったが、仕事ぶりを評価されれば正社員やフリーの記者として雇ってもらえることもあると聞いていたので、一生懸命に打ち込んでいた。だが、その職場は自分が思い描いていたような場所ではなかった。

ジャーナリストは社会の不正に立ち向かい、弱い立場の人たちを守るために尽力する存在だと思っていた。しかし、実際の現場はそういうきれいごとや正義感ですべてが動いているわけではない。

記者のひとりからこんなことを言われたことがある。

大衆は自分よりも不幸な人を見たいから、人が隠し通しておきたい秘密を覗き見たいから、わざわざ金を払って週刊誌を買うんだよ。その大衆の願望を叶えるのがおれたちの仕事だ——と。

もちろんすべてのジャーナリストがそんな考えだとは思わない。いや、思いたくもない。だが益田がいた編集部では、その記者が言っていることが大多数の職業観になっていると感じた。

編集部にはいろんな記者がいた。事件や事故の被害に遭った人の家族から話を聞くために、相手の痛みなどおかまいなしに強引な取材をする記者。その記者は家族からより強い慟哭《どうこく》を引き出すことが記者としてのポテンシャルの高さだと思っている。他にも殺人現場を携帯のカメラで撮影して楽しそうにまわりに見せて回っている記者や、自分が書いた記事で何人の大臣の首を飛ばしたのかを得意げに語り、飛ばした数だけ携帯に星形のシールを貼っている記者もいた。

その週刊誌では定期的に、一世を風靡した有名人の現在の姿を追った特集をやっていた。いろいろなテレビや雑誌などでやっている『あの人は今』的なコーナーだ。

人手が足りなかったこともあり、その特集記事に益田も少し関わることになった。関わることになったとはいってもただの使い走りなのだが、それでも編集部の雑用を離れて実際の取材の現場に出られる喜びに益田は興奮した。

その号の特集はＡＶ女優だった。一時代に活躍していたがすでに引退したＡＶ女優をリサーチして何人かをピックアップした。

益田は自分よりも一回り年上の角田《かくた》という記者に同行して取材の手伝いをすることになった。

取材の中で、引退してから会社の経営者になっていたり、ＡＶ監督に転身していたり、さまざまな現在の姿を目にした。

その中のひとりに向井百合《むかいゆり》という女性がいた。彼女は十五年ほど前に『小林《こばやし》くるみ』という芸名で活躍していた。十九歳のときにデビューしてその愛らしいルックスで熱狂的なファンもかなりいたとのことだが一年ほど活動した後に引退したそうだ。

十五年ほど前に活躍していたとのことだから益田にはまったく馴染みがなかったが、角田はこの女性を今回の特集の目玉にしようと考えていたようだ。

角田は学生のときに、よくその人を『おかず』にしていたと取材の前ににやけていた。

向井百合のその後をリサーチすると、現在は群馬県内にある小さな町で暮らしていることがわかった。独身で、家の近くにあるラーメン店でアルバイトしている。

取り立てて記事にできるようなものも見つからない生活に思えたが、角田は実際に百合に会いたいとラーメン店を訪れることになった。

その店で汗を拭いながら働く百合を見て益田は驚いた。一時期にせよＡＶ女優という仕事をしていたのが信じられないほど地味な女性だった。

店の中では取材できないと思ったようで、角田は仕事を終えて店から帰るところを見計らって百合の写真を撮ると、すぐに百合を捕まえて取材を始めた。

百合は激しく動揺していた。店には益田たちの週刊誌も置いてあるので絶対に記事にはしないでくださいと懇願して、逃げるようにその場を立ち去った。

翌日、百合が菓子折りを持って編集部を訪ねてきた。そして益田と角田に「お願いですから記事にはしないでください」と深々と頭を下げた。

その姿を見て、益田は胸が痛くなった。いや、痛くなったというよりも、自分がやっていることへの嫌悪感に縛りつけられた。

百合はＡＶの世界を引退してからの生活を訥々《とつとつ》と語った。世間からの偏見の目に怯え、両親と一緒に暮らすことも、新しい家族を持つこともできずに三十四歳になる今までひとりで生きてきたが、最近アルバイトをしているラーメン店の店主に見初められて婚約したという。結婚してふたりでラーメン店を切り盛りしていくのが今のささやかな願いだが、自分の記事が出てしまったらそれが叶わなくなってしまうと切々と訴えてきた。

たしかにこんなことを記事にする意義などどこにもないと、益田は角田と顔を見合わせた。だが、角田の思いはまったく違っていた。

「でも、それはあなたが選択したことでしょう。いくら若いときの一時期であったとしても、あなたは自分を売ったんですよ。自分の身を金で売ったんです。それが芸能界ってもんでしょう。もし、ここで記事にしなかったとしても、ネットを開けばあなたの映像なんてそこらじゅうにあふれているんです。旦那さんになる人に自分の過去を隠し通すことなんて無理でしょう。どうせならこれを機会にすべてをぶっちゃけたほうがいい。あのラーメン店が繁盛するように宣伝のコメントでも添えましょうか？」

角田の言葉に、百合はしばらく声を発せずにいた。やがてハンカチを取り出して涙を拭い始めた。

「半分はあなたの言う通りかもしれません。浅はかなことをしてしまったと一生後悔するでしょう。でも、お願いです……記事にはしないでください。人間はそんなに強くないんです」

弱々しい声音で言うとふたたび深々と頭を下げて編集部から出ていった。

「記事にするのはやめたほうがいいんじゃないですか」

益田が言うと、角田は理解できないという顔で「どうして」と返した。

「あんなことを伝えることに何か意義があるんですか」

「おまえの言う意義っていったい何だ？」

「あんなことを記事にしても誰も幸せになんかならないでしょう」

「おまえはアホか？　昔はテレビでちやほやされていたのに今はすっかり落ちぶれたとか、妻が元ＡＶ女優だったたって旦那が知ったらそこの家庭はどうなっちゃうんだろうかとか、そういうことを知ったり想像したりすることで幸せを感じる奴らがいるから週刊誌が売れるんじゃねえか。おまえみたいな無能は記者になんかなれねえから一生コピー取りでもやってろ」

自分が夢に見てきた世界が瓦解した瞬間だった。

数週間後、百合の親族から編集部に電話がかかってきた。記事が出たせいで、婚約者と別れることになり、百合が手首を切って自殺を図ったという抗議の電話だった。

益田がそのことを伝えると、角田は特に気に留める様子もなく口を開いた。

「未遂じゃなければ記事になったんだけどなあ」

その言葉を聞いて、頭の中が真っ白になった。次の瞬間、三、四発、角田の顔面を殴りつけて鼻の骨を折った。

会社内の諍《いさか》いに警察を介入させたくないという配慮なのか、益田は警察に突き出されることはなかったが、クビを言い渡された。

あのときの苦い思いがあふれだしてきたが、それを清美に話すことはなかった。

清美も同じマスコミの人間なのだ。そんなことはないと信じているが、もし角田の考えに同調すると言われたら、夢に見てきた世界だけでなく清美と過ごした時間さえ自分の中で崩れ去ってしまいそうで怖かった。

「須藤さんは何か言ってたか？」益田は訊いた。

紹介してもらった職場で暴力事件を起こしてクビになったのだ。

あれ以来、須藤とは連絡を取っていないが自分の顔に泥を塗ったと怒っているかもしれない。

「益田くんがどうして辞めたのか訊いたけど何も話してくれなかった。ただ、青臭い男だって言ってた」

「青臭い——おれが？」

清美が頷いた。

「ただ、そういうところも決して嫌いではないけど、とも言ってた。須藤さん、二ヶ月前にあの出版社を辞めたんだって」

「そうなのか？」

まさか、自分のせいで居づらくなってしまったのではないだろうな。

「うん。先月創刊した『ウイークリーセブン』っていう週刊誌に引き抜かれたんだって」

それを聞いて少しばかり安心した。

「辞めてから須藤さんに連絡してないんでしょう。今、どうしてるんだろうって心配してたから今度連絡してみたら」

「ああ、そうするよ」

益田が頷くと、清美はサイドテーブルのほうに視線を向けた。黒蛇神事件に関する本が積み上げられている。

「ちゃんと調べておいてくれたんだね」

「ああ。毎日、暇だからな」

黒蛇神事件の話題になり、気持ちが塞ぎそうになった。

「だけど大した話なんかできないぞ。おれが知っていることといったら、本やテレビで流れた情報や事件が起きたときの地元の反応ぐらいだ」

「そういう話はいいの。あの事件に関してはいろんな情報が出尽くしちゃってるからね。事件に至るまでの犯人の家庭環境や精神科医の鑑定や医療少年院での矯正の記録なんか……わたしもだいたい目を通してる。あと、わからないのは医療少年院を出てからの犯人のことぐらいよ」

「じゃあいったい……」

「益田くんは犯人の少年と同い年だよね。しかも、ものすごく近くに住んでいた。犯人が捕まったとき、事件のことを知ったときにどう思った?」

「どう思ったって言われても……信じられないの一言だよ。その頃のおれたちの楽しみといえばテレビゲームをやったり、サッカーや野球をやったり、アイドル歌手の誰が好みだなんてことをしゃべったり……そんなことぐらいにしか興味を持たない年頃だろう? そんな自分と同じ年の奴がふたりの子供を殺して、捕まるまでの間に警察やマスコミや日本中を翻弄してたっていうんだから」

「ほんの少しであっても犯人の少年の気持ちを理解できたり、共感したりする部分ってあるのかな」

「それはないな。一時期、犯人にシンパシーを感じるという訳のわからない輩がたくさん出てきたけど」

それは今でもあまり変わらない。ネットを覗いてみれば犯人を崇拝するような書き込みがたくさんある。

「わたしも同い年だけど、事件のことを知ったときに犯人の少年の思考がまったく理解できなかった。それはもしかしたらわたしが女だからかなって思ったの。それでちょっと訊いてみたくなったんだけど……」

「それは男でも女でも変わらないと思う。同じ世界に住む同じ生き物とはとても思いたくない。ただ……」益田はそこで口をつぐんだ。

「ただ？」

「犯人はおれたちと同じ人間なんだよな。しかも、おそらくどこかで、自分たちが住むこの社会で生活している」

ここしばらく、そんなことばかり考えている。

「今度はおれが訊いてもいいかな」

「何？」

想像したくもない可能性を口に出してしまいそうになり、益田は「やっぱり何でもない」と視線をそらした。

もしかしたら、鈴木は黒蛇神事件の犯人なのではないか――。

そんな馬鹿げた想像が頭から離れてくれない。

益田を訪ねてきた白石弥生は鈴木の親戚だと語っていたが、どうしてもそれが本当のことだと思えないでいる。

なぜなら、鈴木は弥生に酷似した女性の裸のデッサン画を描いていたからだ。

普通、母親の妹に性的な関心など抱かないだろう。それに弥生が言っていた事柄も、後になって考えてみるといくつか引っかかるものがあった。

弥生は鈴木がずっと引きこもりのような生活を送っていたと言っていたが、それならば彼はいつ溶接や旋盤の資格を取得したのだろうか。

鈴木に持ってきてもらった本を読んでいるうちに、今まで疑問に思っていたことを納得させる嫌な仮説が膨らんでいった。

犯人である青柳健太郎は医療少年院で四年近くさまざまな治療を受けていたそうだ。その後、彼は社会復帰のために中等少年院に一時的に転院してさまざまな資格を取得したという。

さらにネットの動画サイトを覗いていくと、『黒蛇神事件』に関する興味深い映像があった。犯人である少年の矯正の様子を綴ったドキュメンタリー番組で、何人かの医療少年院のスタッフが青柳のことを語っていた。

全員がイニシャルの仮名で、顔にはモザイクがかかり声も加工されていたが、益田はそのひとりであるS先生という女性の存在に強い関心をひかれた。

S先生は青柳の母親と同世代の精神科医だ。親の愛情に飢えてこのような犯罪を起こしたと考えられた青柳を矯正するために、医療少年院のスタッフは彼の疑似家族のような存在になって接していったのだという。彼の母親役になったのがS先生だ。

医療少年院に入ってからの青柳は生きることに絶望し、つねに自殺をほのめかしていた。実際に手首を噛み切って自殺を試みたこともあったが、S先生たちの懸命の働きかけによって次第に生きる気力と人間らしい感情を取り戻していったという。

「何よ。気になるじゃない」

清美に強く言われ、益田は視線を合わせた。

「もし、犯人の元少年がそばにいたらどうする?」

清美が意味を計りかねたようにじっと見つめ返してくる。

「もし、親友だと思えるほど親しくなった人がその犯人だったら……もし、好きで好きでたまらなくなった人がその犯人だとしたら……」

「避けるに決まってるじゃない。あきらかに避けるようなことをしたら逆上して何をされるかわからないから、少しずつ離れていくようにするわ」

「たとえばおれがその犯人だったとしたら?」

清美の表情が少し強張った。

「益田くんのことは、犯人が退院する前から知ってるわ」

「だから、たとえばだよ。これぐらいの付き合いであったり、思い出がある人がもしその犯人だとしたら完全に拒絶できるか？　別に恋愛対象でなくてもいい。すごく仲のよかった友達だったとして、相手が会いたいと言ってきても一切の関係を拒絶するか？」

「付き合う前からわかるでしょう。そういう人とはかかわらないようにする」

「そうかな」

「十四歳でふたりの子供を残虐に殺しているのよ。十年以上の時間が経っていたとしても、少し接すれば普通じゃないと察せられるでしょう」

「犯人が抱いていた病的な犯罪傾向は改善されてるって、テレビのドキュメンタリーに出てた医療少年院のスタッフが話してた。今は完全に普通の青年として生活していたら」

「じゃあ、益田くんはふたりの子供を殺した人間と友達でいられるの？」

益田はしばらく考えてから「わからない」と答えた。


「どうもお世話になりました」

益田は世話になった医師や看護師に礼を言って、左手で鞄と紙袋を持った。鞄には着替えが入っていて、紙袋には何冊もの本が入っている。

「片手で持って帰るのは大変でしょう。また取りに来てもいいですよ」

「大丈夫です。タクシーで帰るつもりなので」

益田は病室を出て一階に下りた。出口に向かおうとして足を止めた。鈴木が受付のべンチに座ってこちらに笑みを向けている。

まだ昼過ぎだから仕事があるはずなのにどうしたのだろうか。

「社長が病院に行って荷物を運んでやれって」鈴木が益田の疑問を見透かしたように答えた。

「そうか……」

鈴木が益田の手から鞄と紙袋を取って出口に向かっていく。益田は鈴木の後に続いて病院を出た。タクシーに乗り込むと無意識のうちに窓外に目を向けていた。

寮に戻ると、鈴木が鞄を持ったまま洗面所に入っていった。

「洗濯物が溜まってるでしょう。これから仕事に戻らなきゃいけないから、明日ぼくがやってあげるよ」

鞄の中から衣類を取り出して洗濯機の中に入れていく鈴木の背中を、益田は黙ったまま見つめた。

「今日は内輪の退院祝いに寮のみんなで焼き肉を食べに行こうかと話してるんだ」

「ああ」

鈴木がこちらを振り向いた。目が合った。

「益田くんがいなくて寂しかったよ。また一緒に働けるね」

益田は何も言えないまま軽く頷いた。

「じゃあ、仕事に行くね」

鈴木が玄関に向かった。靴を履いて出ていく。ドアが閉まると、溜め息が漏れた。

いったい何を馬鹿げたことで思い悩んでいるのだろう。鈴木が黒蛇神事件の犯人であるわけがないではないか。

この数日、そんな妄想にからめとられてしまって、病院まで来てくれた鈴木に礼のひとつも言えなかった。

益田は衣類がなくなって軽くなった鞄と紙袋を手に取ると階段に向かった。一段上ったところで足が止まった。

もう一度、あの写真を見て自分の記憶を確認したい——。

いや、だめだ。そんなことをするのは鈴木に対する裏切り行為だと自分を戒めた。

だけど、こんな疑念を引きずったままで、鈴木と今までのように普通に接していくことができるのか。

ただ確認したいだけだ。ここ数日、自分が抱いてしまっている恐ろしい想像がまったくの見当違いであったことを笑いたいだけだ。

今夜、自分にとって大切な友達と楽しく酒を飲むために必要なことなのだ。

益田は心の中でさまざまな言い訳を並べながら食堂に向かった。食器棚の引き出しから三号室のスペアキーを手に取ると二階に上がった。

鍵を開けて三号室に入る。室内を見回したが本はなかった。襖を開けると大きな鞄があった。左手だけで何とかチャックを開けると、後で鈴木に悟られないように慎重に中に入っているものを確認した。

あのとき見た本があった。めくってみると写真が挟まっている。男の子以外の顔が傷つけられている写真。

益田は食い入るようにその写真を見つめた。

あるものを確認した瞬間、胸の底から深い溜め息が漏れた。

やはり自分が思っていた通り、実家の近くにあった遊園地のエントランスだ。男の子たちの背後にボウリング場の建物が見える。遊園地の隣にあったボウリング場だ。

益田はズボンのポケットからスマートフォンを取ると、もどかしい思いでネットにつないだ。何度も見たホームページにアクセスして、黒蛇神事件の犯人の子供の頃の写真を開いた。男の子の顔を拡大させて、鈴木が持っている写真の男の子と別人である特徴を必死に探した。

14

上北沢駅の階段を上りきると、弥生は足を止めて思わず溜め息をついた。

今日は残業をしたわけでもないのにからだがだるい。いや、今日にかぎらずここしばらくずっとこんな状態でいる。

腰に衝撃があってよろけそうになった。後ろからやってきた会社員風の男性の鞄が当たったようだ。男性はこんなところに突っ立っているのが悪いのだと言わんばかりの目で弥生を一瞥すると歩き去っていった。

その後も続く人の波に押し出されるように、弥生は駅の出入り口から離れた。だが、このままアパートまで歩いていく気力がどうしても湧いてこない。出入り口の横にひとまず移動して、人の流れをやりすごした。

その場に立ち尽くしながら、帰宅の途に就くであろうたくさんの足もとを見つめた。

おそらくほとんどの人たちには家で待っている家族がいるのだろう。もしくは、これから恋人や友人と過ごすひとときを楽しみにしているのか。

一日の仕事を終えて疲れを滲ませた背中とは対照的な軽やかな足どりに、普段はしないような想像をしてしまい、虚しくなった。

今の自分には家に帰っても待っていてくれる人などいない。

駅から歩いていく人波を見つめているうちに、そろそろ帰ろうと溜め息を漏らした。

傍に誰もいない孤独に耐えながら、これからひとりで生きていくことが智也にしてきたことの自分への報いなのだ。

そう決心して足を踏み出そうとしたときに、ハンドバッグから振動音が聞こえてきた。

弥生は中から携帯を取り出し、ディスプレイを見た。登録されていない番号からの着信だ。

「もしもし……」

少し緊張しながら電話に出ると、「白石さんでしょうか」と男性の声で訊ねられた。

「はい、そうですが」

「益田ですが……今、お電話していて大丈夫ですか」

その名前を聞いて、警戒心が和らいだ。

「大丈夫です。秀人くんのことですよね」弥生は訊いた。

「ええ、まあ……」

「ご連絡してくださってありがとうございます」

そうは言ったものの今は智也のことで頭が一杯で、彼のことに気を留めていられる状態ではない。

「秀人くんは元気でやっていますか」簡単に話を聞いたら電話を切るつもりで訊いた。

「白石さんは今どちらにいらっしゃいますか」

益田の問いかけに、弥生は首をひねった。

「上北沢という駅におりますが」

「実はぼくも今その近くにいるんです。お時間があったらこれから会いませんか」

益田の意外な申し出に弥生は戸惑いを感じた。

蕨に住んでいる益田がこの近くにいる。わざわざ弥生を訪ねてきたということだろうか。もしかしたら電話では話しづらいようなことが彼の身にあったのではないか。

「ええ、わたしはかまいませんが」

正直なところあまり気が乗らないでいるが、彼への不安がそう言わせた。

「ここらへんはあまり詳しくないんです。どこか落ち着いて話ができそうなところはありますか」

弥生はあたりを見回した。近くに『あかね屋』という喫茶店の看板を見つけた。

「北口の駅前に『あかね屋』という喫茶店があるのですが、そちらでどうでしょうか」

「わかりました。これから向かいます」

電話が切れ、弥生はしばらく携帯を見つめた。

いったいどんな話なのだろう。

鼓動がせわしなくなるのを感じながら喫茶店に向かった。

席についてしばらくすると益田が店に入ってきた。弥生に気づいてこちらに近づいてくる。仰々しく巻かれた右手の包帯が痛々しかった。

さりげなく益田の表情を観察してみたが、特に深刻そうな様子は窺えない。益田は軽く会釈をすると弥生の向かいに座った。

すぐにウエイトレスがやってきたので、ふたりともアイスコーヒーを頼んだ。

「暑さが和らぎませんね」

ウエイトレスが立ち去ると、弥生はそう言って水を口にした。

「ええ、まったくです」

益田もそう言って水を飲んだ。何かを思案しているようで、次の言葉がなかなか出てこないようだ。

「退院なさったんですか」

早く彼の話が聞きたかったが、弥生はとりあえず話しやすそうな話題を振った。

「ええ、先週の金曜日に。今日から仕事に復帰したんですが何もできずに迷惑ばかりかけてます」

アイスコーヒーが運ばれてきて、益田がポーションタイプのミルクを左手でつかんだ。ミルクのふたを開けるのに悪戦苦闘している。

「開けましょうか」

「すみません。ガムシロもお願いしていいですか」

弥生はミルクとガムシロップのふたを開けて益田のアイスコーヒーに入れた。

「何だか子供に戻ったような気分ですよ」

益田が弥生の手もとを見つめながら、照れくさそうに笑った。

「こんなこと、お安いご用です」

弥生は微笑み返すと、ストローを入れてかき混ぜてから益田の前にアイスコーヒーを置いた。

「突然お呼びたてしてご迷惑じゃなかったですか」

アイスコーヒーをひと口飲むと益田が訊ねてきた。

「とんでもないです。わたしのほうこそ面倒なお願い事をしてしまって……秀人くんのお話ですよね。何かあったんでしょうか」弥生は自然と前のめりになって訊いた。

「いや、特に変わったことはありませんよ。会社の人とも寮の人とも仲良くやっています。ご心配なく」

「本当ですか?」もう一度、訊き返した。

「ええ。どうやらお呼びたてしたことで、余計な心配をさせてしまったみたいですね」

自分は相当深刻そうな表情をしているのだろう。こちらの不安を解きほぐそうというように、益田が大仰に笑いながら答えた。

「そうですか。わざわざこちらまで来てくださったということで、もしかしたら何か電話では話せないようなことでもあったのかと……」

「白石さんには申し訳なかったんですが、少し調べ物をしたくてこちらに来たんです」

「調べ物ですか?」

自分に申し訳ないとはどういう意味だろうか。

「鈴木くんがどういう生活をしているのか定期的に知らせてほしいということでしたよね……」

益田がそこまで言ってグラスに視線を向けた。しばらくグラスを見つめ、ふたたび弥生と視線を合わせた。

「あのときは白石さんの必死さに思わず引き受けてしまったんですが、あれからずっと本当にそんなことをしていいのだろうかと悩んでいたんです」

「どうしてでしょうか」

「お気を悪くなさらないでほしいんですが、白石さんが悪い人だとはぼくにはとても思えません。親戚として鈴木くんのことを心配なさっているということでしたら、ぼくとしても協力したいという気持ちはあります。ただ、だからといって、白石さんのおっしゃることをすべて鵜呑《うの》みにしてしまうのもどうだろうと思ったんです」

「わたしが何か嘘をついているかもしれないと?」

「白石さんがとても嘘をついているようには思えません。親戚として本当に彼のことを心配しているのだろうと感じました。いや、親戚以上に……まるで母親のように彼のことを思っているみたいだと」

母親のように彼のことを思っている——。

さりげない益田の言葉に洞察力の鋭さを感じ、少しだけ身構えた。

「わたしの子供とそれほど年が離れていませんので、そういう面はあるかもしれません」

弥生が答えると、益田が頷いた。

「ただ、それでも自分がスパイみたいなことをするのに多少のためらいがあるんです。もしかしたら、あなたが興信所か何かで働いているかたで、仕事として鈴木くんの私生活を調べようとしている可能性がまったくないとは言い切れないんじゃないかと。ぼくにとって鈴木くんはとても大切な友人です。もし白石さんが親戚ではないのだとしたら、彼のことについてぺらぺらしゃべるわけにはいきません。友人に対する裏切り行為になるからです」

「わたしは決して興信所の人間などではありませんが、そうお考えになるのはごもっともだと思います」

弥生は、彼の親戚だと嘘をついている罪悪感を悟られないように毅然《きぜん》と答えた。

「それでさっき、あなたからいただいた住所を訪ねていったんです。そこにちゃんと白石さんというかたが住んでらっしゃるのか」

そういうことか。益田がここにやって来た訳がわかった。

「わたしは間違いなくそこに住んでいますよ。窓の格子に赤い傘を掛けてあったと思いますけど」

「ええ、ありましたね。それに白石さんの表札も出ていました。こんなことをしてしまって気が咎めているんですが……」

「いえ、お気になさらないでください」

むしろその行動によって、益田が彼の友人として信用に足る人物だとさえ思えている。

「わたしが秀人くんの親戚だと信じていただけたでしょうか」

「それで完全に信じられるのなら、こうやってわざわざお呼びたてはしません」益田が少しためらうような口調で言った。

「どういうことでしょうか」

「ぼくが確認できたのは、白石さんというかたがあの部屋に住んでいるということだけです。白石さんが鈴木くんの親戚だということを確認できたわけではありません。鈴木くんに白石さんのお話をしてそういう親戚がいることを確認できれば話は早いのですが、それはできないわけですよね」

「ええ……」

彼には自分が益田と接触していることを知られるわけにはいかない。

「彼と一緒に写っている写真などはありませんか」

「あいにくですが、秀人くんと一緒に撮った写真などは持っていませんね」

親戚なのに一緒に写っている写真が一枚もないというのは不自然だろうか。

「わたしは写真を撮られることがちょっと苦手なもので……」

そう言い添えた後で、へたな言い訳に聞こえなかっただろうかとさらに不安になった。

益田は弥生を見つめながら黙っている。疑いの目を向けられているのだろうかという思いから、少し顔を伏せた。

「それでは、ご協力いただけないということでしょうか」

長い沈黙に耐えきれなくなって言葉を発した。

「いえ、そうではありません」

益田の言葉に顔を上げた。

「先ほども言ったとおり、できればぼくも協力したいんです。それで白石さんや鈴木くんのご家族が安心できるというのならば。それにぼく自身にとっても……」

「益田さんにとっても、というのは？」

「ぼくも友人として接していて、たしかに彼には少し不安定なところ……というか、繊細で複雑な面があると感じているんです」

会社や寮の中でうまくまわりに溶け込めているようだと思っていたが、それでも彼が持っている特殊な雰囲気を完全に拭うことはできないのかもしれない。

彼と親しくなればなるほどそのことがより強く浮き上がってくるのだろう。

「まだ短い付き合いでしかありませんが、ぼくにとって鈴木くんはちょっと特別な存在になりかけているんです。恩人でもありますしね」益田がそう言いながら包帯を巻いた右手をかざした。

弥生は思わず頷きそうになって、瞬時に抑えた。

益田からすれば、弥生はその理由を知らないはずだからだ。

「工場で事故に遭って指を切断したときに彼に助けられたんです。できればこれからも一生付き合っていけるような大切な友人になってほしいと思っています」

特別な存在——一生付き合っていけるような大切な友人——彼に対してそんなことを言ってくれる人が現れたことをうれしく思う半面、胸の底から大きな不安もこみ上げてきた。

益田は彼の過去を知っても同じことを思ってくれるだろうか。

いや、それは難しいだろう。彼がふたりの子供を殺したあの黒蛇神事件の犯人であると知った時点で、ふたりの関係は消滅してしまうにちがいない。

そのときのことを想像すると、胸が苦しくなった。

「もし、鈴木くんが何かに悩んだり苦しむようなことがあったら、今度はぼくが彼の力になってあげたい。彼のことをよく知っている白石さんと今後もいろいろとお話ができたり、彼のことについて相談できればぼくとしてもありがたいんです。だからそのために、これからいくつか質問をさせていただきたいのです」

「質問ですか?」弥生は虚をつかれて訊き返した。

「ええ。鈴木くんに関する話をいくつか聞かせてもらって、それで白石さんが本当に親戚であるかどうかの判断をさせていただくというのはどうでしょうか。彼のことをそこまで心配なさる親戚のかたならとうぜん知っているようなことしか訊きませんから」

益田の提案に弥生は戸惑った。

彼がどこまで自分の本当のことを話しているのかまったくわからない。あの事件の犯人であると悟られないように、経歴や生い立ちなどを偽って話しているにちがいない。

「鈴木くんの出身地はどちらなんでしょうか」

心の準備もできないまま、益田が訊いてきた。

だが、さして答えるのに難しい質問ではなかったので安心した。

「新潟です」弥生は答えた。

医療少年院を仮退院したときに彼には名前だけでなく、出身地や出身学校などの新しい経歴が与えられた。その内容はだいたい弥生も聞いている。

「彼のご実家もそちらにあるんですか」

「ええ。彼の家族は新潟市内で生活しています。彼も生まれてからずっとそこで生活していました」

弥生が答えると、益田が頷いた。

彼は益田にも新しく与えられた経歴を話しているのだろう。

「彼には兄弟はいるんでしょうか」益田が訊いた。

いたって簡単な質問だが、答えるのに躊躇《ちゅうちょ》した。

彼には弟がいる。だが、彼が正直に自分の家族の話をしているかどうかは、はなはだ疑問だった。

今はどう思っているのかわからないが、事件当時、彼は家族を——とりわけ弟と、弟ばかりを溺愛する母親のことを憎んでいた。

「弟がいます」弥生は迷った末に答えた。

もし、彼が益田にちがうように言っていたとしたら、弟とは仲が悪いのでいないと嘘をついているのではないかとでも言ってごまかすつもりだ。

「弟さんはおいくつですか」

「七つ下です」

「お名前は」

「あきらです」

そう答えると、益田が頷いた。

彼は自分の家庭環境について正直に話しているということなのか。だとしたら、今の彼が家族に対してどんな思いを語っているのか、強い興味があった。

「鈴木くんは引きこもりのような生活を送っていたと話していたんですが、いつ頃からそんな風になってしまったんでしょう」

引きこもりのような生活——医療少年院に隔離されてからのことを言っているのだろう。

「中学二年生ぐらいからでしょうか……」

「理由は何だったんですか」

「正直なところ、それに関してはわたしたちにもはっきりとはわかりません。ただ、おそらく学校でいじめに遭ったんじゃないかと……」できるだけ当たり障りがない答えを返した。

「高校の頃も引きこもりだったんですか」

彼は新潟市内にある高校を卒業していることになっている。

「高校に行っている間は引きこもりではなかったと思います。ちゃんと高校も卒業していますし」

「彼は学校時代の思い出がほとんどないようなことを言っていましたが……」

「いい思い出がないという意味じゃないでしょうか。もしかしたら多少不登校気味なところはあったのかもしれませんが、少なくともその頃にはそういう話はわたしも家族の者から聞いてなかったです」

「じゃあ、その頃に資格を取ったんでしょうかね」

「高校在学中に取ったのかどうかはわかりませんが、溶接や旋盤や他にもいくつかの資格を持っていると聞いたことがあります」

益田が大きく何度も頷いた。

おそらくそのことを知っているということで、興信所の人間ではないという思いに傾いているのだろう。

「次で最後の質問にさせてもらいます。ぼくは彼のある面に関してすごく才能を感じることがあるんです。おそらく子供の頃からそれが得意だったのではないかと……それは何だと思われますか」

「絵を描くことではないでしょうか」

じっとこちらを見ていた益田の表情が緩んだ。

「子供の頃から絵を描くことが得意でしたね。プロが描いたのではないかと思うほど、びっくりするような出来栄えでした」

「ぼくも彼の絵を見せてもらったことがあります。たしかにプロになれるのではないかと思いました」

「昔、わたしも勧めたことがありましたけど、好きなことを仕事にしたくないからみたいなことを言ってましたね」

益田から信用されたようだという安堵感から饒舌になった。

「白石さんは彼に絵を描いてもらったことはありますか」

「わたしの絵ですか？　そんなことはありませんよ。こんなおばちゃんをモデルに描いてもしょうがないでしょう」

弥生は笑いながら答えて、アイスコーヒーに口をつけた。

どんな質問をされるのかという緊張感で喉が渇いている。

「そうですか。ところで先ほど、鈴木くんはずっと新潟市内で暮らしてきたとのことでしたが」

「それが何か?」

「一時期でも奈良に住んでいたことはありませんでしたか」

奈良という地名を聞いてぎょっとした。

「いえ、彼の家族はずっと新潟市内で暮らしていますよ」弥生は努めて平静を装いながら答えた。

「では、どなたか親戚のかたで奈良にいらっしゃるかたは」

「わたしの知ってるかぎりではおりません。どうしてそんなことを……」

「実は、たまたまなんですが彼が持っている写真を見たことがあったんです。家族四人で写っている……まあ、家族かどうかは断言できませんが。その場所がぼくのよく知っている場所だったんです」

「それが奈良なんですか?」

これ以上この話を続けたくはないが、ここで変に話を中断させると不審に思われてしまうかもしれない。

「ええ。遊園地の前で撮った写真でした。もっとも今はなくなってしまいましたが。ぼくの実家がその近くなんです」

心臓が跳ね上がりそうになった。まさか益田の実家があの事件が起きた近くにあるなんて。

「十四年前にその近くで黒蛇神事件というのが起きました。その事件をご存知ですか」

益田に訊かれながら、息苦しさを覚えた。アイスコーヒーを持った手が震えそうになって、慌ててコップをテーブルに置いた。益田に見えないよう両手を膝の上に置いて拳を握りしめる。

目を向けるのが怖かったが、しっかりと益田に視線を据えた。

「ええ、もちろん。衝撃的な事件でしたよね。わたしの息子が被害者と同じぐらいの年でしたので、ひどく心を痛めました」

益田はじっと弥生のことを見つめている。弥生のことを観察するような眼差しが気がかりだった。

いったい益田は何を言いたいのだろう。ただの世間話なのか、それとも何か別の意図があるのか。

「秀人くんはその写真について何て言ってるんですか？」

「写真を見たことは彼に話していません」

「もしかしたら家族旅行か何かで行ったのかもしれませんね。わたしは聞いておりませんが」

「そうでしょうね。すみませんでした。何か変な話をしてしまって」益田が恐縮するように頭を下げた。

「いえ」

「鈴木くんは会社のみんなから信頼されています。どうかあまり心配なさらないようにと彼のご両親にもお伝えください」

「わたしのことを信じていただけたのでしょうか」

「ええ」

益田が頷いてテーブルの上の伝票に手を伸ばした。

「ここはわたしが」弥生は言って伝票をつかんだ。

「ぼくがお呼びたてしたんですから」

「いえ、もともとはわたしがお願いしたことなんですから」弥生は譲らず立ち上がってレジに向かった。

会計を済ませて喫茶店を出ると、益田とともに駅のほうに向かった。駅の出入り口の前で益田が立ち止まった。

「それではぼくはここで失礼します。今日の無礼をお許しください」益田が深々と頭を下げた。

「本当に気になさらないでください。それよりも秀人くんの……」

いい友人でい続けてほしいと目で訴えかけると、益田が小さく頷いた。

弥生はアパートに向かって歩き出した。全身を締めつけられるような緊張感からようやく解放されて少し足どりが軽くなっている。

「先生――」

突然、後ろから呼び止められて振り返った。

駅の出入り口の前に立っていた益田と目が合った。どこか寂しそうな眼差しを弥生に向けている。

「何でもありません」

益田はそう言うと駅の中に入っていった。

先生――。

益田が発したその言葉が胸に突き刺さった。

どうして先生などと自分を呼んだのだろうか。

やはり弥生のことを親戚とは思っていないという意味だろうか。それとも、弥生が彼の学校時代の先生ではないかと感じたのだろうか……いや、ちがう――。

S先生――。

もしかしたら益田は弥生のことを医療少年院で彼と接していた精神科医ではないかと疑っていて、かまをかけたのではないのか。

医療少年院での彼の矯正の記録はいくつかの本や、テレビのドキュメンタリーで伝えられている。とうぜん自分と彼との関係もそこに描かれていた。

益田は彼が黒蛇神事件の犯人ではないかと思っているのではないか。だが、決定的な確信が得られなくて、弥生を呼び出していろいろなことを訊いたのではないか。

益田は彼の弟のことを訊いてきた。彼の弟の実名などもネットの掲示板などにさらされていると聞いたことがある。

もし、彼が黒蛇神事件の犯人であると益田が確信を持ったら——。
弥生は激しい焦燥感に駆られてハンドバッグから携帯を取り出した。
この状況をどう説明していいかわからないが、とりあえず彼に電話をかけた。
着信拒否になっていた。

15

「益田くん、そろそろ時間じゃないの？」

社長の奥さんの声に、益田は事務所の時計に目を向けた。

ちょうど三時になったところだ。

「申し訳ありません」

益田は恐縮しながら立ち上がってタイムレコーダーに向かった。

今日は病院でリハビリをしなければならないので早退させてほしいと頼んでいた。

「お先に失礼します」

奥さんと美代子に声をかけると、事務所から出た。ちらっと工場のほうに目を向ける。従業員から見られていないことを確認してから、病院とは反対方向の川口駅に向かった。

駅の売店で週刊誌を買ってから電車に乗った。席に座るとすぐに週刊誌を開いてページをめくっていく。

これから新宿で須藤と会うことになっている。現在、須藤が関わっているという週刊誌に多少は目を通しておいたほうがいいと考えたのだ。

昨日の夜、白石弥生と別れた後に、思い切って須藤に連絡してみた。

あんな形で紹介してもらった仕事を辞めることになり、益田に対していい感情を抱いていないのではと不安だったが、須藤は昔と変わらない調子で話をしてくれた。近いうちに会いたいと告げると、明日の四時から二時間ぐらいなら時間が取れるとのことだった。

それでなくても今回の事故で迷惑をかけているのに、さらに嘘をついて仕事を早退するのは抵抗があったが、それを逃すとしばらく会うのは難しいと言われて決心した。一刻も早く自分が抱いているおぞましい疑念を断ち切りたかった。

黒蛇神事件のその後について取材をしたことがあるという須藤に話を聞けばはっきりするのではないか。

弥生に会ってあんなことを訊ねるのはいささか強引ではないかとためらったが、鈴木が黒蛇神事件の犯人とは何の関係もないのだという証拠をつかみたい一心だった。だが、弥生から聞いた話によって、さらに疑念を深める結果になってしまった。

鈴木には黒蛇神事件の犯人である青柳の弟と同い年の弟がいると弥生は言った。名前は『あきら』だという。寮に戻る電車の中でネットの掲示板を確認すると、犯人の弟の名前は青柳亮と書いてあった。一般的には『りょう』という読みかたが多いだろうが『あきら』と読むこともできる。

もちろん、ネットの掲示板の情報がそれほど信用に足るものではないことは理解している。だが、奈良という地名を出したときと、黒蛇神事件の話を切り出したときの弥生のかすかな動揺を益田はたしかに感じ取っていた。そして、最後に先生と呼びかけたときの弥生の反応。

　だがそれらのことだけで、鈴木が黒蛇神事件の犯人であるとはとても言えない。いきなり殺人事件の話を持ち出されれば戸惑いもするだろうし、医療少年院に勤める精神科医ではなくとも、弥生が先生と呼ばれる仕事をしているということだってある。


　アルタ前の広場で待っていると、須藤がこちらに向かってくるのが見えた。

「待たせたな」須藤が笑顔を向けながら声をかけてきた。

　半年ほどしか経っていないのに、妙な懐かしさを感じた。それだけ編集部を辞めてからの自分の流転の日々が長く重いものだったのかもしれない。

「ひさしぶりに会ったんだから酒でも飲みたいところなんだが、あいにくこの後も仕事が入っててなあ」

「お忙しいのに無理を言ってすみません。お話しできればどこでもかまわないので」

「じゃあ、あそこでどうだ」須藤が近くにある喫茶店を指さして歩きだした。

　喫茶店に入って窓際の席に向かい合わせに座った。ウエイトレスにコーヒーを注文すると、須藤が煙草をくわえて火をつけた。

「ずいぶんと痩せたんじゃないか？」須藤がまじまじとこちらを見て言った。

「そうかもしれませんね。あれからいろいろとありましたから」

「昨日の電話ではあまり詳しく聞けなかったが、おまえ今どうしてるんだ」

「とりあえず川口にある工場で働いています」

「工場?」須藤が意外そうな顔で訊き返してきた。

「ええ……ステンレスを加工する工場です」

「何か、らしくないなあ」

「そうかもしれませんね。働き始めてすぐに工場の機械で大怪我しましたから。あまり向いていないみたいです」益田は包帯を巻いた右手を差し出した。

「そんな大怪我するような仕事をねえ……もう記者はこりごりってわけか」

益田が編集部を辞めたときの顚末《てんまつ》を思い出したように、須藤が軽く笑った。

「そういうわけではないんですが……」

実際にジャーナリストになることをあきらめたわけではない。

編集部を辞めてから、益田は新しい職を求めていくつもの会社に面接に行った。すべてマスコミ関係の仕事だ。それにこだわらなければ日々の生活をまかなえるだけの仕事はいくらでもあっただろうが、そのときの益田はマスコミ以外の仕事にはいっさい目を向けられなかった。

おまえみたいな無能は記者になんかなれねえから一生コピー取りでもやってろ——。

角田から投げつけられた屈辱的な言葉がどうにも忘れられなかった。

あんな倫理観のかけらもないような男が記者としてのさばっているマスコミの世界に幻滅した半面、それならばその中で自分の理想を体現してやりたいという思いに駆り立てられた。

社会の不正に立ち向かい、弱い立場の人を守るために尽力するという、学生時代から思い描いてきた理想のジャーナリストになろう。いつか角田を見返してやると。

だが、その思いにこだわるあまり、益田の生活は次第に破綻していった。

収入もないままに、益田はマスコミへの求職活動を続けた。やがて貯金は底をつき、家賃を滞納し始め、それでも明日には理想の職を得られるのではないかと淡い希望にすがっているうちに部屋を追い出されることになってしまったのだ。

「実はおれも、おまえが辞めた後に『週刊現実』から新しいところに移ったんだよ」須藤が吸殻を灰皿に押しつけて言った。

「ええ、清美……いや、杉本から聞きました」

「スギキヨと会ったのか?」須藤が意味深な笑みを浮かべた。

「入院しているときに一度見舞いに来てくれました」

「そうか。おれもちょっと前に料理屋でばったり会って話をしたんだ。学生時代からさらにきれいになってたよな。まあ、毎日テレビで観てるんだけど。ずっとおまえの心配ばっかしてたよ」

何と言葉を返していいのかわからず、益田は鞄から週刊誌を取り出した。

「『ウイークリーセブン』を読ませていただきました。なかなかおもしろい雑誌ですよね」

これはお世辞ではない。一読して思ったのは既存の週刊誌とはかなり色合いがちがうということだ。政治や経済や事件などの硬派な記事に混じって、ファッションやエンターテインメントなどの情報も充実している。

「そうだろう。二十代から三十代半ばをターゲットにしてるんだ。そういう年代にわかりやすく現在の日本の状況を伝えようっていうのがコンセプトなんだよ。まあ、船出したばかりだからこれからどうなるかわからねえけどな」

「いや、すごくいいと思いますよ。特集記事もよくできていましたし」

今回の特集記事は若者の薬物汚染についてだった。その実態を取材した記事と合わせて、四年前に薬物事件を起こして事実上引退した元人気俳優のインタビューが載せられている。『週刊現実』の特集のような見世物的なものではなく、かなり充実した興味深い内容だった。

「ありがとう。おまえがそう言うのならたしかなんだろう。おまえの社会に対する洞察力は学生時代からおれもけっこう買ってるからな。だけど、せっかく連絡してくれたのに何なんだが、あいにく今の編集部には空きがないんだ」

「そういうつもりで須藤さんに連絡したわけじゃないんです。ひとつは須藤さんに直接会って謝りたかったんです。せっかく紹介してくれた職場であんなことになってしまって……」益田はそう言いながら頭を下げた。

「まあ、そんなことはもういいよ。あのときのおまえの気持ちもまったく理解できないわけじゃないし。まあ、ジャーナリストを目指すにしてはちと青臭いとも思えるが、そういうところも決して嫌いなわけじゃない。何かいい仕事があったらまた紹介してやるよ」

「ありがとうございます」

そういうつもりで会ったわけではなかったが、思いがけない形でこれからの生活に少し光が差し込んできたように感じた。

「ひとつはってことは、他にも何か話があるのか?」

益田は頷いた。

「須藤さんは前の週刊誌で黒蛇神事件の取材をしたことがあると話していましたよね」

「ああ、たしか五年前だったかな。青柳が医療少年院を本退院したって年だよ。それがどうかしたか?」

「そのときの話を少し聞かせてほしかったんです」

「おれたちがやったのは、まず医療少年院を退院した青柳がどこにいるのかを調べることだった。あちこち取材して回ったんだが、けっきょく青柳の消息をつかむことはできなかった。それじゃ記事にはならないから、その後に事件現場の周辺を回ったんだ。たしか、おまえの実家が近いんだったよな」

「ええ」

「そこで事件の被害者の家族や、青柳のことを知っている学校の同級生やらに話を聞いたんだけど……被害者の親に会いに行ったときにはさすがにおれもまいったね」

「まだ、そこで生活してらっしゃったんですか」

「ああ。ふたりの被害者のうち一方の家族がそこに残っていた。自分の息子が無残に殺された場所の近くになんかいたくはないんだろうが、経済的な理由などもあってそこから出て行くことは容易ではないんだろう。青柳の家族なんかは息子が逮捕されてすぐにどこかに雲隠れしたけどな。子供が殺されても犯人が十四歳の少年ってことで何の罪にも問われない。被害者の家族はないがしろにされたまま、犯人のほうは国から手厚く守られる。おれたちの血税で衣食住がまかなわれて、おまけに少年院ではこれからの生活に役立てるための様々な資格を取得させてもらえるってんだからたまらねえよな」

「そうですね」

考えないように努めても、鈴木の顔が脳裏にちらついてくる。

「もし、おれの身内が殺されてそんな理不尽な目に遭わされたらって考えると、どうにもやり切れなくなったよ。それに、被害者の直接的な関係者だけではなく、あの土地に住んでいる多くの人たちがいまだに事件による悪影響に悩まされている。おまえだったらわかるだろう？」

益田は頷いた。

「青柳の同級生の中にはあの事件がきっかけで心を病んじまった者もいるそうだ。事件から九年経っても、被害者家族が負った悲しみやあの周辺に住む人たちの恐怖はいっこうに消えてなかった」

それだけではなく、以前益田が父から聞いた話によると、未曾有の陰惨な事件が起きた土地ということで地価にも影響が出ているという。

「今は社会に出ている犯人の元少年はこの現実をどう受け止めるのだろう、って、そんな感じで記事を締めくくったんだよ。まあ、青柳がそんな雑誌を読んでいるとはとても思えんが」

「今現在もマスコミは青柳の消息をつかんでいないんでしょうか」

益田が訊くと、「ああ」と須藤が頷いた。

「医療少年院を出た青柳は名前も経歴もすべて変えて別人として生活してるって話だ。まあ、法務省が正式に発表しているわけじゃないからあくまでも噂話でしかないけどな。そういえば、ちょっと前には愛知県内にいるらしいって話がマスコミの間に流れたことがあったよ」

「そうなんですか？」

「あくまで噂の域を出ない程度の情報だ」

「今現在の名前なんかは……」

「いくつか出ているがそれらが本当かどうかはわからない。そんなあやふやな情報で動き回れるほど記者も暇じゃないからな」

その中のひとつに鈴木秀人という名前がないか訊いてみようかと思ったが、すぐに考え直した。

「青柳の消息を隠すために矯正局は相当手を尽くしているらしい。なんせあんな前代未聞の事件を起こした人間だからな。そいつが今どこで何をしているかってことが判明すれば、日本中が大騒ぎになるだろう。事件を起こしたときは十四歳の子供だったとはいえ、奴が国民のほとんどから憎悪の目で見られていることに変わりはない。へたすりゃ集団リンチにさらされる危険性だってあるだろうからさ」

もし、鈴木がその対象であるとしたら——。

須藤の話を聞きながら、益田は何とも言えない息苦しさに苛まれた。

「青柳はどこにいるんでしょうね」

「さあな。青柳の消息をつかむのはツチノコを発見するより難しいってのがマスコミの定説になってるぐらいだから」須藤が腕を組んで笑った。

「須藤さんにひとつお願いしたいことがあるんですけど」

「何だ?」

「須藤さんが取材をした相手を何人か教えていただけないでしょうか」

益田が切り出すと、須藤が少し身を乗り出してきた。

「どういうことだ?」

「いや……ちょっとあの事件のことを自分なりに調べてみたいなと思いまして」

「あの事件を調べるって、おまえが?」須藤が怪訝な眼差しを向けてくる。

「まさかフリーライターとしてあの事件のノンフィクションでも書こうっていうんじゃないだろうな？　あの事件は難儀だぞ。あれについては様々な人間が本にしていてほとんど出尽くしてるからな。あと出ていないっていったら、青柳の現在の生活を伝えたものか、本人の手記ぐらいだ」

「そんなたいそうなことではないんです。本当に個人的な興味でしかないんですけど、自分が住んでいた町の近くで起きた大きな事件なので」

須藤には鈴木の話をするべきではないだろう。

「今のぼくはおよそ夢からかけ離れた生活を送っています。こんな毎日に心底うんざりしていて……」

「せめて休みのときだけでもジャーナリストの真似事がしたいってか？」

益田は苦笑しながら頷いた。

「須藤さんにご迷惑をおかけするようなことは絶対にしませんから」

「まあ、フリーライターっていうのは名乗ったときからフリーライターだからな」

須藤が携帯を取り出して操作した。アドレス帳を呼び出したようで、メモ帳に名前を書きだしていく。

「取材するときに、おれや雑誌の名前は絶対に出すなよ」須藤がメモを差し出した。

益田はメモを受け取った。メモには十人の名前が書いてあり、その下には住所と青柳との関係が書かれている。

「ありがとうございます」

蕨駅に着くまでの間、益田はこれからのことを考えていた。

鈴木の写真を撮って、須藤からもらったメモに書かれていた人たちに見せれば、鈴木が黒蛇神事件の犯人でないことがはっきりするだろう。いや、事件からかなりの年月が経っているから写真だけではじゅうぶんではないかもしれない。携帯の動画に撮れば、表情やしぐさや声などで判断できるのではないか。

メモには、青柳の学校の教師や同級生や近所の人たちに混じって被害者の家族の名前もあった。だが、さすがに益田も被害者の家族に会いに行くつもりはない。青柳を知っている者たちに鈴木の写真を見せて、別人だと確認できればそれでいいのだ。

金銭的な余裕はないが、さっそく次の土曜日に奈良に行ってみようと思っている。

蕨駅から寮に向かっている途中に、ＤＰＥショップが目に入って足を止めた。

話を聞くとしたら名刺の一枚もあったほうがいいだろうか。

益田はＤＰＥショップに入ると、明日には出来上がるというスピード名刺を注文した。寮の住所と、携帯番号と、フリーライターという肩書だけを載せたシンプルなものだ。

ＤＰＥショップから出ると、重い足を引きずるようにしながら歩きだした。

寮のドアを開けると、廊下にいた鈴木と目が合ってびくっとした。

「おかえり。リハビリはどうだった？」鈴木が訊いた。

「ああ。順調に回復してるって」

鈴木に対して変な疑念を抱いている罪悪感から少し視線をそらした。

「よかったね。包帯が取れたら傷跡を見せてね」

そういえば、無事に指を縫合した翌日にもそんなことを言っていたと思い出した。

そんなものを見てどうするのだと思ったが、益田は軽く頷いた。

「明日の夜、鈴木くんは何か用事はある？」益田は訊いた。

「ないけど」

「みんなでどこかに遊びに行かないか」

そう言うと、鈴木の表情が明るくなった。

「どこに行くの？」

「カラオケなんかどうだろう」

「ぼく……今までカラオケに行ったことがないんだ」

「それならばみんなで記念写真でも撮ろう。鈴木くんの初めてのカラオケ祝いにさ」

いつかその写真を見たときに、友達とのいい思い出になっていることを心の中で願っている。

16

終業のチャイムが鳴るのと同時に益田が立ち上がった。ゆっくりとこちらに向かってくる。

「おつかれさまです。藤沢さん……この後、何か予定はありますか?」益田が訊いた。

「あの……」

益田がいったい何の用だろうと、美代子は戸惑った。

「実はこれからみんなでカラオケに行くんです」

「カラオケ?」

益田の口から出てきた意外な言葉に、美代子は首をひねった。

「ええ。鈴木くんと清水さんと内海くんと、四人で。それで、よかったら藤沢さんもどうかなあと思いまして」

カラオケにはそれほど関心はないが、鈴木も行くと聞いて、とたんに興味をかき立てられた。

「でも……寮のみなさんで行くんでしたら、わたしはお邪魔でしょう」

気持ちは浮き立っているが、ここですぐに誘いに乗るのはあからさますぎるだろうかと迷った。

「そんなことはありませんよ。男だけだとちょっとつまらないよねって、昼休みのときにみんなで話していたんです。もしお時間があったら」

益田の笑顔を見つめながら、どうしようかと考えた。

事務所のドアが開く音がしてそちらに目を向けた。工場での仕事を終えた従業員たちが入ってくる。その中にいた鈴木がこちらに向かってきた。

「どう？」鈴木が益田に問いかけてきた。

「今、藤沢さんに話をしていたところなんだ。どうですか？」益田が鈴木から美代子に視線を移した。

「藤沢さん、行こうよ」

美代子は笑みを浮かべながら誘ってくる鈴木から、清水と内海に顔を向けた。

「本当にお邪魔じゃないんですか？」

「男ばっかりでむさいかもしれないけど。何だったら、藤沢さんの女友達を誘ってくれてもいいんだぜ」

清水が言うと、内海が「それ、いいっすねえ」とおどけたように言い添えた。

「残念ですけど、今日空いていそうな友達はいないですね」

美代子がやんわりとかわすと、「そっか……」と清水と内海が肩をすくめた。

注文したドリンクや食べ物が半分に減っても、誰も歌い始めようとしなかった。

「おい、誰か歌えよ。しゃべってばかりじゃ時間がもったいないだろう」

そろそろ生ビールを飲み干そうという清水がみんなを見回しながら言った。

「トップバッターっていうのはどうもなあ。清水さん、十八番の『大阪で生まれた女』で一発かましてくださいよお。清水さん、こう見えてすっごくうまいんですよ」内海がそう言って清水の前に選曲本とリモコンを置いた。

「こう見えてって、どういう意味だよ！　おれはビールを二杯以上飲まねえと喉の調子がよくならねえんだよ。まずはレディーファーストってことでどうだろう。藤沢さんがどんなのを歌うのか興味がある」清水がこちらにリモコンを差し出した。

「わたしはみなさんの後でいいですよ……」

やはり最初に歌うことには抵抗がある。それに、隣にいる鈴木に初めて自分の歌を聴かれることにとりわけ緊張していた。

「じゃあ、言いだしっぺがトップバッターな」清水が有無を言わせぬ口調で向かいの益田にリモコンを渡した。

「初めての面子《メンツ》だとけっこう緊張しますね」

益田が頭をかきながら選曲本のページをめくり始めた。隣の鈴木が「益田くんはどんなのを歌うの？」と興味深そうに選曲本を覗き込んだ。

「だいたいコブクロが多いかな」

「コブクロ？」鈴木が訊き返した。

「知らない？」

益田はいくつかのドラマやＣＭで使われた曲を挙げたが、鈴木はわからないようだ。

「ぼく、ほとんど音楽を聴かないから。歌えるものあるかなあ……」鈴木が不安そうに呟いた。

「おれの歌を聴いたら自信がつくって。トップバッターにはもってこいかな」

益田がリモコンを押すとイントロが始まった。『Million Films』という曲だ。

美代子はコブクロの曲をあまり知らないが、益田が歌い始めると、どこかで聴いたことがあると思った。

益田の歌はお世辞にも上手いとは言えなかったが、それでも変にふざけたりせずに、しっかりと感情をこめて歌っているところに好感を持った。画面のテロップをじっと見つめながら真剣に歌っている姿に、何らかの思い入れのある曲なのではないかと感じた。

益田が歌い終えると付き合いではなく、自然と拍手をしていた。隣の鈴木はことさら大きく拍手している。

「何か思い入れのある曲なんですか？」美代子は訊いた。

「わかります？　苦い思い出のある曲なんです」

「何だよ、その苦い思い出ってのは。昔の女が好きだった曲とかか？」清水が茶化すように訊いた。

「まあ、そんなところですよ。これで自信がついたでしょう。みなさん、どんどん入れてください」

益田が苦笑しながら言うと、清水と内海が続けて曲を入れた。

清水は十八番だという『大阪で生まれた女』を熱唱し、内海はSMAPの曲を踊りながら歌って場を盛り上げた。美代子と鈴木のところにリモコンが回ってきた。

「鈴木さんは何を歌いますか？」

リモコンに曲を入力してあげようと思って訊いたが、鈴木は選曲本を見ながら唸っている。

「カラオケに来るのなんて初めてだから何を歌っていいのかわかんないや」

「えっ！　鈴木は一度もカラオケに来たことがないのか？」清水が驚いたように身を乗り出してきた。

「はい」

「鈴木さんの年齢でカラオケに行ったことがないって人に初めて出会った」

内海も驚きを通り越して、どこか感心するような口調だった。

どうしてそこまで驚くのだろうというように、鈴木が戸惑った表情を浮かべている。

「まあ、興味がないと行かないかもしれませんね」

美代子はとりあえずそう言って場を収めたが、内心ではみんなと同様に驚いている。

映画の『タイタニック』を知らなかったことといい、鈴木はかなり世間の流行に関して疎いところがあるようだ。

「そういうわけで、今日は鈴木くんのカラオケデビューの日なんですよ。ちゃんと記念に動画を撮ってあげるから」

益田がポケットからスマートフォンを取り出して向けると、鈴木が「恥ずかしいからやめてくれよお」と困ったように手を振った。

「いや、撮ってもらったほうがいいですって。人生初のカラオケの映像なんて、後々になったらぜったいにいい記念になりますから」内海がおかしそうに言った。

「じゃあ、先に藤沢さんが歌ったら？　人生初のカラオケに何を歌うのか、鈴木にじっくりと吟味させてやろう」

清水に促されて、美代子は選曲本に目を向けた。

先ほどから何を歌おうかと迷っている。鈴木の前だから歌い慣れている曲がいいかと思ったが、それらを選びたくないという気持ちも膨らんでいる。

聴き慣れたメロディーに重なって、過去の嫌な記憶までよみがえらせてしまうのではないかと不安だった。

「初めて歌う曲なんで、途中で歌えなくなってしまうかもしれませんけど……」美代子は言い訳しながらリモコンのボタンを押してマイクを握った。

イントロが流れてきて美代子は歌い始めた。最近テレビで聴いて気に入った、絢香《あやか》の『みんな空の下』という曲だ。初めて歌う曲なのでおぼつかないところはあったが、何とか最後まで歌いきると、みんな大げさなほどに拍手と喝采を浴びせてくれた。

「藤沢さん、歌上手《うま》いねえ」清水が感心したように言った。

「そんなことは……」

隣の鈴木をちらっと見ると、清水の言葉に同調するように何度も頷いている。嬉しかった。

「ほら、もたもたしてるからハードルが上がっちまったぞ。何を歌うか決めたか？」清水が鈴木に目を向けた。

「まだです。本当に音楽とかほとんど聴かないから……」

「たとえばアニメソングとかは？」

益田が言うと、鈴木が「アニメソングなんかあるの？」と訊き返した。

「ああ。『ドラゴンボール』とか観てなかったか？」

「観てた。それなら歌えるかも」

益田が頷いて選曲本から番号を探してリモコンに入力した。

美代子は「がんばってくださいね」と鈴木にマイクを渡した。

イントロが流れると、益田が鈴木の肩を叩いた。

「せっかくだから立って歌ったら？」

「恥ずかしいなあ」

そう言いながらも鈴木が立ち上がって歌い始めた。

初めてのカラオケということで、鈴木の歌声はたどたどしかった。でも、美代子はそんな鈴木の姿を微笑ましい思いで見つめた。

ちらっとその隣に目を向けると、益田が食い入るような眼差しで鈴木の姿をスマートフォンで撮っている。

鈴木が声を詰まらせると、清水と内海が助け舟を出すように一緒に歌い出した。最後のほうでは益田も加わってみんなで大合唱になった。

みんなからの拍手喝采を浴びて、鈴木が照れくさそうに笑った。

こんなに楽しそうな鈴木の表情を美代子は初めて見たような気がする。

この時間をもっとつなげたいと、美代子は選曲本をめくって次の曲を探した。


川口駅に向かって歩いていると、ラーメン店の前で清水が立ち止まった。

「なんか腹減ったなあ」

清水の言葉に、内海が「そうですねえ」と頷いた。

美代子は腕時計を見た。十一時半を過ぎている。まだ十時過ぎぐらいに思っていたが、楽しい時間はあっという間に過ぎるということだろう。

「わたしはちょっと……」

部屋で待っているミミのことが心配だった。

「ぼくもそんなに減ってないなあ」

美代子に気を遣ったのか、鈴木が言った。

「それだったら、夜も遅いことだし、藤沢さんの家まで送っていってあげたら？」益田が鈴木に声をかけた。

「じゃあ、そうしようかな。行こうか？」

鈴木がこちらに目を向けたので、美代子は頷いた。

「写真は今度プリントしてみんなに配るね」益田が美代子たちに手を振った。

「藤沢さん、今日は楽しかったよ。できれば今度は女友達も誘ってくれ」

清水と内海も笑いながら手を振ってきた。

「そのうちに」

美代子は微笑みながら手を振り返すと、鈴木とふたりで駅に向かった。

「よかったんですか？」

しばらく歩いたところで、鈴木に問いかけた。

「何が？」

「寮のみなさんとの付き合いもあるんじゃないですか？　それに、ふたりで一緒に帰ったりしたら変な風に思われちゃうかもしれませんよ」

「お腹がいっぱいだったし、益田くんが送っていってあげたらって言うから」

自分が求めている言葉ではなかったが、気にしないでおいた。

益田は気を利かせてあんなことを言ったのかもしれない。見舞いに行ったときに、何やら微笑ましい表情で美代子と鈴木を交互に見ていた。

まだ恋人同士とは完全に言えない間柄だったが、少なくとも美代子がそういう想いを鈴木に抱いていることに気づいているのかもしれない。

「それにしても、藤沢さんは本当に歌が上手いんだね。びっくりしちゃった」

電車に乗ると、鈴木が思い出したように言った。

「そんな……カラオケなんて慣れですよ。鈴木さんだって最初は緊張してましたけど、何曲か歌っているうちにすごく上手くなってましたよ」

鈴木はあれからずっとアニメソングを歌っていた。子供のような無邪気で楽しそうな顔が脳裏に焼きついている。

「そうかなあ。だけど、何万曲歌っても藤沢さんや清水さんにはかなわないや」

「カラオケなんて楽しめればそれでいいんですよ」

「本当に楽しかった。カラオケがあんなに楽しいなんて今まで知らなかった」

感慨深そうに言った鈴木に、美代子は同調するように頷いた。

こんなに歌うことを楽しんだのはいつ以来だろう。

上京してアマチュア劇団に入ったときには、歌うことが心底楽しかった。劇団ではミュージカルもやっていたので歌のレッスンをしたり、劇団の仲間たちでよくカラオケにも行った。その頃は歌うことが本当に楽しかったけれど……。

「カラオケが楽しいかどうかはまわりにいる人次第っていうのもありますよ」

「そうかもしれないね。寮に入って最初の頃はなかなかみんなと打ち解けることができなかったけど、益田くんのおかげで本当に楽しく過ごすことができているんだ。今日だって益田くんが誘ってくれなかったら、ぼくは一生カラオケなんかに行かなかったかもしれない。あんなに楽しいことがあるのを知らずに死んでいったかもしれない」

少し表現がオーバーではないかと感じたが、美代子は頷いた。

それだけ鈴木にとって益田の存在は大きいということだろう。

「わたしも今日は本当に楽しかったです」

「誘ってくれた益田くんに感謝しなきゃね」

「そうですね」

そう笑いかけた瞬間、カラオケボックスでの益田の姿が頭をかすめて、かすかな不安が芽生えた。

先ほどまでは何も感じなかったが、あらためて思い出してみると益田の挙動に違和感のようなものを抱いたのだ。益田は鈴木が歌っているところだけではなく、たくさんの動画や写真を撮っていた。鈴木がみんなとしゃべっているところや、他の人たちが歌っているところや、美代子と鈴木のツーショット写真も撮ってくれた。

別にみんなのことを写真に撮っていたことに違和感を抱いているわけではない。会社の同僚との楽しいひとときを記録しているのだと先ほどまでは単純に考えていた。

ただ、何と言えばいいのだろう。写真を撮っていたときの益田のどこか緊張したような表情が心の隅に引っかかっているのだ。

益田は終始あの場を盛り上げようとしていたが、彼自身が純粋に楽しんでいるようにはどこか見えなかった。

気のせいだろうか。

「次は蕨――蕨――」

電車のアナウンスが聞こえて、美代子はささいな疑念を頭から振り払った。


駅からマンションに向かっている途中で鈴木が立ち止まった。ポケットから携帯を取り出した。メールを見ているようだ。

「しつこいなあ」鈴木がひとり言のように言って軽く舌打ちした。

誰からのメールだろう。

鈴木の言葉から益田や寮の人間ではないだろうと思った。

お互いの連絡先を登録したときには、鈴木の携帯には美代子以外に一件の登録しかされていなかった。その一件が誰なのか、鈴木とどういう関係にある人なのかがずっと気になっていたが、いまだにわからないままだ。

もしかしたら、その人からのメールだろうか。

「誰からですか？」

思い切って訊いてみると、鈴木がこちらを向いた。

「先生」鈴木がぼそっと呟いた。

「先生って、学校の先生ですか？」

「そうじゃない。何て言ったらいいんだろう。ぼくの親代わり、みたいな人なんだけど」

「そうなんですか」

親代わりと聞いて、唯一登録していた理由に納得した。

でも、そうだとすると、本当の親のことは登録していなかったということなのか。もしくは鈴木には親や兄弟はいないのか。今まで鈴木の家庭環境について話を聞いたことがなかった。

「鈴木さんのご両親は？」

踏み込んでいいのだろうかというためらいがあったが、訊かずにはいられなかった。

「いないよ」鈴木が素っ気なく答えた。

「ご兄弟とか」

「いない」

鈴木の表情が少し陰りを帯びたように感じた。

いつか鈴木が言った、「ぼくは根無し草なんだ」という言葉を思い出した。

根無し草というのは家族がいない天涯孤独の身という意味だったのだろうか。

「ごめんなさい……変なことを訊いてしまって」

「別にいいんだ」

「じゃあ、その先生は鈴木さんにとって大切なかたなんですね」美代子は鈴木が持っている携帯に目を向けた。

「一時期は本当の母親のように思っていたけど……でも、ぼくもその人に頼ってばかりじゃいけないから親離れしようと思って着信拒否にしてるんだ。それなのにしつこく『会いたい』ってメールをしてくる」

「親代わりだったら、鈴木さんと連絡が取れなくなって心配してるんじゃないですか」

「単なる過保護なんだよ。ぼくはひとりで生きていけるって言ってるのに、誰にも頼らずにひとりで生きていかなきゃって思ってるのに……先生のメルアドを着信拒否の設定にしたら、ちがうメルアドにして送ってくるんだ。この数日、いいかげんうんざりしてる」鈴木が口をとがらせてまくしたてた。

癇癪《かんしやく》を起こした子供のような言動を目の当たりにして、美代子は呆気にとられた。今までに見せたことのなかった鈴木の意外な一面だ。

「でも、メルアドを変えてまで何度も連絡してくるってことは、よほど大切なお話があるんじゃないですか」美代子は気を取り直して言った。

「そうなのかなあ……ただ単にぼくを縛りつけて安心したいだけだと思うけど」

「何も知らないのにこんなことを言うのはアレですけど、大切なかただったら連絡ぐらいしてあげたほうがいいんじゃないでしょうか」

美代子が言うと、鈴木は携帯を見つめながら押し黙った。

「考えとく」

鈴木は携帯をポケットにしまうとマンションに向かって歩きだした。

余計なことを言って気を悪くさせてしまったのではないかと心配になりながら、美代子は鈴木の背中を追った。

マンションの前にたどり着くまで重苦しい沈黙が続いた。

「送ってくださってありがとうございました」

美代子が礼を言うと、鈴木は軽く頷いてその場を去ろうとした。

「あの――」

呼び止めると、鈴木がこちらを振り返った。

「さっきは差し出がましいことを言ってすみませんでした。わたしには心配して連絡をしてくれる人なんてひとりもいないから、ちょっと鈴木さんのことが贅沢に思えたのかもしれません。でも、人それぞれの考えや思いがありますよね。鈴木さんのことをよく知りもしないのにあんなことを言って……」

美代子がそこまで言うと、鈴木が首を横に振った。さっきまでは無表情だった顔に笑みが戻っている。

「連絡してみるよ」

よかった。機嫌が直ったようだ。

「あの、明日の約束って覚えてらっしゃいますか？」

明日の金曜日は鈴木の誕生日だ。

「ああ……」鈴木が思い出したように頷いた。

「八時にここに来ていただいてもいいですか」

仕事が終わってすぐに家に戻れば、それぐらいまでには準備ができるだろう。

先日、『タイタニック』のＤＶＤも買っておいた。明日は鈴木に手料理を振る舞って一緒に映画を観るつもりだ。

「わかった」

「楽しみにしてます」

美代子は遠ざかっていく背中を見つめながら、明日の夕食のメニューを考えた。

17

寮に戻ってくるとすべての明かりが消えていた。まだ鈴木も山内も戻ってきていないようだ。

「それにしても、藤沢さんは本当に歌が上手かったな。何つうか、艶っぽいっていうかさあ。ちょっとそそられちゃったぜ」

清水がにやけながら郵便受けの中をあらためている。

「ちょっと意外でしたよね。普段はすごく地味な人だから演歌とか歌うのかなあと思ってましたけど」内海が鍵を開けて中に入った。

「これ、何だろう……」

清水の声に、靴を脱ぎかけていた益田は振り返った。

清水がいくつかの郵便物の中から封筒を手に取ってひらひらとかざしている。それほど大きくない無地の封筒だ。

「何かのダイレクトメールじゃないですか」玄関を上がった内海が言った。

「それにしちゃ何も書いてないぞ。中に何か入ってるみたいだ」

「怪しいからそのまま捨てたほうがいいんじゃないですか」

清水は益田の言葉よりも好奇心のほうに傾いているようで、他の郵便物を靴箱の上に置くと、手に持った封筒をやぶって中に入っていた物を取り出した。CDのケースのようだ。

「何だ、これ」

清水が手に持ったケースを見つめた。ケースにも中に入っているディスクにも何も書かれていない。

「どっかの宗教の勧誘DVDじゃないですか」内海がおかしそうに笑った。

「まあ、ただでエロDVDを宅配してくれる奇特な奴などいねえか」

清水が興味を失ったように内海にケースを差し出した。

「まあ、ちょっと観てみましょうよ」

逆に内海は興味を持ったように食堂に向かっていく。

「物好きなやつだな」

益田はそう言った清水と顔を見合わせ苦笑しながら内海の後についていった。内海がテレビとDVDデッキの電源を入れてディスクを入れた。

「お経とか聞こえてきたら速攻で切ろうぜ」

清水が冷蔵庫から缶ビールを取り出して椅子に座った。DVDにはまったく関心がないようにプルトップを開けてビールを飲み始めた。

突然女性のよがり声が食堂内に響き渡り、清水が口からビールを吐き出した。

「何だ――?」

清水につられて、益田もテレビ画面に目を向けた。男女がセックスしている画像が目に飛び込んできて気が動転した。

「エロＤＶＤっすよ。奇特な人がいたんですね……」内海が驚いたように呟きながらじっとテレビ画面を見つめている。

「しかも裏だな」

ビールを手にしながら立ち上がった清水が、画面に吸い寄せられるようにテレビの前に向かっていった。

画面の中の女は、バックの姿勢から男に腰を突き上げられて激しくよがっている。清水が言ったようにこれは裏ＤＶＤの映像だ。男女の局部にはモザイクがかかっていない。おそらく正規に販売される前の編集されていないＤＶＤだろう。画面の右下にはストップウオッチのような時間が表示されている。しかも内容はアナルセックスだった。男同士でこんな映像を観ている気恥ずかしさを覚えながら、益田はその場に立ち尽くした。

誰が、どうして、こんなＤＶＤを郵便受けに入れていったのか。裏ＤＶＤを販売している業者の宣伝用のサンプルなのだろうか。

そんなことを考えているうちに、画面が腰のあたりから、激しく揉《も》みしだかれるふくよかな胸へ、そして恍惚の表情を浮かべながら喘ぐ女の顔に移っていく。

激しい息遣いで、「もっとー、もっとー、もっと激しくッ！」と叫んでいる女の顔のアップに視線が吸い寄せられた。

憂いを含んだ寂しげな瞳に、顎のほくろ――。

どこかで見たことがある。

「あっ！」

益田の記憶が重なる少し前に、内海が叫びながらテレビ画面を指さした。

「これ、この人……藤沢さんじゃ……！」

内海も気づいたようだ。

「えっ？」

内海の隣にいた清水がさらに身を乗り出して、食い入るように画面を見つめる。

「これ……間違いないっすよ。藤沢さんですって。雰囲気がかなりちがいますけど、眼鏡を外してこんな感じのメークにしたら。それに顎のほくろ……益田さんもそう思いますよね？」

内海が振り返って同意を求めてきたが、益田は何も言えなかった。だが、心の中では間違いなく美代子だと思っている。

彼女と初めて会ったときから、ずっとどこかで会ったことがあるような気がしていた。

そうだ――週刊誌の特集で引退したAV女優を扱ったときに、素材になりそうな女優を何十人かリサーチした。その中のひとりとして記憶していたのだ。

「本当だ。藤沢さんだ。すげえ……」清水が興奮したように笑い声を上げながら画面に釘づけになっている。

誰が、どうして、こんなものを寮の郵便受けに入れたのだ。

美代子が自分でこんなものを入れるはずがない。だとするならば、美代子がこの寮がある会社で働いていることを知っている誰かがいたずらで入れたのだろう。いや、いたずらなどという生やさしいものではない。悪意に満ちた嫌がらせだ。

益田がどこかで会ったことはないかと訊ねたときの美代子の表情が脳裏をよぎった。美代子は否定したが、今から思えば益田から早く離れたそうにしていた。

あのときの美代子の心境を思うと胸が苦しくなった。

そんなことを訊ねたのはきっと益田だけではないだろう。AV女優を引退してからも度々そのようなことを訊かれたことがあるのではないか。

彼女は誰かからどこかで会ったことがありませんかと問われるたびに、心臓が縮み上がるような思いをしてきたのではないか。

画面が切り替わった。美代子を囲むように十人ほどの男が立っている光景が映し出された。真ん中でひざまずくように座っている美代子も男たちもみんな全裸だ。男たちはそれぞれに自分の性器を手でつかんで美代子からの愛撫を待っている。美代子は順番に男たちの性器を口にくわえ、手でしごいている。

「何だか下半身がむずむずしてきたぜ」清水が落ち着かなさそうに腰をくねらせている。

「すげーテクニック。今度、ぼくもお願いしたいなあ」

画面の中の男たちが次々と美代子の顔に精液をまきちらしていく。美代子は精液にまみれた顔をこちらに向けながら嬌笑《きょうしょう》している。

益田はテレビから視線をそらした。耳に響いてくる美代子や男たちの淫靡《いんび》な声に煽られるように、胸の底から激しい感情がこみ上げてくる。

言いようのない嫌悪感だった。

こんなＤＶＤを郵便受けに入れていった人物の底知れぬ悪意に。同僚の恥ずかしい映像を観て下卑た笑いを浮かべている目の前のふたりに。そして、それを傍観していることしかできない自分に対しての嫌悪感だ。

以前にも似たような感情に襲われたことがある。

それを思い出そうとしている自分に気づいて、すぐに記憶を遮断した。

吐き気がしてたまらなかったが、嬉々として画面に釘づけになっているふたりを押しのけて電源を切ることをためらっている。

食堂を出て自分の部屋に行こうと顔をそむけた瞬間、冷たい視線にさらされた。

ドアのそばに立っていた鈴木がこちらを見つめている。

「鈴木くん……」

「おう、いいところに戻ってきた。これ観てみろよ。このＡＶに出ているのが誰だかわかるか？　びっくりするぜ」

清水に目を向けるのと同時に、鈴木が無表情でつかつかとテレビに向かっていく。ふたりを押しのけてデッキの停止ボタンを押すと、ＤＶＤディスクを取り出してドアのほうに向かった。

「おいおい、焦るなって」

清水が笑いながら立ち上がって鈴木の肩をつかんだ。

「後でコピーしてみんなに配ってやるから。せんずりするのはそれまで待てって」

鈴木が肩に置かれていた手を振り払った。呆気にとられた様子の清水を睨みつける。

「くだらないやつ」鈴木が吐き捨てるように言った。

清水はしばらくぽかんと鈴木を見つめていたが、やがて自分に向けられた言葉の意味を理解して顔を紅潮させた。

「てめえ……今、何て言った？」清水が険しい形相で鈴木を睨み返した。

「くだらないやつ」

もう一度口を開いた瞬間、清水が鈴木を突き飛ばした。それだけでは怒りが収まらないように、床に倒れた鈴木を蹴ろうと足を振り上げた。

「ちょっと、清水さん――」

益田は反射的に清水と鈴木の間に割って入った。なおも鈴木のほうに向かっていこうとする清水のからだを押さえながら、助けを求めるつもりで内海に目を向けた。

内海はぽかんとしてこちらを見つめ返していたが、益田の思いを察したように立ち上がった。

「まあまあ、清水さん……もしかしたら鈴木さんは彼女に惚れてるんじゃないですか？　それでショックのあまりカッとなっちゃったんですよ。鈴木さんってけっこう初心《うぶ》なんですねえ」内海が清水の怒りを鎮めようと冗談めかして言った。

「たくッ！」

清水が舌打ちして、もう大丈夫だと益田に目を向けた。

益田が押さえていた手を離すと、清水が倒れている鈴木の手からＤＶＤディスクを奪い返した。

「あの女が処女だとでも思い込んでたのか？　初心っつうか、何ともめでたい奴だぜ。あの女は何百人もの男とやってるぜ。それを観るのが辛いんだったら、部屋に行って自分がやってる妄想でもしてろ。この童貞野郎が！」

清水はまくしたてるように言うと、ＤＶＤディスクをデッキに入れた。再生ボタンを押すとふたたび先ほどの映像が流れて、美代子の喘ぎ声が響き渡った。

鈴木は睨みつけるように画面を見ていたが、うんざりしたように立ち上がって食堂から出ていった。

鈴木のことが気がかりだった。

部屋に行って様子を見てみようかと思っていたところに鈴木が戻ってきた。

片手にバットを握っている。誰の物なのか知らないが玄関に置いてあったものだ。

鈴木が清水たちのもとに近づいていく。

「おい——」

益田が叫ぶと、テレビ画面を見ていた清水たちが振り返った。

バットに気づいたようで慌ててその場から逃げる。鈴木がバットを持ち上げて振り下ろした。

やばい——と、目を覆いそうになったが、鈴木が振り下ろしたバットは清水たちではなくテレビを直撃した。なおも鈴木はバットをテレビに叩きつける。ブラウン管が砕ける音とともに火花が散った。

あまりにも突飛な行動に、清水も内海も遠巻きに鈴木を見ながら呆然としている。

鈴木は何かに取《と》り憑《つ》かれたように一心不乱にバットを振り下ろしてテレビとデッキを破壊した。

鬼気迫る鈴木の表情に、全身の血の気が引いた。おそらく清水と内海も同じなのだろう。凍りついたようにその場に立ちすくんだままだ。

「何てことしやがるんだ！」

我に返ったようにようやく声を発した清水が鈴木に飛びかかっていく。後ろから鈴木のからだを押さえつける。内海も加勢して鈴木の手からバットを奪った。

清水が胸ぐらをつかんで鈴木の顔面を拳で叩きつけた。

「てめえッ！　自分がやっていることがわかってんのかッ！」清水が床に倒れた鈴木に蹴りを入れた。

「何を騒いでるんだッ――！」

その一喝に、清水がびくっとして動きを止めた。

振り返ると、ドアのそばに山内が立っている。

「何なんだ、いったい……」山内が室内を見回し唖然としたように言った。

「どうもこうもないっすよ。こいつがバットを持って暴れてテレビをぶっ壊しやがったんですよ」清水が腹立たしそうに言って鈴木の太股に蹴りを入れた。

「やめろ！」

山内が咎めて鈴木のもとに向かった。

「血が出てるじゃないか……」肩を貸すようにして鈴木を立ち上がらせる。

「おれは悪くないっすよ。なあ？」

清水が同意を求めるように益田と内海に目を向けた。

「ええ。鈴木さんがいきなりバットを振り回して暴れたんでおれたちで止めに入ったんです」

内海が頷きながら山内に説明した。

「どうしてそんなことをしたんだ？」

怒りではなく諭すような口調で山内が訊いたが、鈴木は表情なく押し黙っている。

山内が問いかけるような眼差しを益田に向けてきた。だが、清水をちらっと見て何も言えなくなった。

「とりあえずみんな部屋に行きなさい。明日も仕事があるんだぞ」

「これ、どうします？」清水が忌々しそうな顔で破壊されたテレビを指さした。

「危険だからコードだけ外しておいてくれ。後はおれが片づけておくから。まったく、ひさしぶりに気持ちよく酔って帰ってきたかと思ったのに……」

「絶対に弁償させるからな！」

清水は鈴木を指さしながら捨て台詞を吐くと、内海を連れて食堂を出ていった。

階段《ほど》を上っていく足音と激しくドアを閉める音が上から響くと、鈴木が山内の手を振り解いた。

「消毒ぐらいしといたほうがいいだろう」

山内が出ていこうとする鈴木を引き止めた。食器棚に向かうと救急箱を取り出して戻ってくる。

「ぼくが片づけましょうか」益田はようやく言葉を絞り出した。

「いや、いいよ。これ以上、怪我をされるとかなわないからね。益田くんも部屋に行きなさい」山内が穏やかに言って頷きかけてきた。

「それでは……おやすみなさい」

食堂から出ていく前にちらっと鈴木を振り返った。目が合った。感情をまったく窺わせない視線を自分に向けている。

益田は枕元に置いたスマートフォンをつかんだ。ディスプレイを見ると三時を過ぎていた。

明日も仕事があるから早く寝なければと思うのだが、気が昂《たか》ぶっているせいかいっこうに眠ることができない。

何気なくボタンを操作して先ほど撮った写真をディスプレイに映し出す。カラオケを楽しんでいるそれぞれの顔をしばらく見ているうちに溜め息が漏れた。

隣の壁に目を向けた。しんと静まり返っている。

益田は布団から起き上がって部屋を出た。三号室のドアを叩いてみる。

「おれだ。起きてるんだろう？」

唸り声が聞こえてこないということは起きているのではないか。

何度かノックするとドアが開き、鈴木の冷ややかな眼差しに迎えられた。

「ちょっといいか？」

益田が指を下に向けて言うと鈴木が部屋から出てきた。足音を立てないように階段を下りて食堂に向かった。

電気をつけた。テレビとデッキの残骸はきれいになくなっている。朝になってあの光景を目にすればふたたび険悪な空気になってしまうだろうと、山内が片づけたのだろう。

益田は冷蔵庫からジュースをふたつ取って椅子に座った。

「気持ちはわからなくはないけど、ちょっとやりすぎだったんじゃないのか」

益田は努めて穏やかな口調で話しかけたが、向かいに座った鈴木は黙ったままだ。

「朝になったら、みんなに謝ったほうがいい。このままだったらここに居づらくなってしまうだろう」

鈴木が小さく首を横に振った。

「ぼくは……悪くない……益田くんはぼくが悪いと思ってる?」鈴木がすがるような眼差しで問いかけてきた。

「いや」

テレビとデッキをバットで叩き壊すというのはやりすぎだと思っているが、鈴木の行動のすべてを否定はできない。

「もしかして、彼女と付き合っているのか?」益田は訊いた。

しばらく沈黙が流れた。

「わからない……」鈴木がようやく口を開いた。

「わからない?」

「ぼくは……ぼくは今まで女の人と付き合ったことがないから、今の状況が付き合っていることなのかどうなのかよくわからない」

「でも、彼女のことが好きなんだろう?」

「よくわからない……好きっていう感情が……よくわからない……」

「好きなんじゃないのか。好きだからあの光景を見て怒りを感じたんじゃないのか」

「好きだからかどうかはわからない。でも、あのふたりにものすごく怒りを感じた。人の過去をほじくり出して楽しんでいるあいつらが」

鈴木の目を見て、はっとした。先ほどまで氷のように冷ややかだった鈴木の目が次第に潤んでいく。

「ぼくには……ぼくには彼女の苦しみがわかるんだ」

そこまで言って鈴木が口を閉ざした。じっと見つめていると、鈴木が視線をそらすように顔を伏せた。

「いつも過去に苦しめられる。どこに逃げても過去が自分を追いかけてくる。どんなに普通に生きたいと願っても、みんなよってたかって過去をほじくり出してさらしものにしようとするんだ。苦しめ、もっと苦しめって、追い立ててくる。まるで、死ね、おまえなんか生きてる価値はないから死んでしまえって言ってるみたいに……」

嗚咽に混じった鈴木の言葉を聞きながら、向井百合の顔が浮かび上がってきた。

どうか自分がAV女優をしていたことを記事にはしないでくださいと、弱々しい表情で懇願してきた彼女の顔が――。

婚約者と別れることになってしまって自殺を図った彼女の姿が――。

「彼女はぼくとちがって悪いことは何もしていない。それなのに、どうしてそこまで追い詰められなくちゃいけないんだよ」

その言葉に、脳裏にこびりついていた向井百合の姿が瞬時に消えた。

「鈴木くんはどんな過去に苦しめられてるんだ」

何かの磁力に引き寄せられるように訊くと、鈴木がゆっくりと顔を上げた。充血した目をじっとこちらに向けている。

「聞きたい？」

ただならぬ雰囲気に飲み込まれて頭の中で拒絶の言葉を探したが、それを口にする前に鈴木が声を発した。

「益田くんなら……親友の益田くんになら話せるかもしれない」

血の気を失った蒼白な鈴木の顔を見つめながら、動悸が激しくなっていくのを感じている。

目をそらしたくなったが、見えない鎖に縛りつけられたかのように、からだが言うことを聞いてくれない。

「だけど……だけど、ひとつだけ約束してほしいんだ」鈴木が消え入りそうな声で言った。

「約束？」

「ずっと友達でいてほしい。たとえどんな話を聞いたとしても、友達でいてくれるって約束してくれるかな」

訴えかけてくるような鈴木の視線にさらされて、益田は息苦しさを覚えた。

たとえどんな話を聞いたとしても——。

これから鈴木はどんな話をしようというのだ。彼を苦しめ続ける過去とは、もしかして自分が想像しているようなものなのだろうか。

迂闊《うかつ》にも発してしまった自分の問いかけを、心の中で激しく後悔している。

「それを約束してくれるなら……ぼくは……」

鈴木の次の言葉を遮ろうと、益田はからだを縛りつけている鎖を断ち切るように大きく伸びをした。壁掛け時計に目を向ける。

「もう四時過ぎか。いいかげんに寝ないと仕事に支障がでそうだな」

益田がそう言って立ち上がると、鈴木が顔を上げた。何か言いたげな目で益田を見つめてくる。

「何だか深刻そうな話だな。今度ゆっくり聞かせてもらうよ」

努めて軽い口調で言うと、じっとこちらを見上げている鈴木を残して食堂から出ていった。

階段を上ろうとして、自分の足が小刻みに震えているのに気づいた。地に足がついていない感覚のまま階段を上っていき、ドアを開けた。

部屋に入ってドアを閉めた瞬間、重い溜め息が漏れた。

窓から薄明かりが差し込んでいる。とても眠ることなどできそうもなかったが、益田は布団の中に入って目を閉じた。

どうして逃げ出したのだ。

枕を抱きしめながら必死に眠気を促そうとしたが、頭の中ではその思いが渦巻いている。

鈴木は益田が知りたかった話をしようとしていたのではないのか。

あのまま話を聞いていればすべてがはっきりしたのではないか。そうすればわざわざ奈良に行く必要もない。

だが、もしあそこでそんな話を切り出されたとしたら、自分はどうすればいいのかわからなかった。それに、友達でいるという約束もとても守れる自信はない。今の自分には鈴木の過去を受け止める覚悟などまったくなかった。

もし、鈴木が黒蛇神事件の犯人であるとしたら——。

益田は布団から手を出してスマートフォンをつかんだ。ディスプレイに鈴木の写真を映し出す。

それでも自分は知りたい。どうしても確認しなければ気が済まない。

ディスプレイの中の楽しそうな鈴木の顔を見つめているうちに、ある思いが胸にこみ上げてきた。

もしかしたら益田が何らかの疑念を持っていることに、鈴木は感づいているのではないだろうか。だからこそ、益田が真実を知る前に、自分の口から告白しようとしたのではないのか。

階段を上ってくる足音が聞こえてきた。部屋の前までやってきて足音が途切れた。ドアが開閉される音はしない。部屋の前で鈴木が立っている気配を感じる。

益田は息をひそめながらドアを見つめた。

どんなに普通に生きたいと願っても、みんなよってたかって過去をほじくり出してさらしものにしようとするんだ――。

嗚咽を漏らしながら自分の思いを吐き出していた鈴木の姿を思い出す。

苦しめ、もっと苦しめって、追い立ててくる。まるで、死ね、おまえなんか生きてる価値はないから死んでしまえって言ってるみたいに――。

もし、鈴木が黒蛇神事件の犯人であるとしたら、自分もそう思うのだろうか。

これから自分がやろうとしていることは、あのときの角田と同じなのではないのか。

興味本位で向井百合の過去をほじくり出して自殺未遂にまで追い詰めたあの男と、何ら変わらないのではないのか。

長い静寂の後、隣のドアが閉まる音が聞こえた。

18

事務所に入ると、ロッカーの前で雑談している清水と内海を見つけた。

「おはようございます」

美代子が近づいていくと、清水たちが驚いたようにこちらを向いた。

「ああ、藤沢さん……おはよう」

「昨日は楽しかったですね。またぜひ誘ってください」

美代子が笑顔で言うと、「ああ、そうだね」と清水がかすかに笑った。

どこかぎこちなさを感じさせる薄笑いが少し気になった。

もしかしたら昨晩、鈴木とふたりで帰ったことで何か勘ぐられているのかもしれない。

内海に目を向けると、美代子のことを舐めるように見ながらにやにやと笑っている。

「次はぜひ女友達を誘ってほしいね。藤沢さんにはグラマーな友達が多そうだからさ」

どういう意味だろうかと首をひねると、清水と内海が顔を見合わせて含み笑いをした。

「おはよう――」

他の従業員の声に、美代子はドアのほうに目を向けた。

鈴木が事務所に入ってきた。

「おはようございます」

美代子が声をかけると、鈴木はちらっとこちらを一瞥してから誰もいない隅のほうに向かっていった。

どうしたのだろう。

清水たちに顔を向けた美代子は思わず身を引いた。清水が険しい形相で鈴木のことを睨みつけている。内海も先ほどとは打って変わって不機嫌そうな顔をしていた。言葉をかけることもためらわれるほどの殺気を放っている。

いったいどうしたのだろう。昨晩はあれほど楽しそうにみんなでカラオケをしていたというのに。寮に戻ってから何かあったのだろうか。

ドアが開いて数人の従業員とともに益田が入ってきた。益田は事務所内に視線を配ると、こちらでも鈴木のほうでもない場所で立ち止まった。何やら居心地の悪そうな表情を浮かべながら壁掛け時計を見つめている。

机に座っている社長と奥さんがちらちらとこちらを見ているのに気づいた。

美代子が目を向けるとすぐに視線をそらしたが、社長たちも事務所内に漂っている重苦しい空気を感じ取っているのだろうか。

従業員が全員揃うと、社長と奥さんが立ち上がってみんなの前に移動した。

「それでは朝礼を始めます。まずは今日の連絡事項から……」

社長が話をしている間も、美代子は気になってさりげなく鈴木の様子を窺った。

鈴木はうつむき加減で立っている。ここからではははっきりとはわからないが頬のあたりが赤く腫れ上がっているように見えた。

「それでは今日も一日怪我のないようにがんばってください」

朝礼が終わると、工場で働く従業員たちが次々と事務所から出ていった。

最後に残った鈴木に声をかけてみようかと思ったが、益田と社長の奥さんの目があるのでためらった。

事務所から出ていく鈴木の背中を見ながら、益田が小さな溜め息をついたのがわかった。今までに見たことがないような難しい表情を浮かべながら席に座る。

美代子が隣の席に向かったときに益田と目が合った。

鈴木の身に何かあったのかと目で問いかけたが、益田は気づかないようでそそくさと机の上に書類を広げて仕事を始めた。

いや、気づかなかったのではなく、気づかないふりをしたのだと、益田の態度から察した。

昼休みのチャイムが鳴ると、美代子は鞄から弁当箱を取り出して立ち上がった。

「藤沢さん――」

給湯室に入る前に社長の奥さんから呼び止められた。

「今日は外で食事をするからお茶はいいわ」

「そうですか」

ドアが開いて社長が顔を覗かせた。ちらっと美代子のほうを見てから奥さんに目配せする。奥さんが立ち上がって社長と一緒に出かけていった。

ちょうどよかったかもしれない。

「あの」

美代子が呼びかけると、益田がびくっとしたようにこちらを向いた。

「何かあったんですか？」

「何がですか？」益田が立ち上がって訊き返してきた。

「鈴木さんのことです。何だか様子がおかしかったので……」

「そうですか？」益田が首をひねった。

「清水さんたちと喧嘩でもしたんじゃないんですか。朝、何だか変な雰囲気だったので」

「特にそんなことはないと思いますけど……」

気まずそうな益田の表情からそうは思えない。

「それに鈴木さんの頬が赤く腫れ上がっているように見えたんですけど、何かあったんですよね」美代子はじれったくなって断定口調で言った。

「まあ、男同士で生活しているとちょっとした諍いはつきものですから。あまり気にしないでください。それじゃ、ぼくも食事に行ってきますんで」益田が早口で言いながら逃げるようにドアに向かっていく。

やはり、鈴木の身に何か悪い出来事があったのだ。

益田が閉じたドアを見つめながら、美代子は確信していた。

終業のチャイムが鳴ると、美代子はすぐに帰り支度を整えて立ち上がった。

「藤沢さん、ちょっといいかしら？」

タイムカードを押そうとしたときに社長の奥さんに呼ばれた。

「はい？」美代子は振り返って奥さんを見た。

何か頼みたい仕事でもあるのだろうか。だけど、今日はこれからすぐに帰っていろいろと準備をしなければならない。

残業はできないという意思表示のつもりで、タイムカードを押してから社長の奥さんのもとに向かった。

「何でしょうか？」

「あのね……これから何か用事はあるかしら」奥さんがためらうような顔で訊いた。

やはり残業依頼のようだ。

「あの……」

「実はこれから社長と食事に行くんだけど一緒にどうかなと思って」

美代子が答えるよりも先に社長の奥さんが口を開いた。

「お食事ですか？」

意外な言葉に、美代子は思わず訊き返した。

「そう。たまには従業員の人たちと個別にお食事でもしたいなっていう話に社長となってね。明日は会社もお休みでしょう。どうかしら？」

奥さんが微笑みかけてきたが、いつもとちがってどこか硬い笑みに感じた。

「すみません。今日はこれからどうしても外せない用事がありまして」

「そう、残念ね。でも、藤沢さんとは一度ゆっくりお話ししてみたいわ。何だか自分の娘のように感じているから。申し訳ないけど来週のどこかで一日空けてもらえるかしら」

「わかりました」

社長と奥さんと三人での食事会というのは何とも気が重い話だったが、無下に断ることもできない。

「お先に失礼します」

事務所を出る前にもう一度声をかけると、益田がこちらに視線を向けることなく「おつかれさまです」とぼそっと返した。

鈴木のことは非常に気になっているが、ここにいても益田からは何も話を聞くことはできないだろう。

今夜は鈴木が部屋に来る。そのときに鈴木の口から何があったのかを訊けばいい。そう思って歩き始めると、目の前の工場から清水と内海が出てくるのが見えた。

朝のふたりの態度を思い出して方向転換したい気分になったが、そういうわけにもいかない。

こちらに向かってくるふたりは話に夢中のようで、美代子のことには気づいていないみたいだ。

「帰りにレンタルDVD店に行って探してみましょうよ」

内海の声が聞こえてきた。

「馬鹿。借りてきたってあいつにぶっ壊されちまったから観られねえだろうが」

内海が美代子に気づき、ぎょっとした顔になった。

「鈴木の野郎、帰ってきたら思いっきり痛めつけて絶対に弁償させて……」

内海に肘をつつかれてこちらに目を向けた清水が気まずそうに口を閉ざした。

「おつかれさま」

清水と内海がすぐに作り笑いを浮かべた。

「おつかれさまです」

美代子は感情を押し殺してそれだけ言うと、足早にふたりの横をすり抜けていった。

帰ってきたら思いっきり痛めつけて――。

スーパーで夕食の材料を選びながらも、清水が吐き捨てた物騒な言葉が頭から離れないでいる。

いったい寮で何があったのだろうか。

清水は鈴木に何か弁償させると言っていた。清水が持っていた物でも壊してしまったのだろうか。

お金で解決できることであればいいが。もし、鈴木が困っているようなら貸してあげてもいい。多少の蓄えならあるし、それでも足りないようであればどこかで借りてもいい。とにかく鈴木が訪ねてきたら話を聞いてみよう。

美代子はとりあえずそう考えて材料選びに専念することにした。

あれこれ悩んでいるうちに六時半になろうとしていた。せっかくの誕生日なのだから何か凝ったものを作りたかったが、難しいかもしれない。今からでも間に合いそうなクリームシチューと唐揚げにしようと決めてかごに材料を入れていった。

スーパーを出るとケーキ店に向かった。頼んでおいたバースデーケーキを買うと足早にマンションに戻った。

ミニキッチンのシンクの台の上に買い物袋を置くと、タオルケットの上で寝ていたミミが起き上がってこちらにやってきた。かまってほしいと美代子の足もとにすり寄ってくる。

「ごめんね、今はかまってる余裕はないの。あとでいっぱい遊んであげるからね」

美代子はミミに向かって言うと、エプロンをつけてさっそく料理に取りかかった。

手早く米をといで炊飯器にセットする。ガスコンロはひと口しかないから先にクリームシチューを作ることにした。クリームシチューを鍋にかけながら唐揚げの下ごしらえをする。温かいほうがおいしいから、唐揚げは鈴木が来てから揚げることにしよう。

一通りの準備を終えてミニキッチンから離れた。今朝のうちに掃除をしておいたので部屋はきれいだ。飾りつけでもしようかと迷ったが、さすがに小学生のお誕生日会でもあるまいと思ってやめた。

代わりにお洒落なテーブルクロスとキャンドルとシャンパン用のグラスを買っておいた。テーブルを用意してその上に食器とグラスとキャンドルを並べた。

部屋を見回していた美代子は棚に目を留めた。『タイタニック』のＤＶＤと、きれいに包装されてリボンのついた色鉛筆がある。

美代子はそのふたつを手に取った。サプライズは隠しておくものだ。

鈴木は喜んでくれるだろうか。寮で何があったのかはわからないが、これから過ごす時間で嫌なことなどすべて忘れてほしい。

ＤＶＤと色鉛筆をクローゼットにしまったとき、チャイムが鳴った。時計を見ると七時五十分だ。

「はーい」

はやる気持ちを抑えきれずにインターフォンに出た。

「何かいいことでもあったのかな」

耳もとをなぞった不快な男の声に、軽やかだったからだが一瞬にして硬直した。

達也だ。

「何なのよ……」唇の震えを必死に抑えつけながら絞り出した。

達也は何も言わない。くぐもった笑い声だけが耳に響いてくる。

「いったい何しに来たのよ。帰ってよ！」精一杯の尖った声を張り上げた。

「そんなつれねえこと言うなよ。これからのふたりのことについて話し合いに来たんじゃねえか。ここを開けてくれよ」

達也の猫撫で声に、背中がぞくっと粟立《あわだ》った。

「あんたなんかと話し合うことなんかないわよ。帰ってよ！　帰んないんなら警察に通報するわよ！」

もうすぐ鈴木が来てしまう。達也と鉢合わせさせるのはまずい。

「別におれはかまわないぜ。法律に触れるようなことは何もしてないんだからな。おまえのこれからの身の振りかたを心配して訪ねてきているだけだ。仕事を失ったら当面の生活にも困っちまうかと思ってさ」

仕事を失ったら――？

「どういうことよ！」美代子はインターフォンに向かって叫んだ。

「昨日、おまえの会社の社長さんとこと、従業員が共同で住んでいるところに届け物をしてやったんだ」

届け物――その言葉の意味を察して目の前が暗くなった。

達也は社長の家と会社の寮の郵便受けに、美代子が出ている無修正のＤＶＤを投げ込んだのだ。

「ひどい……」

「おまえが言うことを聞かねえからさ。社長さんはどうか知らねえけど、従業員の男たちは喜んでくれたみたいだぜ。ポストに入れた直後にそいつらが戻ってきたんで、家の外からしばらく様子を窺ってたんだ。おまえのよがり声を聞きながら大いに盛り上がってたぜ。すげーテクニックだから今度お願いしたいってさ」

美代子は唇を噛み締めながら、今朝の清水と内海の言動を思い出した。

そういうことだったのか。

どうしようもない羞恥心が胸の底から突き上げてくるのと同時に、不審に思っていた今日の出来事のすべてがつながっていく。

おそらく社長も奥さんも達也が投げ込んだDVDを観たのだろう。出ているのが美代子だということはわかったはずだ。だが、誰が、何の目的でこんなものを家に投げ込んだのかがわからず心配になって、美代子から話を聞こうと食事に誘ったのではないか。

そして、鈴木が何を壊して清水たちと喧嘩になってしまったのかも想像できた。

清水たちが観ていた美代子の出ているDVDを止めようとして、鈴木は寮のテレビを壊したにちがいない。

そのことに思い至ると、悔しさと切なさに涙が出そうになった。

自分のせいだったのだ。

「あんた、最低よ」美代子は必死に涙をこらえながら吐き捨てた。

「もうあの会社にはいられねえだろう。だけど心配するな。おれがもっといい仕事を紹介してやるから」

「あんた、クズよ、人間のクズよ……」

「そうだよ。こんな奴に引っかかっちまった自分が馬鹿だと思ってあきらめな。さあ、早くここを開けろよ。じゃなきゃ、おまえの学校の同級生にも配りまくるぞ。脅しじゃねえからな。ちゃんと名簿だって手に入れてるんだから」

「勝手にしなよ」美代子は投げやりになって言った。

たとえ世界中の人間に自分の恥ずかしい姿をさらされたとしても、そんなことはもうどうだっていい。ただ、この男の前に出て行くことだけはできない。

今、この男と顔を合わせたら、自分が何をしでかしてしまうかわからなかった。

現に今だって、ミニキッチンにある包丁をつかんでこの男に切りつけたいという衝動を必死に抑え込んでいる。

「おいッ――何だ、てめえは――！」

突然、インターフォンから達也の怒声が聞こえた。

「おいッ、てめえ――放せッ！　やんのか、この野郎――！」

揉み合っている声を聞いて、すぐにその相手がわかった。

「達也、やめて」

叫ぶのと同時にインターフォンが切れた。

美代子は焦燥感に駆られて部屋を出た。エントランスに向かったが達也たちの姿はなかった。

外から怒鳴り声が聞こえてくる。マンションから出ると、達也に胸ぐらをつかまれて顔面を殴られている鈴木の姿が目に飛び込んできた。

「やめて！」

美代子は駆け寄って達也のからだを後ろから押さえつけたが、すぐにすごい力で振り払われて地面に倒された。

達也はなおも鈴木の顔面を殴りつける。さらに地面に倒れた鈴木の上半身を何度も蹴り上げた。

「やめてよッ！」

美代子は立ち上がってふたたび達也に飛びかかっていったが、簡単に払いのけられた。

「誰か警察を呼んでください！」

通りかかった人に呼びかけたが、誰も関わり合いたくないという顔で足早に通り過ぎていく。

蹴り続けていることに疲れたのか、達也がようやく動きを止めた。

「弱いくせにいきがってんじゃねえよ」

達也はそう言うと、脇腹を押さえながら地面にうずくまっている鈴木に唾を吐きかけた。

「鈴木さん」

美代子は立ち上がり、鈴木のもとに駆け寄った。

「大丈夫ですか！」

声をかけると、鈴木が呻きながら顔を上げた。口や鼻から血が流れている。美代子は目の前で仁王立ちしている達也を睨みつけた。

「何だよ、その目は……そいつが先に突っかかってきやがったんだ」達也があざけるように言った。

「部屋に行きましょう」

鈴木の肩に手を添えて促した。だが、鈴木は美代子の手を払いのけ、そばに落ちていた拳大の石をつかむとよろよろと立ち上がった。

「鈴木さん？」

何をしようというのかわからず、美代子は戸惑いながら鈴木を見上げた。

右手に石を握り締めた鈴木がゆっくりと達也のほうに向かっていく。

「まだやろうっていうのか。武器を手にすりゃ勝てるとでも思ってるのか」

達也が鈴木の顔面を殴りつけた。鈴木がふたたび地面に倒れた。

「もうやめて！」美代子は達也に懇願した。

鈴木がよろよろと起き上がった。自棄《やけ》になっているのか、ふたたび達也のほうに向かっていく。

「鈴木さん、やめてください……」

美代子の声をかき消すように肉のきしむ音が響き渡った。達也が鈴木の顔面を連続して殴りつけ、さらに地面に倒れた鈴木の腹を蹴り上げている。

道行く人たちが足を止めてこちらに注目した。だが、遠巻きに見ている誰もが止めに入ることも、警察に連絡をする様子もない。

「もういいかげん疲れたぜ」達也が拳を振り上げながら言った。

「お願いだからやめて」

「おれの言うことを聞くならこのへんで勘弁してやるさ。これ以上やったらこいつ死んじゃうぜ。まあ、おれは別にかまわないけどな。少年院上がりだからムショに行くことなんかたいして怖くねえ。どうする？」

美代子は地面に這いつくばっている鈴木を見た。

これ以上、鈴木に迷惑をかけられない。

やはり、狡賢《ずるがしこ》くて粗暴なこの男から逃れることなどできないのだ。

達也の言ったとおり、こんな男に引っかかってしまった自分が馬鹿だったのだと思ってあきらめるしかないのか。

頷きかけたときに、鈴木がふらふらと起き上がった。達也のほうに一歩ずつ足を踏み出していく。

「まいったね、まだやろうっていうのか」

達也が呆れるように言って近づいてくる鈴木の腹を靴の先で蹴り上げた。鈴木はよろけたがすぐに体勢を立て直した。

鈴木の姿を見ていて不思議に思った。鈴木は右手に石をつかんだまま、少しも反撃する様子を見せないのだ。

達也に向かっていきながら鈴木がぶつぶつと何かを呟いている。

何を言っているのだろうと、美代子は意識を集中させた。

「もっと殴ってくれよお……そんなんじゃ死ねないよ……」

鈴木の声が聞こえた。

その言葉の意味が理解できず、美代子は呆然と鈴木の姿を見つめた。

鈴木を見つめていた達也の表情がみるみる変わっていく。

「殺してくれよ……ぼくを楽にしてくれよ……お願いだからさ……」

今まで嬉々とした表情で鈴木を痛めつけていた達也が怯えたように後ずさっていく。

鈴木はどこか笑っているように見えた。血にまみれた顔を痛みからではなく、楽しそうに歪めながら達也に近づいていく。

いったいどうしてしまったのだろうか。

「何だよ、てめえは……気味が悪いなッ！」

達也は両手を上げてファイティングポーズをとったが、あきらかにたじろいでいるようだ。

「今のうちにぼくを殺したほうがいいよ……ぼくは人を殺すことなど何とも思わないんだから。今、ぼくを殺さなかったら、今度会ったときにぼくがきみを殺しちゃうよ」鈴木が笑みを浮かべながら言った。

「てめえにおれが殺せるかッ！」

「人を殺すのなんて簡単だよ。経験者のぼくが言うんだから……さあ、こいつで殴ってくれよ。そしたらもっと簡単だよ」鈴木が手に持った石を達也に差し出した。

「ふざけるなッ！」

達也が鈴木の右手を振り払うと、持っていた石が地面に落ちた。

「しょうがないなあ……」

鈴木が前屈みになって地面に落ちた石を拾った。そして、その石を自分の額に叩きつけた。

美代子は自分の目を疑った。だが、次の瞬間、鈴木の額から噴き出した血を見てとっさに手で顔を覆った。

その間にも、鈴木は力を込めて自分の頭や額に何度も石を叩きつけている。

「鈴木さん……やめてください！」

石を握った鈴木の右手をつかんだ。手のひらにぬめっとした感触が伝わった。すぐに鈴木が美代子の手を振り払った。

「ぼくが死ぬところを見ててくれよ」

笑みを浮かべながら自分の額に石を叩きつける鈴木を見て、達也の顔が恐怖におののいたように引きつっている。

「こいつ、狂ってやがる……」

達也の声が震えている。

「おまえ、こんな奴でいいのか。こんな狂った奴と関わってると今以上にろくなことにならねえぞ」達也が美代子に目を向けた。

「消えて！　二度とわたしの前に現れないでッ！」

美代子が言い放つと、達也は逃げるように走り去っていった。

すぐに鈴木の右手をつかんだ。それでも鈴木は力を込めて美代子の手を払おうとする。

「鈴木さん！　やめてくださいッ！　もう大丈夫です」

必死に押さえつけながら耳もとで叫ぶと、ようやく鈴木の手から力が抜けた。

鈴木がこちらを向いた。血だらけの顔で、夢の中にいるような惚《ほう》けた目をしている。

あたりがざわついていることに気づいて視線を向けた。遠巻きにしてこちらを見ていた人たちが騒然となっている。

「とりあえず部屋に行きましょう」

美代子は鈴木に肩を貸してマンションの中に入った。

部屋に向かうまでの間にもぽたぽたと廊下に血が滴り落ちていく。部屋に入ると真っ先にタオルを持ってきて鈴木の頭に押しつけた。

「すぐに救急車を呼びますから」

美代子が言うと、鈴木は「いい！」と強く拒絶した。

「だめです。こんなに血が出てるんですから。このまま放っておくわけにはいきません」

「いやだ。病院には行きたくない」鈴木が頑なに首を横に振る。

「そんなこと言ったって……病院に行かなきゃだめです！」

美代子は有無を言わせず立ち上がると、携帯を探した。


診察室の前の廊下は照明が半分消されていて、美代子以外に人の気配はない。

ちらっと腕時計に目を向けると夜中の零時を過ぎていた。

病院に運ばれてからずいぶん時間が経っている。あれだけの血を流しているのだから相当ひどい怪我なのだろう。

もし後遺症が残るような大怪我だったらと考えると、胸が張り裂けそうになった。

診察室のドアが開いて、頭に包帯を巻いた鈴木が出てきた。

「大丈夫ですか」美代子はベンチから立ち上がって鈴木に歩み寄った。

「とりあえず今日は帰っていいって」

「そうですか……」美代子は安堵の溜め息を漏らした。

「先生からしつこくいろいろと訊かれちゃった。事件性があるようなら警察に通報しなきゃいけないだの何だのって……だから病院には行きたくなかったんだ」

「それで何て言ったんですか？」

「自転車で転んだんだって言い張った」鈴木が口もとを緩めた。

傷だらけの痛々しい笑みだが、先ほど達也に向けていたものとはあきらかにちがう。

何だか憑き物が落ちたようだ。

「タクシーを呼びましょう」

美代子は鈴木と一緒に受付に向かった。公衆電話の前にあった案内板を見てタクシーを呼ぶと病院を出た。

タクシーに乗り込むと、鈴木は美代子から顔をそむけるようにしてじっと窓の外を見つめている。

それにしても――。

入院するほどではなかったとわかって安心すると、急に先ほどの鈴木の奇異な言動が気になりだした。

殺してくれよ……ぼくを楽にしてくれよ……お願いだからさ――。

尋常ではない様子で達也に向かっていった鈴木の姿を思い出している。

それ以上に気になっているのが、その後に言っていた鈴木の言葉だ。

人を殺すのなんて簡単だよ。経験者のぼくが言うんだから……。

あの言葉はどういう意味だろう。経験者のぼくが——ということは、鈴木は人を殺したことがあるということなのか。

いいや、自分は何を馬鹿なことを考えているんだろう。そんなことあるわけがない。鈴木が人を殺したことがあるなんて……。

あれは演技だ。達也を追い払うために、からだを張ってあんな演技をしただけだ。

あの迫真の演技で、達也はもう自分たちのもとには現れないのではないかと思った。そう願いたい。

「ごめんなさい……」

美代子が呟くと、鈴木がこちらに目を向けた。

「わたしのせいでこんなことになってしまって……それに、わたしのせいで寮の人たちと喧嘩になってしまったんでしょう?」

鈴木は黙っている。

「わかってます。あいつが会社の寮にわたしのDVDを投げ込んだことは。それだけじゃなくて社長のところにも投げ込んだんです」

そのことをあらためて思い出してしまい、暗澹《あんたん》たる気持ちになった。

「もう、あの会社にはいられないかな」

いつか、達也が会社の人たちに美代子のDVDを送りつけるようなことがあったらどこかに逃げなければいけないと言ったとき、鈴木は一緒に逃げようかと答えてくれた。

別にその言葉に期待していたわけではないが、もしそうなったらどれだけ自分は救われるだろうかと思った。

でも、鈴木は黙ったまま美代子を見つめているだけだ。

「鈴木さんがしてくれたこと、すごくうれしかった。わたしのためにそんなことをしてくれる人に初めて出会った。それだけでこの会社に入ってよかったなって思えるんです」

これからもずっと一緒にいたい——。

その思いを伝える前にタクシーが停まった。

マンションの前に降り立つと、先ほどの喧騒が嘘のようにあたりは静まり返っている。アスファルトにこびりついた黒い染みだけが数時間前にあった出来事を思い出させた。

鈴木の手を引いてマンションに入った。赤黒い染みが点々とついた廊下を通って部屋に向かった。

ドアを開けると、部屋の明かりがついたままになっている。鈴木を救急車に乗せることに気を取られていて消すのを忘れていた。

先に鈴木を部屋に上げて美代子は靴を脱いだ。鈴木が立ち止まってテーブルに目を向けた。

「どうしたの、これ……」

鈴木がテーブルの上に並んだグラスやキャンドルを見ている。

先ほど部屋に入ったときにはあまりの事態で気づかなかったようだ。

「誕生日をお祝いしようと思って」

「誕生日……」鈴木が呟いた。

「昨日は鈴木さんの誕生日ですよね。それで」

「ああ……」

鈴木は今気づいたというような顔をしてテーブルの前に座った。何かを思い巡らすような眼差しをテーブルの上に向けている。

「十四歳の誕生日から祝ってもらったことないや」

「昨日で二十八歳になられたんですよね。お誕生日おめでとうございます」

鈴木がかすかに笑みを浮かべた。どこか寂しさを感じさせるものだった。

「お腹減ってませんか？」

「少し……」

「たいしたものは用意できなかったんですけど、一応クリームシチューを作ったんです。ケーキもシャンパンもあります。ただ、口の中を相当切ってるでしょうから、もし何だったらお粥《かゆ》でも作りますよ」

「ケーキが食べたいな」

「わかりました」

美代子はミニキッチンに行って冷蔵庫を開けた。箱からケーキを取り出してテーブルに持っていく。ついていたロウソクを一本ずつケーキに立てていった。

「さっき……」

鈴木の呟きに美代子は顔を向けた。

「さっき、ぼくが言ったこと気になってるんでしょう？」じっと美代子を見つめてくる。

「何でしたっけ」

鈴木の眼差しに妙な胸騒ぎを感じてはぐらかした。すぐにロウソクに視線を戻してふたたびケーキに立てていく。かすかに手が震えている。

「ちゃんと吹き消してくださいね」

無理に明るい口調で言って、マッチを探すため立ち上がろうとした。

「本当の話なんだ」

心臓が大きく波打った。

「どういうことですか？」

金縛りにあったようにその場から動けなくなった。

「ぼくは……ぼくは人を殺したことがあるんだ……」

その言葉の意味がわからない。その意味を問いかけようとしても、頭の中が混乱していて言葉を選び出せないでいる。

美代子は愕然としながら目の前の鈴木を見つめた。鈴木が顔を伏せた。

「子供の頃に人を殺してしまったんだ。警察に捕まったぼくは少年院に入れられた。それ以来、親とも弟とも会っていない」

「いったい……」

何とかそこまで言葉を絞り出したが、次の言葉がどうしても口から出せなかった。

誰を殺したんですか――。

「ぼくはずっと死にたいと思ってた。ぼくなんか生きている価値はないと思っていたから……だけど、いつも死にきれなかったんだ……」

鈴木の両手首に走るおびただしい数の傷跡が脳裏をよぎった。

だけど、鈴木のような優しい人間が人を殺したなど、どうしても信じられない。

「鈴木さんがそんな……人を殺しただなんて……わたしには信じられません」

美代子が訴えかけると、鈴木は本当だと首を横に振った。

「いったい誰を殺してしまったっていうんですか」

百歩譲って鈴木が人を殺したのが本当だというなら、さっきのように誰かを守るためか、過失によるものではないか。それでもその理由を知るのが怖いと、訊いておきながら本当は耳をふさぎたい気持ちだった。

「藤沢さんにはまだ言えない。それを最初に話すのは益田くんだって決めてるから」

聞かずに済んだという安堵と同時に、自分には話してくれないのだという落胆も胸に広がってきた。

「どうして益田さんなんですか」

「ぼくが死んだら悲しいって言ってくれたから」

「そんなの……」

美代子だってそう思っている。

「初めてだったんだ……そんなことを言ってくれた人は。ぼくはずっとひとりぼっちだった。自分の罪に苦しめられ、誰にもその苦しみを話すことができなかった。ぼくが生きようが死のうが誰も悲しまない……いや、ぼくが死んだら喜ぶ人はたくさんいるだろう。だけど、ぼくは死ぬこともできずに、ただ死に場所を求めてさまよっていた……そんなときに益田くんがそう言ってくれたんだ」鈴木の目から涙があふれ出してきた。

美代子だって同じ思いだ。

鈴木に死んでもらいたくない。鈴木の苦しみを何とかして癒したい。

「益田くんにそのことを話しても理解してもらえるなんて思っていない。きっとぼくのことを怖がるだろう。だけど、それでもいいんだ。ただ、ぼくは彼に自分のすべてを話したい……自分が思っていることのすべてを聞いてほしい……味方になってくれなくてもいい……どんな厳しい言葉を投げつけられてもかまわない……それでも友達でいてほしいんだ……それがぼくの願いなんだ……それができるのは彼しかいない……」鈴木がテーブルに突っ伏して泣いた。

それができるのは彼しかいない、という言葉が寂しかった。

美代子は鈴木に寄り添って生きていきたいと思っている。

だけど、鈴木が益田に対してここまでの思いを抱いているということは、美代子が窺い知ることのできないふたりの絆があるのだろう。

美代子は子供のように泣きじゃくる鈴木を見つめながら、何の言葉もかけられないでいた。

19

一日分の替えの下着を入れると、益田は鞄を持って部屋を出た。

ちらっと三号室のドアを見た。昨日、鈴木は寮に戻ってこなかった。軽い溜め息をつくと階段を下りた。

食堂に入るとテーブルに山内がいた。新聞を読んでいる。

「おはようございます」

益田が声をかけると、山内が新聞からこちらに視線を移した。

「ああ、おはよう。休みだっていうのに早いな」

まだ六時過ぎだ。清水も内海も部屋で寝ているのだろう。

「ええ。これからちょっと出かけるので。もしかしたら今日は帰らないかもしれないですけど心配しないでください」

それほど金銭的な余裕はないから、できれば今日中に戻ってきたいが、確認が取れるまでは時間の許すかぎり奈良にいるつもりだ。

「どこに行くんだい?」

「ちょっと実家のほうに」

実家に寄るつもりはないが、とりあえずそう答えておいた。

「そうか。まあ、いろいろあって大変だっただろうからゆっくりしてきなさい。といっても月曜日には出社するんだよな？」

「ええ、遅くとも明日の夜には戻ってきます」

「そういえば……鈴木くんは戻ってきてないみたいだな」山内が表情を曇らせた。

「そうみたいですね」

「益田くんは彼の連絡先を知ってるのかな？」

「携帯の番号とメルアドを知ってます」

「悪いけど、あとでちょっと連絡してみてくれないか。まあ、それほど心配するようなことでもないと思うんだけど」

「わかりました。あとで連絡しておきます」益田はそう言って食堂から出た。


東京駅に向かう京浜東北線の電車の中で、益田はスマートフォンを取り出した。

『昨日は寮に戻らなかったね。山内さんも心配してるから連絡をください』

この時間では寝ているだろうと思ったが、一応鈴木にメールをした。

新幹線で京都駅に行き、近鉄京都線に乗り換えて大和西大寺《やまとさいだいじ》駅に着いたのは正午前だった。

近鉄奈良線に乗り換えて、最寄り駅から黒蛇神事件が起きた現場に向かおうかと思ったがやめることにした。多少遠回りではあるが、ここからバスに乗っても近くまで行くことができる。

実家に近い駅周辺をうろついていたら、両親とばったり会ってしまうのではないかと危惧した。

益田はバスに乗る前に駅近くにある書店に寄っていくことにした。地元とはいっても、住所だけを頼りにリストにある場所を探すのは大変だろう。

書店に入るとまっすぐ地図のコーナーに向かった。この近辺の住所が詳しく載っている地図を探すとレジに向かう。

「益田くん？」

後ろから誰かに呼び止められて振り返った。

眼鏡をかけた白髪交じりの初老の女性が立っていた。じっとこちらに視線を向けている。

誰だろう。

首をひねりかけた瞬間、眼鏡の奥の見覚えのある眼差しに思い当たって、心臓を鷲づかみにされたような衝撃が走った。

「純一くんでしょう」さちこさんが益田の顔を覗き込むようにして言った。

「え、ええ……」

動揺しながら会釈すると、さちこさんは目じりにたくさんのしわを作って微笑みかけてきた。

目の前にいるのは本当にあのさちこさんなのだろうかと、信じられない思いだった。

さちこさんは別人と思えるほどに老け込んでいた。

「ひさしぶりね。元気にしてた？」

声を聞いてあらためて目の前の女性がさちこさんであると確認した。それと同時に、胸が詰まるような息苦しさに襲われた。

さちこさんと最後に会ったのは、たしか高校を卒業する間際の頃だ。スーパーでばったり会ったのが最後だと記憶しているから、九年ぶりの再会だった。

「帰省したんだ？」さちこさんが訊いてきた。

「そうです」

益田は答えた瞬間にしまったと思った。だが、遅かった。

「そう。じゃあ、ちょっとうちに寄っていってよ。学も会いたがっているだろうし」

屈託なく言ったさちこさんの誘いを断ることができなかった。

苦しいことを先延ばしにしても、さらに苦しさが増していくばかりだ。

益田は先にさちこさんの家に行ってから、黒蛇神事件のことを調べることにして、彼女と一緒にバスに乗った。

益田は隣に座るさちこさんの横顔をさりげなく窺いながら、永遠に思えるような重苦しい時間を嚙み締めていた。

彼女にとって九年という年月はどういうものだったのだろう。益田もその間にさまざまな経験をしてきたつもりだ。

楽しかった大学生活——就職活動の失敗——恋人との別れ——部屋を追い出されてネットカフェを転々とするような放浪の日々——。

さまざまな挫折や孤独を経験してきた九年間だったが、さちこさんはそんなものとは比べものにならない苦痛にさらされてきたのだろうか。

中学生のときにほのかな憧れを抱いていた彼女のあまりの変わりように、益田はそんなことを想像せずにはいられなかった。

停留所に停まり、益田とさちこさんはバスを降りた。

ひさしぶりに戻ってきた地元だが、懐かしむ気持ちも心休まる思いもまったく湧かなかった。

見慣れた住宅街を歩きながら、両親に見られないことと、これから始まる儀式が早く終わることだけをただ願っている。

たいして勾配のきつくない坂を、重い足取りで登っていく。ところどころに記憶にない建物があった。

「ここらへんもずいぶんと建て替えをしているお家が増えてるの」

益田の視線の意味を察したのか、さちこさんが言った。

「うちもあちこちガタがきてるから建て替えをしたいんだけどね」

さちこさんの家は、当時新しい家が立ち並んでいた住宅街の中でも、かなり古ぼけた平屋だった。益田が遊びに行っていた頃から十四年以上経っているからには、そういうことを考えても不思議ではない。

「だけど、なかなかね……」さちこさんがそう言って言葉を濁した。

しばらく歩いていくと、さちこさんの家が見えてきた。変わらない外観があの頃の記憶を鮮明にさせ、さらに自分の心をなぶった。

「遠慮しないで上がってちょうだい。ちょっと散らかってるけど」

玄関口でなかなか靴を脱げないでいる益田にさちこさんが手招きした。

さちこさんは益田のためらいを、遠慮だと受け取っているようだ。

益田は靴を脱いで玄関を上がった。すぐ横にある居間に通された。

「そこに座って。すぐにお茶とお菓子を用意するから。もしかしたらビールとかのほうがいいかな？　純一くん、お酒飲めるよね？　発泡酒しか置いてないんだけど、もしそれでよかったら」

さちこさんは昔と変わらず世話焼きだった。

昔といっても、学が死ぬまでの話ではあるが。

「いや、お酒は……」

酒など飲み始めたらなかなか辞去できなくなるだろう。

「お線香を上げさせてもらっていいですか」益田は居間の仏壇に目を向けて言った。

「そうしてやってくれる？　学も喜ぶから」

さちこさんはそう言って居間を出ていった。

手を合わせても学が喜ぶはずがない。それはよくわかっているが、形としてやらなければならない。

益田は仏壇の前に座って線香に火をつけて線香立てに立てた。手を合わせようとして、遺影がひとつ増えていることに気づいた。

学の祖母だ。

「一昨年《おととし》、亡くなったの」

さちこさんの声に振り返った。盆に載せたコップや皿を座卓に置きながらこちらに目を向けている。

「そうなんですか……」

学の家に遊びに来るとたまに見かけた。からだがあまり動かないようで、普段は自室にこもってテレビなどを観ていることが多かったが、たまに顔を出しては益田たちのためにお菓子を作ってくれたりした。

さちこさんは夫と離婚してからも、しばらく東京で学とふたりで生活していたそうだ。だが、ひとりで暮らす母親のことが心配で実家であるここに移ってきたという。

自分のためにこんなところに来させたせいで学を自殺させてしまった——。

葬儀の席で、自責の念に駆られたようにそう言いながら、嗚咽を漏らしていた学の祖母の姿を思い出した。

「せっかく純一くんが来てくれたんだから」

さちこさんが盆を座卓に置いて近づいてきた。遺影の前に封筒を置いた。定規で線を引いたような筆跡が目に入り、心臓が跳ね上がりそうになった。

学への学校でのいじめを告発するために新聞社に送られてきたという手紙。さちこさんは益田が送ったと思い込んでいる。

十四年経った今も自分をあの記憶に縛りつけ、苦しめ続ける元凶だ。

益田は罪悪感と忌まわしい思いに苛まれて慌てて目を閉じた。両手を合わせる。

何も考えないようにしようと努めたが、脳裏に学の姿がぼんやりと浮かんできた。

学は、あの頃よく同級生たちにそうしていたのと同じ冷めた眼差しを自分に向けている。

益田はそんな学に対して何も語りかけなかった。学も自分に対して何も語りかけてこない。ただ、じっと益田を見つめている。

「ありがとう」

目を開けてすぐに仏壇に背を向けると、さちこさんが神妙な表情で言った。

「さあ、食べていって」さちこさんが座卓に置いた麦茶とクッキーを勧めた。

向かいに座ってもどんな話をしていいのかわからない。詰まりそうになる喉を麦茶で湿らせながらしばらく無言でクッキーを食べる。

「東京での生活はどう?」

クッキーとコップに据えていた視線をさちこさんに向けた。

まるで子供の成長を確かめようというような優しい眼差しでこちらを見ている。

「まあ、慌ただしいですね」何と言っていいのかわからず、とりあえずそう答えた。

「向こうはこっちとちがって都会だもんね。ぜんぜん会わなかったから、どうしてるんだろうなあって、ずっと気になってたんだ。実家にはちゃんと帰ってるの？」

「いや、そんなには……」

学生の頃はさすがに年に何回かは帰らなければならないと思い、義務感だけで帰省していたが、就職してからはほとんど帰ってきていない。

「定期的に顔を見せてあげなきゃご両親も心配するわよ。忙しいの？」

「まあ……」益田は頭をかいた。

「その手はどうしちゃったの？」さちこさんが右手の包帯を指さして訊いた。

「ちょっと指を骨折しちゃったんです。急いでいたら階段から足を踏み外して転んでしまって」

必要以上のことはあまり話したくないので嘘をついた。

「そう、気をつけなきゃ。わたしも人のことは言えないけどね。半年前に転んで足を骨折してしまったの」

「そうなんですか？」

「この家古いからあちこちに段差があるでしょう。それで……」

「大丈夫だったんですか」

「治るまでの二ヶ月間は大変だったわ。わたしひとりだから買い物にもなかなか行けないし、銀行とかに行く用事があっても、そんなこと、近所の人には頼めないでしょう。意地になってここに住み続けているけど、さすがにあのときばかりは、ここを売ってどこかのマンションに移ったほうがいいかなって考えちゃった」

たしかに、さちこさんひとりであればこんな広い家に住んでいる必要はないし、ここを売ればまとまった金が入るから生活も楽になるだろう。

さちこさんやこの家の様子を見ていて、お世辞にもあまりいい暮らしはしていないだろうと感じていた。今のさちこさんが仕事をしているのかどうかはわからないが、ぎりぎりのやりくりをしているであろうことが窺えた。

だが、そんな不便な暮らしをしてまでここを出て行かない理由も益田は察している。

意地になってここに住み続けている——。

先ほどのその言葉がすべてなのだろう。

さちこさんはわかっているにちがいない。自分がここに住んでいることは、まわりの人たちからすれば迷惑であろうことを。

いじめに遭って自殺した子供の母親がいる。この近辺に住んでいる、もしくは実家があって定期的に帰ってくる学の同級生や学校の関係者にとって彼女の存在は、喉もとに刺さって取りたいのに取れないうっとうしい魚の小骨のようなものなのだ。

自分にとってもそうだった。

益田は一度しか中学校の卒業アルバムを見たことがない。

さちこさんは学の写真を卒業アルバムに載せるように学校に訴えたらしい。学の写真は、さちこさんが学と仲がよかったと思っている益田のクラスのページに掲載された。

学という人間がたしかに存在していたのだと、学校関係者全員に知らしめるように。

さちこさんはわかっているのだろう。自分がいなくなれば、学がかつてこの地で自殺してしまったことなど完全に忘れ去られてしまうであろうことを。

彼女はある意味、自分自身を学の墓標としてこの地に居続けさせているのだ。

そんな日々がどれほど辛いであろうかは、彼女の変わり果てた姿を見れば容易に想像がつく。おそらくまわりからの冷たい視線や心ない言葉を、直接的であれ、間接的であれ、彼女はきっと今でも浴びせられ続けているのではないか。

彼女はこれから死ぬまでそうやって生き続けていくのだろうか。まだ五十歳前後で、これから長い人生が残されているであろうというのに。

「そうしたほうがいいんじゃないですか……」

言うべきではないとわかっていたが、思わず口から出てしまった。

さちこさんがはっとしたように少し目を見開いて、じっと益田に視線を据えてきた。

「ここらへんは坂道も多いですし、スーパーなんかも遠くて不便ですから。うちの親なんかにもよく言ってるんですよ。仕事を引退したら、老後のためにももっと便利なところに移ったほうがいいんじゃないかって」

睨みつけられたわけではないが、その視線に自分に対する激しい敵意のようなものを感じ取ってしまい、慌てて言い繕った。

「そうかもしれないわね。純一くんにそう言われると何だか説得力があるなあ」さちこさんがそう言って笑い、麦茶を飲んだ。

益田はさちこさんからそらした視線をコップに向けた。

「東京では友達はたくさんできた？」

ふたたびさちこさんに視線を戻す。

「まあ、それなりに……」益田は言葉を濁した。

「純一くんは昔から明るくて人当たりがよかったから、どこに行ってもすぐに友達ができちゃうだろうね」

一緒に遊んだり飲んだりする友達はそれなりにいる。だが、本当の意味で『友達』と呼べる人間がはたして何人いるだろう。おそらくひとりもいない。

学が自殺してしまって以来、人と深く関わることが怖い。友達と接していても、その人のことをより深く知りたいと思わないようにしている。仲間内でバカ話をして盛り上がっていても、心の底から笑ったことはなかった。

「学が嫉妬してるかもね」

さちこさんが冗談っぽく笑って、仏壇のほうに目を向けた。

それから一言二言話をして、益田は辞去しようと立ち上がった。ふたりで玄関に行き、益田は靴を履いた。

「今日はありがとうね。ひさしぶりに会えて本当に楽しかった」

「こちらこそ、ごちそうさまでした」益田は頭を下げた。

「ひとつお願いがあるんだ」

さちこさんの表情が少し陰ったのを感じて、益田は戸惑った。

「何ですか」

「こっちに来たらまた寄ってほしいの。いろいろな話を聞かせてほしいんだ。東京での生活や、仕事のことや、もし彼女なんかがいるんだとしたらその人の話や、純一くんのまわりにいるお友達のこととか……写真なんかもあったら見せてもらえたらうれしい。だめかな?」

精一杯明るく振る舞っているようだが、声に寂しさが滲んでいる。

「ここにいてもあまり楽しみがないの」

「わかりました。またおじゃまします」

その約束を果たせる自信はなかったが、そう答えないと、そのままさちこさんが泣き出してしまいそうに思えた。

「くれぐれもからだには気をつけてくださいね」

背中を向けたときに、「純一くん」と呼び止められた。

「ごめんなさい……」

振り返るとさちこさんが呟いた。

何がですか――？

益田はそう訊こうとして、やめた。軽く会釈するとそのまま歩きだした。

住宅街の坂を下っていくと川の向こうに田んぼが見えてきた。その先にある竹林が視界の隅に入ってきて思わず足がすくんだ。

あの竹林の中で学は自殺した。自分にとって最もおぞましい場所だ。

自宅から学校に通うときにも、友達と遊ぶために駅に向かうときにも、必ず目に入る場所にあって、そこを通るたびにいつも自分の心を鷲づかみにして放さない。

あそこを死に場所に選んだのは、もしかしたら益田への復讐ではないか。そんなことを感じたのも一度や二度ではない。

おまえはこれから前を向けず、下を向いて歩かなければならないんだ。そういうことをおまえはしたんだ。友達だと思っていたのに――。

ここを通るたびに、まるであの竹林の中から学がそう訴えかけてくるように感じた。

おまえが勝手に死んだんじゃないか――。

益田はそのたびに心の中でそう言い返した。だが、そう思いながらもいつも視線は下を向いていた。

今も竹林から視線をそらしながら足早に通り過ぎようとしている。

こんなところでタクシーは拾えない。リストにある人たちが住む場所までは少し距離があるが、このまま歩いていくことにした。

途中に公園を見つけて中に入りベンチに座った。ポケットから須藤にもらったメモを取り出した。そこには、須藤が取材をした十人の名前と住所と黒蛇神事件の犯人である青柳健太郎との関係が記されている。

さすがに被害者の遺族に話を聞きに行く勇気は自分にはない。その人たちに鈴木の写真を見せ、もし青柳健太郎であったとしたら、自分との関係や、彼の居所を教えろと激しく詰問されるにちがいない。彼の担任や当時の校長などの学校関係者を訪ねることにもためらいがあった。

そうやって考えていくと、青柳健太郎の同級生であった四人に絞られた。三人はこの近辺に住んでいるが、ひとりだけ住所が東大阪市となっている。

おそらく須藤はもっと大勢の人のもとを訪ねたのだろうが、実際に話を聞けたのがこの十人ということなのだろう。

益田は鞄から地図を取り出すと、三人が住んでいるあたりに矢印をつけていった。

バス停留所のベンチに座りながら益田は考えていた。

手はじめに訪ねた三人からはいずれも話を聞くことができなかった。

ひとりの家は留守だった。もうひとりの家を訪ねてみると、母親らしい年配の女性が出てきたが、訪ねた相手は旅行に出かけていてしばらく帰ってこないとのことだった。最後のひとりの家からは自分と同世代らしい男性が出てきたが、益田が事情を説明したとたん、いつまでも事件のことを思い出させるなと怒り出して追い返された。

もうすぐ五時を過ぎようという時間だ。この近くに住んでいる学校関係者を訪ねるべきか、それとも少し時間はかかるが、青柳の同級生であった小杉裕次《こすぎゆうじ》という人物に会いに東大阪に向かうべきか。

バスに乗って大和西大寺駅近くの書店にふたたび立ち寄ると、今度は東大阪市内の地図を探した。だが、今回は買わずに、小杉が住んでいる場所のだいたいの地理を頭の中に叩き込むと店から出た。

小杉が住んでいるのは近鉄奈良線の布施《ふせ》駅の近くだ。キャッスルマンションの三〇五号室とある。布施駅から出るとそのマンションを探した。

マンションはすぐに見つかった。オートロックもエレベーターもついていないので階段で三階に上がる。

はやる気持ちを抑えきれずにここまでやってきたが、ベルを押そうとして、ためらいが芽生えた。

先ほど同級生を訪ねたときの激しい拒絶反応を思い出したのだ。

益田がやっていることはしょせん自分のエゴに過ぎない。

鈴木の正体を知りたいのであれば直接本人か、白石弥生に問いただせばいい。本当のことを言わないにしても、その反応を見れば、だいたいのところはわかるはずだ。

　それができないのはただ単に自分に勇気がないせいだ。そんな自分のエゴのために、本人たちにとって忘れたいはずの過去を思い出させるのはどうなのかと考え始めている。

　だが、だからといって、このままでは帰れない。

　益田はためらいながらもベルを押した。

　しばらくすると、「はい――」という声とともに、ドアが開いた。

　チェーンロックをかけたまま、自分と同世代に思える茶髪の男性が顔を出した。

「あの……小杉さんでしょうか」

「いえ、ちゃいますよ」茶髪の男性があっさり否定した。

「こちらは、小杉さんのお宅ですよね」

　そう言ってから表札を見る。『小杉』と『内藤《ないとう》』というふたつの名前が書かれている。どうやら共同で暮らしているようだ。

「小杉さんはいらっしゃいますか」

「仕事で出かけてますけど。どちらさんですか」男性が少し怪訝な目を向けた。

「あっ、名乗りもせずにすみませんでした。わたくし、益田と申しまして、こういう者です」

　慌てて財布を取り出すと名刺を引き抜いてドアの隙間から渡した。

「フリーライター……」名刺を見ながら男性が呟いた。

「小杉さんにお会いして少しお話を聞かせていただきたいのですが」

「ああ……黒蛇神事件のことか？　前にもこういう関係の人が訪ねてきたわ」男性がたしかめるように益田に目を向けた。

「そうですか」

「ちょっと待ってて」

次の言葉を出す前に男性はドアを閉めた。しばらくするとドアが全開になって男性が名刺を差し出してきた。

「そこで働いてるから」

「あの……」

男性が閉めようとしたドアを、名刺を握ったままの左手でとっさに押さえた。

「小杉さんはその話をされることを嫌がったりしてないでしょうか」

「別にそんなことはないなあ。いや、むしろ積極的にあちこちに触れ回ってるわ。おれは犯人のことをよく知ってるんやって。あいつと知り合ってまだ三年ほどやけど、どれほどその話を聞かされたことか」男性がうんざりした表情でドアを閉めた。

小杉が働いているという店はＪＲ難波駅のそばにあるショットバーだった。

このあたりはミナミと呼ばれる大阪の二大繁華街のひとつだ。高校時代に映画や買い物のために来たことはあったが、夜の繁華街に足を踏み入れるのは初めてだった。

「いらっしゃいませ」

店に入るとカウンターの中にいたバーテンダーがこちらに目を向けた。

カウンターだけの小さな店で、両端に男性客が座っている。益田はその真ん中に座った。バーテンダーが近づいてきて注文を訊いた。とりあえず一番安いビールを頼んだ。

「あの……小杉さんでしょうか」

目の前にビールが置かれたときに、益田は問いかけた。

「ええ、そうですけど」

名前を訊かれることに慣れているのか、小杉は抵抗も示さずに頷いた。

「実は、こんなところにまでおしかけてしまって申し訳ないんですが、ぼくはこういう者なんです」益田はそう言って名刺を差し出した。

もう少し様子を見てからとも考えていたが、小杉が他の客と話し始めたら、なかなか入っていけないだろうと焦った。

「お宅におじゃましたらこちらだと伺いまして」

名刺を見ていた小杉がこちらに視線を戻した。

「例の事件について調べていまして。ご迷惑でなければ少しお話を聞かせていただきたいんですけど」益田は声をひそめて言った。

「どこでおれのことを聞いたんですか？」

「いや、それは……青柳健太郎の同級生ということを調べまして」益田は須藤から聞いたことを濁した。

小杉は特に気に留めたようでもなく、頷いた。

「ここでそういうお話をされるのはご迷惑でしょうか。もし、何でしたらお店が終わってからでも……」

「別にいいっすよ。訊きたいことがあったら何でも訊いてください」

「彼とは中学校の同級生だったんですよね」

「中学だけじゃなくて、幼稚園、小学校も……奴が捕まるまでずっと一緒でしたよ。おそらく奴のことに関してはマスコミよりも、奴を診断した精神科医よりも詳しいんちゃうかな」

小杉はそれを皮切りにして、青柳健太郎との思い出話を饒舌にしゃべった。

益田はとりあえず形だけでもフリーライターらしく見せるためにメモ帳とペンを取り出した。だが左手では書けないとあきらめて話を聞くことに専念した。

小杉は自分の経験をもとにして『黒蛇神事件』についてのホームページを作っているのだと、どこか得意げな口調で話していた。

そのタイトルを聞いて、入院していたときに目にしたホームページを思い出した。

この人物に鈴木の写真を見せて大丈夫だろうかと、少し不安がよぎった。

「他に何か聞きたいことありますか？」

一通り青柳の話をすると、そう訊いてから他の客のほうに向かおうとした。

「あの――」

呼び止めると、小杉が振り返って愛嬌のある笑みを向けた。

益田はポケットからスマートフォンを取り出した。鈴木の動画を呼び出す。イヤホンをスマフォにつないだ。

「何？」

「それを見てもらえませんか」

小杉は小首をかしげながらイヤホンを耳にしてスマフォを見た。しばらく画面に目を凝らしていた小杉がイヤホンを外して、興奮したような顔を益田に向けた。

「こいつは驚いた。青柳やわ――」

20

彼は約束通りに来てくれるだろうか。

期待と不安を心の中でない交ぜにしながら、弥生はエレベーターに乗っていた。

木曜日の夜中に突然彼から連絡があった。

電話に出た弥生に、彼は「ぼくに何か用?」と素っ気ない口調で訊いてきた。

拒否されるたびに何度もメルアドを変えながら、『どうしても話したいことがあるなら連絡して!』と切迫した内容のメールを送っていたが、いざ、電話口に彼がいるとなると、どういう風に話を切り出せばいいのかわからなかった。

とりあえず今度の土曜日にどこかで会えないだろうかと訊いた。

彼が日曜日のほうがいいと言ったので、その日の夕方に、いつも会っている池袋のデパートの屋上で待ち合わせることにした。

屋上に出て売店の前のテーブル席に目を向けたが彼の姿はなかった。ふと、柵のほうに目を向けると頭に包帯を巻いた男性の姿があった。男性はその場にあぐらをかいてスケッチブックに絵を描いている。

まさか、と思って、弥生は包帯を巻いた男性に近づいていった。

男性は屋上の柵の外に目を向けながら鉛筆で絵を描いていた。後ろから、夕闇が迫った池袋の街が繊細に描かれた絵を覗き見て、やはり彼だと思った。

「ねえ」

声をかけると、びくっとしたように肩を震わせてこちらを振り返った。

彼の顔を見て、弥生は悲鳴を発しそうになった。

傷だらけで、ところどころにあざができて腫れ上がっている。

スケッチブックを持ったまま彼が立ち上がった。

「早かったね……」

おそらく口の中も相当切っているのだろう。聞き取りづらい声だった。

「どうしたの。その顔……」

彼は何も答えずに、地面に置いた鞄を手に取ると売店の前のテーブルに向かった。

いったい何があったのかすぐに問い質したかったが、とりあえず自販機でペットボトルのお茶を買ってから彼のもとに向かった。

「どうしたっていうの」

向かいに座ると、さっそく彼に問いかけた。

「別に、何でもないよ……ちょっと転んだだけ」

ちょっと転んでできるような怪我ではない。

本当のことを話してと目で訴えたが、彼に答える気はまったくないようだ。

「先生は『タイタニック』っていう映画観たことある？」彼が訊いた。

「あるわ」

たしか智晴と自宅でＤＶＤを観た。

「ぼくも昨日観たんだ」

そんな話はどうでもいい。だけど、どういう風に話せばいいのか、まだ頭の中で整理できていなかった。

「仕事のほうは、どう?」

とりあえずその話題を振ってみた。

「まあまあ……」彼が少し表情を曇らせた。

職場で何かあったようだ。

「ねえ」

早くその仕事を辞めて、サポートチームのもとに戻るよう説得しようと思って、彼を見つめながら少し身を乗り出した。

「ちょっとトイレに行ってくる」

弥生のその決意をかわすように、彼がゆっくりと立ち上がった。その動作だけでからだが痛むのか、顔を歪めながらトイレに向かっていった。

いったい何があったのだろうと、心の中で不安が渦巻いている。

まさか、職場の人たちに彼の正体を知られてしまい、リンチにでも遭ってしまったのではないか。

まさか益田が――。

もし、そうであれば益田に会った自分のせいだ。

益田は彼の正体に対して何かを感じ取っているようだった。

わざわざ弥生を呼び出して、彼に関することを根掘り葉掘り訊いてきたのだ。

彼の親友と聞いていたし、決して悪い人間には見えなかったので益田に近づいていったが、自分のその判断は誤っていたのかもしれない。彼がふたりの子供を殺した黒蛇神事件の犯人と知れば、大多数の人間が態度を豹変《ひょうへん》させるだろう。

これからさらにひどいことが起こるのではないかと、弥生は激しい焦燥感に駆られた。

ふと、テーブルの上に置かれたままのスケッチブックが目に入った。

勝手に見てはいけないと自分を戒めながらも、その中身に強く興味をひきつけられている。

職場の人たちから何かをされたことがきっかけで、必死に自分たちが抑え込んで眠らせた、人に対する憎悪や殺意を再燃させているのではないかと。

弥生はちらっとトイレに目を向けた。置かれた場所を頭に記憶して素早くスケッチブックを手に取った。ぱらぱらとめくっていく。

以前のような、心の荒廃を思わせるグロテスクな絵はなかった。白黒のデッサン画の中で、ひとつだけ色がついたものが目に留まった。

若い女性の裸像だ。裸の女性が横たわっていて、どこか憂いを帯びた眼差しをこちらに向けている。その絵にだけ色鉛筆で色がつけられていた。

どこかで見覚えがあると思って、すぐに思い当たった。

いつか彼の後をつけたときに、駅の改札で一緒にいるところを見かけた女性に似ていた。

「勝手に人のものを見て——」

その声に、ぎくっとして顔を上げた。

彼が弥生を睨みつけている。

「先生はけっきょくぼくを監視したいだけなんだ。定期的に会って、ぼくがまた事件を起こさないかどうかを確認したいだけなんだろう！」

彼が弥生の手からスケッチブックを奪い取った。鞄に詰めると憤然としながらエレベーターに向かっていく。

「待って！　ちがうの！」

弥生はすぐに追いかけて彼の手をつかんだ。

「あなたのものを勝手に見たことは謝る。だけどこれだけは聞いて。すぐに働いている職場から出て行ったほうがいい！」

そう訴えても、彼は力を込めて弥生の手を振り払おうとする。

「どうして先生にそんなことを言われなきゃいけないんだよ！　もうほっといてくれよッ！」

子供が癇癪を起こしたように、まわりの人など気にせずに叫んだ。

「益田くんはあなたのことに気づいているかもしれない」

思わずそう言うと、彼の腕から力が抜けた。

どうして——？

というように、じっと弥生のことを見つめてくる。

「ごめんなさい……わたし、どうしてもあなたのことが気になって後をつけたの。あなたが住んでいる寮や職場が知りたかったし、あなたが普段どんな生活をしているのか知っておきたかった。それで……あなたの親戚だと言って益田くんに、あなたが元気でやっているかどうかを定期的に知らせてほしいって頼んだの」

「どうしてそんなことをするんだよ！」彼が激昂した。

「ごめんなさい。ただ、あなたのことが心配だったの」

「人の絵を勝手に盗み見たり、ぼくに内緒で親友に会いに行ったり……どうしてぼくのことをいつまでも縛りつけようとするんだ！　そんなにぼくのことが不安だっていうの？　ぼくがまたあんなことをすると思ってるの？」

「そうじゃない。そんなことを心配しているわけじゃないわ。わたしのことをいくら責めてくれてもかまわない。だけど、今の職場からはすぐに出ていったほうがいい。益田くんはあなたの正体に気づいてる。だから、みんなに知らせてあなたをそんな風にさせたんじゃない？」

「この怪我は会社の人たちには関係ない」

「それでも彼は気づいてる。この前、彼に会ったときにそう感じた。だから、何か問題が起きる前に……あなたのことが知れ渡る前にあそこから逃げて。サポートチームのもとに行きたくないんなら、とりあえずうちに来たっていいから」

「いやだ！」

彼は弥生の手を振り払った。

「ぼくはあそこを出ていかない。ぼくにとって大切なものがたくさんある場所なんだから」

初めて見せる、強い意志を宿した眼差しだった。

21

「次は終点東京――」

新幹線の車内アナウンスに、隣に座っていた男性が立ち上がった。

車窓の外に目を向けていた益田は思わず重い溜め息を漏らした。

腕時計に目を向ける。もうすぐ三時になろうとしていた。本来であれば、昨晩中に東京に戻ってくる予定であり、そうすることもできた。

小杉が働いている難波のショットバーを出たのは八時半頃だった。そのまま新大阪駅に向かえば最終の新幹線に間に合った。だが、すぐに駅に向かうことはできなかった。

こいつは驚いた。青柳やわ――。

小杉の言葉に茫然《ぼうぜん》自失していた。いや、過去に苦しめられると鈴木が嗚咽を漏らしたあの夜から心のどこかでそんな嫌な予感を抱いていたが、あらためてその事実を突きつけられて、頭の中が真っ白になっていたのだ。

一縷《いちる》の望みを託して何度か問い直してみたが、小杉は間違いないと断言した。たしかに目もとはあの頃とずいぶん変わっているが、声や話しかたや表情などは変わっていないという。

小杉はスマートフォンを返すと、興奮したようにこの男のことを訊いてきた。

この動画をどうやって撮影したのかということや、青柳が今どこにいるかなどだ。

もちろん、そんな質問に答えるわけにはいかない。

益田はビールを飲み干すと、小杉が引き止めるのもかまわず金を置いて店を出た。

金銭的な余裕はあまりないから無駄な金は使いたくなかったが、このまま寮に戻る気にはとてもなれない。それから当てもなく繁華街を徘徊《はいかい》した。飲み屋に入ってしこたま酒をあおり、ふらふらした足取りでネットカフェに入った。だが、それだけ酒を飲んで朦朧《もうろう》となりながらも、ほとんど眠ることができなかった。

早く寮に戻って休みたい。だが、その思いとは裏腹に足は重かった。

京浜東北線のホームに出るとちょうど電車が入ってくるところだった。電車が停まってドアが開くと、ホームには大勢の乗降客の人いきれがあふれた。後ろの人に背中を押されながら、益田は電車に乗ることをためらった。

寮に戻れば鈴木と顔を合わせなければならない——。

そんな当たり前の現実に今更ながら気づかされた。

ふたりの子供を殺した人間と顔を合わせることが怖い。そして、そのとき自分は鈴木に対してどんな表情を向けてしまうだろうかということも恐れた。

益田はその場を離れると、ふたたび階段を下りて改札に向かった。

このまま寮に戻らないというわけにはいかない。今の自分にはあそこしか帰る場所はないのだ。

いずれは鈴木と顔を合わせなければならないが、もう少し心の準備をしてからにしたかった。

八重洲《やえす》中央口を出ると、益田はあたりを見回して時間がつぶせそうな場所を探した。それほど金の余裕もない。けっきょく駅前にあったネットカフェに逃げ込んだ。

個室に入ってしばらくぼんやりと椅子にもたれていたが、ふと思い立って、パソコンの電源を入れるとネットにつないだ。動画サイトにあった、医療少年院での鈴木の矯正の様子を綴ったドキュメンタリー番組の映像を画面に映し出した。

鈴木の成育歴や、事件を起こすまでの背景や、医療少年院に入ってからの六年間の矯正の様子が、関係者の言葉やナレーションによって語られていく。

だが、しばらくその言葉に耳を傾けていくうちに、それらのことをいくら聞いたとしてもまったく意味がないだろうと、もうひとりの自分が訴えかけてきた。

鈴木の半生を知ったところでどうなるというのだ。

少しでも、彼の中に同情できる部分を見出したいとでもいうのか。

そんなことは無理に決まっている。

たとえ鈴木が満たされない家庭環境にあったとしても、ふたりの子供を無残に殺した言い訳にはならない。

職員や精神科医たちの懸命の働きかけによって、医療少年院を退院した時点の鈴木には、事件を起こしたときに抱いていた殺人願望はなくなったという。自分が殺してしまった被害者への贖罪《しよくざい》感情も芽生え、歪んだ心理状態もかなり改善され、人間らしさを取り戻している。

顔にモザイクをかけられ、声を加工されたS先生の映像を観ながら、鈴木のことを語っている白石弥生の姿を重ね合わせていた。

鈴木が同じような犯罪を起こす可能性は極めて低いと思われると、彼女は最後に言った。

だが、その言葉を聞いたところで、今の自分にとっては何の気休めにもならない。

十四年前の、子供の頃に起こした事件であろうと、再犯の可能性が極めて低かろうと、正常な精神状態になっていようと、鈴木がふたりの子供を残虐に殺したのは厳然たる事実なのだ。そこには、他のどんな心情も入り込む余地はない。

指を切断したときに助けてくれたことも、益田に特別な友情を抱いてくれていることも、その事実を前にしては何の意味も持たない。

いや、むしろそれらのことが忌まわしいものにすら思えてくるのだ。

どうして、そんな男と知り合ってしまったのだろう――。

益田は腕時計に目を向けた。六時を過ぎている。さすがにそろそろ帰らなければと、個室を出て店の受付に向かった。

ネットカフェから出るとあたりは夕闇に包まれていた。横断歩道の前で信号を待っているときにポケットの中のスマートフォンが震えた。

ディスプレイを見て息を呑んだ。鈴木からだ。

手の中で震えるスマートフォンを握り締めながら、通話ボタンを押すことができないでいた。

ようやく震えが止まり、安堵の溜め息を漏らした。信号が青に変わって歩きだした。横断歩道を渡りきったところでまた着信があった。今度はメールが届いている。

『今どこにいるの？』という件名だ。

益田はふたたび溜め息をついて、鈴木からのメールを開いた。

『寮に戻りたいんだけど、ひとりだと心細いんだ。お願いだから一緒に帰ってくれないかな』

鈴木は昨晩も寮に戻らずにどこかに泊まっていたようだ。

正直なところ、気が乗らない頼みだった。

鈴木と顔を合わせることすら抵抗があるのに、彼とふたりきりになることを考えると、どうにも心がすくんでしまう。

あんなことがあった後にひとりで寮に戻りづらいという鈴木の心境は理解できるが、このメールは無視してしまいたい。だが、このまま何の連絡も入れなければ、鈴木から不審に思われてしまうかもしれないとも考えた。

益田が鈴木の正体を知っていると感づかれてしまうのではないか。何よりも一番恐れていることは、鈴木自身の口から、自分の過去を告げられることだった。

親友の益田くんになら話せるかもしれない――。

たとえどんな話を聞いたとしても、友達でいてくれるって約束してくれるかな……。

二度とそんな約束を突きつけられたくなかった。

『用事があって帰りが遅くなるんだ』

昨晩も寮に戻っていないということは、益田が外泊していたのを知らないはずだ。奈良に行ったことは伏せておいたほうがいいだろう。

益田がメールを送ると、すぐに返信があった。

『何時になってもかまわない。お願いだから』

こんな気持ちを引きずりながらあと何時間も過ごしたくない。

『わかった。これからすぐ帰るから蕨駅で待ち合わせしよう』

益田はメールを送ると駅に向かった。


蕨駅の改札を抜けるとあたりに目を向けた。階段付近に鈴木らしい男が立っている。だが、その姿を見ながら確信が持てなかった。頭に包帯を巻いていたからだ。

そちらに向かっていくと、男が益田に気づいたようで、小さく手を上げた。

やはり鈴木だ。

近づいていきながら、怪訝な気持ちが膨らんでいく。鈴木は頭に包帯を巻いているだけではなく、顔中のいたるところにあざができていて腫れ上がっていた。

「ごめんね……用事があったのに」鈴木が頭を下げて言った。

口の中も切っているのか、いつもとちがう声音だった。

「いったいどうしたんだ」

顔を合わせることに抵抗を抱いていたことも忘れ、傷だらけの顔を見つめていた。

「ちょっとね」鈴木が顔を歪めた。

笑ったつもりだろうが痛々しさが増している。

「もしかして清水さんたちから……」

益田が言うと、鈴木はすぐに首を横に振った。

「あのふたりは関係ないよ」

さすがに清水たちもここまで痛めつけることはしないだろう。

怪我の原因が気になるが、それ以上は問い質すことをやめて、益田は階段を下りた。

駅から出ると自然と早足になって寮に向かった。

「用事って何だったの？」後ろから鈴木が問いかけてきた。

「たいしたことじゃない。買い物に出かけていたんだ」

嘘をついた。

「そうなんだ」

「二日間どこにいたんだ？」益田は訊いた。

「藤沢さんの部屋」

益田は思わず立ち止まり振り返った。鈴木が益田の顔を見つめてくる。どうしてそんなに驚いているのだと不思議に思っているような眼差しだ。

「そう……」

それ以上の言葉が出てこない。すぐに視線をそらして歩きだした。

鈴木と美代子は付き合っているのだろうか。その懸念が胸の中に広がってきた。

先日、鈴木に訊いたときには、今の状況が付き合っていることなのかどうなのかよくわからないと答えていた。

青春時代の大半を隔離された場所で過ごしてきた鈴木にとっては、女性と付き合うということがどういうものなのかよくわからないのかもしれない。だが、おそらく美代子からすれば付き合っていると思っているのではないか。

たとえ好意があったとしても、付き合ってもいない男性を簡単に家に泊めたりしないだろう。

ふたりはどこまでの付き合いをしているのだろうか。肉体関係はすでにあるのかと、妙な心配をしている。ふたりの間に肉体関係がないのだとすればまだ救われるだろう。

美代子にだけは、鈴木の過去を話しておいたほうがいいのではないか。

しかも、できるだけ早く。

彼との付き合いが深くなってから、自分の愛する人が黒蛇神事件の犯人であると知ったら、美代子の衝撃はさらに激しいものになるにちがいない。

だけど、自分にそんなことが告げられるだろうか。そのことを告げたときの美代子の反応を想像するだけで怖くなった。

「それにしてもその怪我、いったいどうしたんだ」益田は訊いた。

「実は、藤沢さんが昔付き合っていた男と喧嘩になったんだ」

鈴木の言葉に反応して顔を向けた。

「といっても、ぼくがやられただけなんだけど」

「どうして」

「ろくでもない男なんだ。あのDVDをネタにしてずっと藤沢さんに付きまとっていたんだ。自分とよりを戻して金を貢がないと、これから先どこに行ってもまわりの人間にあれをばらまくって」

そういうことだったのか。たしかに虫唾《むしず》が走るような人間だ。

そんなゲスな男に立ち向かっていった鈴木に惹《ひ》かれた美代子の気持ちもわからないではない。

だが、鈴木がろくでもないという男の悪意と、彼自身が犯した罪とはとても比べようのないものだろう。

ただ、美代子は知らないだけだ。

「ねえ」

呼び止められて振り返った。鈴木が立ち止まっている。

「ちょっとふたりで飲んでいかない？」鈴木がそばにある居酒屋を指さした。

「益田くん……ぼくに何か訊きたいことがあるんじゃない？」

そう言った鈴木の目を見て、全身の血が一気に引いていくような感覚に襲われた。

「別に訊きたいことなんかないよ」益田は努めて素っ気なく答えた。

「ぼくの親戚に会ったんだってね」

益田は何も答えられなかった。

「ぼくのことが心配だからって、益田くんのもとを訪ねたんでしょう」

白石弥生が打ち明けたのだろうか。そうだとすれば、あれだけ黙っていてくれと頼んでいたのに、どうして自分からそんなことを言ったのかが疑問だった。誰にとっても得にはならないことなのに。

「黙っていて悪かった。白石さんにどうしてもと頼まれて断れなかったんだ。家を飛び出した鈴木くんのことが心配だから、きみが元気にしているかどうかだけ定期的に知らせてほしいって言われて」

「それだけ？」

「ああ、それだけだよ」

鈴木は何も言わず、じっとこちらを見つめている。

感情を窺わせないような目を見つめているうちに、益田が彼の正体に気づいていることを鈴木は察しているのではないかと感じた。

この前会ったときの益田の態度から白石弥生はそのことを危惧して、鈴木にすべてを話したのではないか。

「今日はちょっと疲れてるんだ。飲みに行くのはまた今度にしてとりあえず帰ろう」

益田はそう言うと、寮に向かって歩きだした。

「ぼくは会社を辞めたほうがいいのかな……」

鈴木の呟きが聞こえた。

辞めてもらいたい。そうすれば自分を悩ませ続けているすべての問題が解決するのだ。

黒蛇神事件の犯人がどこかで生きていたっていい。ふたりの子供を殺した人間に対する嫌悪感はある。だが、そいつを自分の手で吊し上げてなぶりものにしたいと思うほどの憎悪はない。ただ、自分のそばにいてほしくないというだけだ。

「家には帰らないのか」益田はそれとなく言った。

鈴木に帰るべき家などないであろうことはわかっている。でも白石弥生のように、彼のことを心配してくれる存在はいるはずだ。きっと医療少年院を出てから、そういう人たちの手によって、世間の厳しい目から守られるようにひっそりと暮らしていたのだろう。

どうして鈴木はその場所からこんなところにやってきたのだろうか。何を求めて、茨が広がる大地に足を踏み入れたのだ。

訊いてみたかったが、訊くことができないまま寮の前にたどり着いた。

門扉を開けてドアに向かった。鍵を取り出しながら振り返った。鈴木は顔を伏せたまま門扉の外で立ち尽くしている。

益田はドアを開けて中に入った。靴を脱いで上がると、鈴木のことは気にせずに食堂に向かった。

心細いから一緒に帰ってほしいと頼んできた鈴木に対して残酷な仕打ちだと自覚しているが、このままどこかに消えてほしいという思いが拭えなかった。

食堂には山内と清水と内海が揃《そろ》っていた。テレビがない退屈さをしのぐように酒盛りをしている。

「おかえり。実家はどうだった?」山内が声をかけてきた。

「ええ、まあ……」

益田が曖昧に答えるのと同時に、三人が目を見開いた。次の瞬間、清水と内海が表情を険しくする。

振り返ると鈴木が立っていた。顔を伏せながら小刻みにからだを震わせている。

「どうしたんだ、その顔?」山内が驚いたように問いかけ、すぐに清水たちに目を向けた。

「おれたちは関係ないっすよ。なあ?」

同意を求めるように清水が言うと、内海が頷いた。

突然、鈴木がその場に膝をついて土下座した。

「この前は……この前は本当にごめんなさい……」

鈴木が床に頭をこすりつけながら震える声で言った。

「壊してしまったテレビとデッキはお金が入ったら必ず弁償します。だから……だから許してください。どうか、ぼくをここにいさせてください……」

三人とも呆気にとられたように鈴木を見ている。

「ここはぼくにとって大切な場所なんです。ぼくにはどこにも行くところがないんです……どうか……どうかお願いします……」

益田は、自分の願いを打ち砕くような言葉に動揺しながら、懸命に頭を下げる鈴木を見つめた。

「まあよお、そこまで言うんならしょうがねえから許してやるよ。その代わり、必ず弁償しろよな」

鈴木がゆっくりと顔を上げた。むせび泣いていた。

「冷蔵庫にビールがあるからおまえも飲めよ」

清水がさらに言っても鈴木はなかなか立ち上がらない。膝をついたままじっと清水たちを見つめている。

清水がまいったなあという顔で内海に目を向けた。内海が頷いて立ち上がった。山内も鈴木のもとに寄っていき、肩に手を添えて立ち上がらせるとテーブルに促した。内海が冷蔵庫から缶ビールを持ってきてテーブルの上に置いた。

「まあ、とりあえず……仲直りの乾杯でもしようぜ」

清水の言葉に、益田はしかたなくテーブルについた。

最初は涙ぐみながらビールを飲んでいた鈴木も、清水や内海や山内の言葉に徐々に笑みを見せるようになった。

しばらくすると、食堂内は先週までと変わらない笑いで満たされていた。

益田もその場の空気を壊さないように無理に笑っていた。

だが心の中は、笑い声で満たされた明るい光景とは対照的に、薄闇に包まれていた。

22

針のむしろに座らされているとは、まさに今のような状況を言うのだろう。

美代子は腕時計を見た。まだ十一時前だった。昼休みまで一時間以上ある。先ほどから何度となく時計に目を向けているが、今日は時間が経つのが恐ろしいほど遅く感じられた。

ずっと益田と社長の奥さんの視線が気になっている。

清水や内海のように、あからさまな目で見るようなことはしないが、ふたりとも美代子を意識しているのがあきらかにわかる。

ふたりとも美代子が出ているAVを観ているのだろう。しかも無修正のもので、恥ずかしい姿をさんざんさらした映像を。

だが、会社の人たちにDVDをばらまかれたという動揺がかすんでしまうぐらい、そのあと鈴木から聞かされた話が美代子にとっては衝撃的だった。

子供の頃に人を殺してしまったんだ——。

だけど、その話を聞いても不思議なことに鈴木を忌避する気持ちにはならなかった。

彼は自分が犯してしまった罪に激しく苦しめられている。必死に誰かに許しを乞うように激しくうなされ、死にたいと自分のからだを傷つけている。むしろそんな彼をどうにかして救わなければならないという想いが強く湧き上がってきた。

鈴木は明け方近くまで泣いていた。少しだけ眠って目を覚ますと、気分を変えたくて一緒に『タイタニック』を観ようと提案した。長い映画だが、鈴木も気に入ってくれたみたいだ。

鈴木は映画の主人公の真似をして、美代子の生まれたままの姿をスケッチブックに描きたいと言い出した。

そういう行為をするのではないのに自分だけ裸になるのはかなり恥ずかしかったが、鈴木の気持ちが少しでも晴れるならと美代子は服を脱いだ。

鈴木は裸で横たわった美代子にじっと視線を向けていたが、今までに自分の裸を見せてきた男たちから感じたようないやらしさは微塵も窺えなかった。

そして絵を描き終えるとすぐに、服を着てと美代子に言った。けっきょく彼とはまだ肉体関係を持っていない。

鈴木とふたりきりで過ごしている間は、自分を取り巻いている嫌な現実を忘れることができた。でも、日曜日の昼に鈴木が帰っていくと、とたんに気持ちが塞いだ。

会社に行きたくない。

あの映像を観た人たちから自分へ注がれる視線を想像しただけで眠れなくなった。

いっそのこと、しばらく休んでしまおうかと、朝方まで欠勤の言い訳を考えていた。

だけど、鈴木の言葉を思い出して布団から起き上がった。

鈴木は月曜日には会社に行くつもりだと言っていた。あんな怪我をさせてしまった鈴木がちゃんと出勤するというのに、美代子が休むわけにはいかない。そう自分を奮い立たせて会社に行くことにしたのだ。

会社に着くと、思っていたとおり清水や内海からねちっこい視線を投げかけられた。だがそれ以上に、包帯を巻いて顔中傷だらけになった鈴木は、その場にいたほとんどの人たちからの好奇の視線にさらされていた。

鈴木は転んで怪我したのだと言っていたが、誰もそんな話は信じていないだろう。それでも幸いだったのは、鈴木の表情が意外なほど晴れやかだったことだ。金曜日の険悪な空気が嘘のように、清水と内海とも普通に話をしていた。

あのふたりのことはあまりよく思っていないが、それでも鈴木との関係が修復したのだと知ってうれしく思った。

鈴木の辛そうな顔は見たくない。

だが、その一方で、益田の鈴木に対するよそよそしい態度が気になっていた。

何気なく益田のほうを向くと目が合った。益田は気まずそうにすぐに視線をそらした。やはり美代子のことが気になるようだ。

自分に目を向けながら頭の中でどんな想像をしているのか。そんなことを考えると激しい羞恥心に苛まれて、この場からすぐにでも逃げ出したい気分にさせられる。

自分はこれからこんな日々に耐えていけるのだろうか。まわりからの蔑視にもいつしか慣れてしまうのだろうか。

電話の音に我に返り、美代子は受話器を取った。

「はい。カワケン製作所です」

電話に出たが、相手からの応答はなかった。

「もしもし、もしもし……」

間違い電話だろうかと受話器を耳から離そうとしたときに、「あのぉ」と男の声が聞こえた。

「はい？」

「そこで南涼香が働いてるって本当？」

男の言葉を聞いた瞬間、からだが硬直した。

「もしもし、聞いてます？　そこでＡＶ女優の南涼香が働いているってネットに書き込みがあったんだけど。本名は藤沢美代子って言うらしいけど」

「そのような従業員はおりませんが」美代子は取り繕うように小声で答えた。

「やっぱデマか」

舌打ちが聞こえて電話が切れた。

「どうしたの？」

社長の奥さんに問いかけられて、美代子はしかたなく振り返った。

「間違い電話だったみたいです」

美代子は動揺を悟られないように答えるとすぐに視線を戻した。

落ち着けと自分に言い聞かせたが無理だった。胸の中がぐらぐらと波打っている。

しばらくするとまた電話が鳴った。受話器を取るのをためらっていると奥さんが電話に出た。

「はい。カワケン製作所です」

はきはきした声で電話に出たが、しだいに声が小さくなっていく。

美代子は目の前の電話機をじっと見つめた。

「そのような者はおりませんが」

かろうじて聞き取れたその言葉の後に、奥さんが使っている電話の通話表示ランプが消えた。

背中に奥さんの視線を感じているが振り向くことができない。

永遠にも思える苦痛な時間にひたすら耐えていると、ようやく昼休みを知らせるチャイムが鳴った。

立ち上がるよりも先に肩を叩かれた。

美代子が見上げると、奥さんが少し戸惑ったような顔つきになった。

泣いてはいないつもりだが、今の自分はかぎりなくそれに近い表情をしているのかもしれない。

「藤沢さん、今日の予定は空いているかしら？」

　奥さんが問いかけてきたが、すぐには言葉が出なかった。

「この前話していた食事会の件だけど、藤沢さんの都合がよかったら今日にでもどうかと思ってるんだけど」

　誘いを断り続けるわけにもいかないだろう。それならば早いほうがいい。正直に今までの話をして、社長と奥さんにこれからのことを委ねるしかない。

「ええ、大丈夫です」

「駅前のデパートの上に『湖北飯店』という中華料理店があるのを知ってる？」

　美代子は頷いた。

「じゃあ、そこで六時でどうかしら。予約を入れておくから」

「わかりました」

　美代子が答えると、奥さんは軽く微笑んでから事務所を出ていった。

　溜め息を押し殺しながら立ち上がって給湯室に向かった。今日は弁当を持ってきていないのでどこかに食べに行くつもりだったが、パソコンで調べたいことがある。

　いずれにしても食欲はまったくない。お茶を淹れて時間をつぶしてから給湯室を出たが、益田はまだ事務所に残っていた。

「お食事に行かないんですか」美代子はさりげなく益田に声をかけた。

「あ、藤沢さん……」

　益田がそこで口を閉ざした。こちらをじっと見つめている。何か言いたいことがあるようだ。

「何でしょうか」

「鈴木くんとお付き合いしてるんですか」

いきなりそんなことを訊かれて虚をつかれた。だけど、意外なほど自然に「ええ」と頷いていた。

益田は美代子の言葉を聞くと少し視線をそらした。

「それが、何か？」美代子は問いかけた。

「いや、あの……」

益田がたじろいだように言葉を濁した。しばらくさまよわせていた視線をふたたび美代子に据えた。どこか憐れんでいるような眼差しに感じられた。

AV女優をしていた女と付き合っている鈴木を憐れんでいるのか。それとも単なる自分の思い過ごしか。

「口が滑ってしまいましたけど、このことは黙っておいてもらえますか。わたしが何か言われるのはまだ我慢できるんですけど、鈴木さんがわたしと付き合っていることでいろいろと言われるのは辛いので。益田さんも、その……ご存じなんでしょう」

「別に誰にも言うつもりはありません。そういう話ではなくて……」

益田がそこまで言って声を詰まらせた。また落ち着きなく視線を宙にさまよわせる。

その挙動がもどかしく、美代子を苛立たせた。

いったい何を言いたいのだろうか。

益田はひとつ溜め息をつくとこちらを見据えて口を開いた。

「鈴木くんと別れたほうがいい」

何を言っているのかすぐには理解できなかった。だが、しだいに胸の底から怒りの感情がこみ上げてきた。

「どうしてあなたにそんなことを言われなくちゃいけないんですか。わたしがAV女優をしていたからですか？」

「そうじゃないんです。藤沢さんのことを思って……」

「わたしのことを思ってってどういうことですか？　益田さんにわたしたちの何がわかるっていうんです。関係のない人に鈴木さんと別れろだなんてこと言われたくありません」

美代子が叫んだのと同時に、ドアが開く音がした。

振り返ると清水が立っていた。怪訝な表情でこちらを見つめている。

「何か取り込み中だったか？」

「い、いえ……」益田が少し顔を伏せた。

「早く昼飯に行こうぜ。休み時間が終わっちまうぞ」

「ええ」

益田が立ち上がってドアに向かった。ちらっと美代子を一瞥してから事務所を出ていった。

どうしてあんなことを言われなければいけないのだ。

ドアを睨みつけていた美代子は、怒りが収まらないまま椅子に座った。

藤沢さんのことを思ってとはどういう意味なのだ。

もしかしたら、益田は鈴木から告白されたのではないか。

美代子には話してくれなかった、彼が背負っている十字架。鈴木はそれを最初に話すのは益田だと決めていると言っていた。

鈴木は自分が犯してしまった罪を告白して、それでも益田が友達でいてくれることを願っていた。

益田はそれを知ったから、美代子に鈴木と別れたほうがいいと言ったのではないか。

もしそうであれば、益田に友達でいてほしいという鈴木の願いは叶えられないだろう。

そうなったら、自分が一緒に鈴木の十字架を背負っていくつもりだ。

友達ではなく恋人として。

ただ、益田が鈴木の犯した罪をまわりの者に言ったりしないだろうかということだけが気がかりだった。何とかしなければならないが、いい考えは浮かばなかった。

美代子はそのことを頭の片隅に留めながら、パソコンに向き直ってネットにつないだ。

南涼香――カワケン製作所――藤沢美代子――と打ち込んで検索をかけた。

そんなページが存在しないことを願っていたが、あっけなくその思いは打ち砕かれた。

2ちゃんねるに美代子のことが書き込まれている。『元AV嬢の今を追跡する』というスレッドの掲示板だ。そこには、元AV嬢の南涼香がカワケン製作所という会社で働いていると記されていた。会社の住所や電話番号とともに、藤沢美代子という本名も書かれている。書き込まれた日付を見ると、一昨日の明け方だった。

こんな書き込みをするのは達也以外に考えられない。マンションの前から逃げ帰った後、腹立ちまぎれに書き込んだのだろう。

美代子は重い溜め息を吐き出すと、ネットを閉じた。

店員に社長の名前を告げると、奥の個室に案内された。ドアを開けてもらい個室に入ると、社長と奥さんがすでに待っていた。

「忙しいところ悪かったね。座って」社長がぎこちない笑みを浮かべて向かいの席を勧めた。

美代子が椅子に座ると、すぐに奥さんがメニューを差し出した。

「好きなものを頼んでちょうだい。ここは何でもおいしいんだけど、特に麻婆豆腐がお勧めなの」

「おまかせします……」美代子はそう言って顔を伏せた。

生ビールといくつかの前菜が運ばれてきた。食欲はまったくなかったが、少しだけ箸をつけながらどうでもいい料理の感想を述べた。社長と奥さんと沈黙の中で対面していることが耐えられなかったからだ。ふたりともなかなか本題を切り出せずにいるようだ。

「あの、何かお話があったのではないですか」

美代子が言うと、社長と奥さんが同時に箸を止めて気まずそうに顔を見合わせた。奥さんが、あなたから話してと、社長の肘をついた。

「ああ、実はね……先日、うちのポストに変なものが入れられていたんだよ。宛名も差出人も書かれていない封筒の中にＤＶＤが入っててね……何ていうか、アダルトＤＶＤと呼ばれているもののようで……南涼香という女性が出ているものだ」社長が言いづらそうに話した。

「わたしです」

美代子が即答しても、ふたりは驚かなかった。

「そうか。いや、わたしたちはほとんど観てないんだけど、ちらっと見た感じ、藤沢さんに似ているかなと思っていたんだ。別にそのことに関して何か思っているわけではないんだ。ただ、誰がこんなものをうちに投函したんだろうと気になってしまってね。もしかしたら、何か厄介事に巻き込まれているんじゃないかと心配になって……」社長が言葉を選ぶようにしながら言った。

「昔付き合っていた人の嫌がらせです」

「嫌がらせ？」

「ええ。今に始まったことではありません」

美代子は、女優を目指して上京してから現在に至るまでのことをかいつまんで話した。

「ひどい男だね」社長が同情するように言った。

「じゃあ、今日の電話もその男が原因なの?」奥さんが訊いてきた。

「ネットの掲示板にわたしがカワケン製作所で働いていることが書き込まれていました」

社長が腕を組んで唸った。必死に溜め息を押し殺しているようだ。

「ご迷惑をおかけして本当に申し訳ありません」美代子は頭を下げた。

「我々はたいした迷惑はかけられていないよ。まあ、こんなことを話すのは躊躇するんだけど……寮にも同様のＤＶＤが投げ込まれて、それがもとでちょっとした諍いがあったらしいと、山内さんからそれとなく聞いているんだ」

「知っています」

「それで、これからどうするつもりだい?」

「わかりません。逆にお訊きしたいのですが、わたしがこのまま会社にいたらご迷惑でしょうか」

「迷惑ということはないよ。藤沢さんは仕事もよくしてくれるし、会社にとって必要な人材だと思っているんだよ。それに何もきみが悪いわけじゃない。ただ、このままうちにいることが藤沢さんにとっていいことなのかどうかわからない。今のところはわたしたちと寮の人間しか知らないようだけど、そのうちにいろんな人に知れ渡ってしまうかもしれない。うちの従業員だけではなく、取引先なんかにもね。そうなったら藤沢さんが辛い思いをするんじゃないかとね……」

「そうですね」

「もし、藤沢さんがよければ、知り合いの会社を紹介してあげることもできる」

社長は厚意で言ってくれているのだろう。だけど、悔しくてしかたなかった。

その話を受け入れたとしてもけっきょくは何も変わらない。どこに行こうと、また達也から嫌がらせを受けるだけだ。

「どうだろう？」社長が優しい眼差しを向けながら訊いてきた。

「少しだけ考えさせていただけますか」

23

仕事が終わると、益田は清水の誘いを断ってひとりで寮に戻ることにした。

清水は内海と鈴木と一緒に飲みに行った。昨晩のことがきっかけで、清水たちは鈴木と仲直りをした。今日の昼飯も鈴木を交えて四人でとった。

清水は事務所に入る前に美代子の言葉を聞いていたみたいだ。ふたりが付き合っていることを知って、清水はあの晩の自分の行いを少し反省していると鈴木に詫びた。

三人の和解を、益田は複雑な思いで見ていた。

寮のみんなが仲良くなるのは別にかまわない。だけど、彼らと一緒にいると、どうしようもなく胸が苦しくなってくるのだ。

鈴木が黒蛇神事件の犯人であると知っているのは自分だけだ。ふたりの子供を殺した人間がすぐそばにいる。そのことを清水たちに黙っている罪悪感に押しつぶされそうだった。

美代子にだけは話しておこうと思ったが、それもできなかった。

鈴木くんと別れたほうがいい——そう言うだけで精一杯だった。

あのとき、仮に清水が事務所に入ってこなかったとしても、鈴木が黒蛇神事件の犯人だということを美代子に告げることはできなかっただろう。

話せばいいではないかと思う。美代子にも、清水たちにも、会社のみんなにも、鈴木の正体を話せばいいと心の中では思っている。だけど、どうしてもその一歩が踏み出せない。

親友の益田くんになら話せるかもしれない――。

そう言っている鈴木と何ら向き合うこともなく、陰でそんなことを言う自分がひどく卑怯な人間のように思えるのだ。

これからどうすればいいのだろうか。

会社の人間に黙ったまま、知らないふりを通したほうがいいのか。

金を貯めてこの会社を辞めるまで、自分はそんな生活に耐えられるのだろうか。

逃げたい。早くこの場から逃げ出したい。

川口駅の改札を入ると、あたりを見回してフリーペーパーのラックを探した。求人誌を手に取るとホームに下りた。

ベンチに座って、何かいい仕事はないだろうかと求人誌をめくっていると、ポケットの中のスマートフォンが震えた。須藤からのメールだった。

『これから空いているか?』とだけ書かれている。

『特に用事はありませんけど、どうしたんですか?』

メールを送り返すとすぐに返信があった。

『おまえに紹介したい仕事があるんだけどこれから飲まないか』

紹介したい仕事——という文字に、心が一気に浮き立った。

益田は『大丈夫です』とすぐにメールを打った。

待ち合わせ場所は、『週刊現実』で仕事をしていた頃に何度か飲みに行ったことのある新宿の居酒屋だった。

店に入ると、奥の席で須藤が先に飲んでいた。

近づいていく益田に気づいて、須藤が「おう」と手を上げた。

「突然、悪かったな」

「とんでもないです」益田は須藤の向かいの席に座った。

どんな仕事を紹介してくれるのかと気持ちが急《せ》いていたが、とりあえずビールを注文して乾杯するまで待つことにした。

「ジャーナリストの真似事はうまくいってるか」

乾杯するとすぐに須藤が笑いながら言った。

「いや、まだ何も……」益田は言葉を濁しながらビールに口をつけた。

「そうか？　おれの情報が大いに役に立ったんじゃないのか」

意味ありげな視線を向けられて、益田は怯んだ。

「ありがたいです。いつか余裕ができたら訪ねてみます」益田はとぼけた。

「おまえ、おれに何か隠してないか」

須藤が身を乗り出してきた。笑みを浮かべたままだが、目は笑っていない。

「いや……」それ以上、何も言えなくなった。

「じゃあ、どういうことか説明してもらおうか」

須藤が携帯を取り出して操作すると益田の前に置いた。メールの文面が目に飛び込んできた。

『昨日、弟から連絡があったんだけどさ、おまえの知り合いのジャーナリストが訪ねてきて、青柳健太郎の写真を見せられて驚いたってよ』

どうして益田が須藤の知り合いだということがわかったのだ。須藤や週刊誌の名前はいっさい出していない。

「小杉裕次はおれの大学時代の同級生の弟なんだよ。マスコミ関係の中ではおれぐらいしか弟の今の住所は知らない。おれもうっかりしていてあのメモに書いちまったけど」

迂闊だったと、益田は奥歯を噛み締めた。

「おまえだろう？」

須藤の声に、顔を上げた。これ以上、隠すのは無理なようだ。

「黙っていてすみませんでした。ただ、この前会った時点では何の確信もなくて……」

「その写真とやらを見せてくれよ」須藤が手を伸ばしてくる。

益田はしかたなくスマートフォンを取り出すと須藤に差し出した。

「これが現在の青柳健太郎か」須藤が食い入るように画面を見つめている。

「ちょっと何枚かおれの携帯に送らせてもらうぞ」

益田の承諾を得ることもなく、須藤がスマートフォンを勝手に操作してメールを送った。

「ツチノコを発見したってわけだな」

益田は須藤の満面の笑みに応えることができなかった。

「こいつはどこにいるんだ」

須藤に訊かれたが、益田は何と答えていいのかわからず、視線をそらした。

「言っておくが、おれたちの間で隠し事や嘘はなしにしてくれよな。これからの信頼関係のためにも」

「同じ寮に住んでいるんです」益田はためらいながら言った。

「寮?」

「今、働いている会社の寮です」

「へえ、どっかに引っ越したとは思ってたが。どうしてまたそんな……」

益田は編集部を辞めてからカワケン製作所に入るまでのいきさつを須藤に話した。

「ずいぶん苦労したんだな。それでその会社で青柳健太郎と知り合ったってわけか」

「ええ、同じ日に入社したこともあってか親しくなりました」

「たしか年も同じだろう」

「そうです」

「おれは事件を起こすまでの写真しか見たことないから奴に対して陰気なイメージしか持ってなかったが、この写真を見ると意外なほど明るいじゃないか。おまえに対してずいぶんと心を開いているんじゃないか？」

「そうかもしれませんね。実際、彼が黒蛇神事件の犯人だとわかるまでは、ぼくにとっても大切な友人でした」

益田は工場の機械で指を切断してしまったことと、そのときに彼に助けてもらったことを話した。

こんなことを話すべきではないという思いもあったが、まったく関係のない人物に彼のことを話してしまったという負い目がそうさせたのかもしれない。

今の彼は猟奇的な人間ではなく、優しい面も持ち合わせていることをそれとなく伝えておきたかった。

「おまえが正体を知っていることを奴は？」

「どうでしょうね……少なくともぼくは何も話していません。ただ、もしかしたら薄々感づいているかもしれませんけど」

「それで、これからどうするんだよ」須藤が顎に手を添えながら見つめてくる。

「正直言って、彼と一緒にいることが苦しくてしかたないです。早く仕事を辞めたいんですけど、お金も行くところもなくて困っていたところなんです。だから、須藤さんが仕事を紹介してくださるというなら……」

「ああ。そのつもりで呼び出したんだからな」

「ありがとうございます」益田は頭を下げた。

「青柳健太郎の現在の姿を記事にしてくれよ」

その言葉に、益田は激しく動揺した。

鈴木の現在の姿を記事にする――。

その意味を反芻《はんすう》しながら次の言葉を発することができなかった。

須藤はうまそうに生ビールを飲み干すと、店員を呼んでお代わりを頼んだ。

益田は目の前のジョッキに手を伸ばした。酒を飲みたいという気分はとっくに失《う》せているが、少しでも渇いた喉を潤したかった。

「タイトルは『友人が明かす、黒蛇神事件　少年Aのいま』ってのはどうだ。すげえスクープになるぞ」須藤が興奮したように身を乗り出してくる。

「あの……」

益田はビールで喉を湿らせると言葉を絞り出した。

「紹介してくださる仕事というのはもしかして、それのことなんですか？」

「そうだよ。他に何があるんだ」

事もなげに言った須藤を見つめながら、胸の中に落胆が広がっていく。

「それにしても、おまえは本当に運のいい奴だな。何か持ってやがる。正直言って、『週刊現実』のAV女優の一件で、おまえは記者に向いてねえんじゃないかと思ったが、考えを改めなきゃいけないな。こんな大ネタを引き寄せられる運や巡り合わせなんかも一流の記者になるには重要な要素だ。奴が仮退院してからの六年間、多くのマスコミが血眼になって駆けずり回っても得られなかったネタを素人のおまえがあっさりとものにしちまったんだから。まったく強運の持ち主だ。羨ましいったらありゃしないぜ」

「待ってください」

益田が言うのと同時に、テーブルの上に置いていた須藤の携帯が振動した。

「悪い。ちょっといいか」

須藤が携帯をつかんで電話に出た。

「もしもし……編集長――おつかれさまです。今、ちょっと新宿の飲み屋でフリーのジャーナリストと飲んでるんですよ」

須藤がこちらに目配せして意味ありげに笑った。

「ちょうど連絡を入れようと思ってたんです。来週号なんですけど、六ページぐらい空けてもらえませんか。ええ、すごいネタがあるんです。いやあ……それはまだ内緒ということで。明日お話ししますけど、マジですごいネタです。週刊誌の歴史に残るような大スクープとだけ言っておきます」

益田の思いなどおかまいなしに、須藤が嬉々とした表情で話している。

「それで、折り入っていくつかお願いがあるんですけど……」

まわりの喧騒で相手の声が聞き取りづらいのか、須藤が片耳を手で押さえながら「もしもし……聞こえますか？」と何度も問いかけている。やがて席を立つと携帯を耳に当てながら店の出入り口に向かっていった。

断るなら今しかないと思いつつ、益田は席を立って須藤のもとに向かうことができなかった。

しばらくすると須藤が戻ってきた。

「編集長に掛け合ってやったぞ」須藤が席に座りながら笑いかけてきた。

「あの……」

「原稿用紙に換算して二十枚から三十枚の記事を書いてくれ。記事をチェックしたいから、そうだなあ……木曜日の午前中までにおれにメールで送ってくれ。あまり時間がないけど大丈夫だよな」

断るつもりでいるが、須藤の勢いに押されてなかなか切り出せない。

「原稿料は五十万だ」

その金額に、心が揺れた。

「それだけあれば、新しい部屋を借りて寮を出て行くことができるだろう。それにとっておきのボーナスを取りつけてやった」

「ボーナス？」

「来週の『ウイークリーセブン』が出るときにはまだ会社や寮にいなきゃいけないだろうから、今回の記事におまえの名前を出すわけにはいかないだろう。だが次は、『ウイークリーセブン』の中で署名記事を書かせてやるよ」

その言葉に目がくらんだ。

「ぼくに、署名記事を……？」

週刊誌で署名記事を書かせてもらえるというのは、今の自分がジャーナリストになるきっかけをつかむための、これ以上ないチャンスと言えた。

「どうだ。新人のライターとしては破格の扱いだぞ。かわいい後輩のために編集長に約束させた。今回の記事を出した後に会社を辞めて、あらためて実名で青柳健太郎のことについて書けばいい。『ウイークリーセブン』で奴と過ごした日々の記事をシリーズで掲載して、一冊の本にすればいいだろう。その本が出ればきっと恐ろしいほどの反響があるだろうな。そうなったら、おまえも一躍有名ジャーナリストの仲間入りだ」

須藤の言葉を聞きながら、益田は言葉を失った。

自分が週刊誌に署名記事を書き、一冊の本を発表できるかもしれない。

ずっと夢に描き続けてきたジャーナリストとして――。

「どうした。あまりのことに惚けちまったか？」

益田は須藤に目を向けた。

「だが、夢見心地になるのはまだ早いぞ。いずれにしても今回の記事が大切だ。おまえの洞察力の確かさや文章力はブログを見たときからわかっているが、週刊誌は金を払うんだ。いかに多くの読者の興味をひきつけられるかっていうのが重要になってくる。さっき、おまえが正体を知っていることを奴は薄々感づいているかもしれないって言ってたよな?」

須藤に訊かれて、益田は小さく頷いた。

「それでどうなんだ」

「どう、と言いますと?」益田は訊き返した。

「それで、奴はおまえのことを避けているのか? もしくはその職場から姿をくらまそうとしているとか」

「そういうことはないと思います」

むしろ、鈴木は益田に自分の過去を話したがっているようだとさえ感じている。

「もしかしたら自分の過去を知られているかもしれないのにおまえから逃げない……おまえのことを信頼しているのかな」

親友――。

鈴木は益田のことをそう言っているが、口には出さなかった。

「それなら話が早い」

「どういうことですか?」

「奴の口から直接白状させるんだよ。自分は黒蛇神事件の犯人である青柳健太郎であると。それで奴からいろいろと話を聞きだすんだ。どうしてあんな事件を起こしてしまったのか。今、奴はどんなことを考えながら日々を生きているのか。自分が殺した被害者や遺族に対してどんなことを思っているのか。奴は自分の過去を知られるのを恐れているのと同時に、心のどこかで誰かに自分の胸のうちを話したいと考えているんじゃないかな。どう思う？」

親友の益田くんになら話せるかもしれない――。

鈴木の言葉が脳裏によみがえってくる。

「おまえは奴にとっての最大の理解者になってやるんだ。もちろん職場を辞めるまでのしばらくの間だけだがな。今まで間接的に事件や犯人のことを語った記事や本はたくさんあったが、奴の肉声を伝えるものはまったくといっていいほどない。事件から十四年が経っていっぱしの大人になり、社会に舞い戻っている奴がどんなことを考えているのか……興味を持たない人間はいないだろう。なんだかぞくぞくしてきたな。すぐに記事に取りかかってもらいたいところだが、とりあえず前祝いの乾杯といこうぜ」

須藤がジョッキを持ち上げてこちらに差し出してきたが、乾杯する気にはとてもなれない。

「どうした？」須藤が少し怪訝そうな表情になって訊いた。

「せっかくのお話なんですが、ごめんなさい……」益田は頭を下げた。

「ごめんなさいって、どういうことだ？」

顔を上げると、須藤が信じられないという目で見つめてくる。

「ごめんなさい」

それしか言えなかった。

「この条件が不満だっていうのか？　よその雑誌に話を持っていこうと考えているならやめておいたほうがいい。ネタだけ拾われてポイ捨てにされちまうのがおちだ。うちの雑誌だったら、おまえを使い捨てにするようなことはしない。何ていったっておれの後輩だからな。少なくともおまえが本を出すまできちんと面倒を見てやる」

「そういうことじゃないんです。須藤さんのご厚意はありがたく感じています。今の自分にとってこれ以上ない話だと思っています」

「じゃあ、どうして」

「書ける自信がないんです」

「何言ってんだよ。とりあえず書いてみりゃいいじゃないか。素人が書くものだからこっちだって記事としての完成度なんかそれほど求めちゃいない。記事の修正なんかおれがいくらでもするつもりだ。おまえが奴の友人であるってことが重要なんだ。奴の日常を知り、奴の心の中に踏み込めるかもしれないってことがな」

益田は答える代わりに顔を伏せた。

「まさか、奴に情が湧いたってわけじゃねえよな」

その言葉に反応して顔を上げた。

「別に、そういうわけでは……」

情が湧いたわけではない。ただ、記事を書くために鈴木からその話を引き出すということが、ひどい裏切り行為のように思えて気が引けているのだ。

「事故に遭ったときに助けてくれた恩人だって言ってたな」須藤が見つめてくる。

「それは関係ありません」

「そりゃそうだよな。奴はふたりの幼い子供を殺したんだ。首を絞めて殺した後にナイフで目玉をくり貫いてな。そんなささいな善行で奴が犯した罪が帳消しになるわけがない」

そうだ。そんなことは須藤に言われるまでもなくわかっている。だけど……。

「怖いんです」益田は呟いた。

「怖い？」

「彼からその話を聞いたら引き返せなくなりそうで」

「引き返すって何だよ」わけがわからないというように、須藤が訊いた。

「ぼくは一度だけ彼に訊いたことがあるんです。どんな過去に苦しめられているんだと」

美代子の無修正のＤＶＤを映し出したテレビを狂ったようにバットで叩き壊した後、鈴木は嗚咽を漏らしながらこう訴えてきた。

いつも過去に苦しめられる……どこに逃げても過去が自分を追いかけてくる……と。

「それで」須藤が先を促した。

「ぼくになら、親友のぼくになら話せるかもしれないって。だけど、ひとつ約束してほしいと」

「約束？」

「ずっと友達でいてほしい。たとえどんな話を聞いたとしても、友達でいてくれるって約束してくれるかな……と。それで、それ以上話を聞けなくなってしまったんです」

「約束してやればいいじゃないか」

軽い口調でそう言った須藤を思わず凝視した。

「そこまでおまえに心を開いているとは驚きだよ。友達でいてやると約束してやれば、奴はおまえに自分の胸のうちをすべてさらすだろう。だけど、約束なんていう言葉に縛られる必要はない。結婚なんていうのも、男女が互いに一生を添い遂げるという約束事だが、何割の人間が反故《ほご》にしていると思う。約束なんていうのはしょせんその程度のものだ」

「だけど……」

「いいか、益田——今、おまえはその手に宝くじの一等券を握っているんだぞ。みんながほしくてほしくてたまらないものをな。それをそんなくだらない思いのためにむざむざ破り捨てるっていうのか？」

須藤が語気を荒らげて益田の手を指さした。だが、何かを思い直したように苦笑する。

「むきになっちまったせいで、ちょっと品のないたとえをしちまったな。別に金のことを言いたいわけじゃない。ジャーナリストとしての使命感という話だ」

ジャーナリストという言葉に反応して、頑なだった心が少し揺れ動いた。

「多くのジャーナリストが奴のことを知りたいと思っている。奴が事件に対してどんなことを思っているのか、被害者や遺族に対してどんな贖罪の気持ちを抱いているのか。それを知って世の中に伝えたいと渇望しているんだ。だけど、奴がどこにいるのか、いや、そもそも生きているのかどうかすらわからない。ジャーナリストだけじゃない。被害者の遺族だってきっと奴の今を知りたいと願っているだろう。それに世間のほとんどの人たちもそうだ。奴の殺人願望はなくなったのか、社会に出てきて本当に更生しているのかを知りたがっている。もしかしたら自分のまわりに、名前を変えて新しい人生を手に入れた殺人者が潜んでいるんじゃないかと、事件から十四年が経った今でも得体の知れない不安に苛まれているんだ。それは奴が医療少年院を出てからのことがまったくわからないからだ。わかる手段が何もないからだ。社会からその不安を取り除くことができるのかを知りたがっている。ジャーナリストの使命じゃないのか」


熱っぽく語る須藤に視線を据えながら、心の中で同意と反発を繰り返していた。

「世間に奴の今を伝えることが、それを知り得ることができたおまえに課せられた使命だろう。もし、その使命を放棄しようというのなら、おまえにはジャーナリストになる資格はない」


そこまで言われても、益田は返す言葉を見つけられないでいた。

自分でもわからなくなっている。どうすればいいのか。どうすることが正しいのか。

「なあ、何も奴の居所を世間に公表しようっていうわけじゃない。もしかしたら、奴自身、自分の思いを世間の人たちに知ってほしいと願っているかもしれない。被害者に対する謝罪の気持ちや、苦しみなんかを……おまえがその代弁者になることで、奴のためにもなるかもしれないだろう」

「少し……少し考えさせてください」益田はかろうじてそう言うと、ポケットから財布を取り出した。

「いいよ。ここはごちそうするから」

今日ばかりはそういうわけにはいかない。

左手だけで何とか千円札を二枚取り出すと須藤に渡した。

やれやれといった様子で益田を見ていた須藤が、鞄から何かを取り出してテーブルの上に置いた。小型のボイスレコーダーだ。

「これを貸してやるよ」

「使うかどうかわかりませんから」

そう言って立ち上がると、須藤がボイスレコーダーを強引にズボンのポケットに突っ込んできた。

「おまえの正義感を信じてるからさ」須藤が笑った。

「次は蕨、蕨——」

車内アナウンスに、益田は我に返り窓に目を向けた。

赤羽駅で京浜東北線に乗り換えてから、ずっと須藤とのやり取りを思い返していた。

世間に奴の今を伝えることが、それを知り得ることができたおまえに課せられた使命だろう――。

たしかにそう思える気持ちと、それでもやはり鈴木のことを記事にすることへのためらいが、心の中でせめぎ合っている。

自分は逃げているだけなのだろうか。鈴木と対峙して、事件を起こした頃の彼のおぞましい内面に踏み込むことを、ただ恐れているだけなのだろうか。

須藤の申し出は、自分にとって千載一遇のチャンスであると痛感している。

このチャンスを逃してしまえば、ジャーナリストになるという自分の夢はかぎりなく断たれてしまうかもしれない。

いや、仮に別の方法でその職に就くことができたとしても、これから先ずっと須藤の言葉に苦しめられることになるだろう。

もし、その使命を放棄しようというのなら、おまえにはジャーナリストになる資格はない、という言葉に。そしてことあるごとに、生涯で最大であったであろうスクープを取り逃がしてしまったことを思い返すのだ。そのときの自分の勇気のなさを悔恨の思いで噛み締めながら。

益田は電車を降りると重い足取りで階段を上り、改札を抜けた。

「おい、マスやん——」

その声に振り返った益田はぎくりとした。清水と内海と鈴木が改札の中からこちらに向かってくる。同じ電車に乗っていたようだ。

「今日は疲れてるからってすぐに寮に帰ったんじゃなかったのか？」

改札を抜けて益田のもとに近づきながら清水が訊いた。

「いや……そのつもりだったんですけど、大学の先輩に無理やり呼び出されちゃって。断れない相手だったんで……」

「そうか。大学の付き合いも大変なんだな」清水がそう言って出口に向かっていく。

先ほどから鈴木の視線を感じているが、それを振り切るように益田も歩きだした。

「それにしても今日は盛り上がりましたね」

駅から出ると、ほろ酔い加減の内海が清水に話しかけた。

「どこで飲んでたんですか」益田は訊いた。

「居酒屋で少し飲んだ後、西川口のキャバクラに行ってきたんだ。悪いけど、おまえのことをつまみにさせてもらったぞ」

「ぼくをつまみに？」

「うちの工場の機械で指を切断しちまった奴がいるって話で盛り上がったんだ。女の子たちが『痛そう』とか『ちゃんとくっつくの？』とか騒ぎ出してな、中には『ちょっと現場を見てみたかったな』ってぎょっとするようなことを言う子も出てきてさ」

「なかなか変わった趣味の女の子ですね」

苦笑しか出てこない。

「だろ？　だけど、上には上がいたんだよ。こいつ、女の子たちに何を見せたと思う？」

清水がにやにやしながら鈴木を指さした。

益田はわけがわからず首をひねった。

「切断した指を携帯のカメラで撮ってたんだよ」

ずっと目を合わせないようにしていたが、その言葉に愕然として鈴木に視線を向けた。

「どうしてそんな……」

「どうしてって、特に理由はなかったんだけど……とりあえず記念に残しておこうかなと思って」鈴木が悪びれた様子もなく答えた。

その姿を見ながら、おぞましい思いに駆られている。

「ひと言、益田くんに断っておけばよかったかな。気を悪くしたんならごめんね」

そういう問題ではないだろう。

「まあ、変わってるっちゃ変わってるけどさ。でも、交通事故や火事の現場を平気で携帯のカメラに収めてる奴らが増えてるだろう。これも時代なのかね」清水が笑いながら言った。

目の前にいるのがふたりの子供を殺した男だと知ってもそんな風に笑えるだろうか。

鈴木は本質的には何も変わっていないのではないか。ふたりの子供たちを殺して目玉をくり貫き、それを収集していたあの頃と。

自分が犯した罪を悔いて本当に反省しているというなら、切断された指を写真に収めたり、ましてやそれを人に見せて話のネタにすることなどできないだろう。

胸の底から噴き出してくる鈴木への憎悪を何とか抑えつけながら寮に戻った。

「もう少し飲みたいな。まだビールがあっただろう」

清水はそう言いながら靴を脱ぐと、内海とともに食堂に向かった。

「ぼくはもう休みます」益田は清水たちに断って階段を上った。

「益田くん――」

鈴木に呼び止められた。

「写真に撮ったこと怒ってる？」

益田はその問いには答えず、ただ鈴木を冷ややかに見つめた。

「消去するから許してくれないかな」

「そうしてくれ」

「週末、奈良に行ってたんだってね。実家に帰ってたの？」鈴木が探るような眼差しで訊いてきた。

益田は小さく頷くと階段を上った。部屋に入った途端、激しい虚脱感に襲われて布団の上に倒れ込んだ。

心の中では、鈴木への恐れと、嫌悪と、彼の正体をみんなに黙っている罪悪感に苛まれている。

あとどれくらいこんな苦しみを抱えていかなければならないのだろう。

鈴木のことを記事にすれば、会社を辞めてこの寮からも出て行くことができる。

須藤の言葉はもっともだ。鈴木の記事を書けばいい。社会的にも有益なことではないか。だけど、そうすることをどこかでためらっている。何が自分をためらわせるのか、はっきりとはわからない。

ポケットの中でスマートフォンが震えた。須藤なら留守電にしようとスマートフォンを取り出した。着信表示を見て胸が高鳴った。

「もしもし……」益田は電話に出た。

「こんな時間にごめんなさい。寝てた？」

清美の声が聞こえた。

「大丈夫だ。それよりもそっちこそ大丈夫なのか？　とっくに寝なきゃいけない時間だろう」

「うん。そうなんだけどね。何だか眠れなくなっちゃって」

「どうして？」

益田のことを考えていたら眠れなくなってしまった——そんな言葉をどこかで期待している。

「たまたま目が覚めちゃってメールの確認をしたの。そしたら須藤さんからメールが来てね」

「須藤さんから？」

その言葉で、淡い期待はあっさりと打ち砕かれた。

「うん。益田くんが近いうちに『ウイークリーセブン』に記事を出すって。世間を揺るがすようなすごいネタだから雑誌が出るまで詳しく話すわけにはいかないけど、きっとその記事を書いた益田くんはテレビ局各社の争奪戦になるだろうから、わたしにだけこっそりと教えるって」

清美の話を聞きながら、舌打ちしたい衝動を必死に堪えた。

おそらく須藤は、益田が本当に記事を書くかどうか不安になったのだろう。清美にこんな風に触れ込めば、益田は記事を書かざるを得なくなると考えたのではないか。

「すごいネタっていったい何なの？」

「言えない」

清美にそこまで言われて、書かないとは答えられない。

「そうか。元恋人のよしみで教えてくれるかなって少し期待したんだけど」

冗談交じりの口調だった。

「だけど、本当によかった。実は、この前会ったときにちらっと、純一はもうジャーナリストになるのをあきらめたんじゃないかと思ってたから」

清美からひさしぶりに『純一』と呼ばれた。

「あっ……でも、益田くんはあきらめずにがんばってたんだね」

慌てたように『益田くん』と言い直した。

「そのネタっていうのも気になってたんだけど、それ以上にそのことを伝えたかったの。記事が出るのを楽しみにしてるね。おやすみなさい」清美は早口でそこまで言うと電話を切った。

益田はスマートフォンを見つめながら煩悶した。

その本が出ればきっと恐ろしいほどの反響があるだろうな。そうなったら、おまえも一躍有名ジャーナリストの仲間入りだ――。

須藤の言葉が脳裏によみがえってくる。

ちがう。自分はそんなことを求めているのではないと、頭の中を駆け巡っている須藤の言葉を必死に振り払った。

多くのジャーナリストが奴のことを知りたいと思っている。奴が事件に対してどんなことを思っているのか、被害者や遺族に対してどんな贖罪の気持ちを抱いているのか。それを知って世の中に伝えたいと渇望しているんだ――。

そうだ。今、それを最も知りたいと思っているのは自分自身なのだろう。

鈴木は自分が犯した罪を反省して悔いているのか。被害者や遺族に対して贖罪の気持ちを抱いているのか。そして、本当に同じような犯罪を二度と繰り返すようなことはないのかを。

決して金や名誉のためではない。自分にしかそれを伝えることはできないのだ。

駅に向かう途中で、ポケットの中でスマートフォンが震えた。着信表示を見ると須藤からの電話だ。

「もしもし……」益田は電話に出た。

「おれだ。原稿ありがとう。打ち合わせがしたいから会いたいんだが、これからどうだ？」

「わかりました」

気が乗らなかったが、了承するしかない。ここで断ったとしても、強引にでも会おうという話に持っていくだろう。

一時間後に先日会った居酒屋で待ち合わせる約束をして電話を切ると、重い足を引きずりながら駅に向かった。

昨日、仕事を終えると夜中までネットカフェにこもって何とか原稿を書いた。だが、須藤がその内容に不満を持っているであろうことも察している。

しかし、今の益田にはあれ以上のことは書けない。

そのことを須藤にもはっきりと言っておいたほうがいいと思った。

店に入ると、入り口のすぐ近くに須藤が立って待っていた。

「個室のほうがゆっくりと話せると思ってな」

須藤はそう言って笑みを浮かべると、個室があるほうに指を向けて進んでいく。

個室の上り框に靴が一足あった。襖を開けるとテーブルの前に男性が座っている。益田に気づくとさっと立ち上がった。

「お待ちしておりました。『ウイークリーセブン』の編集長をしております加納《かのう》です」

個室に入った益田に深々と頭を下げながら名刺を差し出した。

「どうも……」

益田はためらいながら名刺を受け取ると、ふたりに向き合う形で座った。

「それにしても、おまえももうちょっとましな店を選んだらどうだ。こんな安酒場じゃ益田さんに失礼だろう」加納がメニューを見ながら須藤に言った。

「いい記事が出来上がったらいくらでもお好みの店で接待しますよ。なあ、先生」

「すみません。いくら益田さんが大学の後輩といっても……まったく礼儀を知らん奴で」

加納が益田にお伺いを立てながら酒と料理を注文していく。とりあえず生ビールで乾杯すると、加納が鞄からファイルを取り出してテーブルの上に置いた。益田が書いた原稿がはさまっているようだ。

「先ほどこの原稿を拝読させていただいたのですが、本当に仰天しました。我々が必死になって捜してもいっこうにわからなかった青柳健太郎の消息を、たったおひとりでつかんだんですから」

「偶然です」加納の大仰な言葉を受け流した。

「いや、けっして偶然などではありませんよ。須藤から話を聞いたところによりますと名前も変えていますし、それに写真も見せてもらいましたけど事件当時とはずいぶんと雰囲気もちがいます」

鈴木の写真まで見せたのかと、益田は須藤に鋭い視線を向けた。

「本人からそのことを言わないかぎりわからないわけで、その人物が青柳健太郎であると確認できたのはやはり益田さんの洞察力ですよ」

「こいつは学生の頃からブログでいろんな記事を書いていたんですが、社会に対する考察が非常に優れていましたね。不運が重なって今まで仕事に恵まれなかったけど、ひときっかけがあればいいジャーナリストになりますよ」

「須藤とも話していたんですが、今回の記事を出した後にはぜひうちで連載を始めてください。ものすごい反響を集めますよ」

須藤と加納のペースに飲み込まれて、なかなか口を開くことができないでいる。

「ただ、一生懸命書いてくれたのはわかるが、正直言ってこの原稿じゃ弱いな」

須藤の言葉に加納が大きく頷いた。

「たしかに青柳健太郎が川口市内の工場で働いているという事実だけでものすごいスクープなんですが、もっと世間の興味をひきつけるものがほしいですね」

加納の言葉を引き継ぐように、須藤が身を乗り出した。

「職場でどんな仕事をしているかとか、毎日何を食べているかとかはどうでもいいんだ。おれたちや読者は、奴という人間が知りたいんだ。そばにいる者にしか、親しくしている者にしか知りえない奴の人間性をな」

たしかに益田は誰も知らない鈴木の姿を知っている。

罪の意識に苛まれるように毎晩うなされていることや、同僚の山内が酔いつぶれたときに誰よりも先に介抱しようとした優しい面や、藤沢美代子のＤＶＤを観ながらはやし立てていた清水たちに激昂した正義感などだ。

だが、それらのことを記事にすることはためらいがあった。

鈴木は世間から憎悪の視線を一身に浴びている存在だ。彼を少しでも擁護するようなことを書くことに激しい抵抗があった。けっきょく中途半端な記事になってしまったのは自分自身が一番よくわかっている。

「奴とは事件の話をしたのか？」

須藤の言葉に、益田は首を横に振った。

「どうして」

言葉に詰まった。

「まだ例の約束にこだわっているのか」

「約束というのは？」加納が訊いてきた。

「青柳から、どんな話を聞いたとしても友達でい続けることを約束してほしいと言われたそうなんです。こいつは馬鹿正直だからその言葉を真に受けて……」

「やっぱりぼくには無理です」

須藤と会った翌日から何度か鈴木と話をしようとした。だが、どうしても、その一歩を踏み出すことができなかった。

鈴木から事件の話を聞いてしまえば、益田は心の底から彼のことを嫌悪し、憎むことになってしまうだろうと思ったからだ。

きっと自分と同じ人間だとは思いたくないという激しい嫌悪に支配されてしまうだろう。

鈴木が黒蛇神事件の犯人であるとわかった今でさえ、心のどこかに彼のことを自分と同じ人間だと思いたい気持ちが残っている。

「どうしてそんなに簡単にあきらめるんだ。今回の記事でどこまで奴に肉薄できるかでおまえの人生が変わってくるんだぞ。ジャーナリストとして脚光を浴びたくないのか？」

益田は何も言えなかった。

「まあ……この記事もそれほど悪くないでしょう。いや、こんな言いかたは失礼ですね。黒蛇神事件の犯人の今をきちんと伝えていますし、これだけでもじゅうぶんにインパクトのある記事ですよ。なあ？」加納が須藤に目を向けた。

「そうですね。黒蛇神事件の犯人の今を伝えているだけでスクープではありますが」

「今回はこれでいこうじゃないか」

加納の言葉に納得していないようだが、須藤が頷いた。

「ところで、小杉から聞いたんだけど青柳の動画もあるんだよな？　ちょっと見せてくれないか」須藤が手を差し出してきた。

益田がスマートフォンを取り出して渡すと、須藤が慣れた手つきで操作する。室内に鈴木の歌声が響いた。須藤と加納が食い入るように画面を見つめている。

「呑気にアニメソングなんか歌いやがって。まったく忌々しい……」須藤が画面を睨みつけながら吐き捨てるように言った。

「ひとつお訊きしたいんですが……」

その言葉に、益田は須藤から加納に視線を移した。

「益田さんからご覧になって彼はどうでしょうか？」

「どう、と言いますと」益田は訊き返した。

「直接事件の話をしていなかったとしても、青柳は反省しているように思われますか？　被害者やその遺族に対して贖罪の気持ちを抱いているんでしょうか。少なくともこの映像を見ているかぎり、彼がそういう思いを抱きながら生きているようには感じられないんですが……」

「正直なところぼくにもわかりません。人の心を見ることはできませんから。ただ、彼は毎晩激しくうなされています。いや、うなされるという言葉では言い表せないほど苦しめられているように思います」

「そうですか。ただ、夢でうなされているからといって贖罪の気持ちを抱いているということには必ずしもなりませんよね」

「そうでしょうね。ですから……わかりません」益田は正直な感想を告げた。

「彼の中にあった歪んだ願望や殺人衝動は完全になくなったと思いますか？」

「それもわかりません。出会った頃はかなり内向的なところがあったんですが、今は同僚とも普通に接しています。同僚として接しているかぎり、彼が危険な人物だという風には思えないでしょう。ただ、些細なことではありますが、少しばかり危惧することがありました」

「どういうことですか？」

「実は少し前に工場の機械で指を切断してしまったんです」

益田が包帯を巻いた手をかざすと、加納が痛々しそうに顔を歪めた。

「彼がその指を拾ってくれて適切な処置をしてくれたおかげで、無事にくっつけることができたんですが……彼はその指を自分の携帯のカメラで撮っていたんです」

「本当ですか？」

驚いたように身を乗り出してきた加納を見て、自分の発言を後悔した。

「いや……それが直ちにどうこうとは思いません。交通事故や火事の現場を携帯のカメラに収める人は少なくないでしょう。人が殺される瞬間すらカメラに収める人間がいるわけですから」益田は慌てて言い添えた。

「まあ、そうですね。ちょっとトイレに失礼します」

加納が立ち上がり、須藤に何やら目配せすると個室から出ていった。

「どうして指の写真のことを原稿に書かなかったんだ」須藤が咎めるような視線を向けてきた。

鈴木を擁護するようなことと同時に、彼が危険な人物であると受け止められかねないことも書きたくなかった。

「正直言って失望したぞ。奴への情で脳みそが曇ったか？」

「この前も言いましたが、彼への情なんて……」

「編集長はああ言ったが、おれはこの記事では満足してねえ。日曜日まで時間をやるから、奴ときっちり話をして原稿を書き直せ。それがぎりぎりだ」

「ちょっと待ってください」

「おまえはいったい何をためらってるんだ。おまえは本当にジャーナリストになりたいと思ってるのか？　こんなチャンスは二度と巡ってこないぞ。このチャンスを棒に振ったらおまえは一生這い上がれないぞ」

「できません」

そう言ったのと同時に、須藤が何かを益田の前に投げつけた。

その写真を見た瞬間、思わず口に手をやった。今まで口にしたものを吐き出してしまいそうになった。

子供の遺体が写っている。こちらに向けた顔には両目がなかった。黒蛇神事件の被害者だろう。

「おまえはこれを見て何も感じないのか？　おまえが知りえる事実を伝えたいと思わないのか！」

須藤が語気を荒らげて言い放った。

「奴には世間に語る義務があるんだ。自分がやったどうしようもない罪深い行為について。そしてそれを知りえるおまえにもそのことを伝える使命があるんだ。わかったか！」


一日中、息苦しさに襲われている。

昨日見せられた写真の光景が網膜に焼きついて離れないでいた。

ようやく終業のチャイムが鳴ると、益田は小さく溜め息をついて帰り支度を始めた。

しばらくすると従業員たちが事務所に入ってくる。鈴木の姿があった。

益田は立ち上がって鈴木のもとに向かった。

「清水さんと内海くんは？」

益田から近づいていったことが意外だったみたいで、鈴木がびくっと肩を震わせた。

切断された指を写真に撮られていたと知ってから、鈴木とほとんど口を利いていない。

「少しだけ残業があるんだって」

都合がいい。

「ひさしぶりにふたりで帰らないか」

益田が言うと、鈴木が少し間を置いてから小さく頷いた。

事務所を出て行くときに美代子と目が合った。何やら不安げな眼差しをこちらに向けている。

「益田くんから誘ってくれるなんてひさしぶりだね」

「そうかな」

「一緒に食事をしていてもほとんど話しかけてくれなかったし……写真のことを怒ってるんでしょう?」

「たしかにいい気はしない」

「あの後、すぐに写真は消去したよ。本当にごめん……けっして悪気があったわけじゃないんだけどどこかしら願望があったのかもしれない」

「願望?」

益田はその言葉にぎょっとして鈴木に目を向けた。

思い出さないようにしても、昨日の写真の光景が脳裏をよぎる。

「動かなくなったものがふたたびもとに戻ることを。うまく言葉にできないんだけど……ほら、トカゲは尻尾を切られてもふたたび生えてくるでしょう。人間もそうだといいのになあって……」

「それで包帯が取れたら傷口を見せてくれって言ったのか」

「うん。きっとぼくって変なんだね。それで……」鈴木がそこで口ごもった。

「なあ、軽く飲んでいかないか」

益田は川口駅の近くにある居酒屋の看板を指さした。昨晩、ネットで調べた個室のある居酒屋だ。

鈴木は一瞬だけためらうような表情を見せたが、「うん……」と頷いた。

「おふたり様ですか？」

居酒屋に入ると店員がやってきて訊いた。

「ええ。個室をお願いしたいんですけど空いてますか」

益田が訊くと、店員は「空いてます」と言ってふたりを個室に案内した。

以前、よく行っていたネットカフェの個室と変わらないほどの狭い空間だった。ここで鈴木と差し向かいで事件の話をすると思うと気が滅入った。

「ちょっとトイレに行ってくる。生ビールと食べたいものを適当に頼んでてくれるかな」

益田は鈴木に言ってトイレに向かった。

洗面台で顔をばしゃばしゃ洗い、心の中の恐れを何とか振り払おうとした。ボイスレコーダーの録音ボタンを押してポケットに入れると個室に戻った。テーブルの上にはすでに生ビールとお通しの小さな皿が置いてあった。

「食べ物は何を頼んだ?」益田は鈴木の向かいに座りながら訊いた。

「まだ何も頼んでない。あまり食欲がないから。益田くんが食べたかったらそれを頼んで」

益田も昨夜からまったく食欲がない。だが、酒しか頼まないというわけにもいかないので、適当なつまみを数品頼んだ。

とりあえず乾杯をしてビールに口をつけた。

どう切り出せばいいのかわからない。そればかりか数十センチ先にいる鈴木と目を合わせることすら容易ではなかった。

「それにしても狭い部屋だな。個室っていってももう少し広いと思ってたけど」

視線をせわしなく室内に向けながら、ビールを喉に流し込んでいく。

「益田くんとふたりで外で飲むなんて初めてだね」

「そうだな」

それから長い沈黙が続いた。

「誘ってくれてありがとう。あの話の続きがしたいんでしょう」

注文した料理がテーブルに揃うと、待っていたように鈴木が切り出してきた。

「ああ。ずっと気になっていた」

益田は覚悟を決めて、鈴木の目を見据えた。

「鈴木くんはどんな過去に苦しめられているんだ」

そう問いかけると、鈴木がかすかに視線をそらした。

「それを聞いてもらいたい気持ちがある。益田くんにならら話せるんじゃないかなと思うし、聞いてもらいたい気持ちで一杯なんだけど……怖いんだ。それを話したら……」

「おれに話したいなら話してくれないかな。この前はあまりにも深刻そうな話でちょっとためらったんだけど、今なら、どんな話でも受け止められる気がする。どんな話を聞いたとしても友達でいられると……」

約束する——という言葉だけがどうしても言えなかった。

「ぼくは子供の頃に……大きな罪を犯したんだ」鈴木がこちらに視線を戻して言った。

「大きな罪？」

「自分が生きている間には、たとえどんなことをしようと、とても償いきれない罪」

「それは……」

「人を殺したんだ」

とっくに知っていたはずなのに、あらためて鈴木の口からその言葉を聞いて、全身に鳥肌がたった。

「誰を……」からからに渇いた口を開いた。

「その前にひとつ訊いておきたいんだ」

「何を？」

「いつだったか、益田くんはジャーナリストを目指しているって言ってたよね」

ふいに出てきたジャーナリストという言葉に、益田は少し怯んだ。

「どんなジャーナリストを目指しているの？」

「あのときにはそんな話をしたけど、正直なところ現実的な話じゃない。だから、目指しているというよりも目指していたっていう言葉が正解かな」益田は鈴木の質問をはぐらかした。

「それでもいいから聞かせてほしい」鈴木が少し身を乗り出してきた。

「社会の中で虐げられている人たちを救いたい。自分が書く記事によって少しは社会をよくすることができるジャーナリストになりたい。学生の頃はそんなことを思っていた」

「ぼくの話を聞いてくれるのは友達として？　それともジャーナリストを目指している者としてなの？」

益田はうろたえた。自分の思惑を、すべて見透かされているような気がした。

「もちろん友達としてだ」益田は動揺を悟られないように答えた。

「本当？」

切迫したような眼差しを向けられ、益田は頷いた。

「ぼくは益田くんにすべてを話すよ。だけど、その前に……もうひとつだけ聞かせてほしい」

「何を？」

「益田くんは何に苦しめられているの？」

鈴木の言葉の意味がわからない。

「ずっと思っていたんだ。ぼくほどではないだろうけど、益田くんも自分の過去に苦しめられているって……自分を苦しめる過去から必死に逃げようとしているんじゃないかって。以前話してたよね。中学のときに同級生が自殺してしまったって。それで、その人に似ているぼくのことが気にかかっているって」

想像もしていなかった言葉を突きつけられ、一瞬、頭の中が真っ白になった。

「そのことをもっと聞かせてほしいんだ。益田くんがその人にどんなことをしてしまったのか、益田くんがその過去にどれだけ苦しめられているのか」

鈴木を見つめながら、学の顔が視界に浮かんでくる。

「べ、別に……何もしてない。それに苦しめられてなんかいない。友人が自殺してしまった。同級生としてそれを止めることができなかったことが心残りだっていうだけだ」

益田は動揺を抑えつけながら言った。

「それだけじゃないはずだ！　自分では気づかないかもしれないけど、益田くんは毎晩激しくうなされている。苦しそうに……ごめん……ごめん……って、必死に誰かに許しを乞うているんだ」

「それはきみだろう」

「ぼくが犯した罪とはとても比べられないだろうけど、益田くんもきっと何かの罪に苦しめられているんだって思った」

罪――という言葉が頭の中で反響した。

「そんなことは……そんなことはない！」

自分のからだを締めつける鎖を必死に引きちぎるようにしながら言った。

「ぼくが犯した罪を話しても誰もわかってくれない。いや、けっしてわかってもらおうとは思わない。それだけのことをぼくはしてしまったんだから。だけど、ほんの少しでいいから……百分の一でも、いや、千分の一でも、ぼくの苦しみをわかってくれる人がいてほしい。人を殺してしまった。とても償いきれないとんでもない罪を犯してしまった。そんな苦しみを少しだけでも共有できる人がそばにいてほしい。益田くんだったらそんな苦しみを少しはわかってくれるんじゃないかな？　ぼくが犯してしまった罪と……それを背負って生きていかなければいけない苦しさの千分の一でも、万分の一でも……それをわかってくれる人になら話せると思うんだ。だから、益田くんが抱えている苦しみを話してほしいんだ。益田くんが背負っている罪を……」

冗談じゃない――ふたりの子供を殺した罪と万分の一でも比較されるようなことは何もしていない。

目の前に浮かび上がる学の残像に向けて心の中で訴えた。

「おれはきみが言うような罪なんか背負っていない。ただ、友人を救えなかったことを悔やんでいるだけだ」

益田は告げたが、鈴木は首を横に振っている。

「そんなことはないはずだ。益田くんは何かに苦しめられているはずだ。自分がしてしまった何かに……ぼくにはわかる。別にそれを聞いて益田くんを責めようだなんて思わない。ぼくにはそんな資格なんかこれっぽっちもないんだから」鈴木がそう言って両手の袖をまくり上げた。

鈴木の両手首に刻まれているおびただしい数の傷跡を見て、益田は息を吞んだ。

「益田くんに出会うまで、ぼくはずっと死ぬことばかりを考えてきた。ぼくなんか生きていたってしょうがない。生きていく価値なんかない。おそらく日本中のほとんどの人はぼくが死んでこの世から消えてなくなることを望んでる。それがわかっているから、生きていくことに意味なんか見いだせなかった。医療少年院のスタッフはそれが仕事だろうから、ぼくに生きろって言う。益田くんが初めてだったんだ。その人たち以外でぼくが死んだら悲しいって言ってくれたのは……ぼくは益田くんがそう思ってくれるかぎり生きようと思った。これからどんなに辛いことがあっても……そう思ってくれる人がひとりでもいるならば……」

鈴木の手首の傷跡を見ているうちに、受話器越しに聞いた学の最後の言葉がよみがえってきた。

じゃあね——。

「だけど、ただ生きるだけじゃダメなんだって気づいた。でも、どうすればいいのかわからない……自分がこれからどうやって生きていけばいいのかわからないんだ。だから、ほんの少しでも自分の過ちに苦しめられていることを誰かと共有して一緒に悩みたいんだ。そして考えたいんだ。これからどうすればいいのかを……これからどうやって生きていけばいいのかを……」

胸を何かで突き刺されるような鋭い痛みに苛まれた。

もう限界だった。

「益田くんと一緒に……」

「おまえと一緒にするんじゃないッ！」益田は叫んだ。

すぐに立ち上がって個室から飛び出した。レジに向かうと会計を済ませてそのまま店を出た。

鈴木が発した言葉のひとつひとつが自分の心を刺し貫いている。その言葉から逃れるようにひたすら当てもなく歩いた。

学との記憶に襲われながら、鈴木の手首にあった傷を思い出してさらなる焦燥感に駆られた。

ぼくはずっと死ぬことばかりを考えてきた——。

もし、あの記事が雑誌に掲載されたら鈴木はどうなってしまうだろう。

記事を読めばおそらく益田が書いたものだとわかるはずだ。益田に裏切られたと思ったら鈴木は……。

益田はスマートフォンを取り出して須藤に電話をかけた。

「おう。原稿のほうはうまくいってるか？」

電話に出るなり須藤が訊いてきた。

「須藤さん、ひとつお願いがあります」

「何だ？」

「あの記事を出すのをやめてください」

益田が言うと、須藤が「は？」と素っ頓狂な声を上げた。

「お願いします。絶対にあの記事を出さないでください」

「おまえ、ちょっと……」

須藤が次の言葉を出す前に電話を切った。

隣の部屋から鈴木の唸り声が漏れ聞こえている。

時計に目を向けると、夜中の一時過ぎだ。一日ろくに食べていないので、さすがに腹が減っていた。

益田は部屋を出て、ちらっと隣のドアに目を向けてから階段を下りた。食堂の明かりがついている。中に入ると山内がひとりで酒を飲んでいる。

「どうした？」山内が益田に目を向けて声をかけた。

「ちょっと小腹がすいたので」

益田は棚に向かい、買っておいたカップラーメンを取り出した。

「山内さんも食べますか？」

「おれはいいよ」

益田は頷いて、やかんを火にかけて準備を始めた。湯をカップに注いだ後、コップの酒をちびちび飲んでいる山内の向かいに座った。益田は左手に持った箸で少しずつラーメンを口に運んでいく。

「実家で何かあったのか？」

ふいに山内に問いかけられ、益田は顔を上げた。

「どうしてですか？」

「いや、日曜日に帰ってきてからちょっと様子がおかしいように感じたからさ」

それはそうだろう。鈴木が黒蛇神事件の犯人だと知った後だ。

「別に、何もありませんよ」益田は答えて箸に視線を戻した。

「もしかして……鈴木くんと何かあったのか？」

山内がふたたび問いかけてきたが、視線を向けることはしなかった。

目を合わせたら、山内に自分が今抱えている悩みを見透かされてしまうのではないかと感じたからだ。

山内にすべて話したかった。ふたりの子供を殺した人間とひとつ屋根の下に暮らしていることを、自分の胸の中だけにしまい続けているのが辛くてたまらない。
須藤に記事を掲載することを断ったからとうぜん原稿料は入らない。まだしばらくの間、鈴木と生活を続けていかなければならないのだ。

もし、山内に話せばどうなるだろうか。それが社長の耳に届き、もしかしたらあからさまな方法ではなく鈴木を退職させてくれるかもしれない。そうすれば鈴木に自分が裏切ったとは思われないのではないか。仮にそれで鈴木が死を選んだとしても、少なくとも、こう自分に言い聞かせられるだろう。

ぼくが鈴木に死ねとそそのかしたのではないと。

「どうした。鈴木くんと喧嘩でもしたのか?」

山内に訊かれ、益田は顔を伏せたまま首を横に振った。

「まあ、鈴木くんはちょっと変わったところがあるからな。妙に子供っぽいところがあるし、たまに理解できない言動をすることがある。だけど、この前の騒動の原因を益田くんは知っているんだよな?」

益田は小さく頷いた。

「根はいい奴なんじゃないかとおれは思ってる」

益田は顔を上げ、山内を見た。

鈴木の過去を知ったとしても、山内はそう思えるだろうか。

「おれは益田くんも鈴木くんも好きだよ。ふたりがここに来てからおれも毎日が楽しいよ。何だか自分の息子と接しているみたいでさ。だからさ……何があったのか知らないけど、ふたりには仲良しでいてほしいんだ。それに益田くんは鈴木くんにずいぶんと慕われているみたいだけどな。まあ、同い年といっても、きみのほうがはるかにお兄ちゃんみたいだけどな」山内がそう言って益田に微笑みかけた。

山内を見つめながら、どうしようもない胸のつかえを感じている。

「お酒をもらっていいですか」益田はひとつ決心をして言った。

「コップを持ってきなよ」

山内がテーブルの上に置いた日本酒に目を向けた。食器棚からコップを持ってくると、山内が酒を注いで益田に手渡した。

コップの酒をひと息に飲むと、こちらを見ていた山内が不思議そうな顔で首をひねった。益田のコップにふたたび酒を注ぐ。

「山内さんにお話ししておきたいことがあるんです」益田は山内を見つめた。

「そんなにあらたまって……いったいどうしたっていうんだい」

「山内さんは十四年前に起きた黒蛇神事件というのを覚えてらっしゃいますか」益田は少し身を乗り出して小声で切り出した。

「黒蛇神事件って……」

まったく想定していなかった話をされて戸惑っているようだ。

「中学生の少年がふたりの子供を殺害した事件です」益田はちらっと天井に目を向けた。

「ああ、覚えてるよ。日本中が大騒ぎになったやつだろう。それがいったい……」

「鈴木くんがその事件の犯人なんです」

山内はすぐにはその言葉の意味を理解できなかったようだ。しばらく益田に視線を据えながら考えを巡らせ、ようやくその言葉の意味がわかったのか大きく目を見開いた。

「まさか……」

そう言うのがやっとだというように、山内が呟いた。

「本当です」

益田はさらに身を乗り出して、呆然としている山内に顔を近づけた。

「入院しているときにたまたまネット上に載っていた犯人の顔写真を見て、前に見た鈴木くんの子供の頃の写真に似ていると思ったんです」

「だけど……似た顔の人物なんていくらでもいるだろう」

益田は山内を見つめながら首を横に振った。

「彼がその事件の犯人ではないかという思いがどうしても拭えなくて、それからいろいろと調べました。事件があったのはぼくの実家の近くです。それで土曜日に犯人の同級生だったという人に会いに行ったんです」

「それで……」

「彼の写真を見て間違いなく黒蛇神事件の犯人だと……もっとも、事件を起こした頃の名前は鈴木秀人ではなく、青柳健太郎というんですが」

そこまで言うと、山内が顔を伏せて深い溜め息を漏らした。

「何か訳ありの人物かとは思っていたが、まさか……」

それ以上の言葉が見つからないというように、山内が押し黙った。

「これからどうすればいいのかとずっと悩んでいたんです」

「そのことは誰かに話したのかい？」山内がようやく顔を上げて訊いた。

「いえ、山内さんだけです」

須藤たちのことは言わなかった。

「社長にこのことをお伝えしますか？」山内の意見を求めたくて訊いた。

「いや……おれの口からは何も言わない」

その言葉が意外だった。

「指名手配されている人物だというならすぐに警察に通報するさ。だけど、彼はそういうわけじゃないだろう。とても償いきれる罪じゃないだろうが、少なくとも今は犯罪者というわけじゃない」

「でも……」

山内は今までのように鈴木と接することができるというのだろうか。

「たしかに彼がやったことはひどいことだ。同情の余地はないだろう。だけど、彼もどこかで生きていかなければならない。彼がここで生きたいと思っているのなら、おれはその邪魔をしたくない」

「平気なんですか？　ふたりの子供を殺した人間と一緒に生活していくことが」

「どうかなあ。それはわからない。こんなことを知ってしまったら、今までとまったく同じように接していけるかどうか、正直なところ自信はない。でも……もしかしたらこのことを知ったことで、今まで以上に彼と一緒にいたいという思いが増すかもしれないなあ。彼がこれからどうやって生きていくのか見てみたいってさ」

山内の言葉が理解できなかった。

「益田くんにはこの気持ちはわからないかもしれないけど」

山内が益田の思いを察したように言ってコップの酒を飲み干した。その表情がしごく寂しげなものに思えた。

鈴木のことを考えているのだろうか。それとも、鈴木の過去を知ったことで、山内のうちにある別の何かがそんな感情をあふれさせるのだろうか。

訊いてみたかったが、訊くことができないでいた。

「だけど、益田くんが思い悩む気持ちもよくわかるつもりだよ。もし、彼と一緒にいることが耐えられなくて社長にこのことを話したとしても、別に責めたりはしないから」

山内はそう言うと、こちらから視線をそらして壁掛け時計に目を向けた。

「もうこんな時間か。明日も仕事だからそろそろ寝なきゃな」

山内は立ち上がってコップを流しに持っていくと、益田に「おやすみ」と声をかけて食堂から出ていった。

目を覚ますと、激しい動悸がしていた。

益田はスマートフォンに手を伸ばした。もうすぐ七時になろうとしている。起きなければならないがからだに力が入らない。

怖い夢を見た。須藤に最後の電話をしたその夜から毎晩同じような夢を見ている。

桜井学の夢ではない。幼い子供が首を絞められる夢だ。

助けようと思っても助けることができない。自分はただ傍観者としてその光景を見つめているだけだ。

苦しそうに身をよじっていた子供の動きが止まると、首を絞めつけていた男がポケットからナイフを取り出した。その切っ先を子供の顔に向ける。そして目玉をくり貫くとその場から立ち去っていく。

男の姿が見えなくなると恐る恐る子供のもとに近づいていった。子供は目玉のない顔をこちらに向けている。まるで、自分に何かを訴えかけるように。

いつもそこで目を覚ますのだ。

益田は気力を振り絞って起き上がった。服を着ると部屋を出て階段を下りていく。洗面所に入ると身を引いた。

鈴木が顔を洗っている。鏡に映った益田に気づいて鈴木が振り返った。

「おはよう」鈴木がかすかに笑みを浮かべて言った。

「おはよう」

益田が挨拶を返すと、鈴木はタオルで顔を拭って洗面所から出ていった。

蛇口をひねると左手だけで水をすくって顔を洗う。鏡に映った自分の顔を見つめた。

目が充血していて、やつれている。

歯を磨いて食堂に入ると、寮の他の四人がテーブルを囲んでパンを食べていた。

「マスやん——最近、ゆっくりとしてるな。内海が食べすぎたからあまり残ってないぞ」清水がパンの袋を持ち上げて言った。

「いや、朝食はいらないので」

「ちゃんと食わねえとからだがもたないぞ」

益田は冷蔵庫を開けて牛乳を取り出してコップに注いだ。一杯だけ牛乳を飲むと、コップを洗ってドアに向かった。

「お先に」

テーブルの四人を一瞥して玄関に向かった。靴を履いて外に出ると少しばかり呼吸が楽になるのを感じた。

ここしばらく、寮にいる時間が苦痛でしかたがない。

清水と内海はあいかわらず、鈴木と会社帰りに飲みに行ったりしているようだ。寮にいるときも三人でよく馬鹿話をしている。あの話をした山内も、益田が感じるかぎりでは、今までと変わらない態度で鈴木と接していた。

鈴木と楽しそうに接している彼らを見ていると、胸の中に鉛を詰め込まれたような息苦しさに襲われるのだ。

会社に行って彼らと離れても胸の苦しみはやまない。美代子と一緒にいる時間も益田にとっては気が滅入るものだった。

早く会社を辞めて寮を出て行きたい。ここのところそのことばかりを考えているが、とうぶんの間は難しいだろう。

ジャーナリストとして脚光を浴びるという夢が現実のものとなったかもしれないのに、自らの手でその夢を打ち砕いてしまった。

これで本当によかったのだろうか。ジャーナリストになれるチャンスを逃したという以上に、自分は正義を果たさずに逃げ出したのではないかという思いに苛まれていた。

子供が殺される夢を見るたびに——自分に何かを訴えかけようとするあの顔を思い出すたびに——心が激しく揺さぶられるのだ。

「次は川口——」

電車のアナウンスに我に返り、益田はドアのほうに向かった。

ふと、中吊り広告に目が留まった。『ウイークリーセブン』の広告の大見出しを見つめながら、血の気が引いていった。

降りようとする乗客が早く行けと背中を押してくるが、益田はその場を動くことができないでいた。

『驚愕のスクープ！　黒蛇神事件　少年Ａのいま　あの猟奇性はいまも社会を漂っている！』

24

その文字を目にした瞬間、全身を悪寒が駆け巡った。

弥生は信じられない思いで、電車の中吊り広告を見つめた。

『ウイークリーセブン』という雑誌の広告だ。煽るような大文字で、『驚愕のスクープ！　黒蛇神事件　少年Aのいま』と出ている。

いったいどうして——。

これまでにもたびたび週刊誌などで、医療少年院を退院してからの彼のことが記事になっている。だがそのほとんどは、自分たち彼の関係者からすればまったく信憑性《しんぴょうせい》のない、噂話や憶測を綴ったものでしかなかった。

今回もそういう類の記事であることを願っているが、その後に続く文字を見て不安に苛まれた。

『あの猟奇性はいまも社会を漂っている！』とは、どういう意味だろう。あの雑誌にはいったいどんなことが書かれているのだろうか。

府中駅で電車を降りるとすぐに売店に向かった。『ウイークリーセブン』を買うと、座る場所を探すのももどかしく、その場で雑誌を広げた。

まず目に飛び込んできたのは、見出しの横に載せられた大きな写真だ。顔にモザイクがかかった人物がマイクを握っている。カラオケで歌っているところを撮影したもののようだ。

弥生は食い入るように見つめたが、彼であるのかどうかの確信は得られなかった。

続いて記事に目を通していく。現在、黒蛇神事件の犯人と同じ会社で働いているBという人物の話が記事になっている。黒蛇神事件の犯人についてはAと記されていた。

Bは現在、埼玉県川口市内にあるステンレスなどを加工する工場で働いていると書かれていた。

黒蛇神事件の犯人の少年時代の写真をネット上でたまたま目にしたBは、自分の同僚Aが持っている子供時代の写真とよく似ていることから疑念を抱き、独自に調査を始めたのだという。そして、犯人の小・中学校時代の同級生に現在のAの顔写真と動画を見せて、同一人物であると確認を取ったそうだ。

Bは黒蛇神事件の犯人であるAと同じ日に入社して、現在も工場の寮で生活を共にしている。

記事を読み進めていくうちに、ひとりの男の顔が脳裏に浮かび上がってきた。

この記事に出てくるBとは、益田のことではないだろうか。

記事の中で、BはAの日常生活について触れている。

入社した最初の頃は、Aはまったく人を寄せつけない不気味なオーラを漂わせていたが、次第にまわりの人たちと打ち解けるようになっていった。少年院で溶接や旋盤の資格を取得したのか、Aは工場での仕事ぶりもよく社内での評価も高い。そういう意味では、少年院を退院したAはうまく社会生活に適応しているように思える。

また、少年院に入っていたときにAの矯正に携わったと思われる年配の女性との接触が現在もあるようで、彼が社会の中で完全な孤立状態にあるわけではなさそうだとも書かれている。だが、Bはと接していくうちに、いくつかのことに対して危惧の念を抱くようになり、そのことが今回この話を公にするに至った理由だと語っている。

ひとつは、あれだけの重大な罪を犯したことへの真摯な反省や、被害者や遺族に対する贖罪の気持ちが、Aからほとんど窺えないことだという。

そのことを示す例として、休みのたびに会社の同僚とギャンブルをしに出かけたり、カラオケで無邪気にアニメソングを歌ったりしている様子が記されている。

もうひとつ、Aは一見、二十代半ばの普通の青年と何ら変わらない生活をしているようだが、彼を残虐な事件へと駆り立てていった猟奇性が本当に矯正されたのかということについて、Bは大いに不安を抱いているという。

そのことを示す証拠として、Bはある出来事を語っている。

Bが工場の機械で指を二本切断する大怪我を負った際、Aが切断された指を拾い上げて適切な処置をしてくれたおかげで、無事に縫合することができた。Bはそのことに関して感謝の気持ちを述べているが、同時に、Aが切断された指を携帯電話のカメラに収めていたという奇怪な行動について触れ、彼の猟奇性が完全に矯正されているとは思えないと警告している。

それを読んで、弥生はBが益田であると確信した。

また、彼らが住む寮の周辺ではこの数ヶ月の間にたびたび猫の変死体が見つかっているそうで、それらが黒蛇神事件の犯人であるAの仕業である可能性も拭えないとして、記事を結んでいる。

記事を読みながら、からだから血の気が引いていく。

たいへんなことになってしまった。

たしかに、ここに書かれていることの半分は事実だろう。

彼から同僚と競艇に行っているという話は聞いたことがあったし、切断された益田の指を携帯電話のカメラに収めていたことも知っている。

だが、この記事はひどすぎる。これでは、彼が自分の犯した罪をまったく反省せず、今すぐにでもふたたびあのような事件を引き起こしかねないと言っているようなものだ。

益田はどうしてこんなことを週刊誌の記者に語ったのだろうか。

迂闊だった。彼が慕っている人物ということで油断があった。

弥生が益田に近づいたことで、彼の過去を気づかせるきっかけを与えてしまったにちがいない。

記事の中でも、少年院で矯正に携わったと思われる年配の女性と彼が今でも接触を持っているようだと書かれている。

益田はやはり、弥生が彼の矯正を担当した医療少年院の職員だと感づいていたのだ。

これからどうすればいいだろう。

彼はこの記事のことを知っているのだろうか。

彼と最後に会ってから何度も連絡をしているが、弥生の電話とメールは着信拒否にされている。

すぐにでも彼のもとに向かいたかったが、これから仕事があるのでそういうわけにはいかない。

とりあえずこのまま出勤しよう。医療少年院に置いてある自分のパソコンのメールアドレスからなら、彼にメッセージを送ることができるだろう。

弥生は改札を抜けると早足でバス乗り場に向かった。

職員室に入ると想像していたとおり、職員たちが騒然となっていた。

ほとんどの教官が『ウイークリーセブン』の記事を読んでいるようだ。記事に書かれていることが事実なのかデマなのかと話し合っている。

あの記事の多くは事実だと弥生は知っている。だが、それを言い出すことができなかった。

弥生は心苦しさを感じながら自分の席に向かった。

パソコンの電源を入れて、まわりの教官に見られないようにメールを打った。

『あなたのことが雑誌に出ている。益田くんが情報源になっているみたいだから、早くそこから出て行ったほうがいい。これからのことを話し合いたいから連絡をちょうだい』

メールを送ってしばらくすると、机の上に置いていた携帯が震えた。

彼からだろうかと着信表示を見ると、以前ここで働いていた教官の村上だった。

「今日発売の『ウイークリーセブン』という雑誌を読みましたか?」

電話に出ると、開口一番に村上が言った。

「ええ……」

「彼のことが載っていましたよね。白石さんは本当だと思いましたか?」

弥生は言葉に詰まった。

「彼がサポートチームのもとからいなくなって行方がわからないというのは聞いていたんですが、まさか埼玉の工場で寮住まいしながら働いているなんて……」

村上はあの記事の信憑性を疑っているような口ぶりだ。

今まで彼の居場所を誰にも言うことができなかった。彼と約束したからだ。その約束を破って誰かに知らせたら、彼が自分たちの手の届かないどこかに消えてしまうのではないかと危惧していた。だが、今のような切迫した状況では、もはやそんなことも言っていられないのかもしれない。

医療少年院で父親のように慕っていた村上と一緒に説得すれば、彼も考えを改めてとりあえずサポートチームのもとに戻ってくれるかもしれない。

「実は……村上さんにちょっとお話ししたいことがあるんです」弥生は切り出した。

「何でしょう」

「ちょっと電話でお話しできるようなことではないので、直接お会いしたいのですが」

「わかりました。仕事が終わったら会いましょう。どこで会いましょうか」

村上は現在、神奈川県の相模原市内にある少年院で働いている。

「できましたら、蕨というところでお会いしたいんですが」

「蕨、ですか？」その地名がわからないというように、村上が訊いた。

「埼玉なんです」

「白石さんの職場は変わってないんですよね」村上の口調が少し訝しげなものになった。

「ええ。遠いところ本当に恐縮なんですが、京浜東北線で川口のふたつ先の駅です」

村上に会って事情を話したらすぐに寮に行って彼を説得するつもりだ。

「わかりました。八時ぐらいになってしまうかもしれませんがお伺いします」

川口という地名に何らかの事情があるのを察したのか、村上がすぐに快諾した。

夜の八時に蕨駅の改札で待ち合わせの約束をして電話を切った。

午前中はまったくといっていいほど仕事が手につかなかった。

昼休みになるとすぐに職員室に行き、パソコンのメールをチェックした。だが、彼からの返信はなかった。

彼は今頃どうしているのだろうか。

もしかしたら益田だけではなく、職場の人たちにも彼の正体が知られてしまい、吊し上げられるようなことになっているのではないだろうか。

いや、それだけではない。大勢のマスコミが彼のもとに押し寄せている可能性だってある。

『ウイークリーセブン』の記事には、とうぜん彼が働いている会社名は出ていない。だが、川口市内にあるステンレスなどを加工する会社と出ているから、他のマスコミが彼の居場所を調べ上げるのも時間の問題ではないか。

焦燥感がピークに達していたときに、机の上に置いていた携帯が震えた。

きっと彼からだろうとすぐに携帯を手に取ったが、着信表示を見て戸惑った。

智也からだ。

智也のほうから連絡をしてくることなどほとんどない。しかも、この前会ったときには、最悪の別れかたをしている。それなのにいったい何の用だろうかと、嫌な予感が胸の中に広がった。

「もしもし」

弥生は軽く深呼吸をして、少し気を落ち着かせてから電話に出た。

「おれだけど」

智也のぶっきらぼうな声を聞いて、安堵の溜め息が漏れた。

もしかしたら、智也が事故にでも遭ってしまい、誰かが電話をかけてきたのではないかと不安に思ったのだ。

「どうしたの？」弥生は優しい口調で問いかけた。

「今日の夕方、時間を作ってくれねえかな」

今日は夜の八時に村上と会う約束をしている。

「今日の夕方はちょっと……他の日じゃだめかしら」弥生はためらいがちに言った。

息子からのせっかくの誘いを、彼のために断らなければならない負い目を感じている。

「ちょっと大げさな言いかたかもしれないけど、こっちも一刻を争う事態なんだけど」

「一刻を争うってどういうこと？　そんなに大変なことなの？」

「大変な用事でもなけりゃ、あんたに電話するわけないだろう」

「ねえ、大変な用事っていったい何なの？　いったい何があったの？」

「来ればわかるよ。今日の夕方、時間を作れるのか作れないのか、どっちなんだよ」

智也に問い詰められ、弥生は言葉に詰まった。

「対策会議で忙しいか」

智也の冷ややかな声が耳もとに響いた。

「対策会議って？」弥生は意味がわからず訊き返した。

「今日発売の雑誌に奴のことが出てただろう。『ウイークリーセブン』って雑誌にさ。

それであんたたちもさぞかしおおわらわなんじゃねえの？」

嘲《あざけ》るような声だった。

「そんなことないわ」

嘘をついた。

「そういえば記事の中に、矯正に携わったと思われる年配の女性がいまだに奴と接触を持っているようだと書いてあったな。あんたのことじゃねえの？」

智也の言葉に、何も言えなくなった。

「なんたって、あんたはあの化け物の母親だからな」

「わたしの子供はあなただけよ」弥生は毅然として言った。

「どうだか。現にこうやって息子が助けを求めてるっていうのに、あんたの頭の中にあるのは奴のことだけじゃねえのか」

それはちがう。智也のことが何よりも気になっている。一刻を争う事態とはいったい何なのかが気になってしかたがない。

だけど、頭の半分には彼のことも心配でたまらない自分がいる。

「わかったよ。もういいよ。他を当たるよ」

「待って！」

智也の投げやりな口調に、弥生は思わず叫んだ。

「大丈夫よ。今日の夕方ね……何時にどこに行けばいい？」

「それじゃ、六時に下北沢駅の南口の前にある『ブロードカフェ』って喫茶店で。そうだなあ……テーブルの上に『ウイークリーセブン』を置いといて。目印のためにさ」

智也はそう言うと、別れの言葉もなしに電話を切った。

目印って、いったいどういうことだろう。

親子で待ち合わせをするのに目印など必要ないではないか。それとも、智也以外にも誰かが来る予定になっていて、その人が智也よりも先に着いたときのためにということだろうか。

智也が自分に会いたいという理由が気になっているが、とりあえず村上に連絡をして待ち合わせの約束を断らなければならない。

弥生はすぐに村上の携帯に電話をかけた。

「もしもし。どうかしましたか？」

村上がすぐに電話に出た。

「こちらから言っておいて本当に申し訳ないのですが、どうしても外せない急用ができてしまって今日の約束をお断りしたいんです」

「そうなんですか？」村上が意外だという声を上げた。

弥生にとって、彼のこと以上に重要な用事などそうそうないはずだと思われているのだろう。

「すみません。でも、できるだけ早く村上さんと会ってお話ししたいんですが」

「明日のご予定は？」村上が訊いてきた。

「わたしは休みですが」

「ちょうどよかった。わたしも休みなので、明日会いましょうか」

「お時間は何時ぐらいがいいですか」

「いつでも大丈夫ですよ」

できるだけ早く彼に会ったほうがいい。

「朝早くても大丈夫でしょうか」

「ええ。かまいません」

遠方から来なければならない村上には申し訳ないが、朝の七時半に蕨駅の改札口で待ち合わせの約束をして電話を切った。

この時間なら会社に向かう彼を捕まえられるだろう。


下北沢駅の南口に降り立つと、目の前にある『ブロードカフェ』に向かった。

医療少年院を出てからここに来るまでの間も、智也が抱えている一刻を争う事態というものが何であるのか気になっている。

この前会ったとき、智也は弥生のことを捨てたと言った。

そこまで憎んでいる弥生を頼らなければならないほど、切迫した事情を抱えているということだろう。力になってやれることであればいいが。

いや、絶対に智也の力になってやらなければならないのだ。たとえそれが自分にとって困難なことであっても。これは、母親として智也に認めてもらえる最後のチャンスなのかもしれない。

店内を見回したが智也の姿はなかった。弥生はカウンターでアイスコーヒーを買うと、じっくり話ができそうな、まわりの席から少し離れているテーブルに座った。時計に目を向けるとちょうど六時だった。鞄の中から雑誌を取り出してテーブルの上に置くと、緊張感を少しでも和らげようとアイスコーヒーを飲んだ。

しばらくすると人の気配を感じて、弥生は顔を上げた。目の前に茶色い髪をした若い女性が立っている。

「智也のお母さん？」

友達に話すような口調で訊かれ、弥生は呆気にとられながら小さく頷いた。

「遅くなってごめんなさーい。時間がないんだけど、ここまで走ってきたからお水だけ飲ませて」女性はそう言うと弥生の向かいに座った。

どういうことだろうかと思いながら、弥生はコップの水を飲む女性を見つめた。

智也の恋人だろうか。もしかしたら、彼女を紹介するために弥生を呼び出したのか。

「じゃあ、行きましょうか」女性は水を飲み干すと弥生に目を向けて立ち上がった。

「行くってどこに？」

弥生が問いかけると、女性が呆然とした顔になった。

「もしかして、智也から何も聞いてないの？」

弥生が頷くと、女性は「まいったなあ……それぐらいちゃんと伝えといてよ」と呟きながら顔を歪めた。

「あの、あなたは智也の……？」弥生は戸惑いながら訊いた。

「彼女です」

女性がしかたがないというように椅子に座り直した。

「そう。あらためまして智也の母です。よろしくね。智也はこれから行くところにいるのかしら」

「智也は五時からバイトに入ってて来られないんです。だから、お母さんとふたりで行ってきてくれってことだったんだけど」

女性の言っていることがまったくわからない。

「わたしとふたりで行くって、どこに？」

「産婦人科ですよ」

「産婦人科って？」弥生は驚いて訊き返した。

「六時半に予約を入れてるからあまり時間がないんで、簡単に説明しますね」

女性はそう言ってハンドバッグを開いた。財布を取り出して中から何かをつまみ出すと弥生の前に置いた。保険証だった。

「これは？」

「お母さんの保険証。こっそりと持ち出してきちゃった。お母さんの名前は牧原恵子《まきはらけいこ》っていいます。一応、念のために生年月日も暗記しておいてください。わたしの名前は『あきな』だから。中森明菜の明菜ね」

「ちょっと、どういうこと?」弥生は女性の話にうろたえた。

「これから中絶に行くんですよ」

「中絶って……」弥生は絶句した。

「わたし、まだ十九だから親の同意がないと中絶できないんです。うちの親はものすごく厳しい人だから、わたしが妊娠しただなんて知ったら大変なことになっちゃう」

「それは……智也の子供なの?」弥生は身を乗り出して訊いた。

「そうですよ。それで、どうしようって、ふたりで頭を抱えてたんですよ。中絶費用は智也がバイトをして何とか用意するって言ってくれたんだけど、診察を受けた病院は親の同意がなければ手術してくれなくて。そうこうしているうちにどんどん時間が経っちゃって。二十二週目に入っちゃうともう中絶はできなくなっちゃうんでしょう」

一刻を争う事態とはそういうことだったのか。

「そしたら、今日の昼過ぎに智也から連絡があって、お母さんがわたしの親の代わりになってくれるからって。それで病院に連絡をして予約をしたんです」

明菜の話を聞きながら、弥生は打ちのめされていた。

ひさしぶりに智也が母親として自分を頼ってくれたのだと、不安を抱きつつうれしくも思っていたが、その内容は弥生にとってあまりにも残酷なものだった。

つい先ほどまでは、どんな困難なことであっても智也の力になろうと心に決めていたが、こればかりは……。

「あっ！　もうこんな時間だ。お母さん、早く行きましょう」腕時計を見て明菜が立ち上がった。

「ちょっと待って！」

弥生はとっさに明菜の手をつかんだ。

「あなたたちはそれでいいの？」明菜の目をじっと見つめて訊いた。

「それでいいのって言われても……他にどうしようもないじゃないですか。ふたりとも学生ですよ。子供を産んで育てることなんてできないでしょう」

「だけど、まったく無理っていうわけじゃないでしょう。もちろん、ある程度は親に頼らなければならなくなるでしょうけど、学校を卒業するまでお互いの親に理解してもらって協力し合えば子供を育てることはできる。あなたは本当に子供が欲しいと思っていないの？　自分に子供ができるっていうことをまったく想像できない？」

「絶対に欲しくないとまでは言わないけど……そうまでして産んでもその子が幸せになれるかわからないじゃないですか」

「それはあなたたちがこれからがんばっていけばいいことじゃないかしら。子供が幸せになれるように。今のあなたにはまだ実感できないかもしれないけど、あなたの中にある命はいつかかけがえのない存在になる。だから、早まったことはしないでほしいの」

「かけがえのない存在ね……じゃあ、あなたはどうして智也のことを放っておいたんですか？」

明菜の言葉が心に突き刺さった。

25

必死に足を踏み出しているつもりだが、なかなかマンションが近づいてこない。駅からマンションまでの距離が十倍にも増してしまったのではないかと錯覚するほど、美代子は疲労感を抱えていた。

自分を疲弊させる理由はいくつもあった。ひとつは会社にかかってくる嫌がらせの電話だ。ネットの掲示板に美代子のことが書き込まれてからというもの、一日に何度も元AV女優の従業員を出せという嫌がらせの電話がかかってくる。

そういう電話を受けるのは美代子だけではないだろう。社長の奥さんや益田も受けているにちがいない。ふたりが美代子にそんな話をすることはないが、電話を受けた後には事務所内に何とも言えない重苦しい空気が流れるからわかるのだ。その空気に包まれるのが苦痛でしようがなかった。

会社の人たちの自分に向ける視線もずっと気になっている。最初は達也が投げ込んだDVDを観た清水と内海ぐらいだったが、最近では、会社の従業員の多くが美代子に対して意味ありげな視線を投げかけてくるのだ。

会社にいるときだけが苦痛の時間ではない。掲示板には美代子の自宅の住所も書き込まれている。おそらくそれを見てマンションまで訪ねてくる者がいるのだろう。部屋のチャイムが鳴らされることがやたらと多くなった。

何度かそれとは知らずにインターフォンに出てしまい、相手からいやらしい言葉を投げつけられた。それ以来、インターフォンに出るのが怖くなってしまった。

夜中だろうがおかまいなしに鳴らされるので、今ではインターフォンの電源を切っている。

会社にいる間は嫌がらせの電話や人の視線に怯え、家に帰れば心細さと不安に苦しめられている。

だけど、美代子は必死に耐えていた。鈴木と一緒にいたいからこんな状況でも何とか踏ん張っている。それなのに……。

今の美代子にとって一番耐えられないのは、ここしばらくの鈴木の冷たい態度だった。

もう一週間以上、鈴木とふたりきりで過ごしていない。

部屋に来てほしいとメールをしても、そのたびに鈴木から断られている。会社で顔を合わせても、自分に対する態度が急速によそよそしいものになっているような気がしてならない。

いったいどうしてだろうかと考えているが、思いつく理由はひとつしかない。

あの夜、病院から戻ってくると、鈴木は美代子にある告白をした。

自分は人を殺してしまったことがある——と。

それが原因なのだろうか。そのことを美代子に話してしまったから、会うことをためらっているのだろうか。

だけど、その翌日はふたりであれほど濃密な時間を過ごしたのだ。

美代子は人を殺したことがあるという鈴木を受け入れた。そのことは鈴木もわかっているはずだ。それなのにどうして。

日曜日に帰っていってから、鈴木の心境を変化させる何かがあったのだろうか。

そういえば、翌日の月曜日に益田から変なことを言われたのを思い出した。

鈴木くんと別れたほうがいい——と。

思い返してみれば、あの頃を境に鈴木の自分への態度が変わったのだ。

それだけでなく、益田の鈴木への態度もあからさまに変わった。

それ以前にも益田の鈴木への態度は気になっていた。だが、最近の益田の鈴木を見つめる視線には尋常ではないものを感じている。

怒りなのか、憎しみなのか、蔑《さげす》みなのか、それがどんな感情なのかまったくわからないが、何か激しい感情を鈴木に対して抱いているような気がしてならない。

いったいふたりの間に何があったのか。

おそらく、鈴木が益田に自分の過去を話したのが原因ではないかと美代子は考えていた。

人を殺したことがあるという鈴木に、益田は激しい嫌悪感を抱いてしまったのかもしれない。

そして、そんな人間に女性と付き合う資格があるのかというようなことを益田から言われ、鈴木は美代子と距離を置くようになってしまったのではないか。

だが、美代子にとっては益田がしていることは余計なお世話だった。

もちろん、人を殺してしまったという鈴木のすべてを擁護はできない。だけど、少なくとも鈴木はその罪に激しく苦しんでいる。その罪を一生背負い、償っていかなければならないだろう。

その手助けをしたいというのが、今の自分の正直な気持ちだ。

お互いに苦しい過去を背負っているからこそ、美代子と鈴木は深く引き寄せられたのだ。

気がつくと、コンビニの前にたどり着いていた。

最近では料理を作る気力も湧かず、ほとんどコンビニの弁当で済ませている。

コンビニに入ってかごを手に取った。弁当売り場に向かってしばらく吟味する。たいして食欲はないがミートソースのパスタをかごに入れた。ミミのための猫用の缶詰を入れて、雑誌売り場に向かう。

ここのところずっと気が滅入ってしかたがない。

贅沢な買い物をできる余裕などないので、女性誌でも買ってウインドウショッピングならぬ、マガジンショッピングでもして少し気を紛らわせよう。

美代子は女性誌を手に取ってしばらく立ち読みをした。ふと、目の前にあった週刊誌に目が留まった。知らない雑誌だったが、表紙に出ている大見出しに興味をかき立てられた。

『驚愕のスクープ！　黒蛇神事件　少年Aのいま』と出ている。

黒蛇神事件という名前をひさしぶりに目にする。たしか、美代子が中学校に入った年に起きた事件で、家や学校で大騒ぎになったのを覚えている。ふたりの幼い子供を殺して目玉をくり貫き、警察に犯行声明文を送りつけるという何とも大胆不敵でおぞましい事件だった。

だが、捕まってみれば犯人は自分よりもひとつ年上の中学二年生の少年だった。

あのときの衝撃は今でも覚えている。自分よりもひとつばかり年上の子供が、そんな残忍なことをしたというのがとても信じられなかった。

十四歳だった犯人は罪に問われることはなかった。法律などにはまったく関心のない年齢だったが、今の自分はどんなことをしても罪に問われることはないのだということを知って驚いた。

もっとも、たとえそうであったとしても、そんなことをしようとは思わなかったが。

あの事件の犯人はいったいどんな生活を送っているのだろう。

美代子は女性誌を棚に戻すと、興味の赴くままにその週刊誌を手に取った。

少なくとも犯人が幸せになっていないことを願いながら、雑誌をめくった。

見出しの横に載せられた大きな写真が目に入った。それを見た瞬間、妙な既視感を抱いた。

黒蛇神事件の犯人であるAと同じ会社に勤めているという男性の話が記事になっている。Aは現在、川口市内にある工場で働いているという。

あの事件の犯人がこの近くにいることに驚いた。何とも物騒な話だ。

記事を読み進めていくうちに、次第に息苦しさを覚え始めた。鼓動が速くなっていく。これ以上、読んではいけないと頭の中で警告音が鳴り響いているが、雑誌を閉じることができないでいる。

やがて、雑誌の文字が激しくぶれだして目で追うことが難しくなった。雑誌を持った手が激しく震えている。

美代子は雑誌を棚に置いて両手でしっかりと押さえつけながら記事の続きを目で追った。

Aの同僚であるBは以前、工場の機械で指を二本切断する大怪我を負ったことがある。Aの適切な処置で無事に指は縫合できた……そこまで読んで、記事の最初のページをめくった。

見出しの横の写真を恐る恐る見つめる。

マイクを握った男性の顔にはモザイクがかかっている。だが、どこかで見たことがあるシャツの柄だった。

そんなことがあるはずがない——！

記憶をたどっていた美代子は心の中で叫んだ。

鈴木が黒蛇神事件の犯人だなんてありえない――！

子供の頃に人を殺してしまったんだ。警察に捕まったぼくは少年院に入れられた。それ以来、親とも弟とも会っていない――。

あの日、鈴木が言った言葉が脳裏によみがえってくる。

そんなことありえないッ！

ふたりの子供を殺して、その目玉をくり貫くような残虐極まりないことがあの人にできるはずがない。

ぼくが生きようが死のうが誰も悲しまない……いや、ぼくが死んだら喜ぶ人はたくさんいるだろう。だけど、ぼくは死ぬこともできずに、ただ死に場所を求めてさまよっていた――。

信じられない――いや、そんなこと絶対に信じない――！

頭の中で響き渡る鈴木の言葉を必死に振り払おうとした。

突然、脇腹のあたりに振動があり、身を強張らせた。肩にかけていたバッグの中の携帯が震えたのだ。バッグから携帯を取り出すとメールが届いている。

鈴木からだ。

美代子はうろたえながらメールを開いた。

『今夜、部屋に行ってもいいかな？』

鈴木が黒蛇神事件の犯人だなんてありえない。

そうだ。きっと、ただの偶然だ。

そうは思っても、これから鈴木と会うのはためらわれた。

益田に訊いてみればはっきりするだろう。益田がこの雑誌と関わりがなければただの偶然ということだ。

明日にはきっと笑い話になっている。

『ごめんなさい。今日は体調が悪いので明日でどうですか？』

美代子は震える指先でメールを打つと鈴木に送った。

26

仕事を終えてから何度も須藤の携帯に電話をしているがまったくつながらない。

益田は苛立ちを覚えながらスマートフォンをポケットにしまった。

ベンチから立ち上がるとやってきた電車に乗り込んだ。吊革につかまりながら、頭上に吊るされた『ウイークリーセブン』の広告を忌々しい思いで睨みつけた。

朝の通勤途中にこの広告を目にした益田はあまりの衝撃に動くことができず、電車を乗り過ごしてしまった。次の駅で乗り換えてふたたび川口駅に着くと、すぐに売店で『ウイークリーセブン』を買った。

記事を読むとさらに激しい衝撃に襲われた。

たしかに記事の半分は益田が書いて送ったものがベースになっている。だが、残りの半分は完全に書き換えられていた。いや、書き換えられたという言葉では足りない、捏《ねっ》造《ぞう》といっていいものだった。

あの記事を読んだ多くの読者は、黒蛇神事件の犯人の現在の姿から大きな誤解を抱くだろう。自分たちが住む社会にいる犯人は、いつまたあのような犯罪を起こすかわかったものではないと。

記事を掲載するのをやめてくれと頼んだのにどうしてだと、激しい憤りを感じている。

だが、今の益田が最も危惧するのは、あの記事を会社の人たちが読んでしまうのではないかということだ。

記事に書かれたことだけではAが鈴木であるとは断定できない。川口市内にはたくさんの工場がある。指を切断するような事故は多かれ少なかれ他の工場でも起こりうるだろう。少なくとも、カワケン製作所の中に黒蛇神事件の犯人がいるという確信には至らない。

誰に何を聞かれたとしても、益田はあの雑誌とまったく関わりがなく、あそこに書かれているBは自分ではないと言い張ればそれで済んでしまうだろう。

だが、記事に掲載されている写真を見れば、少なくともあの日カラオケに行った人たちはAが鈴木であると気づいてしまうかもしれない。

もし、あの記事を美代子が目にしてしまったら——。

そのときの彼女の絶望を想像すると、激しく心が痛んだ。

それに、あの記事を鈴木が目にしたら益田に裏切られたと感じるだろう。

益田に裏切られ、会社にもいられなくなったとなれば、鈴木はどうなってしまうだろうか。

どうすればいいだろう。

益田は考えを巡らせて、鞄から雑誌を取り出した。裏表紙に書かれた編集部の所在地を確認する。

次の西川口駅に着くと、益田は逆方向に乗り換えるために電車から降りた。

『ウイークリーセブン』を出している栄徳社は代々木駅前にあった。十階建てのかなり大きなビルだ。

益田は勢い込んで正面玄関に入るとまっすぐ受付に向かった。

「益田と申しますが、『ウイークリーセブン』の須藤さんにお会いしたいんですが」受付の女性に告げた。

「お約束はございますか?」

「いえ。ただ、至急お会いしたい用事がありまして」

「少々お待ちください」

受付の女性が電話をかけた後、益田に目を向ける。

在社していたとしても居留守を使われるのではないかと思っていたが、女性はあっさり「あちらのロビーでお待ちくださいとのことです」と言った。

益田は女性に会釈してロビーに向かった。ソファに座ってしばらく待っていると、エレベーターが到着する音が聞こえた。中から須藤が出てきてこちらに向かってくる。

「よくのこのこと訪ねてこられたな」

益田と目が合うと、須藤が顔中に不快さをあらわにした。

「話って何だよ」

須藤が面倒臭そうに益田の前に座った。大股を開いて足を投げ出す。

「これはいったいどういうことなんですか」

益田は鞄から雑誌を取り出すと須藤の前に投げ出した。

「どういうことって？」須藤がとぼけたような表情で言った。

「記事を掲載しないでくださいとお願いしたじゃないですか！」

「おれはそんなこと了承した覚えはないぞ。おまえが勝手に言って電話を切っちまっただけだ。それから何度も連絡を入れたが居留守を使いやがって。まったくおまえにはほとほと失望したぜ。大学の先輩として底辺でもがいているおまえに何とか這い上がれるチャンスをやろうと、いろいろと根回ししてやったっていうのによ。おまえがすべて台無しにしたんだ」

「電話に出なかったのは申し訳なかったと思ってます。こんなことになるならきちんと会ってお話しするべきだった。だけど、須藤さんに会えば何だかんだと原稿を書き直す方向に仕向けられそうで……」

「当たり前じゃねえか。こんな大ネタを放っておくマスコミはいねえよ」

「それにしてもこの記事はひどすぎるじゃないですか。捏造もいいところだ」

「捏造ねえ……」

須藤が鼻で笑った。

「ほとんどおまえが話したことだよ。それとも、おまえはおれたちに嘘をついてたっていうのか?」

「じゃあ、これは何なんですか!」

益田は雑誌に手を伸ばしてページをめくった。

「こんなこと、ぼくは書いてないし、ひと言も言ってない!」

寮の周辺で猫の変死体が発見されたという記事を指さしながら叫んだ。

「それも事実だ」

須藤の言葉に、益田は顔を上げた。

「おまえが本当に原稿を書き直すかどうかちょっと不安だったんでな。こっちはこっちで追加の取材をしてたんだよ。おまえの会社の寮がある蕨ではこの数ヶ月の間にいくつかの猫の変死体が発見されてる。たしかなことだ」

「だからって、それが彼の仕業かどうかなんて——」

「そうだよ、奴がやったかどうかなんてわからねえよ。だから、奴がやったとはひと言も書いてねえだろう。黒蛇神事件の犯人が住んでいるまわりで猫の変死体がいくつか発見されている。あとは読者の想像に委ねているだけさ」

何か言い返してやりたいが、益田は言葉を見つけられずにいた。

「そろそろいいか。おれもそれほど暇じゃないんだ」

立ち上がった須藤を呼び止めた。

「ひとつだけ……ひとつだけお願いがあります」益田は力なく須藤を見上げた。

「記事を書くのは投げ出したが情報提供はしたんだから、それなりに金をよこせってか？」

「そういうことじゃありません」

「じゃあ、何だよ」

「記事に載っていた写真……あれを訂正してください」

「は？」

「来週号の『ウイークリーセブン』で、あの写真に写っているのはAではありませんと訂正文を出してください」

そうしてくれれば、美代子から記事のことを訊かれたとしてもシラを切りとおせる。あそこに書かれていたBとは益田ではなく、もちろんAも鈴木ではないと。

雑誌の編集部で働いている友人がいるのは事実で、ちがう記事に載せるためにあの写真を提供したが、どういうわけか誤ってあの記事に使われてしまったようだと。

苦しい弁解だとは思うが、もはやそれしか彼女を守る術はない。

もっとも、彼女があの記事を読まずにいることを一番に望んでいるが。

「おまえの言ってることがよくわからねえ。いったい何のためにそんなことをしなきゃならねえんだ」須藤が探るような視線を向けながら言った。

「ある人を深く傷つけてしまうからです」

「もしかしたら、あの動画に映っていた女は青柳の恋人か？」

益田は答えなかった。

美代子のことを知られれば、さらにそのことを記事にされるかもしれない。

「そうなんだろう？　動画を観たときからもしかしたらそうじゃないかと思ってたんだけどな」

「お願いします。あの写真がAではないと訂正してください」

「彼女があの写真を見たら恋人が黒蛇神事件の犯人だと気づいちまうってか。それがどうしたんだよ」

その言葉に反応して、須藤を睨みつけた。

「事実なんだからしょうがねえだろう」

須藤は恋人がいると確信を持っているようだ。

「それを隠すことが本当にその女のためになると思ってるのか？　知らなければその女は幸せなのか？　だけど、いずれはそれを知ることになるだろう。知らないでいる時間が長ければ長いほど、奴との思い出が増えれば増えるほど、その女の心の傷は深くなっていくんだ。その女がおまえとどういう関係なのか知らねえが、奴の正体がわかった時点で早くおまえが知らせるべきだったんだよ」

須藤の言葉が胸に突き刺さってくる。

「きっとその勇気がなかったんだろう？　おまえの原稿を読んでおれはおまえの本質を垣間見た気がしたよ。おまえには勇気がないんだよ。匿名のブログであれば偉そうなことをほざけても、益田純一という人間として自分の思いを人に訴える勇気がおまえには欠如しているんだ」

須藤の発した言葉のひとつひとつが頭の中を駆け巡っている。

記事を掲載した須藤に対する怒りがあった。いったん世の中に出てしまったものを消し去ることはできないだろうが、せめて自分の思いをぶちまけたかった。だが、そのすべてに反駁《はんばく》されてしまった。

須藤の言うとおりだ。自分には勇気がない。益田純一という人間として人に何かを伝える勇気が欠如している。

美代子に鈴木の正体を告げられなかったときもそうだったし、あの原稿を書いたときもそうだった。

自分にもっと勇気があればきっとちがった形の記事になっていただろう。

少なくとも、鈴木がこれからの人生のすべてに絶望だけを感じないようなものにすることができたのではないか。

十四年前から自分は少しも変わっていない。

寮の前にたどり着いたが、なかなか中に入っていく勇気を持てないでいた。

もし、清水や内海があの記事を読んでいたとしたら、大変な事態になっているだろう。

どこかで酒でも飲みながら時間をつぶして、彼らが寝た後にでもこっそり戻ろうか。

そう思って歩きだしたとき、食堂のあたりから賑やかな声が漏れ聞こえてきた。清水と内海と鈴木の笑い声がする。

どうやら彼らはあの記事を読んでいないようだ。

益田は思い直して寮に戻ることにした。

玄関で靴を脱いで上がると、このまま自分の部屋に行こうかと迷った。だが、あまりにも彼らを避け続けているような行動をとっていると、かえって不自然に思われてしまうかもしれない。

益田はみんなに軽く挨拶しておこうと食堂に向かった。

食堂に入ると、清水と内海と鈴木がテーブルを囲んでテレビを観ている。バラエティー番組を観ながら笑い声を上げている。

「おう、おかえり」

清水の声に、内海と鈴木が同時にこちらに目を向けた。

「それ……」

益田は新しい液晶テレビとDVDデッキを指さした。

「鈴木が買ってきたんだよ。別にこんないいものじゃなくてもよかったんだけどなあ。デッキなんてDVDだけじゃなくてHDDっていう録画機能もついてるんだとさ」清水が鈴木に笑みを向けながら言った。

「みんなで楽しむものだから、ちょっと奮発しようと思って。益田くんも一緒に観ようよ」

そう言った鈴木と目が合った。かすかに微笑みかけるような眼差しを見て、電流に撃たれたような感覚に陥った。

鈴木はあの記事を読んでいる——。

根拠はないがそう感じた。

「悪いけど、ちょっと体調がよくないんで先に休ませてもらいます」益田は鈴木から視線をそらして言った。

「最近、具合が悪そうだが大丈夫か。病院に行ったほうがいいんじゃねえか?」

清水の言葉に軽く頷いて、益田は食堂から出た。


隣の部屋からかすかな物音が漏れ聞こえてくる。

益田はスマートフォンに手を伸ばしてディスプレイを見た。午前三時を過ぎていた。

いったい鈴木は何をしているのだろうかと思いながら漆黒の闇を見つめている。

ドアが開閉する音が聞こえた。静寂の中で小さく足音が響いた。ドアの前に鈴木がいる気配を感じている。

鈴木はあの記事を読んでいると確信を抱いている。

だが、先ほどの鈴木の表情を見ても、益田に対してどんな思いを抱いているのかわからなかった。

何か言わなければいけない。鈴木に何かを話さなければならない。そう思っていても、起き上がって部屋を出ていくことができなかった。

やがて、階段を下りていく足音が聞こえた。

「やっぱ、ヤベポンはいいっすね。ひさしぶりの再会っすよ」

テレビのニュースを観ながら内海がはしゃいでいる。

「だけど、これからの女子アナやタレントは大変だよな。テレビの画質がよくなって、小じわや肌荒れまでくっきりと観られちまうんだから」清水がそう返してパンを頬張る。

「そう言えば、鈴木くんはまだ寝ているのかな?」山内が天井を見上げた。

「そろそろ起きないと遅刻しちまうな。内海、起こしてきてやれよ」

清水に言われて、内海が立ち上がって食堂から出ていった。

しばらくすると階段を駆け下りてくる足音が聞こえて、内海が「大変です!」と食堂に駆け込んできた。

「何だよ」

清水が言うと、内海が手に持っていた紙をテーブルに置いた。

「部屋が空っぽでした」

その言葉に、清水と山内が同時にテーブルの上の紙に視線を向けた。

わかっていることではあったが、益田もふたりに倣って身を乗り出した。

『みなさん、今までありがとう。さようなら。　鈴木』
紙にはそう書かれていた。

27

蕨駅の改札付近で待っていると、人波にもまれながらこちらに向かってくる村上を見つけた。

改札を抜けた村上に小さく手を振ると、弥生に気づいたようで近づいてきた。

「こんな朝早くに申し訳ありません」弥生は村上に詫びた。

「それはぜんぜんかまわないです。それよりも、なぜ蕨で待ち合わせたんですか」

「ええ……」

弥生はそう間を置きながらどう説明していいものかと言葉を探した。

「彼はこの近くに住んでいるんです」けっきょくこう言うしかないのだと思って告げた。

「彼というのは、まさか……」

村上に見つめられ、弥生は頷いた。

「昨日の記事にあったように彼は川口の工場で働いていて、この近くにある寮に住んでいるんです」

弥生の話を聞いて、村上の表情がさらに深刻そうなものになった。

「昨日の白石さんの話しぶりから、もしかしたらとは思っていたんですが……それにしても、どうして彼と？」

「わたしの自宅に彼から電話がかかってきたんです」

「だけど、どうして彼が白石さんの電話番号を」

「興信所で調べてもらったそうです。それで彼にサポートチームのもとに戻るように電話で説得したんですが、彼は頑なで……」

「それで直接会うことにしたんですね」

「ええ、誰にも言わないという約束で」

「この近くに住んでいることは他の者は？」

「知りません。もし、約束を破ってそのことを誰かに伝えてしまえば、サポートチームが彼を連れ戻しに来るでしょう。そんなことになったら、もし彼がふたたびいなくなってしまったときに、もうわたしに連絡を取ることはしないだろうと思ったんです。もちろん迷いましたけど」

「あの記事が出てから彼に連絡を取りましたか？」

「彼は携帯電話を持っているんですがわたしからの着信を拒否していて。彼の記事が出ていることをメールで知らせはしたんですが……」

　彼からの連絡はない。

「あなたのことをそこまで慕っているのに、どうして着信拒否をしているんでしょう」

　弥生は、彼の同僚とこっそり会っていたことと、そのことを彼に知られて怒りを買ってしまったことを話した。

「その同僚が今回の記事の情報を提供したんです」

弥生が告げると、村上が口もとを歪めた。

「わたしが迂闊だったんです。彼の普段の生活が心配だったとはいえ、その同僚に近づいてしまったことで、彼の過去を知るきっかけを与えてしまったのかもしれない」

「あまり自分を責めないでください。それがきっかけで同僚がそのことを知ったのかどうかはわからない。彼が逮捕された頃の写真はネットの中にあふれている。記事にもそのようなことが書いてあったでしょう」村上がなぐさめた。

「彼はもうわたしの言葉に耳を傾けてくれないでしょう。村上さんならサポートチームのもとに戻るよう彼を説得できるんじゃないかと思ったんです。ここで待っていれば出勤前の彼を捕まえられます」

「わかりました。何とか彼を説得してみます」

村上の力強い視線に、弥生は少しばかり安堵した。

だけど、心の中ではまた別の不安が膨れ上がっている。

智也のことだ。

昨日、あれから産婦人科に行こうという明菜を必死に説得した。本当にそうすることがふたりのためになることなのか、もっとよく考えたほうがいいと。だが、明菜は弥生の言葉にほとんど耳を傾けていないようだった。

弥生に向けた明菜の眼差しは蔑みを含んでいた。おそらく智也からいろいろと聞いているのだろう。ずっと自分の子供を放っておいた母親失格の人間から、いくら命の大切さを諭されても、少しも心に響くものなどないのだろう。

だが、少なくとも智也に直接会って話をするまでは、中絶の同意をして立ち会うことなどできない。

弥生は、少しだけ時間をちょうだいと明菜を渋々納得させて別れた。その後、何度も智也の携帯に連絡をしているがいまだにつながらない。

「それにしても、彼はどうしてサポートチームのもとから逃げ出したんでしょう」

その言葉に我に返り、弥生は村上に目を向けた。

「彼にとってサポートチームのもとを離れてひとりで生活していくのは、地雷原の中を歩いていくようなものでしょう。どこで自分の過去を知られてしまうかしれないし、そうなってしまえば世間からの憎悪に身も心もぼろぼろにされてしまう。彼だってそんなことは百も承知だったでしょうに」

「ひとつは不信感があったんでしょう」

「不信感？」

「彼が愛知に住んでいたときに警察が来たことがあったらしいんです。バラバラ殺人事件の捜査で。それでサポートチームが警察に自分の居場所を知らせているのだと、彼は思い込んでいるんです」

「そんなことがあったんですか」村上が嘆息を漏らした。

「それに、彼はこうも言っていました。サポートチームが用意したかごの中にいるかぎり、自分は本当の意味で生きていくことはできないと。このままだと人間らしい感情を持ったり、被害者に対する償いの気持ちを持ったりすることはできない。苦しいことも悲しいことも含めて、自分は本当の意味で生きたいんだと言っていました」

「だけど、彼がそのように生きていくことは相当難しいでしょう」

「そうでしょうね」

今回のことで、彼もそのことを痛感しているにちがいない。親友だと思っていた人間でさえ、彼の過去を知ってしまえば週刊誌に情報を売るようになってしまうのだ。

こちらに向かってくる人物を見て、弥生は村上の肘をつついた。

「彼の同僚です」

益田のまわりに三人の男性がいた。ふたりは益田と同世代のようで、ひとりは年配だった。彼の姿はない。

益田は弥生に気づかないようで、そのまま他の三人とともに改札の中に入っていった。

「彼は一緒ではないようですね」

村上の言葉に弥生は頷いた。

「どうしますか？」

「別々に出勤しているのかもしれません。あと三十分待って来なければ寮に行ってみましょう」

だが、それから三十分待っても彼は現れなかったので、弥生たちは寮に向かった。

寮に着くとチャイムを押した。何度か鳴らしてみたが応答はなかった。

「彼の会社はご存知ですか？」

「はい」弥生は不安を噛み殺しながら歩きだした。

川口駅からしばらく歩くと『カワケン製作所』という看板が見えてきた。

近づいていくと機械音が漏れ聞こえてきた。工場の窓は開け放たれていて、何人かの従業員が機械に向かって作業しているのが見えた。

さりげなく中の様子を窺ってみたが、彼の姿を見つけることはできなかった。

弥生は若干のためらいを抱きつつ、ノックをして事務所のドアを開けた。

「失礼します——」

中に入ると机に向かっていた三人が顔を上げた。そのひとりの益田と目が合って、思わず眉根を寄せた。

益田は少し怯んだような表情を浮かべたが、すぐに何事もなかったように机の上の書類に視線を移した。

「お忙しいところ申し訳ありません。こちらの責任者のかたとお話がしたいのですが」

弥生が言うと、自分と同世代ぐらいの女性が立ち上がってこちらに向かってきた。

「どういったことでしょうか」女性が訊いた。

「こちらでお世話になっております鈴木秀人の親戚の者なのですが」

「鈴木さんの御親戚の……そうなんですか。いつもお世話になっております」女性が恐縮したように頭を下げた。

「いえ、こちらこそ秀人がお世話になっております。突然会社にお伺いして申し訳なかったのですが、至急彼と話したいことがありまして。呼んでいただけますでしょうか」

「あの……それがですね……」女性が言い淀んだ。


「どうぞ」

ソファに座って待っていると、若い女性がお茶を持ってきて弥生たちの前に置いた。

彼のスケッチブックの中に描かれていた裸婦像のモデルだ。

この女性は彼とどういう関係なのだろうか。もし、彼の想像ではなくあの絵のモデルになるような間柄であったとしたら、彼女のこれからが気がかりだった。

事務所のドアが開いて作業服を着た年配の男性がふたり入ってきた。弥生たちの向かいに並んで座る。

「社長の川島です。こちらは寮を管理している山内です」

弥生は山内という男性に目を向けた。彼に仕事を教えてくれている人だ。酒癖はあまりよくないが普段は優しくて温厚な人だと、いつか彼が話していた。

「先ほどお聞きしたんですが、彼がいなくなったというのはどういうことでしょうか？」弥生は川島に向き直って訊いた。

「いや、こちらとしてもびっくりしているんです。今朝、彼の部屋に行ってみたら置手紙を残していなくなっていたというので……」

川島が隣に目を向けると、山内がポケットから紙を取り出してテーブルの上に置いた。

『みなさん、今までありがとう。さようなら。　鈴木』と書かれている。

「現在は試用期間でアルバイトという扱いなんですが、非常に仕事熱心なので近々正社員になってもらおうと思っていたところなんですよ。何も言わずにいきなり辞めるような無責任な子には思えないので……むしろ、御実家のほうで何か大変なことがあって、すぐにでも戻らなければならなくなったのではないかと心配していたんです」

「特にそういうことはありません」

彼がいなくなった原因はあの記事以外に考えられない。

弥生は机に向かって書類仕事をしている益田に視線を向けた。

ここで感情をあらわにしてはいけないと思っていても、益田を鋭く睨みつける視線をどうすることもできない。

「昨晩の彼はどんな様子でしたか？」弥生は山内に目を向けて訊いた。

寮にいる人たちに彼の過去を知られて、何かあったのではないかと気になっている。

「特に変わったところはありませんでした。わたしは十時頃に寮に戻ってきたんですが、みんなとテレビを観ながら楽しそうに酒を飲んでいましたよ」

山内の表情を窺ったが、嘘をついているようには思えなかった。

「彼の携帯などには連絡はつかないんでしょうか」川島が言った。

「ええ、今のところは……」

「そうですか。彼と連絡が取れたら伝えてください。うちはいつでも待っているから、ぜひ戻ってきてほしいと」

川島の言葉に、弥生は頭を下げた。


「わたしのせいです」

弥生は目の前のコーヒーカップをぼんやりと見つめながら呟いた。

「先ほども言いましたが、あまり自分を責めないほうがいい」

村上の言葉に顔を上げた。

「でも、昨日の時点で寮に行っていれば彼に会うことができたんです」

「よほど大切な用事だったんでしょう。そうでなければ、白石さんは彼のことを優先したにちがいない。しかたないことですよ」

村上の優しい言葉に涙が出そうになった。

「村上さんのお子さんはお元気でいらっしゃいますか？」

突然そんなことを訊いてしまったせいか、村上が小首をかしげた。

「ええ、元気にしていますよ。もっとも、勉強はそっちのけでサークル活動にいそしんでいるみたいで心配ですが」

村上には智也よりもひとつ年上の息子がいる。

「そうですか……」

「昨日の用事というのは、もしかしたら息子さんのことですか?」

村上に訊かれて、弥生はためらいながら頷いた。

「村上さんと約束した後に息子から電話がかかってきたんです。どうしても会いたい用事があると」

村上は弥生が離婚したことも、息子と離れて生活していることも知っている。

「約束の場所に行ったら、息子の彼女という女性が来ました」

「息子さんに恋人を紹介されたわけですか」

微笑ましいというように言った村上に、弥生は首を横に振った。

「息子はアルバイトがあるとかで来ませんでした。息子はその女性を妊娠させていたんです」

弥生が言うと、村上の表情が変わった。

「彼女は十九歳で、中絶するには親の同意が必要です。ただ、彼女のご両親は非常に厳しいかたらしく、代わりに同意書を書かせて産婦人科まで付き添わせるために、わたしは呼び出されたんです」

「それで」村上が表情を曇らせながら先を促した。

「わたしは彼女を説得しました。ですが……彼女にとって、わたしの言葉などは薄っぺらいものにしか聞こえなかったみたいです。きっと息子からわたしの話をいろいろと聞かされていたんでしょうね。子供という存在がかけがえのないものだというなら、どうして自分の息子のことを放っておいたんですかと言われました。わたしは何も言葉を返すことができませんでした。たしかに、彼が医療少年院に入ってきてから、わたしは息子に対して母親らしいことを何ひとつしてやれなかったように思います。他人の子供を救うことにかまけて、血を分けた自分の子供を犠牲にしてきたんです」

「彼が入ってきてから、白石さんもわたしも過酷な任務を強いられましたからね。わたしたちだけじゃなく、医療少年院のスタッフ全員がそうですが……なにしろ、誰も経験したことのない、前代未聞のケースだったんですから」

「だけど、村上さんはお子さんといい関係を築いてらっしゃる。息子はわたしのことを憎んでいます。いや、もはや憎むといった感情すら持ち合わせていないのかもしれません。赤の他人のように感じているでしょう」

こんな話をすることには激しい抵抗があったが、村上に話さずにはいられなかった。

彼が入ってきてからの数年間、村上も自分と同様に彼の親の代わりとなって矯正に携わってきた。医療少年院で同じ任務を託され、同じ目標を抱いて仕事をしてきたはずだが、村上は自分とちがって家族と良好な関係を築いている。

自分と村上では何がちがうのだろうか。自分には親としての何が欠けているのかがどうしても知りたかった。

「わたしはどこで間違ってしまったんでしょうか」

「間違った、というわけではないと思います。白石さんはただ、仕事に全力を注がれた。ひとりの人間を救うために。そのために家族と過ごす時間を犠牲にしてしまわれた。わたしはそう思いますよ」

「仕事に全力を注がれていたのは村上さんだって同じでしょう。それなのに……」

「母親と父親という役割のちがいがあるのかもしれません。彼は特に母性を求めていましたからね。彼をあんな事件に駆り立てていった強い要因としては、人間関係における母性の欠如が大きかったですから。先ほど、白石さんもわたしも過酷な任務を強いられたと言いましたが、それは訂正させてください。同じく親の役割を託されていたといっても、白石さんはわたしの数十倍も過酷だったはずです。精神的にも、肉体的にも、時間的にも……だけど、白石さんがそこまで尽力されたから、彼は社会に戻ることができたんです」

「でも、けっきょく彼のことを救うことはできませんでした。救うどころか、わたしの判断ミスで彼を窮地に追いやっている。それなのに今のわたしにはどうすることもできない。息子に対してもそうです。息子が大きな問題を抱えていても、わたしは母親としても何ひとつ手を差し伸べてやることができない。わたしは母親としても医療少年院の職員としても失格ですね」

「わたしは白石さんのことを素晴らしい職員だと思っています。わたしなんかより遥かに」

「はたしてそうでしょうか」

とてもそうは思えない。

「そうですとも。白石さんはわたしとちがって諦めていないようですから」村上がそう言って苦笑した。

「諦めていない……とは、どういうことでしょうか」

「わたしも白石さんと同様に全力で仕事に取り組んでいるつもりでいます。彼だけじゃなく、少年院に入ってくるすべての子供たちに対して。何とか彼らを更生させて、ここから社会に出て行ってもらいたいと願いながら日々仕事をしているつもりです。だけど、わたしたちにできることにはしょせん限界があるのだとも思っています。不謹慎な言いかたになってしまうかもしれませんが、ある種の諦めですね……」

「諦め……」

「他人の子供の人生に一生責任を持つことはできないのだという諦めです。わたしたちが少年院の中でどんなに頑張ったとしても、社会に出てからふたたび罪を犯す者もいるでしょう。自分たちが関わった少年たちが将来幸せになれるとはかぎらない。そう心の中で諦めを感じながらも、少年院の中では全力で仕事に取り組むしかないとわたしは考えています」

「そうですね。たしかにわたしたちができることには限界があるのかもしれません」

彼の人生が心配でたまらない。しかし、彼の人生に一生寄り添っていくことはできないのだ。

「でも、自分の子供に対してはちがいます。親は死ぬ寸前まで、自分の子供に責任を持たなければいけないような気がするんです。それを子供が求めていようと、求めてなかろうと……子供が未成年であろうと、年をとっていようと……親は自分の子供に対してだけは絶対に諦めてはいけないんです。わたしはそう思っています」

親は自分の子供に対してだけは絶対に諦めてはいけないんです――。

その言葉を心の中で繰り返している。

28

午前中に事務所を訪ねてきた女性を見て、美代子は以前に鈴木が言っていた『先生』ではないかと直感的に思った。

鈴木が本当の母親のように思っていたという女性——。

たしかに人を包み込むような優しい雰囲気の女性だった。だが、益田のほうに目を向けたときだけは、突き刺すような鋭い眼差しに変わったと感じた。

そういえば昨日読んだ記事の中に、黒蛇神事件の犯人のAは少年院で矯正に携わっていたと思われる年配の女性と現在も接触しているようだと書いてあった。

まさか、それがあの女性ではないかという想像を、美代子は必死に振り払った。

昨日からどうしようもない不安に襲われている。

鈴木が黒蛇神事件の犯人であるはずがないと思っていても、彼と過ごした記憶をたどりながら、その可能性を考えている自分に気づいて愕然とした。

鈴木が発した言葉や態度だけではない。益田の美代子に対する言動を思い返しているうちに、その可能性がより色濃くなっていくようで心が暗く沈んでいった。

美代子はけっきょく一睡もできないまま朝を迎えた。

自分を苦しめる嫌な想像を早く誰かに覆してもらいたい一心で会社に行ったが、そこでさらに不安を煽られるような話を聞かされることになった。

鈴木が置手紙を残して寮から出ていったという。

どうしてそんなことをしなければならないのだ。清水たちと喧嘩になって険悪な関係になったときでさえ、鈴木は会社を辞めなかった。それなのにどうして……。

いくら考えても行き着く答えはひとつだが、どうしてもそれを認められないでいる。

あの女性に鈴木のことを訊ねれば本当のことがわかるのではないかと思ったが、事務所を出ていった彼女を追いかけていく勇気がなかった。

「お先に失礼します」

その声に、美代子は顔を向けた。

益田がドアを開けて事務所から出ていくところだ。

美代子は手早く帰り支度をすると、益田に続いて事務所を出た。駅のほうに向かう益田の背中についていく。だが、その背中が近づいても声をかけることができずにいる。

「益田さん――」

勇気を振り絞って声をかけると、益田が立ち止まって振り返った。

こちらを見つめる益田の眼差しを見て、美代子は息を呑んだ。

どこか美代子を憐れんでいるような眼差しに思えたからだ。

「どうしたんですか？」

益田は無理して笑顔を作っているみたいだ。

「鈴木さんは……どうして寮から出ていったんですか」

美代子は訊いたが、益田は「さあ」と小さく首を傾げただけだった。

「誰かと喧嘩してしまったとか、寮で何か諍いがあったんじゃないですか」

今でもその可能性にすがっている。

「そういうことはないと思います。ぼくは部屋で寝ていたのでよく知らないけど、さっき彼の親戚のかたが訪ねてきたときに山内さんがそう言ってたでしょう」

「じゃあ、どうして……」

益田はわからないと首を横に振った。

「逆に、彼から何か連絡はありませんでしたか」益田が訊いた。

「ありません」

昨日の夜、部屋に行っていいかという鈴木に断りのメールを送ってからは何もない。

「そうですか」益田がそう言って背を向けた。

「益田さん」

思わず呼び止めると、益田がふたたびこちらを向いた。

「益田さんは……『ウイークリーセブン』という雑誌をご存知ですか?」

美代子の言葉に反応して、益田の眼差しの奥に潜んでいたものがさらに濃くなったような気がした。

深い憐憫《れんびん》と悲しみを覗かせるその眼差しを直視することに耐えられず、美代子は少し視線をそらした。

「知ってます」

「昨日発売された『ウイークリーセブン』をご覧になりましたか」

「ええ」

「黒蛇神事件に関する記事が載っていましたよね。あの中に写真が出ていたんですが、それがこの前カラオケに……」

益田の手もとに視線を据えていた美代子はそこで言葉を切った。

小刻みに震えている益田の手を見つめながら、これ以上言葉を発してはいけないと、もうひとりの自分が必死に訴えかけていた。

「あの記事に出ていたBという人物は……」その言葉が口からこぼれた。

重苦しい沈黙が流れた。手もとに据えていた視線を、ためらいながら益田の顔に向けた。

「ぼくです」

心臓が跳ね上がった。

「どうして益田さんがあの雑誌に……どうしてあんなでたらめなことを……」

「でたらめなんかじゃありません。鈴木くんは黒蛇神事件の犯人なんです」

益田の目を見つめていた視界がぐにゃりと揺れた。

「う、嘘……」

朦朧とする意識を何とか踏みとどまらせようと、必死に言葉を絞り出した。

「嘘ではありません。ずっと藤沢さんに話さなければならないと思っていたけど話せなかった。ごめんなさい……」

平衡感覚を失ったような視界の中で、益田が頭を下げたのがわかった。

「そ、そんなこと……そんなこと嘘よ！　鈴木さんが黒蛇神事件の犯人だなんてありえない！　鈴木さんにあんなことができるはずが……」

「本当なんです！」

美代子の言葉を遮るように、益田が言った。

「ぼくだってそんなことは信じたくなかった。入院しているときにたまたまネット上で犯人の少年時代の写真を見て、彼が持っていた写真の男の子に似ていると思ったんです。寮に入った最初の頃、彼が持っていた写真をこっそりと見てしまったことがありました。ぼくの実家の近くの風景に似ていて……黒蛇神事件が起きた現場の近くです。もしかしたら、彼が、という疑念がどうしても拭えなかった」

「それで鈴木さんのことを調べたっていうんですか」

「そうです。鈴木くんの写真と動画を撮って、黒蛇神事件の犯人の同級生に会いに行ったんです。それで確認を取りました」

「写真と動画を撮ってって……わたしたちをカラオケに誘ったのはそのためだったの？」

益田が頷いた。

あんなに楽しいことがあるのを知らずに死んでいったかもしれない――。カラオケに誘ってくれた益田に、大げさだと思うほど感謝していた鈴木の姿が脳裏をかすめた。

「それで週刊誌に売ったんですか」

「結果的にはそうです。ぼくは大学時代からずっとジャーナリストになることを目指していました。だから……」

「ひどいッ！」

美代子は叫んだ。

「鈴木さんはあなたのことを親友だと思っていたんですよ。いや、親友以上の存在だと思ってた。鈴木さんは自分が犯してしまった罪をまっさきにあなたに打ち明けたいと思い続けていた。それを知ったあなたから、どんな厳しい言葉を投げつけられてもかまわない……ただ、それでも友達でいてほしいって……自分が死んだら悲しいって思ってくれる友達でいてほしいって、泣きながら訴えていたんですよ。死ぬこともできずに、ただ死に場所を求めてさまよっているときに、自分が死んだら悲しいって初めて言ってくれた人だからって。あなたはその思いを裏切ったんですか？　あなたは鈴木さんに死んでしまえって言うことと同じぐらい残酷なことをしたのよ。自分の将来とお金のために友達を売るなんて、あなたは卑怯よ！」

「友達なんかじゃない!」

益田の叫びに、美代子は気圧された。

「こんなことを知って友達だと思えますか。そうでしょう……幼い子供をふたり殺した人間をあなたは好きでいられますか。こんなことを知っても恋人でいられるっていうんですか!」

その言葉に頭の中が真っ白になった。


クラクションの音に、はっと足を止めた。

赤信号が目に入った。すぐ横に車が停まっていて、運転席にいる男性が何やら叫んでいる。

美代子は慌てて歩道に戻った。あたりを見回した。どこかで見た光景だった。しばらく考えて、マンションの近くの交差点だと気づいた。

信号が青に変わった。必死に足を踏み出すようにしながらマンションに向かう。

マンションのエントランスに入ると、美代子の部屋の郵便受けに何かが突っ込まれている。取り出して見るとスケッチブックだった。

鈴木のスケッチブックだと思い至って、めくろうとしていた手を止めた。

この中には自分と鈴木との思い出が詰まっている。

初めてデートをしたとき、部屋でミミや美代子のことを描いた絵や、『タイタニック』のワンシーンを真似して鈴木が描いた自分の裸婦像だ。

幼い子供をふたり殺した人間をあなたは好きでいられますか――。

こんなことを知っても恋人でいられるっていうんですか――。

スケッチブックを見つめているうちに益田の言葉を思い出してしまい、その場にうずくまりそうになった。

そうだ。自分はそんな人間を好きになってしまったのだ。

幼い子供の首を絞めつけた手で肌に触れられ、目玉をくり貫いた手で愛撫された。

その事実をあらためて突きつけられて発狂しそうになった。

美代子はスケッチブックを郵便受けの下のごみ箱に投げ捨てると、オートロックのボタンを押した。

29

階段を駆け上がってくる足音に続いて、激しくドアが叩かれた。

益田は嫌な予感を抱きながら立ち上がるとドアを開けた。部屋の前に立っていた清水と目が合った。隣には内海もいる。清水の手には雑誌が握られていた。

何か言葉を発する前に、ふたりは益田を押し退けるようにして部屋に入ってきた。

「なあ、これはいったいどういうことなんだよ!?」

清水が興奮した口調で訊きながら、座卓の上に『ウイークリーセブン』を投げ出した。

「どういうことって、そういうことですよ……」

美代子に真実を告げてしまったことで、もはや隠す理由も気力もなくして投げやりになっている。

「じゃあ、この記事に書いてあるAっていうのは本当に鈴木なのか?」

益田が頷くと、清水と内海が信じられないというように顔を見合わせた。

「うっそだろーッ！　じゃあ、おれたちは昨日まで黒蛇神事件の犯人と一緒に暮らしてたっていうのかよ」

「黙っていて本当にすみませんでした。言うべきかどうか悩んでいるうちに、つい……」

「おまえはいつ知ったんだよ」清水が訊いた。

「入院していたときにネット上で犯人の少年時代の写真を見て、もしかしたらと思ったんですけど、確認したのは二週間ほど前です。ぼくが外泊した……」

「実家に帰ったってときですよね」

内海の言葉に、益田は頷いた。

「何だよー。どうしてもっと早く教えてくれなかったんだよ」清水が詰め寄ってきた。

怒りというよりも、悔しいというような口ぶりだ。

「それで週刊誌に売り込んだってわけか」

「そういうわけじゃないんです。彼が本当に黒蛇神事件の犯人なのかどうか確認したくて、週刊誌で働いている大学の先輩に犯人の知り合いを紹介してもらったんです。そしたらこんなことになってしまって……」

「こういうのはいくらぐらい謝礼をもらえるものなんだ？」清水が興味深そうに訊いた。

「もらっていません」

「嘘だろう。こんな大スクープを提供してるんだからタダってことはないだろう」

「本当にもらっていません」

「何だよ。おれだったらいろんな週刊誌に売り込みをかけるのになあ」

「それにしても、あんな有名人がまさか自分たちのすぐそばにいたなんて……」内海がまだ信じられないというように言った。

「もっと早く知ってりゃなあ。おれだっていろんなネタを売り込めたっていうのにさ」

「そういえば、清水さん。以前、あいつが描いた絵を携帯カメラで撮りませんでしたっけ？　裸の女の絵を……」

「おお！　そういえばそうだった」

清水が慌ててポケットから携帯を取り出して操作する。

「あったあった。これだろう？」

内海とふたりで携帯の画面を見つめている。

「これだったらいいネタになるかもしれないな。黒蛇神事件の犯人が描いた裸の女の絵……いくらぐらいで買い取ってくれっかな」

人のことをとやかく言える資格がないのは自覚しているが、ふたりのやり取りを聞いているうちに、どうにも苛立たしくなった。

「ちょっと疲れているんで」

益田はふたりの背中を押して部屋から追い出すと、ぴしゃりとドアを閉めた。そのまま崩れるように床にへたり込んだ。

座卓の上に置かれた『ウイークリーセブン』が目に入って、さらに苛立ちと疲労感がこみ上げてくる。

益田は目頭を揉んで重い溜め息を吐き出した。

ふたりの女性の顔が脳裏にこびりついて離れない。

事務所を訪ねてきた弥生は射すくめるような視線を益田に向けていた。まるで益田のことを責め苛むように。

あなたは鈴木さんに死んでしまえって言うことと同じぐらい残酷なことをしたのよ――。

そして、弥生と同じように鋭い視線を向けながらそう吐き捨てた美代子の言葉が、益田の心を突き刺している。

鈴木は今どこにいるのだろう。

益田に裏切られたと知ってどんなことを思っているのだろう。

まさか、ふたたび死に場所を求めてさまよっているのではないか。

いや、それ以前に、鈴木はすでに……。

鈴木の両手首にびっしりと刻み込まれた傷跡を思い出しながら、益田は激しい焦燥感に駆られていた。

30

弥生は電車から降りると、ためらいながら改札に向かった。

経堂駅に降り立つのは智晴と離婚して以来、八年ぶりだ。

智晴の家に向かいながら、これからどんな話をすればいいのだろうと頭の中で考え続けている。

ずっと連絡が取れないでいたが、今日の昼過ぎになってようやく智也からメールが届いた。

『あんたなんかに説教される筋合いはねえんだよ。こんな頼みも聞けねえなら、二度と連絡してくるんじゃねえ』という怒りのメールだった。

弥生は直接会って話がしたいと、智也に何度もメールを送ったが返信はなかった。

今頃、智也と明菜はこれからどうすればいいのかと思い悩んでいるにちがいない。こうしている間にも、明菜のお腹の子は日に日に成長しているのだ。

ずっと智也に話さなければならないことに思いを巡らせているが、頭の中で考えがまとまっていなかった。

弥生は必ずしも、中絶することに頑なに反対しているわけではない。

もちろん中絶するということはお腹にいる赤ちゃんの命を消すということだから、軽はずみなことはしてもらいたくない。だが、明菜も言っていたとおり、学生同士のふたりが子供を産んで育てるとなれば相当な困難を伴うであろうことも理解しているつもりだ。出産がふたりの将来にとって必ずしも正しいことだとは弥生にも言い切れない。

中絶するという最後の選択も、ふたりがきちんと話し合って納得した結果であれば、それも致し方ないことだろうと思っている。それでも智也と直接会って話をしなければ、中絶に協力をすることはできない。

親として、智也に命の大切さを伝え、その命を消してしまうことの意味を深く考えさせなければならない。そして、中絶手術を受けることによって心身にダメージを受ける明菜に対する、最大限のいたわりの気持ちを持たせなければならないだろう。

家が近づいてくるにしたがって、鼓動が激しくなってきた。

智晴は自宅の一階で歯科医院を開業している。できれば智晴が働いている時間帯に訪ねたかったが、この時間なら診察を終えて自宅に戻っているだろう。

家の前にたどり着くと、思っていたとおり歯科医院の明かりは消えていた。住居にしている二階を見上げると窓から明かりが漏れている。

弥生は二階の玄関ドアに続く階段を上がってインターフォンを押した。

「はーい」

聞き覚えのある女性の声がして、弥生は身構えた。紀美子だ。

「どちらさまですか？」

しばらく声を発せられずにいると、紀美子が問いかけてきた。

「あの……白石ですけど。智也はおりますか？」

たどたどしい口調で言うと、相手は驚いたようでしばしの間があった。

「白石さんって……」

「弥生です。突然お伺いして申し訳ありませんが、智也とどうしても話がしたくて」

紀美子に詫びの言葉を言うのは屈辱的だったが、しかたがなかった。

「智也さんはいないけど」

紀美子の冷ややかな声が聞こえた。

「智晴さんはいますか」

紀美子とあまり話をしたくなかったので智晴を呼び出した。しばらくするとドアが開いて智晴が顔を出した。

「何だよ、いったい……」智晴が弥生と目を合わせて困惑したように言った。

「智也と話がしたいんだけど、何時頃に帰ってくるかしら」

「智也に話って、いったい何の話だ？」智晴が怪訝そうに訊いた。

「うん、ちょっと……」

智也が恋人を妊娠させたことを智晴に話すのは早計だろうと思い、言葉を濁した。

「携帯に電話すればいいだろう。いったい何なんだよ、突然やってきて」智晴が不快そうな視線を向けてきた。

「直接会って話がしたいの」弥生はその視線に耐えながら言った。

「智也はここにいないよ」

「ここにいないって？」

「先週からひとり暮らしを始めてる」

「住所を教えて」

「いまさらあの子に会ってどうしようっていうんだ。悪いけど帰ってくれないかな」智晴が弥生を拒絶するようにドアを閉めようとした。

「お願い！」

弥生は滑り込むように玄関に入って、智晴の袖口をつかんだ。

「お願いッ！　どうしても智也と会って話をしなきゃいけないの！」智晴に顔を近づけ訴えかけた。

「いったい何だっていうんだ……」

智晴は呆気にとられているみたいだ。

「ちょっと待ってろ」

智晴はしかたなさそうに言うと、袖口をつかんだ弥生の手を振りほどいて奥の部屋に向かった。

メモに書かれたマンションは中目黒駅から歩いて五分ほどのところにあった。

弥生はマンションのエントランスに入ると、メモに書かれている三〇五号室の郵便受けを確認した。智也の姓である『前園』と出ている。

弥生はその場で深呼吸をすると、オートロックのボタンを押した。

「はい」

抑揚のない智也の声が聞こえた。

「智也？　わたし、お母さんだけど……」

言った瞬間、インターフォンが切れた。

これぐらいの拒絶は覚悟している。弥生はもう一度オートロックのボタンを押した。

だが、応答はない。何度もオートロックのボタンを押し続ける。

「うっせーなッ！　いったい何だっていうんだよッ！」

「智也、切らないで！」

智也の声が聞こえたのと同時に、弥生は叫んだ。

「あなたと話がしたいの！」

「うっせえなッ！　てめえと話すことなんかねえんだよ！」

「会ってくれるまでここにい続けるわ。お願いだから話をさせて！」

沈黙があった。しばらくするとオートロックのドアが開いた。弥生は中に入ると三〇五号室に向かった。部屋の前にたどり着くと、智也が弥生を睨みつけるようにしてドアを開けて立っていた。

「話が終わったらさっさと消えろよ」智也がこちらを睨みつけながら言った。

「わかった」

そのとき、ふたつ隣の部屋のドアが開いて住人が廊下に出てきた。鍵を締めると、弥生たちのことを注視しながらエレベーターに向かっていく。

「どこか喫茶店にでも行かない？」

立ち話で済むような話ではない。

「入れよ」智也が室内に向けて顎をしゃくった。

「いいの？」

「あんたとのやり取りを人に聞かれたら恥ずかしいからな」智也がそう言ってドアから手を離した。

「おじゃまします」

弥生は靴を脱いで玄関を上がった。すぐ右手に真新しいミニキッチンがある。智也はその先にあるドアを開けて中に入っていった。智也に続いて部屋に入ると、クッションに座ってテレビを観ていた明菜が顔を上げた。

「どうも」

頭を下げた明菜に、弥生は「こんばんは」と会釈を返した。

弥生はさりげなく室内に目を向けた。八畳ほどの部屋にはテレビセットとベッドと小さな本棚が備え付けられた学習机があった。智也が小学校のときから使っている机を見て、懐かしさがこみ上げてくる。

「悪いけど、こいつと話があるから今日は帰ってくれないか」

智也が言うと、明菜が立ち上がった。

「ちょっと待って。あなたにとっても大切なお話だから、ぜひ一緒にいてちょうだい」

弥生が言うと、明菜が迷ったように智也に視線を向けた。

「いったい何の話なんだよ。こっちはあんたにはもう用なしなんだよ。バイト先のおばちゃんに頼んだからな」

「頼んだって……中絶の同意を？」

「他に何があるんだよ。明後日、同意書を書いて明菜に付き添ってくれるそうだから、もうあんたには用はねえよ」

「あなたはそれでいいの？」弥生は明菜に目を向けて問いかけた。

「いいも悪いも……しょうがないじゃないですか」

「しょうがないことはないのよ。子供が欲しいと考えているなら方法がないわけじゃない。あなたの親御さんにきちんとお話ししたり、一緒にこれからのことを考えたり、わたしもできるかぎり協力するから。あなたの正直な気持ちを聞かせてほしいの」

「ふざけんなよ。子供は捨てやがったくせに、孫は欲しいっていうのか？　あんたはほとほと無責任だな。だいいち、わざわざこんな害悪のもとを産み出していったい何になるっていうんだ」智也が明菜のお腹に指を突きつけた。

「害悪のもとって……」

心が凍りつきそうになった。

「だってそうだろ？　子供がいなけりゃ好きな仕事に精を出すことだってできるだろうし、無駄な金を使うこともない。くだらないことに煩わされることなく生きていけるんだ。子供がとんでもない犯罪者になるんじゃないかとびくつくこともないし、殺されて悲しい思いをすることもない。もっともそうなっちまったら、あんたの商売は上がったりだろうけどな！」

「子供は害悪のもとなんかじゃない。子供っていうのはそんな存在じゃない！　不幸にもそういうことが起こらないとは言い切れないけど、でも、多くの子供は親にとってとてつもない喜びを与えてくれるものなの」

「おれはあんたに喜びを与えているのかい？」智也が鼻で笑うように言った。

「もちろんそうよ。わたしは母親失格だったけど、あなたを産んだことを後悔したことなんか一度もない。あなたがこの世に生まれてくれて本当によかったと思ってる」

「おれが子供を殺しまくったり、通り魔で何人も殺してもあんたはそう思うかい？」

「あなたはそんなことはしない」

「たいした自信だな。だけど、あんたにどれだけおれの考えていることがわかるっていうんだ？」

そんな罪を犯すとは考えていないが、智也の心の中はたしかに今の自分にはわからない。もしかしたら、事件を起こした頃の彼とそれほど変わらないほど荒んでいるのではないかと怯えている。

「わかんねえだろう。少年院に入ってくる犯罪者の心は理解しようと努めても、自分の息子の気持ちなどこれっぽっちも考えようとしなかったんだからな」

智也の言葉が胸に突き刺さってくる。

「たしかに、あなたの言うとおり……わたしはあなたのことをちゃんと見ていなかった。そのことをとても後悔している」弥生はうなだれた。

「だけど今となっちゃ、別にあんたのことを責める気にもならない」

どういう意味だろうと、恐る恐る智也に視線を向けた。

「親には権利があるって気づいたからな」

「権利？」

「そうさ。子供を捨てる権利と、子供を殺す権利だよ」

弥生は慄然《りつぜん》とした。

「親子といってもしょせんはちがう生き物だからな。子供が何を考えているかなんてすべてわかるはずもねえし、親だからといって子供がやったことに何でもかんでも責任を負わされるなんてたまったもんじゃない。あの化け物の親だってそうだろう」

「化け物……」

彼のことを言っているのはわかったが、その言いかたにあらためて衝撃を受けた。

「子供があんなとんでもないことをしでかしちまって一生逃げ回るしかない。たまらねえよな。別に自分たちが何か悪いことをしたわけでもねえのにさ。同情できなくはないけど、ひとつ大きなミスを犯しちまったからしょうがねえ」

「ミスって……」

「そうだよ。妊娠したときにさっさと殺しておけばよかったんだよ。あの化け物を産む前に殺しておけば、そんなに苦しむことはなかったんだ。あいつの親は事件があってからずっと後悔していただろうさ。どうしてあんな化け物を産んじまったんだって。あの親にはあいつを殺す権利があったんだよ。そうしておけばふたりの子供が無残に殺されることはなかった。もっと言っちまえば、被害者の親だって子供を産まなければそんな悲しい思いをせずに済んだんだ。子供なんていずれにしても害悪のもとだ。おれはそんな責任は負いたくないし、後悔したくもないから、親として子供を産まないという権利を行使するんだ。あんたにそれをどうこう言う資格なんかない！」智也が吐き捨てるようにまくし立てた。

「きっと彼のご両親はいろいろと後悔しているでしょう。だけど、それは彼を産んだことを後悔しているわけじゃない」

「あんたはしょせん他人だからそう思うんだよ。自分の息子がとんでもない罪を犯したらどうだ？　おれがふたりの子供を殺しても産んでよかったなどとぬかせるか？　ちがうだろう。殺しておけばよかった、あのとき中絶しておけばよかったと思うにちがいない。おれは子供を殺したり、警察の厄介になるようなことはしないで生きてきた。そんなおれを捨てるぐらいだからな。おれが人殺しになったら、あんたはきっとそう思うはずだ。おれなんか生まれる前に殺しておけばよかったたってなッ！　そもそもおれなんか産まなきゃよかったんだよ。あんただって本心じゃそう思ってるんじゃないのか。そうすりゃ変なことに煩わされることなく自由に仕事ができたって……」

「そんなこと思ってるわけないじゃないッ！」

弥生は無意識のうちに智也の頬を叩いていた。

虚をつかれたような智也の顔を見て、弥生は我に返って自分の手に目を向けた。手のひらに熱を感じるのと同時に、胸の奥がずきずきと痛みだした。

初めて智也に手を上げてしまった。

ごめんなさい……と言おうと、智也に目を向けた弥生は息を呑んだ。

弥生を見つめる智也の目が潤んでいる。

その眼差しの奥にある感情を必死に探ろうとしたが、息子の心の中にあるものをすくい上げることもできず、絶望的なほどの無力感に喘いでいた。

「おれもようやくあの化け物と同等になれたってわけか」智也が弥生から視線をそらして呟いた。

その言葉の意味を頭の中で必死に考えているうちに、ある出来事に思い至り、激しく心が揺さぶられた。

弥生は医療少年院に入ってきた彼に一度だけ手を上げたことがあった。

テレビのドキュメンタリーで、彼が自分に対して心を開きかけてくれたきっかけとして、そのことを話した。

生まれて初めて人に手を上げてしまった——と。

自分の息子よりも先に……。

智也はずっと不安を抱えながら生きてきたのではないか。母親は血を分けた息子よりも、医療少年院に入ってくる他人の子供のほうを大切に思っているのではないかと。

智也はいい子だった。少なくとも人を傷つけたり、警察の世話になるような悪いことはしなかった。弥生には智也のことを激しく叱りつけた記憶はない。

だけど、智也だって母親から叱ってもらいたいと思ったときもあったのではないか。ときには涙を流すほど真剣に自分と向き合って、叱ってくれることを心のどこかで願っていたのではないか。

自分がされたことのない愛情表現を、赤の他人である彼にはしていた。

母親にとっては、血を分けた息子よりも赤の他人である彼のほうが大切で心配な存在なのではないかと、智也はずっと自分と彼とを比較して生きてきたのかもしれない。

啞然としたようにこちらを見つめている明菜が目に入った。

今日の昼過ぎに智也から連絡があって、お母さんがわたしの親の代わりになってくれるからって——。

喫茶店での明菜の言葉を思い出している。

彼のことが記事に出た日に、智也が弥生のもとに連絡してきた理由に思い至った。

母親は自分のもとに駆けつけてくれるだろうかと試そうとしたのではないか。

「叩いてしまってごめんなさい……」

弥生は智也に向き直った。だが、視界が滲んでいて智也の姿がはっきりとはわからない。

「だけど、あなたのことが大切だから。誰よりも大切だから……それだけは……」

弥生は智也のほうに手を伸ばした。頬に手を添えて、そこに智也の感情があふれ出しているのを感じた。

31

終業のチャイムが鳴るのと同時に、美代子は帰り支度を始めた。

ちらっと益田のほうを見ると、自分と同じく慌ただしく私物を鞄に詰めている。

益田が立ち上がってタイムレコーダーに向かおうとしたときに、ドアが開いて従業員たちがぞろぞろと入ってきた。

「マスやん、これからみんなで飲みに行こうぜ」清水が益田に近づきながら言った。

「今日はちょっと疲れていて……」

「何言ってんだよ。みんな、おまえの話を聞きたがってるんだからさ。何てったってカワケン製作所のヒーローだもんな」

清水はそう言って益田の肩を叩くと、美代子のほうに意味ありげな視線を投げかけてから背中を向けた。

ロッカーに向かっていく清水を見ながら、不快な思いがこみ上げてくる。

どうせこれから会社のみんなで鈴木の話で盛り上がるのだろう。

益田が話したのか、あの記事の写真に気づいた清水や内海が話したのかはわからないが、昨日から社内は鈴木が黒蛇神事件の犯人だったという話で持ちきりになっている。

ほとんどが鈴木に対する罵詈雑言《ばりぞうごん》で、美代子にとっては聞くに堪えないものだった。

益田は飲みに行くことにしたようで、タイムカードを押すとふたたび自分の席に戻った。

美代子はタイムカードを押すと、誰とも挨拶を交わさずそっと事務所を出た。早くこの場から立ち去りたいと早足で駅に向かった。

「あの――」

後ろから呼び止められて、びくっとして立ち止まった。振り返ると、中年の男性と若い女性が立っている。

「藤沢さんでしょうか？」

若い女性が笑みを向けて訊いてきたので、美代子は頷いた。

「あそこにあるカワケン製作所にお勤めの？」

「ええ……」美代子は戸惑いを感じながら答えた。

中年の男性が女性よりも一歩前に出て、名刺を差し出しながら口を開いた。

「あちらで働いていた鈴木秀人さんについて話をお聞きしたいんですけど」

男性が差し出した名刺に目を向けて、立ち止まったことを後悔した。名刺には『週刊現実編集部　角田信彦』とあった。

「急いでますので」

美代子はすぐにその場から歩きだしたが、ふたりに行く手を阻まれた。

「お時間は取らせませんから。ちょっとお話を聞かせてもらえるだけでいいんです。鈴木さんとどういう交際をしていたのか……鈴木さんと交際されていたんでしょう?」男性が粘着質な眼差しを向けながら訊いてくる。

「し、知りません」

どうして週刊誌の記者がそんなことを知っているのだと、頭の中が混乱している。

「そんなはずはないでしょう。同僚のかたから話を聞いているんです。あなたが黒蛇神事件の犯人と付き合っていたって。彼は自分の過去をあなたに話していたんですか?まさかそんなことはないですよね。あなたも犠牲者のひとりだ。付き合っていたときのことをちょっと話してもらえれば、あなたに傷がつくような書きかたはしませんから」

「本当に急いでますので!」

ふたりにうまくからだをガードされていてなかなか振り切れない。

「ふたりの写真とかがあったら高く買いますよ。あなた、元AV女優の南涼香さんでしょう。すっかり見かけなくなってたけど、これもひとつのチャンスなんじゃない?　うちで独占取材をさせてもらえたらそれなりに……」

「いいかげんにしてくださいッ!」

馴れ馴れしく肩に触れてきた男性を突き飛ばすと、美代子はそばにいた女性も振り切って歩きだした。

「黒蛇神事件の犯人と付き合っていたってことを知ったら、家族のかたも相当なショックを受けるだろうね。ここでちゃんと取材を受けてくれないんだったら自由に書かせてもらいますよ。こっちは同僚からのウラも取ってるんだからさ」

男性の言葉に振り返りそうになったが、かろうじて踏み留まった。

あんな記者の言葉に屈したくない。

男性の捨て台詞を背中に聞きながら、逃げるように駅に向かった。

どうして自分がこんな目に遭わなければならないのだ。自分が何をしたというのだ。

どうして罪人のように記者から追い回されなければならないのだ。自分は何も悪いことはしていない。自分はただ……。

誰にもその思いを訴えられないことが情けなくなって、今まで必死に押し留めていた涙があふれ出してきた。


マンションにたどり着いても涙は乾いていなかった。

美代子は重い足取りでエントランスに入ると郵便受けを開けた。

中に入っていたダイレクトメールを取り出すと、手にねばつく感触があった。同時に、郵便受けの隅にあるものを見つけた。

何だろうと思ってつまみ上げようとした瞬間、その正体に気づいて身を引いた。

使用済みのコンドームだ。コンドームから漏れ出した精液がダイレクトメールに付着していたのだと察し、全身に鳥肌が立った。

とっさにダイレクトメールを郵便受けの下にあるごみ箱に捨てようとしたが、中に入っていたものが目に入り、手を止めた。

一昨日捨てた、鈴木のスケッチブックだ。

美代子はとりあえずダイレクトメールを郵便受けの中に戻し、バッグからハンカチを取り出して手の汚れを拭った。スケッチブックを拾い上げると、ハンカチでダイレクトメールとコンドームを包んでごみ箱に捨てた。

郵便受けの中も掃除する必要があるだろうが、今はその気力がない。

忌々しい思いで郵便受けを閉じると、スケッチブックを手に持ってオートロックのボタンを押した。

このスケッチブックに何らかの思い入れがあるから持ち帰るのではない。

鈴木の過去を知ったショックに我を忘れて捨ててしまったが、この中には美代子をモデルにした裸のデッサン画が描かれている。そんなものを他人に見られたら大変だと、自分に言い聞かせながら部屋に向かった。

部屋に入るとすぐにユニットバスの洗面台で手を洗った。いくら念入りに洗っても、自分の肌に染みついた悪意という穢れが拭い去れた気になれない。

美代子はいつまでも手を洗っていることに虚しさを覚えてユニットバスから出た。電気をつけるとタオルケットの上で寝ていたミミが起きだした。鳴きながらこちらに近づいてくる。

「ここにいる理由もなくなっちゃったね……」美代子は床に座ってミミを抱き上げた。

胸に抱いた温もりと小さな鼓動を感じながら少しだけ気持ちを落ち着かせると、ミミを床に放してゆっくりと立ち上がった。

クローゼットの扉を開けて中から小箱を取り出した。その中に銀行の通帳や印鑑などの貴重品を入れている。通帳を取り出してぱらぱらとめくった。十五万円ほどの残高を見て落胆した。

今すぐここから引っ越すのは難しそうだ。

だけどこれ以上、この部屋にも、あの会社にもいたくない。

このまま留まっていれば、達也が書き込んだ掲示板を見た人間からの嫌がらせを受けるだけではなく、黒蛇神事件の犯人と付き合っていた女ということで、マスコミからずっと追い回されることになるだろう。

自分を取り巻く状況と、これからそこで生きていかなければならない時間を想像すると、絶望的な気持ちになる。

あの会社を辞めてもきっとどこかに仕事はあるだろう。新しい部屋を借りられるお金がなくても、何とかなるのではないか。

ミミと暮らせることが唯一の条件だ。それこそ風俗などの仕事であれば住むところも用意してくれるかもしれない。とにかく一日も早くこの状況から逃げ出したい。

逃げ回ることなんかないよ——。

ふいに、その言葉が脳裏をかすめた。

美代子が自分の過去を話したときに、鈴木が言ってくれた言葉だ。

別に悪いことはしてないじゃないか。人を殺したわけじゃないし、罪を犯したわけでもない。逃げ回ることなんかないよ——。

鈴木の言葉を聞いて、涙が出そうになるほどうれしかったことを思い出している。

思えば、あのときの言葉がきっかけで、自分は鈴木に惹かれていったのだ。

どうしてそんなことを思い出してしまうのだろう。

美代子は頭の中にある鈴木の残像を必死に振り払おうとした。だけど、そうしようとすればするほど、鈴木と過ごした記憶がとめどなくよみがえってくる。

自分を深く傷つけた男ではないか。どうしてそんな男のことを……。

黒蛇神事件の犯人であると知っていたら、鈴木のことを好きになることなどなかった。いや、好きになるどころか、同じ会社で働いていること以外の接点を持つことさえなかっただろう。

どうして出会ってしまったんだろう。

美代子は部屋から出ると、シンクの台の上に置いたスケッチブックを手に取った。

鈴木との記憶を思い起こさせる絵など破り捨ててしまおうと決心して、スケッチブックを開いた。

白紙だった。

いくらめくってみても白紙のページがあるだけで、ミミのデッサン画も、初めて美代子のことを描いてくれた絵も、『タイタニック』のワンシーンを真似て描いた裸婦像もなかった。

どういうことだろう。

どうして鈴木はこんなスケッチブックを美代子の郵便受けに入れたのだ。

意味がわからないままめくっていくと、最後のページに初めて目にする絵があった。

風景画だが、すぐにそこがどこであるのかがわかった。

荒川の河川敷だ。

美代子と鈴木が初めて言葉を交わした場所だった。

風景画には河川敷で寝そべっている子猫も描かれている。

あのとき、鈴木は近寄ってきた子猫に尋常ではない怯えかたをしていた。

いきものは苦手なんだと言って立ち去っていった鈴木の後ろ姿を思い出している。

どうして鈴木はこんな絵を描いて自分に寄こしたのだろうか。

いくら考えても、この絵に込められたメッセージがわからない。

携帯の着信音が鳴った。

美代子はスケッチブックをシンクの台の上に置いて、バッグから携帯を取り出した。

着信表示を見て心臓が震えた。鈴木からだ。

出るのをためらっている間に、留守番電話に切り替わった。

美代子は電話に出る勇気が持てないまま、携帯を耳に当てた。

メッセージを録音する発信音が流れた後に沈黙が続いた。だが、たしかにそこに鈴木がいるのだという、かすかな息遣いが漏れ聞こえてくる。

「電話なんかするべきじゃないとわかっていたけど……」

ためらうような鈴木の声が耳に響いた。

「ひと言だけ……どうしてもひと言だけ言いたくて電話をしました。ごめんなさい……きみをひどく傷つけてしまって、ごめんなさい……」

鈴木の声が震えている。

「さようなら……」

そう言った瞬間、美代子は「待って！」と叫びながら電話に出た。

「もしもし」

美代子は言葉を発したが、鈴木は無言だった。

「もしもし。鈴木さん？」

電話が切れていないのを確認して、もう一度呼びかけた。だが、鈴木からの言葉はない。息遣いだけが鈴木の存在を示している。

「今……今、どこにいるんですか？」美代子は訊いた。

「東京」

鈴木の呟きが聞こえた。

「東京のどこですか」

美代子が問いかけても、鈴木は黙っている。

「先生と一緒ですか」

「先生？」鈴木が訊き返してきた。

「先生が……たぶん鈴木さんが先生だと言っていたかたが一昨日会社を訪ねてきました。ずいぶん心配されているようです。連絡をしてあげてください」

「もう連絡はしないよ」

「どうしてですか」

「あの人たちの世話になるわけにはいかない。ぼくはひとりで生きていくって決めたから」

「だけど……これからどうするんですか？　どこか、行く当てでもあるんですか？」

「そんなものはないけど……何とか……今はネットカフェを泊まり歩いてるんだ」

「ずっとそんな生活をするわけにもいかないじゃないですか」

「根無し草に戻っただけさ。ぼくはそうやって生きていくべき人間なんだ。それが自分への報いだから……」

切なさがこみ上げてきた。

人を殺し、罪を犯した鈴木には、そういう生きかたしか残されていないのだろうか。

世間からの憎悪に怯えながら、決して光が自分を照らさない場所ばかりを探しながら生きていくしかないのか。

これから死ぬまでの何十年もの間、そうやって生きていくしかない彼の姿を想像すると、胸が締めつけられて苦しくなる。

だけど、だからといって、自分が鈴木にとっての光になれるというのか。

ふたりの子供を殺した人間を愛することができるのか。

鈴木と一緒にこれから生きていく覚悟が自分にあるのか。

おそらく無理だろう。

「そろそろ切るね」

「あの絵——」美代子は話をつなごうと咄嗟《とつさ》に言った。

「スケッチブックの河川敷の絵……どうしてあれを。あれはどういう意味なんですか」

「できることならあの日に戻りたい。そう思って描いたんだ」

「どういうことですか」

「あのとき、藤沢さんと言葉を交わさなければ……スーパーに忘れてあったバッグを届けに行かなければ……藤沢さんを傷つけることはなかった。人と深く接しようと思わなければ、誰も傷つけることはなかった。藤沢さんも、益田くんも……」

「益田さんは鈴木さんのことを裏切ったんじゃないですか。傷つけられたのは鈴木さんのほうでしょう」

「益田くんはずっと苦しんでいたんだと思う。ぼくと出会っていなかったら、ぼくが彼を親友だなんて勝手に思わなかったら、彼もきっとそんなに苦しむことはなかったんだ。

藤沢さんだってそうだろう？」

美代子は言葉を返せなかった。

たしかに、鈴木と出会っていなければこんなに苦しい思いをすることはなかった。

「藤沢さんの部屋で描いた絵は全部破り捨てたよ。思い出したくもないおぞましい記憶だろうからね。それで……最後にあの一枚を藤沢さんの手で破り捨ててもらおうと思って。ぼくのことなんか早く忘れてもらいたいと思って、あれを描いたんだ」

苦しいだけだったのだろうか。鈴木と過ごした時間は、自分の記憶からすぐにでも捨て去ってしまいたいおぞましいものでしかなかったのか。

「鈴木さんにとってはどうなんですか？　鈴木さんにとっても忘れてしまいたい記憶なんですか？」美代子は問いかけた。

「とても忘れられないよ。あの事件を起こしてから初めて生きていた時間だったんだから」

鈴木の言葉を聞いて、心の奥底から激しい感情が湧き上がってきた。だが、その思いを言葉にすることができないでいる。

「さよなら」

鈴木の声が聞こえ、電話が切れた。

32

「大原《おおはら》さん、おもしろいものがあるんですけど見ますか？」

清水が向かいに座った主任の大原に携帯を差し出した。

「何だ、これは……？」大原が携帯の画面を見ながら訊いた。

「あいつが描いた絵ですよ。週刊誌に売り込んだら十万円の値がついたんです。もっとも絵だけじゃなく、いくつかの情報も込みの金額ですけどね」

得意げに大原に話す清水を、益田は苦々しい思いで見つめた。

「女性の裸の絵じゃないか。モデルは誰なんだろうな」大原が言った。

「さあ、それは……見た感じ、母親ぐらいの年の女性ですよね」

「母親の裸の絵を描くなんてなあ……やっぱりああいうことをしでかす奴の考えることは理解できないな」

大原がそう言いながら携帯を見せてほしいという他の同僚に回した。

「まったく、あんな奴と一緒に仕事をしていたと思うとぞっとするぜ」

普段はおとなしい吉本《よしもと》が吐き捨てるように言った。

「あっ、社長だ」

内海の言葉に、その場にいた全員が入り口に目を向けた。

社長と奥さんが店に入ってきた。社長は益田たちに気づいて軽く手を上げたが、こちらに来る気はないようで奥さんと一緒にカウンターに座った。

「それにしても、おまえらも奴と一緒に生活しててよく無事でいられたな」大原が寮で生活している三人を見回しながら言った。

「ぼくたちだってやばかったですよ。一度、寮であいつが大暴れしてバットを振り回したことがあったんですよ。ねえ」

内海が同意を求めるようにこちらに目を向けたが、益田は何の反応も示さなかった。

「きっと子供たちを殺したときもあんな感じだったんじゃないですかね。思い出しただけで鳥肌が立っちゃう。益田さんが気づいてくれてなかったら、ぼくたちだっていつ殺されていたかわからない」

鈴木があういう行動をとってしまったのには理由がある。今まで鈴木と接していて、そんな恐ろしいことをする人間だとは誰も思っていなかったはずだ。

だが、それをここで口にして彼のことを擁護するのはためらわれた。

「トイレに行ってきます」

益田はこの場にいる苦痛に耐えかねて立ち上がった。トイレの個室に入るとそのまま便器に腰を下ろして肩を落とした。

腕時計に目を向けるとまだ七時過ぎだ。店にやって来てから一時間ほどしか経っていないというのに、疲労感と苛立ちでどうにかなってしまいそうだった。

たしかに鈴木が黒蛇神事件の犯人だとわかってからというもの、そのことを人に言えないまま、彼と一緒に暮らしていかなければならないことに苦しみ続けてきた。鈴木が会社を辞めたことによって、それらの苦しみからは解放された。だが同時に、ちがう苦しみに苛まれ始めた。

鈴木に対する憎悪に満ちたまわりの言葉を聞くにつけ、心がかきむしられる。

益田は深い溜め息をつくとドアを開けて個室から出た。洗面台の前で手を洗っている男性がこちらを向いた。社長だった。

「おつかれさまです」

益田は軽く頭を下げて社長の隣に向かった。蛇口をひねって手を洗う。

「あれの話で盛り上がっているんだろう」

社長の言葉に顔を上げた。鏡に映った社長の顔が苦々しく歪んでいる。

「話をしたい気持ちもわからないではないが、うちにあんなのがいたことをまわりに知られないようにとみんなに言っておいてくれないか」

あんなのがいた――。

その言いかたに少なからずショックを受けた。

「益田くんには感謝してるよ。あのときもうひとり採用しておいて本当に正解だった。試用期間はまだ残ってるけど、益田くんならすぐにでも正社員に登用するつもりだから」

社長はハンカチで手を拭うと、益田の肩をポンと叩いてドアに向かった。

「社長」

益田が呼び止めると、社長が立ち止まってこちらを向いた。

「この前……彼に戻ってきてほしいと伝えてくださいと親戚のかたにお話しされてましたよね」

「あんなのを雇えると思うかね？」

嫌悪をあらわにした眼差しに、益田は何も言えなくなった。

社長は益田に頷きかけるとトイレから出ていった。

席に戻っても、彼らはまだ鈴木の話で盛り上がっていた。

「社長からあまりおおっぴらに話さないようにと注意されました」益田はまわりの同僚に告げた。

「それもそうだな。あんなのがうちで働いていたなんて知られたら会社の信用に傷がつく。倒産にでもなったら大変だ」大原が納得したように頷いた。

「事件の名前さえ出さなきゃいいんじゃないですかね。あいつのことはAっていうことで話をすれば」

まだ鈴木の話を続けたいのか、内海が提案した。

「AじゃなくてKにしようぜ」清水が言い添えた。

「Kって何ですか？」

「けだもののKだよ」

清水が言うと、益田以外の全員が「そうだなあ」と笑った。

「Kは今頃どうしてるんですかね」内海が言った。

「希望的観測を言えば、どっかでのたれ死んでてほしいけどな」

「吉本さん、きびしいっすね」清水が笑った。

「うちには六歳になる息子がいるからな。もしKが消える前にこのことを知ってたら、間違いなくぼこぼこにしてるだろうな」

「まあ、そうなっても誰も文句は言わないでしょう。むしろ警察から表彰されるかもしれない」

「もっとも一番表彰されるべきは益田くんだけどな。今日はみんなでごちそうしてやろうぜ。この後のキャバクラも」

「そうっすね。一番の功労者なんだから」

まわりの言葉を聞きながら、胸がきりきりと痛くなった。

自分が求めていたのはこんなことだったのだろうか。そうじゃない。こんなことを望んで記事を書こうと思ったわけではない。

自分にしか伝えられないものがあると使命感に駆られていたから、記事を書こうとしたのではないか。それなのに——。

「帰ります」益田は立ち上がるとポケットから財布を取り出した。

「おい、何だよ。まだ八時前だぞ。明日は休みなんだからゆっくり楽しもうぜ」

「そうだよ。金のことは心配するな。夜はこれからだぞ」

財布の中から無造作に何枚かの札をつかんでテーブルの上に置くと、まわりの言葉を無視して歩きだした。

カウンターに座っていた社長と奥さんがこちらに目を向けた。益田はふたりを一瞥すると挨拶もせずにそのまま店を出た。

寮に戻る気にはなれない。とにかくどこでもいいから、この胸の痛みを抑えられそうな場所を求めて飲み屋街に足を向けた。

目についた飲み屋に入ろうとしたときに、ポケットの中のスマートフォンが震えた。清水たちなら電源を切ろうと思って取り出したが、着信は清美からだった。

「もしもし」益田は電話に出た。

「わたしだけど……」

「ああ、何だよ」

苛立っていたせいか、ぞんざいな言いかたになっていた。

「特に用ってわけじゃなかったんだけど、元気にしてるかなって」

嘘だとわかった。あの記事のことが気になって電話をかけてきたにちがいない。

「あいにくそれほど元気じゃないな」

「そうだと思った。飲み相手が必要なら付き合ってあげてもいいんだけど。益田くんのおごりで」

誰かに自分の胸のうちをぶちまけたい気分だったが、マスコミの人間である清美に話すことにためらいもある。

「もちろん冗談よ」

清美の笑い声が聞こえた。

「いや、いいんだ。『和み屋』でいいならごちそうするけど」

学生時代によく通った大衆居酒屋だ。

「ちょうどあそこの揚げ出し豆腐が食べたい気分だったの」


暖簾をくぐって店に入ると、すぐ目の前のカウンターに清美の姿があった。清美は生ビールを飲みながら主人と楽しそうに話をしている。

「いらっしゃい。益田くん、ひさしぶりだねえ」

主人が益田に気づいて声をかけると、清美がこちらに顔を向けた。

「ご無沙汰しています」

益田は主人に声をかけながら清美に近づいた。

「遅くなってごめん」

「わたしもさっき来たところだから。そっちに行く?」清美が座敷席に目を向けた。

「そうだな」

座敷席に行き、清美と向かい合わせに座った。注文した生ビールが運ばれてくると、清美がジョッキを掲げた。

「乾杯っていう気分じゃなさそうだけど」

益田はその言葉に苦笑しながら、清美とジョッキを合わせた。

テーブルにつまみが運ばれてきて清美が箸を伸ばした。おいしそうに食べながら無言でビールを飲んでいる。どうやら清美のほうから話を振ってくる気はなさそうだ。

「あの記事のことで電話をくれたんだろう」

益田が切り出すと、清美が箸を止めてこちらに目を向けた。

「須藤さんから聞いた。途中で記事を書くのをやめたんだってね」

「それだけじゃない。記事を掲載するのをやめてくれと頼んだんだ」

清美が意外そうな目で見つめてくる。それは須藤から聞いていなかったようだ。

「どうして？」

清美に訊かれたが、何と答えていいのかわからない。

「まさか、Aに情が湧いてしまったなんて言うんじゃないでしょうね」

「あんなことを世間に知らせるのに何の意味があるんだと思っただけだ」

それが本当の理由ではないが、益田はそう答えた。

「そうね……たしかにあの記事は興味本位のものでしかなかったわね。益田くんが本当に記事にするんだとしたらもっとちがう視点から切り取るでしょう。たとえば、Aは事件に対してどんなことを思っているかだとか、被害者やそのご遺族に対してどんな思いを抱いているのかだとか……卒論でも少年犯罪の、特に被害者に対する思い入れが強かったもんね」

清美の言うとおり、あの頃の自分がもっとも関心を寄せていたことに触れることができなかった。

「それを聞きだすチャンスはあったんでしょう？」

清美がじっと見つめてきた。

「友達でいると約束すれば」

思わず視線をそらした。須藤はそんなことまで話していたのか。

「そうだな……青臭いと思うだろう」

「別にそんなふうには思わない。たしかにその約束をすればもっとちがう記事になったかもしれないけど、そこまでする必要があるのかな」

その言葉が意外で、清美に視線を戻した。

「黒蛇神事件の犯人はどんな人間かという興味以外の理由で関わりを持ちたいと思う人なんかいないわよ。わたしだって、仮にその場かぎりの嘘であったとしても友達でいるなんて約束はしたくない。それが普通の感覚よ。たかがって言ったらなんだけど、ノンフィクションを一冊書くためにそこまで背負い込む必要はないと思う」

そうなのだろうか。鈴木は自分にとってそれだけの存在だったのだろうか。

美代子から投げつけられた言葉を思い返した。

「Aは今どうしてるの」清美が訊いた。

「いなくなった」

「もしかして、それで自分を責めているの?」

「別にそういうわけじゃない。ただ……」言葉に詰まった。

「ただ?」

「これでよかったのかっていう思いがある」

「どういうこと」

「おれがやったことは今の会社から彼を排除することでしかなかった。おれがしたかったのはそんなことではなかったはずだったのに……結果的に彼が生きていく居場所を奪っただけだった」

益田は一昨日からのまわりの反応を話して聞かせた。

「しかたないじゃない。たとえ少年の頃に起こした事件だとしてもふたりの子供を殺したのよ。そういう反応が返ってくるのは当たり前のことじゃない。それだけのことをしてしまったんだから」

「そうかもしれないけど、おれにもっと勇気があればって後悔している」

「Aの話を聞いていればっていうこと?」

「それもある」

「他には」

「おれは誰よりも彼のことを知っていたはずなんだ。世間一般に思われている残虐な彼の他の姿を。彼の優しい面や、彼の弱さや、彼の強さ……それにおれにも持ち合わせていないようなまっとうさなんかを。だけど、おれはそれを記事にすることを恐れたんだ。国民のほとんどが憎悪する人間のことを少しでも擁護することを。それがたとえ、おれが感じた今の彼の姿であったとしても……」

益田は苦々しい思いでビールに口をつけた。

「須藤さんにも言われた。おれには、益田純一という人間として自分の思いを人に訴える勇気が欠如してるって」

あの言葉が心の奥深くにまで突き刺さっている。

「昔から変わらない……」益田はそう呟くと清美から視線をそらした。

「わたしのせいかもしれないね」

清美の言葉に目を向けた。

「知り合ったばかりの頃にわたしが、益田くんはジャーナリストに向いているかも、なんてことを言ったから。あのときにはそれほど深い意味はなかった。たしかに社会に対する考察に感心していたけど。だけど、軽はずみにあんなことを言わなければ、今のように思い悩む必要はなかったのかなって……」

「ちがうよ。それは清美のせいじゃない。おれはジャーナリストになるということを心の拠《よ》り所《どころ》にしていただけなんだ」

ずっと目をそらしていたが、今ならそう思える。十四年前から抱えている罪悪感を少しでも薄めるために、ジャーナリストになろうとしていただけなのだ。

「拠り所？」

「やましさをごまかすために、自分が発する言葉で誰かを救っていると思いたかっただけさ」益田はずっと清美に隠していた本心を告げた。

清美は益田が言うやましさについて何も訊いてこなかった。

もしかしたら、付き合っている間に何かしら感じていたのかもしれない。聞いてはいけない、触れてはいけないものとして、心に秘めていたのではないか。

ただ、それを訊かれたとしても、きっと自分は正直に答えられない。鈴木に対してそうであったように。

「おれにはジャーナリストを目指す資格なんかそもそもなかったんだ。別れて正解だ」

「わたしは別にジャーナリストを目指している益田くんを好きになったわけじゃないよ」

「そうなのか？」

「自分のまわりの世界と、そして自分自身と、もがきながらも戦おうとしているところに惹かれたの」こちらをじっと見つめながら清美が言った。

トイレから出て階段を上ろうとしたときに、背後から物音がした。

益田が振り返ると、玄関のドアが開いて山内が入ってきた。

「おつかれさまです」

益田が声をかけると、山内は真っ赤な顔で「清水くんたちは？」と訊いてきた。

「ふたりとも休んでいるみたいです」

『和み屋』から帰ってくると、すでにふたりとも部屋の中に入っていた。

「そうか……ちょっと話をしないか？」

靴を脱いで玄関を上がると、山内が食堂のほうに顔を向けて言った。

どういう話だかだいたいの見当がついているので遠慮したかったが、益田は頷いて山内の後についていった。

食堂に入ると山内がすぐに椅子に座った。益田は流しに向かい、コップに水を注いで山内の前に置くと、向かいに座った。

「ありがとう」山内がそう言ってコップの水を一息に飲み干した。

「もう一杯入れてきましょうか」

益田が訊くと、山内は大丈夫だと首を横に振った。

「ずっときみと話したかったんだけど、最近はいつも他の人と一緒だったから」

鈴木がいなくなってからの山内の態度から、何か話があることは察していた。だから、あまりふたりきりにならないようにしていた。

た。


「鈴木くんの話ですよね」

益田が言うと、山内が曖昧に頷いた。

「あんなことを週刊誌に売ったぼくのことを責めていますか?」益田は単刀直入に訊いた。

「別にきみのことを責めてなんかいないよ。おれにきみを責める資格なんかないんだから。きみも苦しかったんだろうと思ってる。いや、今も苦しんでいるかな」

益田を見つめ返す眼差しに、かすかな憐憫が滲んでいるように感じた。

「ずっとお訊きしたいことがあったんです」

「何だい?」山内が穏やかな口調で言った。

「山内さんは以前こんなことをおっしゃってましたよね。鈴木くんが黒蛇神事件の犯人だと知ったことで、今まで以上に彼と一緒にいたいという思いが増すかもしれないと。彼がこれからどうやって生きていくのか見てみたいと。ぼくにはその気持ちがよくわからないんです。あれはいったいどういう意味なんですか?」

山内が何か物思いにふけるように押し黙った。

「山内さんのご家族と何か関係があるんですか」

益田が訊くと、山内の表情が変化した。

ただならぬ苦悶に苛まれているような山内の顔を見て、益田は後悔した。

「おれの息子も鈴木くんと同じように重い十字架を背負っているんだよ」

あまりにも重々しい言葉に、その理由を問いかけることができない。

「このところ、あまり深酒をしないよう気をつけていたんだがな」

山内はそう言って立ち上がると冷蔵庫に向かった。冷蔵庫から日本酒を出して、棚からコップをふたつ取ると戻ってきた。コップに酒を注いで益田の前に差し出した。

「おれにはきみや鈴木くんと同い年のひとり息子がいたんだ」山内がコップの酒を飲んで溜め息交じりに言った。

「いた、というのは……」

過去形であることが気になっている。

「三十二歳のときの子供でさ。女房と結婚して十年目にようやくできた一粒種だったから、かわいくてしかたなかったなあ。そのせいで甘やかしちまったのか、別にものすごくぐれてたってわけじゃないが、暴走族みたいな仲間とつるむようになって……十六歳のときに事故を起こしてしまった」

「事故」

「無免許で知り合いから借りた車を運転してな……」山内はコップの酒を飲み干すと大きく息を吐いた。

そのときのことを思い出しているのか、虚ろな眼差しでコップに酒を注ぐ。

「通学途中の小学生の列に突っ込んじまったんだ。友達を乗せて夜通しドライブをしていたとかで、居眠り運転でな……その事故で三人の子供が亡くなったよ。その中にはおれが中学時代から付き合っている親友の子供もいた。まったく馬鹿な息子だ……」山内が痛みを抑える薬を飲むようにコップに口をつけた。

「それで……」

「息子は逮捕され少年院に入れられた。それ以来、会ってない」

「会ってない？」

「ああ、息子は故意で人を殺したわけじゃない。面会したときには、とんでもないことをしてしまったと泣きじゃくっていた。息子なりに深く反省しているようだった。だが、三人の子供を死なせてしまったという事実に変わりはない。結果はあまりにも重大だ。おれも女房も親としての責任に苦しんだ。おれたちは住んでいた家を売り払って被害者遺族への賠償に充てた。だが、それっぽっちの金じゃどうにもならない。もっとも、金でどうこうなる話ではないっていうことは百も承知だがな……どんなに金を積んだって亡くなった子供たちは帰ってこない。その親友もなかなか子供に恵まれず、ようやく授かったひとり娘だったんだ」

そのときの山内の苦悩を想像すると、やり切れなさがこみ上げてくる。

山内は長年付き合ってきた親友から、被害者の家族から、どれほどの罵りの言葉を浴びせられたのだろう。

「おれも女房も、いったいどうすれば被害者やその家族に息子がやってしまったことの償いができるだろうかと考えた。だけど、どんなに考えても、償う方法なんか見つかりはしない。おれたちが働いて得た金をすべて捧げたとしても到底無理なことだ。おれと女房は思い悩んだ末にひとつの結論を出した。家族をやめようってな」

最後の言葉が胸に重く響いた。

「別に息子が憎いわけでも、女房と別れたかったわけでもない。だけど、息子がしたことを考えると……息子があの人たちから奪ってしまった大切な存在を思うと、おれたちがこれから家族として暮らしていくことにとても耐えられないだろうと。一緒に暮らしていると、一緒に生きていると、いつか楽しいことがあるかもしれない。息子の成長を喜ぶことがあるかもしれない。だけど、自分たちは一生そんなことを求めちゃいけないんだっていう罪悪感に苛まれる。おれと女房は少年院に面会に行って息子に告げた。おれたちはもう家族ではないし、死ぬまで会うことはないと」

山内の話を聞いて、益田は違和感を覚えずにはいられなかった。

もちろん、山内の苦しみや、その選択をせずにはいられなかった葛藤もまったく理解できないわけではない。しかし、息子と縁を切って家族がばらばらになることが、はたして罪の償いになるのだろうかという思いが拭えなかった。

「それが山内さんにとっての償いなんですか？」益田は訊いた。

「償いなんてとても言えない無責任な選択かもしれない。逃げ出したって言われてしまえばそれまでだ。どうにもならない現実に茫然自失《ぼうぜんじしつ》になっちまって、そんな選択しか思いつかなかったというのが正直なところかもしれない。おれたちがそのことを告げると、息子は信じられないというように泣き出しちまった。おまえはこれからひとりで生きていきながら、被害者やその家族に償い続けなければならない……そう言うのが精一杯だった。おれは女房と別れ、それまで勤めていた会社を辞めて、この土地に流れ着いてここに拾ってもらった。侘《わび》しいときを紛らわせてくれる酒と生活費以外の金を、わずかながらも被害者の家族に送り続けている。そんな気休めをしながら、ひとり懺悔の日々を送っているってわけさ」

彼がこれからどうやって生きていくのか見てみたいってさ——。

あのとき山内が漏らした言葉の意味をようやく理解した。

「彼に息子さんの姿を重ねていたんですか」

「どうかな。息子が三人の子供の命を奪ったことはたしかだが、鈴木くんがやったこととはあきらかにちがうと思っている」

益田は頷いた。

「だけど、息子にそう強く思うのと同じく、鈴木くんにもどこかでしっかりと生きていってほしいと願っている。自分が犯してしまった罪をきちんと見つめながら逃げることなく生きていってほしいと……それだけさ」

「生きていってほしい……」

自然とその言葉が口からこぼれた。

「そう。いずれにしても、彼はわたしたちの前にはもう現れないだろう。あとは願うしかない。益田くんは彼に何を願う？」山内がこちらをじっと見つめて問いかけてきた。

会社の誰もが益田に対して感じていないことを、山内だけは感じているようだ。

「山内さんと同じです。彼を死なせたくない」

益田が言うと、山内が頷いた。

「だけど、どうすればいいのかわからないんです……」

「どうして彼を死なせたくないんだい？　きみにとっては厄介な同僚でしかなかっただろう」

「二度とあんな形で友達を死なせたくないんです」

こちらを見つめていた山内が、はっという表情をした。次の瞬間、視界が滲んで山内の姿が見えなくなった。

十四年間、必死に押さえつけてきた悲しみが堰を切ったように胸に押し寄せてくる。

中学二年の夏頃から桜井学と距離を置くようになり、益田は平穏な学校生活を送っていた。

学に対するいじめを目の当たりにすることもなくなり、自分のほうに火の粉が降りかかるのを恐れる必要もなくなった。

いじめは教室内では見られなくなった。だが、直接目撃することがないだけで、そこから水面下に潜り込んだところで激しさを増していっているのを気配で感じていた。

見かけるごとに学の顔から生気が失われていき、激しく疲弊しているのがわかった。おそらく家ではさちこさんに心配をかけないように普通を装っていたのだろう。

ある日、教室内で益田のもとに色紙が配られてきた。葬式ごっこと呼ばれる典型的ないじめで、学に対するクラスメートからのお悔やみの言葉がびっしりと書き込まれている。

他の三十六人のクラスメート全員が書いているのだから自分だけが書かないわけにはいかない。

益田はしかたなく『じゃあね』という言葉を書いて回した。

その夕方、数人の同級生と部屋で遊んでいると母親に学から電話だと呼ばれた。運の悪いことにその場にいたのは率先して学をいじめている生徒だった。学からの電話だと知ると、その場にいた者たちは受話器を握る益田のそばに来て聞き耳を立てた。

益田くん、もう限界だよ――。

それが学の第一声だった。

ぼくなんか死んじゃったほうがいいのかな。益田くんはどう思う？　ぼくが死んでもかまわない？

こんなところで言わないでくれ。もっとちがう場所であれば学を励ますこともできる。

「勝手にすれば」

まわりの威圧的な視線に耐えられず、益田はそう答えた。

じゃあね——。

学はそう言って電話を切った。

同級生たちが帰った後、焦燥感に駆られながら学の家に電話をかけた。だが、学は帰っていないとのことだった。益田は家を飛び出して学のことを捜し回った。やがて夜になっても帰ってこないことを心配したさちこさんが加わった。

さちこさんからどうして学のことを捜していたのかと問われ、電話がかかってきたときに元気がなさそうだったので心配になったのだと嘘をついた。

さちこさんから止められるのも聞かず深夜まで捜し回ったが学は見つからなかった。さすがに家に帰ってとさちこさんに言われ、益田はしかたなく家に戻った。布団の中で眠れずにいるとサイレンの音が響いてきた。

学は益田の自宅の近くにある竹林で、自分へのお悔やみの言葉が書かれた色紙を燃やした後、手首を切って自殺した。

益田が学を死なせたのだ。

あんなちっぽけな世界の中で、たった三十六人のクラスメートに立ち向かう勇気がなかったばかりに。

あんな思いは二度としたくない。鈴木がどんな人間であろうが、どんな過去があろうが、死なせることだけはしたくない。

だが、益田から話を聞いた山内も、どうすればいいのかわからないようで押し黙っていた。

眠れないまま朝を迎えた。

ずっと考え続けて、ひとつだけ思い浮かんだことがあった。

ただ、自分にそんなことができるかどうかはわからない。

益田は迷いながらも布団から起きて着替えを始めた。

駅に降り立つと、益田は重い足を引きずるように歩きだした。

さちこさんの家が近づいてくるごとに緊張と恐れで全身がこわばり、逃げ出したいという衝動に襲われる。

こんなことで怯んでいるようでは、これから自分がしようとしていることなどとてもできやしないと、気力を振り絞って足を踏みだした。

さちこさんの家にたどり着くと、溜め息をひとつついてベルを鳴らした。

「益田です」

益田が告げると、インターフォン越しのさちこさんは驚いたみたいだ。

「どうしたの？」気を取り直したようで優しい声が聞こえた。

「ちょっとよろしいでしょうか」

「入ってちょうだい」

さちこさんに言われて、益田は門扉を開けてドアに向かった。ノックしようとしたところで、内側からドアが開いてさちこさんが顔を出した。

「びっくりしちゃった。でもすごくうれしい」

さちこさんの笑顔を見て、ここに来るまでに抱いていた決心が崩れそうになった。

益田はさちこさんから視線をそらすように顔を伏せた。

「どうしたの？　早く上がって」

さちこさんに促されて、益田は靴を脱いで玄関を上がった。

「すぐにお茶を用意するから居間で待ってて」

益田はためらいながら居間に入った。仏壇に置かれた学の遺影が目に入って、とっさに視線をそらした。

しばらくその場に立ち尽くしていると、後ろからさちこさんの声が聞こえた。

「連絡してくれれば何かおいしいものでも作っておいたんだけど」

「おばさんにお話ししたいことがあるんです。それが終わったらすぐに失礼しますので」

その話をすれば、さちこさんは益田を叩き出したいという感情に襲われるだろう。

「せっかく来てくれたのにそんなこと言わないでよ。カレーでよかったらすぐにできるからぜひ食べていって。益田くん、昔わたしのカレーおいしいって言ってくれてたよね。もっともあの頃の好みとずいぶん変わってるかもしれないけど」

益田の表情から何か嫌な予感がしているのかもしれない。さちこさんは落ち着かない様子で饒舌だった。

さちこさんと向かい合って座ったが、益田は話を切り出すことができなかった。

「どうしちゃったの。深刻そうな顔して」さちこさんが無理に茶化すように言った。

「あの手紙……あの手紙を新聞社に送ったのはぼくではないんです」

益田が告げても、さちこさんは表情を変えなかった。じっとこちらを見つめたまま黙っている。

さちこさんは自分に対してどんなことを思っているのだろう。それを知るのがどうしようもなく怖かった。

「ほとほと失望されたでしょう」

さちこさんと目を合わせているのが辛くて、益田は視線をそらした。

「あれはわたしが書いて送ったの」

益田は弾かれたように、さちこさんに目を向けた。さちこさんは先ほどとは打って変わって硬い表情をしている。

「どういう……」

意味がわからない。

「学は遺書を残していたの」

さちこさんはそう言うと立ち上がった。仏壇の引き出しの中を探って何かをつかむと、益田の目の前に置いた。折りたたまれた紙だった。

益田はそれを見つめながら手に取ることができないでいた。学の遺書――自分に対してどんなことが書かれているのかと想像して、怖気立《おぞけだ》った。

だが、自分はこれを読まなければいけない。どんな恨みの言葉が綴られていたとしても、自分はそれを受け止めなければならない。

益田は震える左手の指先でゆっくりと紙を広げた。

遺書はレポート用紙五枚にわたってしたためられていた。

そこには転校してから自分がされてきたいじめについてかなり詳しく書かれていた。学をいじめていた人物の名前や、どんなことをされてきたのかも記されている。そして、いじめに気づいていながらもずっと放置していた教師の名前も書かれていた。

遺書には自分がされてきたいじめについてだけでなく、さちこさんと祖母への詫びの言葉もつづられていた。さらにクラスメートに向けた言葉が並んでいた。

『試験のときに消しゴムを貸してくれてありがとう』とか『ぼくはいなくなるけど金魚の世話をよろしく』とか、短いながらもクラスメート全員に向けて何らかのメッセージが添えられている。

だが、遺書のすべてに目を通してみても、益田の名前だけはどこにもなかった。

「どうして、益田くんについてだけ何も書かなかったのかわたしにはわからない。だけど、学は他のクラスメートに対してとはまったくちがう感情を益田くんには抱いていたにちがいないと思った。それがどういう感情だったのかはわからないけど……」

学は自分に対してどんなことを思っていたのだろう。

自分のことを恨んでいたのだろうか。それとも、消しゴムを貸してくれただけの同級生ほどの思い出もないというメッセージだったのだろうか。

死を決意したときであっても、ひと言たりとも語りたくない、学にとって自分はそういう存在だったのだろうか。

「この遺書を公表しようかとも考えた。それで、学がされてきたいじめを訴えようと。だけどそんなことをしても学はもう戻ってこない。ここに書かれているクラスメートの誰も……きっと学のことなどすぐに忘れてしまうでしょう。でも、益田くんにだけは忘れてほしくなかった。学のことをずっと考え続けていてほしかった。それであんなことをしたの」

新聞社に告発の手紙を送ったのはあなたでしょうと言えば、益田は否定しきれないだろうとさちこさんは考えていたのだ。

「きっと……わたしはひどいことをしたのね。長い間、益田くんのことを苦しめていたでしょう。でも、学が益田くんに対してどんな感情を抱いていたのか本当のところはわからないけど……この遺書を見てわたしは思ったの。学はきっと文字ではとても書ききれない思いを益田くんに抱いていたんじゃないかって。だから、益田くんだけにでも、学のことをずっと友達として覚えていてほしかったの」

「学くんのことは一生忘れません。ぼくが学くんを死なせてしまったんですから」

益田が言うと、さちこさんの肩がびくっと反応した。

「どういうこと……」さちこさんが青ざめた表情で訊いた。

「学くんの遺体の近くにあった燃えかすは、クラス全員で彼へのお悔やみの言葉を書いた色紙なんです。今更こんなことを言っても言い逃れにしかならないですけど、それを拒否したら今度は自分がいじめられてしまうと思ってぼくも書きました」

さちこさんはじっと益田を見つめている。感情をまったく窺わせない虚ろな眼差しだった。

「あの日、学くんを捜す前に彼から電話があったと言いましたよね」

さちこさんがこちらに視線を据えながらかすかに頷いた。

「あのとき本当は……学くんは……もう限界だよ。ぼくなんか死んじゃったほうがいいのかな。益田くんはどう思う？　ぼくが死んでもかまわない？　そうぼくに訊いたんです。そのときぼくのまわりには学くんを率先していじめていたクラスメートがいました。ぼくは……ぼくは……勝手にすれば、そう言ったんです」

益田が告げると、じっとこちらに視線を据えていたさちこさんの目から涙があふれ出した。ハンカチで涙を拭い、肩を小刻みに震わせながら、嗚咽を漏らしている。

「ぼくが学くんを死なせてしまったんです」

そう言った瞬間、益田の視界も涙で滲んだ。

「どうして……どうして……いまさらそんなことを言うの？　黙ってくれてればよかっ

たのに。そうすれば……わたしはほんの少しだけでも救われたのに……」

滲んだ視界の中で、さちこさんの悲鳴のような声が聞こえた。

「ごめんなさい……本当にごめんなさい……でも……どうしても言わなければいけなかったんです。自分の罪を見つめなければいけなかったんです。どうしても……どうしても死なせたくない友達がいるから」

益田がその言葉を絞り出すと、さちこさんが顔を上げたのがわかった。だけど、どんな目で自分を見ているのかわからない。

「今度こそ、友達を死なせたくないんです」

33

美代子が帰り支度をしていると、社長の奥さんがこちらに向かってきた。

「藤沢さん……じゃあ、六時半に『湖北飯店』でね」

奥さんの言葉に美代子は頷くと、すぐに立ち上がってタイムカードを押した。

「お先に失礼します」美代子は逃げるように事務所から出た。

隣の工場から次々と従業員が出てくる。目が合った誰もが、美代子に対して好奇の眼差しを向けているように思えてならない。

美代子はその場で踵《きびす》を返すと、工場とは反対の方向に向かって歩きだした。

出社してから周囲の異様な視線にさらされている。さらに昼休みに、社長の奥さんから終業後に話をしたいとなかば強引に誘われた。従業員たちから向けられたいつもとはちがった視線の意味と、社長の奥さんが急に誘ってきた理由が気になって、まさかと思いながらコンビニに向かった。

今日発売の『週刊現実』に美代子のことが記事として出ていた。黒蛇神事件の犯人と元AV女優が交際していたというものだ。

南涼香という名前こそ出ていなかったものの、顔写真には目の部分に細いラインが引かれているだけで、知っている人が見ればすぐに美代子だとわかるだろう。

その記事を見て、従業員たちの自分に向けた好奇の視線の意味と、社長たちがどんな話をしようとしているのかを悟った。

会食するときに社長に渡すつもりで退職届を書いて鞄に入れているが、心の半分で迷っている。

何が自分を引き留めようとするのかよくわからない。このままこの会社にいてもいいことなど何ひとつないことを痛感する毎日だ。

いつものようにリセットすればいいのだ。そう思っているのに、心のどこかでそれでいいのかと強く訴えかけてくる自分がいる。

気がつくと荒川の河川敷を歩いていた。

美代子は鈴木と言葉を交わしたあたりで腰を下ろした。

夕日に照らされた荒川を見つめながら、無意識のうちに鈴木との初めての会話を思い出している。

猫が苦手なんですか?

たしかそんな言葉だったと思う。

美代子がそう声をかけると、鈴木はびくっとしたように振り向いた。そして「いきものは苦手なんだ……」と呟いて立ち去っていった。

鈴木はあのときのことを覚えているだろうか。

とても忘れられないよ。あの事件を起こしてから初めて生きていた時間だったんだから——。

短い付き合いだったが、その間に、いきものが苦手だった鈴木はミミのことをいつくしむようになった。

自分にとってこの期間はどんな時間だったのだろう。

鈴木が言ったようにおぞましい記憶なのだろうか。自分の記憶から完全に消し去ってしまいたいだけの時間だったのだろうか。

美代子は鈴木が描いたあの絵を破り捨てられないでいる。


個室のドアを開けた瞬間、社長と奥さんが不自然なほどの笑みを向けてきた。

何とも言えない違和感を抱いて、美代子はその場に立ち尽くしてしまった。

「藤沢さん、どうぞ入ってちょうだい」

奥さんに促されて、美代子はためらいがちに個室に入った。ふたりの向かいの席に座ると、奥さんがすぐにメニューを差し出した。「好きなものを注文してね」と微笑みかけてきたが、美代子はふたりに任せることにした。

「今日、来てもらったのは藤沢さんに謝らなければいけないと思ったからなんだ」

前菜を少しつまむと社長が美代子に目を向けて切り出してきた。

「謝るって、何をですか？」

迷惑をかけているのは美代子のほうだ。社長から謝られる理由がわからない。

「おそらく藤沢さんも知っているだろうから率直に話をするんだけど、今日発売の週刊誌に藤沢さんのことが出ていた」

美代子は知っていると頷いた。

「たとえ知らなかったとはいえ、あんなろくでもないのを雇い入れてしまってわたしも責任を感じているんだ」

あんなろくでもないの――という言葉に反応した。

「もう少しきちんと人を見て雇っていれば、きみだってあんな犯罪者と知り合うこともなかったわけだし。そう考えると、本当に何と言って詫びたらいいのか……」

「いえ……」社長のことを睨みつけてしまいそうで、美代子は顔を伏せた。

「実はね、わたしの知り合いが大宮にあるパチンコ店の社長をしていてね、そこで経理ができる人を探しているというんだ。業種はちがうんだけど勤務時間はうちとだいたい同じで、給料はうちよりもいい。この前、昔の恋人に付きまとわれて困っていると言っていたね」

美代子は顔を伏せたまま小さく頷いた。

「その会社には女性専用の社員寮があるそうなんだ。どうだろう。いい話じゃないかな」

社長が優しげな口調で問いかけてくる。

「わたしがここにいるとご迷惑でしょうか」

「いや、そんな、迷惑だなんて……正直なところ藤沢さんに辞められるとうちも大変なんだけどね。実は、益田くんが今週いっぱいで辞めることになったんだ」

「益田さんが？」美代子は思わず顔を上げた。

予想していたことではあったが、あまりにもあからさますぎる。

「家庭の事情で急遽《きゅうきょ》実家に戻らなければならなくなってしまったそうだ」

「本当なんですかね」声に怒気がこもっていた。

「たしかに彼もいろいろあったからね。指を切断してしまったり、アレのことに関してもずいぶんと心労も重なっただろうし。益田くんからしてみたらうちに入って本当に災難続きだっただろうね」益田の嘘は承知だというように社長が言った。

「わたしはここに残ります」

美代子が言うと、社長と奥さんが驚いたように顔を見合わせた。

「え？」

社長は美代子があっさりとその話を承諾すると思っていたようで、次の言葉を見つけられないでいるようだ。

「これからもここで働かせてください」

「だ、だけどね……藤沢さん……会社の人たちはみんなあなたとあの人が付き合っていたっていうことを知っているのよ。その……子供をふたり殺した……」社長の奥さんがそこで言い淀んだ。

「そうでしょうね」

「会社の人だけじゃないわ。うちに来るお客さんだって記事に出ていた写真を見たら、もしかしたらあなたのことじゃないかと思う人もきっといるはずよ。あなたに変な噂が立って傷物になったらご家族にも申し訳ないわ」

そうではないのだろう。黒蛇神事件の犯人と付き合っていた美代子がいることで、会社を傷物にされたくないだけだ。

逃げ回ることなんかない――。

困惑したようなふたりの視線にさらされながら、鈴木の言葉を思い出している。

「わたしは何も悪いことはしていませんから」美代子は毅然と言った。

終業のチャイムが鳴ると、益田が机の上を片づけ始めた。私物を床に置いた大きめの鞄に入れていく。

ドアが開いて社長が入ってきた。益田のほうに向かっていく。

「短い間だったけど、おつかれさまだったね」社長が益田に声をかけた。

「ぼくのほうこそ、ご迷惑ばかりおかけして申し訳ありませんでした」

「送別会でもできるとよかったんだけど、今日は工場のほうが忙しくてね」

「いえ、ぼくもできるだけ早く戻らなければならないので。寮の鍵は山内さんにお返ししました」

「じゃあ、向こうに帰っても元気でやってくれ」

社長が益田の肩をポンと叩き、美代子に目を向けた。

美代子は机の上に置いた金庫から益田の給料袋を取り出した。

「どうもお世話になりました」

社長の奥さんに声をかけた益田が美代子のもとにやってきた。

美代子は心の中で怒りを煮えたぎらせながら給料袋を益田に差し出した。

「藤沢さんにも本当にいろいろとご迷惑をおかけしました。今までありがとうございました」益田が頭を下げた。

この場で罵りの言葉でもかけてやりたかったが、社長と奥さんの手前、できなかった。

「こちらこそ」

美代子が冷ややかにそれだけ言うと、益田は鞄を持ってドアに向かった。ドアの前でもう一度こちらを向くと、頭を下げて事務所を出ていった。

美代子は唇を強く嚙み締めながら益田が出ていったドアをじっと睨みつけた。

明日から益田の顔を見ないで済むと思うと、自分を取り巻いている悪環境のひとつが取り除かれたようで清々する。だけど、気持ちは少しも晴れていない。

どうしても最後に何か言ってやりたいという思いを抑えきれなくなって、益田を追って事務所を出た。

「逃げるんですか――」

その言葉を投げつけると、益田は立ち止まってこちらを向いた。

「鈴木さんを追い出すようなことをしたくせに、自分は逃げるんですか」

この会社の誰もが益田のしたことを擁護するだろう。だけど、美代子はどうしても益田のことが許せないでいる。

益田はジャーナリストになりたいという思いを叶えるために、親友だと慕っていた鈴木のことを裏切ったのだ。

「実家に帰らなきゃならない事情ができたなんて嘘じゃないんですか」

美代子は強い口調で言ったが、益田は何も答えなかった。

「夢であったジャーナリストへの足掛かりができて、この会社なんかもう用なしってことでしょう。ちがいますか？」

「そうではないです」益田が言った。

「じゃあ、どうして辞めるんですか。ここにいたら鈴木さんへの負い目を感じるからですか」

益田がじっと美代子のことを見つめてくる。

「鈴木さんはわたしにひとつ大切なことを教えてくれました。わたしが自分の過去に縛られて苦しんでいるときに鈴木さんはこう言ってくれたんです。逃げ回ることなんかない。別に悪いことはしてないんだから逃げ回ることなんかないよって。あなたも自分がやったことが正しいと思うなら逃げることはないじゃないですか。逃げるっていうことは自分のやましさを認めている証拠よ」

美代子の言葉がどれほど益田の心を突き刺せたのかわからない。それほど、自分を見つめる益田の眼差しは穏やかに思えた。

「わたしは何も悪いことはしてない。わたしは逃げません」

美代子を見つめていた益田が、頷いた。

「ぼくも彼から大切なことを教えてもらった気がします。たしかにぼくは彼に死んでしまえと言うようなことをしてしまったのかもしれません」

その言葉の意味がわからないまま、美代子は益田を見つめ返していた。

「でも、絶対に死なせたくないから、恐れないで踏み出すことにしたんです」

益田はかすかに笑みを浮かべて頷きかけると、美代子に背を向けて歩きだした。

絶対に死なせたくないから、恐れないで踏み出すことにしたんです——。

いったいどういう意味だろう。益田は鈴木のために何かをするというのか。

いまさら益田のことなど信用できるはずもないのに、美代子はその言葉に一縷の望みを託しながら、遠ざかっていく彼の背中を見つめていた。

34

三ヶ月ぶりに東京駅に降り立つと、待ち合わせ場所のホテルに向かった。ホテルのラウンジに入ってあたりに目を向ける。奥のほうの席で清美がすでに待っていた。近づいていくと、清美が益田に気づいて小さく手を振った。

「ずいぶんと早いな。約束は三時だろう」

益田は腕時計に目を向けた。まだ二時半だ。

「もしかしたら早めに来るかなと思って。三枝《さえぐさ》さんがいらっしゃる前に少しふたりで話をしたかったの」

益田も同じことを考えていた。

清美の向かいに座ってウエイトレスにコーヒーを頼んだ。

「三ヶ月前に奈良に戻ったって言ってたけど、今は何してるの?」

「実家の近くにある食品工場で正社員として働いている」

「食品工場?」

「ああ、そこの寮に入ってる」

「近くだったら実家に住めばいいじゃない」

「三交代制で夜中から明け方まで働くこともあるから、実家だとゆっくりと休めない」

嘘だった。

父親から実家に戻って保険の代理店の仕事を継げとさんざん言われたが、これから自分がすることを考えると、家業を継ぐことにも実家で生活することにもためらいがあった。自分のことで、両親にこれ以上の迷惑をかけるわけにはいかない。

コーヒーが運ばれてきて、益田はカップを持ち上げた。

「包帯取れたんだね」清美が益田の右手を指さして言った。

「ああ。もうずいぶん前だよ」

「痛みはまだある？」

「たまにな」

文字を書いているときや、キーボードを打っているときに、時折ずきずきと痛みだす。まるで鈴木と過ごした時間と、彼に対する自分の思いを、呼び覚まさせようとするかのように。

一通りの世間話も済んで、いよいよ本題に入ろうと、清美が身を乗り出してきた。

「本当にあの手記を発表するつもり？」清美が心配そうな表情で問いかけてくる。

「ああ。もちろん決める権利は向こうにあるんだろうけど」

一週間前に清美のメールアドレスにある原稿を送った。そして、信頼できる出版社や編集者を知っていたら紹介してほしいと頼んだ。

これから会う約束をしている三枝は大手出版社の月刊誌の編集長だそうだ。信頼のおける雑誌ということは誌面を読んでいてよくわかる。

「あれを発表したいと言ったら断る雑誌はほとんどないと思う。だけど、わたしは……」

清美は反対のようだ。

「ここに来るまでに心変わりするかもしれないと思って、まだ三枝さんには原稿を見せてないの」

「コピーを持ってきてるから大丈夫だ」益田は鞄から原稿を取り出した。

「せめて匿名にしたら？」

清美が食い下がってくる。

「それじゃ意味がない」

「どうしてそこまで……」

「そうしないと前に進めそうな気がしないんだ」

清美がさらに何か言おうとしたが、口を閉ざして立ち上がった。

振り返ると年配の男性がこちらに近づいてくるのが見えて益田も立ち上がった。

「お待たせしました。三枝です」

三枝がそう言って益田に名刺を渡した。

「益田と言います。お忙しいところ申し訳ありません」

益田は今の仕事で使っている名刺を渡した。裏に携帯番号やパソコンのメールアドレスを手書きしてある。

「杉本さんから聞いたところによると、何か手記を発表したいということですけど。いったいどういうものですか」三枝が向かいに座りながら訊いた。

「ご覧いただけますか。そのほうが早いと思いますので」

益田が原稿を渡すと、三枝がさっそく読み始めた。最初は笑みを浮かべていた三枝の表情が徐々に変化していく。

原稿を読み終えたようで三枝が益田に目を向けた。

「これは本当のことですか？」

益田は頷いた。

「これをぼくの実名で発表したいんです」

そう言うと、三枝が目を見開いた。

「実名で、ですか？」三枝が信じられないといったように訊いてきた。

「はい」

「もしかしたら、あなたにとって不利益なことがあるかもしれませんよ」

深刻そうな眼差しを向けてくる三枝に、益田は頷いた。

「これが雑誌に載ったら、あなたに対する批判はもちろん、いやがらせや中傷を受けることになるかもしれませんよ」

「覚悟しています」

「もうひとつ気になるのは、ここに出ているYさんですが……」

「本人から承諾を得ています」

この原稿を書く前に山内に連絡をして今回のことを話している。山内は益田の思いに賛同してくれた。

「わかりました。来月発売の号に掲載する方向で検討しましょう」三枝が原稿を鞄にしまった。

「あの……」

益田が声をかけると、三枝がこちらに目を向けた。

「ひとつお願いがあるのですが」

「何でしょうか」

「この原稿をいっさい書き換えないで掲載してほしいんですが。もちろん誤字脱字などのチェックについては直しますが」

「ええ。それはお約束します」三枝はそう言うと立ち上がった。


ラウンジで三枝と別れて、清美とふたりでホテルを出た。

「これからどうするの？」

三枝と別れてからずっと黙ったままだった清美が訊いてきた。

「奈良にとんぼ返りだ。今日も工場の夜勤が入ってる」

「そう。じゃあ、わたしはここからタクシーに乗るから」

「ああ。いろいろありがとう」

益田が行こうとすると清美が袖口をつかんできた。じっと見つめてくる。

「本当に後悔しない？」

「後悔したくないからあれを書くことにしたんだ。もう自分から目をそらして生きたくないから」

益田は清美に微笑みかけると「じゃあな」と歩きだした。

「ねえ――」

後ろから呼び止められて振り返った。

「たまに……たまに連絡していい？」

「恋人はいないのか？」益田は冗談っぽく返した。

「うぬぼれないで。同じ道を志した同志としてよ」清美がそう言って笑った。

「ああ」

益田は清美に手を振ると駅に向かって歩きだした。

35

「あの人から連絡はあるの？」

いきなり訊かれて、弥生は智也に目を向けた。

「あの人って……」

弥生はそこまで言って、智也の視線の先にあるものに気づいた。

電車の中吊り広告だ。弥生もたまに買う月刊誌の広告に『黒蛇神事件』の文字が躍っている。

『特別寄稿　Sくんへの手紙』というタイトルと、『益田純一』という名前が見えて、急激に気持ちが落ち着かなくなった。

「連絡はないわ」

「気になる？」

智也に訊かれたが、答えることをためらった。

これから新宿で明菜と待ち合わせてデパートに行く。もうすぐ生まれてくる子供のために、弥生はベビーベッドを買ってやる約束をした。智也と明菜にとっては子供との新しい生活を考える大切な時間だ。へたなことを言って楽しい気持ちに水を差したくない。

「別におれに気を遣わないでいいよ」智也が言った。

「まったく気にならないと言ったら嘘になる。だけど……」

わたしたちにできることにはしょせん限界があるのだとも思っています――。

いつか村上に言われたことを思い出しながら、弥生は口を閉ざした。

自分たちが関わった少年たちが将来幸せになれるとはかぎらない。

村上が言うように、彼のこれからには果てのない茨の大地が広がっているだろう。

それでも彼には生きていってほしい。

二度と同じ過ちを繰り返さないで、自分の罪と被害者やその家族への償いの気持ちを深めながら、人間として強く生きていってほしい。

そして、できればその人生の中で、たったひとりでもいいから彼に寄り添ってくれる存在がいてほしい。

弥生はかぎりなく難しいことを心の中で願いながら、電車を降りた。

駅構内を歩いていると書店の前に平積みして置かれている雑誌にちらっと目を向けた。

「気になるんだろう」

その声に、弥生は智也のほうを振り向いた。

智也がその場に立ち止まって書店のほうに顎を向けている。

「別に……」

「待ち合わせの時間にはまだあるから。その代わり、ベッドの他にも娘のためにベビー服なんかも買ってほしいな。おれのバイトの給料じゃ高いものは買ってやれないから」

智也が笑いながら言った。

ふたりで書店に向かうと、智也はすぐに漫画雑誌を立ち読みし始めた。

弥生は『黒蛇神事件』という文字が表紙に躍る雑誌を手にして、ゆっくりと開いた。

36

『半年ほど前に、私はひとりの青年と知り合いました。

　地方都市のある工場で雇われることになった私は、同じ日に入社した彼と知り合い、ともに寮で生活することになりました。同い年であった私と彼はその後、いくつかの出来事を経ながら交流を深めていくことになります。

　わずか三ヶ月ほどの短い付き合いでしたが、彼と過ごした時間は私の人生においてとても忘れられない、重苦しい記憶として、今も心にこびりついています。

　その理由のひとつは、彼が黒蛇神事件の犯人であったということです。

　十五年前に起きたその事件について、ここで詳しく述べる必要もないと思います。十四歳の少年がふたりの子供を殺害して逮捕されたその事件は前代未聞の忌まわしい惨劇として、今も世間の人々の記憶に深く刻み込まれていることでしょう。

　私は彼と過ごした日々の一部をこの場をお借りしてしたためたいと思っています。

　もっともこれからここで書き記す事柄は、彼の現在の姿を知りたいと思ってこの雑誌を手に取られた人たちにとって、あまり興味をひくものではないかもしれません。

　ここで書かれることはあくまでも個人的な話であり、これをお読みになるかたにとっては意味のわからない記述が多々あると思われるからです。

私はたったひとりの人間に読んでもらいたいという思いで、これからの文章を書き記していきます。

つまり、これは私から彼に宛てた手紙です。

そんなものを公の媒体に発表するなとお叱りを受けることになるかもしれません。ただ、どんなに批判を浴びたとしても、これを彼に伝えなければ私は一生後悔することになるとの思いから、このような非常識とも思われかねない方法を取らせていただきました。

彼が今どこにいるのかわからない、彼との連絡の取りようもない私にとって、やむにやまれぬ手段であります。

今回、このような素人の雑文を発表させていただく機会を与えてくださった編集部に深く感謝いたします。

Sくんへ――

きみは今どこにいるのだろう。

あれからどんな思いで日々を生きているのだろう。

きみが姿を消してから、ぼくは毎日そんなことを考えながら生活しています。

初めて出会ったときには、まさかこれほどまでにきみという存在に思い悩まされることになるとは夢にも思っていなかった。

ぼくにとってきみはただの同い年の同僚に過ぎなかった。きみにとってもきっとそうだっただろう。

出会った頃のきみは異常なほどに人を寄せつけない雰囲気を漂わせていた。その理由は今となってはよくわかる。きみは自分の過去から、人と親しくなることを頑なに拒んでいたのだろう。

そんなきみがぼくに対して親しみを感じてくれるようになったきっかけを覚えているだろうか。

きみはぼくの隣の部屋で毎晩激しくうなされていた。誰に何を訴えているのかそのときにはわからなかったけど、生まれて初めて聞くような悲鳴にも似た唸り声を上げていた。そのことを指摘すると、自分だってすごくうなされてるとぼくに言い返した。

たしかにきみと出会ってから、ぼくは嫌な夢にうなされるようになった。

中学二年生のときに自殺した同級生のMくんが、どこかきみと似ていたからだ。

自殺してしまったMくんとぼくは同じ日に転校してきてクラスメートになった。つまり、あの会社に同じ日に入社して、ともに寮で生活を始めたときのきみとぼくの関係に似ていた。

Mくんもきみと同じように、転校してきた当初から人を寄せつけない雰囲気を漂わせていた。そういう態度がクラスメートたちからの反感を買うようになり、やがていじめの標的にされるようになった。

そして、知り合って半年後にMくんは自殺してしまった。

ぼくにとって思い出したくない記憶を、きみという存在によって呼び覚まされてしまったんだ。

ぼくがそのことを話すと、きみは「もし、自分が自殺したら悲しいと思うか？」と訊いてきたね。

あの頃のきみは、自分が犯してしまったあまりにも大きな罪に戦《おのの》きながら、死に場所を求めるように生きていたんじゃないだろうか？

そんなときに、ぼくが自殺なんかしないでほしいと思ってきみの質問に頷いたから、きみはぼくに対して特別な思いを抱くようになったんだろう。

だけど、正直なことを言うと、そのときのぼくにはきみに対して特別な思いなど少しもなかった。

ただ、自分が少しでも一緒に過ごした人間に自殺されるのが嫌だと思ったからに過ぎなかった。

Mくんのことを思い出したくない。Mくんが自殺した原因から目をそらし続けていたい一心だった。

あのとき話すことができなかったぼくの苦しみをここで話すよ。

Mくんはクラスメートの中でぼくにだけ心を開いてくれていたと思う。彼にとってはぼくが唯一の友達だったのだろう。ぼくもそのことはわかっていた。ぼくは他のクラスメートとも仲が良かったけど、それでもMくんはぼくにとって大切な友達だった。

だけど、ぼくはそのMくんを裏切ってしまったんだ。

ある日、Mくんからぼくに電話がかかってきた。Mくんはいじめの日々に肉体も精神もぼろぼろにされて自殺を考えていた。おそらくMくんはぼくに最後の救いを求める手を伸ばしてきたにちがいなかった。ぼくも彼の言葉や声音からそれをどこかで察していた。だけど、そのときのぼくはその手を振り払ってしまったんだ。

自分にいじめの火の粉が降りかかってくるのが怖くて、たった三十数人のクラスメートに立ち向かう勇気がなくて、彼を見捨ててしまった。

そして、その直後に手首を切ってMくんは自殺してしまった。

ぼくが裏切らなければ、ぼくにもっと勇気があれば、Mくんは死ぬことはなかったのだと思っている。

ぼくは今でもあのときの自分の罪に苦しんでいる。それと同時に、今は、あのときと同じ過ちを繰り返してはいけないと強く思っている。

きみはぼくに自分のことを話そうとしていたよね。

自分が犯してしまった大きな罪を。そして、自分が背負っている重い十字架を。

ぼくがどんな過去に苦しめられているのかを話したら、きみはぼくに自分の思いを打ち明けたいと言ったね。

あのときのぼくには、自分が犯してしまった過ちを見つめる勇気がなかった。

ぼくはきみの思いに何ら向き合うこともなく、ある雑誌にきみについての情報を勝手に出した。

あるとき、たまたまあるホームページで黒蛇神事件の犯人の写真を目にして、きみに似ていると感じた。きみが黒蛇神事件の犯人ではないかという疑念を抱いてから、ぼくはどうすればいいのかわからず苦しんでいた。

ぼくはきみがそうではないことを確認したくて、週刊誌の編集部で働いている先輩に、黒蛇神事件の犯人の元同級生を紹介してもらった。

それがきっかけであの雑誌に記事を載せることになったけど、その内容はぼくにとって不本意なものだった。

それもぼくの勇気のなさが原因だったんだ。

短い付き合いではあったけど、あのときのぼくは誰よりもきみのことを知っていたと思う。

おそらく日本中のほとんどの人が知っているきみという人間の、誰も知らない姿を。

きみがあの事件に対して何の反省もないまま生きているとは、ぼくは思っていない。

きみは自分が犯してしまった大きな罪についてぼくと一緒に悩みたいと言っていた。

それに、ぼくはきみの人間的な優しさも知っている。

いつだったか、寮で一緒に生活している人が酔いつぶれたときに、きみは自分が汚れるのもかまわずにその人のことを介抱してあげたね。

また、会社の同僚が苦しんでいるときに、自分のことのように泣いていたこともぼくは知っている。

ぼくが工場の機械で指を切断してしまったときに、きみはすぐに駆けつけてきて助けてくれた。

きみが切断された指を携帯のカメラに収めていたことから、ぼくはきみの中にある猟奇性が完全に改善されていないのではないだろうかと感じた。そして記事にもそのように出てしまった。

たしかにきみには普通の感覚からすると変わったところがあるのは否定しない。でも、きみが猟奇的な快楽の欲求を満たしたいために、ぼくのちぎれた指を拾って処置してくれたとは今では思っていない。

きみと付き合っていた間に、身の危険を感じたこともない。だけど、ぼくはそれらのことを記事にすることができなかった。世間の憎悪を一身に浴びる存在のきみを少しでも擁護することを恐れたからだ。

中学生のときに友達を見捨てたのと同じことをふたたびしてしまった。

きみはいつかぼくに言ったね。自分が犯してしまった罪とどうやって向き合い、これからどうやって生きていけばいいのかをぼくと一緒に考えたいと。だけど、今のぼくにはまだ、その問いかけには答えられない。

ぼくも自分が犯してしまった罪をどうやったら償うことができるのかと考え続け、悩み続けているところだからだ。

あれからぼくは中学生時代を過ごしていた街に戻って生活している。

自分が死なせてしまった友人の魂が眠る場所で生きながら、ひたすら喪に服する日々を送っている。

そして、仕事の合間を縫って、ぼくはきみによって殺された被害者のご遺族のもとを訪ね歩いている。

ジャーナリストでもなく、それどころかきみの知り合いだというぼくに対して、ほとんどのかたは不快感をあらわにしていた。

当然だろう。ぼくがやっていることは、ご遺族の心情を逆なでする行為だと非難されてもしかたがない。

それでも、ぼくはどうしてもそのかたたちの思いを聞きたかった。そのかたたちの苦しみや悲しみを、たとえその一端であったとしても感じたかった。

拒絶されながらも通い続けているうちに、何人かのかたはぼくに話をしてくださった。

事件に遭ってからの苦しい日々を、何十年経ったとしても決して癒されることのない傷ついた心を、そして自分の家族を殺した犯人についてどんなことを思っているのかを。

みなさんのお話を伺っているうちに、ぼく自身も胸がつぶれそうになるほどの悲しみを抱いた。

くはそれを聞かなければならないと思った。その理由はきみならわかるだろう。だけど、ぼきみに対する峻烈《しゅんれつ》な怒りに触れ、何度もその場を逃げ出したくなった。

この世に存在していることさえ許さないというほど、ご遺族のきみへの怒りはすさまじいものだった。

世間の人々の多くも、きみが自分たちと同じ社会にいることを望んではいないだろう。

だけどそのかたがたの言葉や意見に半分は共感しながらも、それでもぼくはきみに生きていってほしいと願っている。

そして、被害者のご遺族や世間の人々からの批判を承知で言うなら、きみのこれからの人生の中でときには楽しいことや、うれしいことがあってほしいと思っている。

きみが生き続けていくことが、さまざまな人と出会い、いろいろな経験をすることが、自分が奪ってしまったかけがえのない大切なものを知ることになると思うから。

そして、逃げることなく、自分の罪と向き合って、これからどうやって生きていけばいいのかを考え続けてほしい。

そう思っているのはぼくだけではない。きみが親しくしていたYさんもそう思っているんだ。

Yさんには、ぼくやきみと同い年の息子さんがいた。

息子さんは十六歳のときに無免許の居眠り運転で事故を起こしてしまい、三人の子供を死なせてしまったそうだ。

Yさんと奥さんは、息子さんが三人の子供を死なせてしまったという親の責任に激しく苦しんだ。どんなことをしても亡くなった子供たちは戻ってこない。亡くなった被害者やそのご遺族のことを考えると、自分たち家族がこれから一緒に暮らしていくことの罪悪感にとても耐えられない。Yさんは奥さんと悩み抜いた末に、〝家族をやめる〟という選択をしたそうだ。

奥さんとも息子さんとも離れ離れになって生活しながら、給料の一部を被害者遺族への賠償に充て続けているという。

正直なところ、ぼくにはその償いかたが正しいものなのかどうなのかわからないでいる。

もっとも、Yさんの選択をぼくがどうこう言えるものではないことも承知している。どういうことが被害者やご遺族にとっての本当の償いになるのか、ぼくにはまだわからない。きっとYさんもそうなのだと思う。

それほど人の命を奪った罪を償うということは、簡単に答えの出しようのない、難しいものなのだと痛感している。

Yさんは自分なりに悩み抜いて出した償いの形を続けながら、息子さんに願っているのと同じように、きみにも生きていってほしいと思っている。

自分が犯してしまった罪をきちんと見つめながら、どこかでしっかりと生きていってほしいと。

ぼくもきみに生きていてほしい。けっして自ら死を選ぶようなことはしないでほしい。

そして、もう一度きみに会いたい。

あのとき、きみがしようとしていた話を聞くために。そして自分が犯した罪を見つめながら、これからどうやって生きていけばいいのかを一緒に考えるために。

ぼくに会うことは、きみにとってとても辛いことでもあるだろう。

息をすることさえ罪深いことに思えるほどの厳しい言葉をきみに向けてしまうかもしれない。

それでも、きみとふたたび会うことができたなら、絶望的なほどに形の見えない「償い」というものをふたりで探し求めていけるなら、あのときの約束を果たしたい。

どんなことがあっても、きみの友達でい続けるということを。

益田純一』

解説

瀧井朝世

もしも親しくなった相手が、かつて重大な犯罪事件を起こしていたと分かったら、どうするか。

この難しい問題に真正面から取り組む作家がいたとしたら、それは薬丸岳しかいないだろう。江戸川乱歩賞を受賞したデビュー作『天使のナイフ』では少年犯罪、第二作『闇の底』では児童への性犯罪、第三作『虚夢』では刑法第三十九条の問題に踏み込むなど、犯罪の加害者と被害者がテーマの作品を多く持つからだ。そうした現代社会批判が込められた小説から、二転三転の展開が待つエンターテインメントまで、多くのミステリを発表してきた著者だが、本作『友罪』は初のノン・ミステリ。ドラマティックな謎解きも痛快などんでん返しもないが、冒頭に挙げた問いに対して主人公がどんな答えを導き出すのか、最終ページまで緊張感を持って読ませる重厚な小説だ。初出は『小説すばる』で二〇一〇年十月から二〇一二年九月まで連載され、単行本化は二〇一三年、そしてこのたび文庫化された。神戸連続児童殺傷事件を彷彿させる事件が登場するが、もちろん本作はフィクションである。また、後年まで読み継がれることを考えて念のため付け加えておくと、件の事件の元少年犯が手記を刊行したのは、本作品が発表された後のことだ。

ジャーナリストを目指していた益田純一は挫折を経て、再起の機会をうかがいながら町工場に住み込みの仕事を得たばかりだ。同じ日に入社した鈴木秀人は益田と同じ二十七歳。無口で人付き合いの悪い男だったが、益田とは少しずつ打ち解けあっていく。ある時、益田は元恋人のアナウンサーから十四年前に故郷で起きた「黒蛇神事件」について教えてほしいと連絡を受ける。それは日本中を震撼《しんかん》させた連続児童殺傷事件で、犯人は益田と同じ中学二年生、十四歳だった。六年前に医療少年院を仮退院した元少年の行方はマスコミも把握していないという。改めて事件を振り返るうちに、益田はその時の少年犯が鈴木ではないかという疑念を抱く。

その頃、彼らが務める工場の事務員、藤沢美代子は職場で起きたある出来事をきっかけに、鈴木に好意を抱き始めていた。また、鈴木には唯一連絡を取り合っている人物もいる。医療少年院にいた頃のサポートチームの一員、白石弥生だ。母親的な存在である彼女は、保護観察期間を過ぎた後も、親身になって接してきてくれる相手だ。益田、藤沢、白石の視点を通して物語は進行していく。

鈴木が過去に起こした事件は、先述のように実際に神戸で起きた事件を彷彿させる。

だが刊行時にインタビューした時、著者は「あの事件とはまったく違う、ということは強調しておきたい」と語っていた。事実に絡めてこの物語を思いついたというよりも、冒頭のテーマを考えた時に十四歳の重大な犯罪という設定が生まれていった、と考えたほうがよいだろう。実際の出来事や実在の人物がモデルだということではないのだ。

もうひとつ留意しておきたいのは、もちろんこれも読めば気づくだろうが、この物語は重大な事件を起こした人間が社会復帰後にどうなるかが主題ではない、ということだ。それよりも、今あなたの友人が犯罪者だと気づいてしまった人々の内面に光を当てた物語なのである。もしも、今あなたの身近にいて、とても好感を持っている相手にそういう過去があったとしたらあなたは何を感じるか。即座にその人を嫌いになるだろうか？　縁を切るだろうか？　益田たちが置かれているのは、そういう状況だ。

何がどうであろうと犯罪者との縁はすぐさま切る、という人だっているだろう。そうではなく、逡巡するとしたらどんな人物が主人公なのか。著者は益田たちの人生背景を丁寧に作りだしている。その事実は、彼らの言動に説得力を持たせると同時に、後ろめたい過去を持つ人間はみな、一生それを引きずらなくてはいけないのか、という問いをも生み出している。

もちろん、何の後ろめたさがなくても、本書を読み進めるうちに、鈴木を受け入れるかどうか、読み手の心も揺らいでいくだろう。非常に秀逸なのは、複数視点で進むこの物語において、鈴木の視点が挿入されていない点である。さらには、周囲の目を通して見ても彼が今現在、理性ある大人になっているのかどうか、判断しづらいように書かれているところ。そこに欲求不満を感じる読者もいるだろうが、それこそが本書の最大のポイントなのだ。鈴木のとらえどころのなさが益田たちだけではなく読み手をも動揺させ、翻弄し、最終的には深い境地へと導いていく。

もしも鈴木の視点が入るなりして彼の思いや個性がもっと色濃く描写されていたら、本作は鈴木という特定の人物の物語に固定されてしまう。しかし、彼の内面をあえて書かず、曖昧にしているからこそ、彼は象徴的存在となりえている。読者は「もしもこの鈴木という人が友人だったら」ではなく「もしもかつての少年犯が友人だったら」という、一般論として想像を巡らせることができるのだ。現実は個々のケースによって異なるため一般論に落とし込むのは意味がない、と思われるかもしれない。しかし、普遍性を持たせて考えるということは、さまざまな可能性に想像を及ばせられるという点で非常に有効だ。

その人が更生しているなら許せるのか。では、何をもって更生したと言えるのか。そもそも許す・許さないとは何なのか。その人が幸せになることを願えるのか。どんな風に生きてほしいと思うのか。すぐには答えられない問いが次々と湧き出てくる。明日自分も同じ立場になるかもしれない人々を主人公にすることで、この物語は私たちを試している。私たちに、自分と向き合わざるを得なくさせている。

著者自身も、自問自答しながら書き進めていったという。最終的に益田がどのような言葉を発するのかは事前に決めていなかったそうだ。ご本人が言っていることだが、もともと著者は厳罰派。少年犯罪に関心を抱くようになったのも、まだ作家デビューする前、女子高生コンクリート詰め殺人事件に衝撃を受けたことがきっかけ。事件を知った時に抱いた感情は遺族側に近いものだった。犯人である少年たちに心底怒りをおぼえ、少年法を理不尽に感じたそうだ。当時はそれをテーマにして小説を書くとは考えていなかったが、あまりに感情を揺さぶられた出来事だったため、そこから少年法などについて独自に調べるようになったという。

そんな著者が加害者を断罪するのではなく、逆に彼に呼びかける言葉を探す物語を書くとは意外である。だが、そういう人間が考えぬいたからこそ、安易な人道主義やセンチメンタリズムに陥ることなく、説得力のある言葉が生み出されている。益田が悩みぬき、相当な覚悟で最終的に導き出した言葉は、「感動した」などと言って片づけるのは呑気《のんき》すぎるし、「打ちのめされた」などと言いっ放しにしてはいけない気がしてしまう。同じような言葉を自分は言えるのか、言えないとしたらどこがどう違うのか、考えるうちに息苦しくなってくる。でも、益田たちの壮絶な決意や、その向こう側にある著者の覚悟に触れてしまったら、自分も真剣に考えねば、と思えてくるのだ。

本作で非常に難しいテーマにここまで切り込み、刊行直前には「どう読まれるのかまだ分からないので怖い」とまで語っていた著者。ここまで掘り下げて書きあげるには気力も体力も相当消耗しただろうと想像できる。だから当分はこのテーマから離れるのではないかと思ったら、それほど月日をおかずに再び少年犯罪をテーマにした、ノン・ミステリ『Aではない君と』を発表したので驚いた。しかも、輪をかけて息が詰まるような内容だ。『友罪』は過去の事件を扱った話であるが、こちらは事件が起きた直後の話で、主人公は加害者の少年ともっと近しい人物――父親なのだ。彼にとって十四歳の息子は「少年A」ではなく、生身の人間。確かに『友罪』の次に書くとしたら、この設定しかないだろう、と納得。少年法のシステムを物語に絡めて読ませつつ、こちらも胸が潰れる思いにさせる展開になっている。安易なヒューマニズムを導入したりしない著者の誠実さに心打たれるのは間違いない。こちらも、ぜひ。

（たきい・あさよ　ライター）

本書は、二〇一三年五月、集英社より刊行されました。
文庫化にあたり、加筆・修正を行いました。

初出誌　「小説すばる」
二〇一〇年十月号〜二〇一二年九月号

本書はフィクションであり、実在の個人・団体とは無関係であることをお断りいたします。

集英社文庫　目録（日本文学）

集英社文庫　目録（日本文学）

宮部みゆき　ここはボツコニアン 1
宮部みゆき　ここはボツコニアン 2 魔王がいた街
宮部みゆき　ここはボツコニアン 3 二軍三国志
宮部みゆき　ここはボツコニアン 4 ほらホラHorrorの村
宮部みゆき　ここはボツコニアン 5 FINAL ためらいの迷宮
宮本輝　焚火の終わり(上)(下)
宮本輝　海岸列車(上)(下)
宮本輝　水のかたち(上)(下)
宮本輝　いのちの姿　完全版
宮本輝　田園発　港行き自転車(上)(下)
宮本昌孝　藩校早春賦
宮本昌孝　夏雲あがれ(上)(下)
宮本昌孝　みならい忍法帖　入門篇
宮本昌孝　みならい忍法帖　応用篇
三好徹　興亡三国志一～五
武者小路実篤　友情・初恋

村上龍　テニスボーイの憂鬱(上)(下)
村上龍　ニューヨーク・シティ・マラソン
村上龍　ラッフルズホテル
村上龍　すべての男は消耗品である
村上龍　龍言飛語
村上龍　エクスタシー
村上龍　昭和歌謡大全集
村上龍　KYOKO
村上龍　はじめての夜　二度目の夜　最後の夜
村上龍　メランコリア
村上龍・中田英寿　文体とパスの精度
村上龍　タナトス
村上龍　2days 4girls
村上龍　69 sixty nine
村田沙耶香　ハコブネ
村山由佳　天使の卵　エンジェルス・エッグ

村山由佳　BAD KIDS
村山由佳　もう一度デジャ・ヴ
村山由佳　野生の風
村山由佳　きみのためにできること
村山由佳　キスまでの距離　おいしいコーヒーのいれ方Ⅰ
村山由佳　青のフェルマータ
村山由佳　僕らの夏　おいしいコーヒーのいれ方Ⅱ
村山由佳　彼女の朝　おいしいコーヒーのいれ方Ⅲ
村山由佳　翼　cry for the moon
村山由佳　雪の降る音　おいしいコーヒーのいれ方Ⅳ
村山由佳　緑の午後　おいしいコーヒーのいれ方Ⅴ
村山由佳　海を抱く　BAD KIDS
村山由佳　遠い背中　おいしいコーヒーのいれ方Ⅵ
村山由佳　夜明けまで1《ワン》マイル　somebody loves you
村山由佳　坂の途中　おいしいコーヒーのいれ方Ⅶ
村山由佳　優しい秘密　おいしいコーヒーのいれ方Ⅷ

集英社文庫 目録（日本文学）

村山由佳 聞きたい言葉 おいしいコーヒーのいれ方IX
村山由佳 天使の梯子
村山由佳 夢のあとさき おいしいコーヒーのいれ方X
村山由佳 ヘヴンリー・ブルー
村山由佳 蜂蜜色の瞳 おいしいコーヒーのいれ方 Second Season I
村山由佳 明日の約束 おいしいコーヒーのいれ方 Second Season II
村山由佳 約束 —村山由佳の絵のない絵本—
村山由佳 消せない告白 おいしいコーヒーのいれ方 Second Season III
村山由佳 凍える月 おいしいコーヒーのいれ方 Second Season IV
村山由佳 雲の果て おいしいコーヒーのいれ方 Second Season V
村山由佳 彼方の声 おいしいコーヒーのいれ方 Second Season VI
村山由佳 遥かなる水の音
村山由佳 記憶の海 おいしいコーヒーのいれ方 Second Season VII
村山由佳 地図のない旅 おいしいコーヒーのいれ方 Second Season VIII
村山由佳 放蕩記
村山由佳 天使の柩

群ようこ トラちゃん
群ようこ 姉の結婚
群ようこ でも女
群ようこ トラブルクッキング
群ようこ 働く女
群ようこ きもの365日
群ようこ 小美代姐《こみよねえ》さん花乱万丈《からんばんじょう》
群ようこ ひとりの女
群ようこ 小美代姐さん愛縁奇縁
群ようこ 小福歳時記
群ようこ 母のはなし
群ようこ 衣もろもろ
群ようこ 衣にちにち
室井佑月 血《あか》い花《はな》
室井佑月 作家の花道
室井佑月 ああ〜ん、あんあん

室井佑月 ドラゴンフライ
室井佑月 ラブ ゴーゴー
室井佑月 ラブ ファイアー
タカコ・半沢・メロジー もっとトマトで美食同源！
毛利志生子 風の王国
茂木健一郎 ピンチに勝てる脳
百舌涼一 生協のルイーダさん あるバイトの物語
望月諒子 神の手
望月諒子 腐葉土
望月諒子 田崎教授の死を巡る 桜子准教授の考察
望月諒子 鱈《たら》目《め》講師の恋と呪殺。 桜子准教授の考察
森絵都 永遠の出口
森絵都 ショート・トリップ
森絵都 屋久島ジュウソウ
森鷗外 舞姫
森鷗外 高瀬舟

集英社文庫　目録（日本文学）

森達也　A3《エースリー》(上)(下)
森博嗣　墜ちていく僕たち
森博嗣　工作少年の日々
森博嗣　ゾラ・一撃・さようなら Zola with a Blow and Goodbye
森博嗣　暗闇・キッス・それだけで Only the Darkness or Her Kiss
森まゆみ　寺暮らし
森まゆみ　その日暮らし
森まゆみ　旅暮らし
森まゆみ　貧楽暮らし
森まゆみ　女三人のシベリア鉄道
森まゆみ　いで湯暮らし
森まゆみ　『青鞜』の冒険 女が集まって雑誌をつくるということ
森瑤子　情事
森瑤子　嫉妬
森見登美彦　宵山万華鏡
森村誠一　壁の目 新・文学賞殺人事件

森村誠一　終着駅
森村誠一　腐蝕花壇
森村誠一　山の屍
森村誠一　砂の碑銘
森村誠一　悪しき星座
森村誠一　黒い神《み》座《くら》
森村誠一　ガラスの恋人
森村誠一　社《しゃ》奴《ど》
森村誠一　勇者の証明
森村誠一　復讐の花期 君に白い羽根を返せ
森村誠一　凍土の狩人
森村誠一　悪の戴冠式
諸田玲子　月を吐く
諸田玲子　髭麻呂 王朝捕物控え
諸田玲子　恋縫
諸田玲子　おんな泉岳寺

諸田玲子　狸穴《まみあな》あいあい坂
諸田玲子　炎天の雪(上)(下)
諸田玲子　恋かたみ 狸穴あいあい坂
諸田玲子　四十八人目の忠臣
諸田玲子　心がわり 狸穴あいあい坂
八木圭一　手がかりは一皿の中に
八木原一恵・編訳　封神演義 前編
八木原一恵・編訳　封神演義 後編
矢口敦子　祈りの朝
矢口敦子　最後の手紙
矢口史靖　小説 ロボジー
薬丸岳　友罪
八坂裕子　幸運の99%は話し方できまる！
安田依央　たぶらかし
安田依央　終活ファッションショー
柳澤桂子　愛をこめ いのち見つめて

集英社文庫　目録（日本文学）

柳澤桂子　生命《いのち》の不思議
柳澤桂子　ヒトゲノムとあなた
柳澤桂子　すべてのいのちが愛《いと》おしい　生命科学者から孫へのメッセージ
柳澤桂子　永遠のなかに生きる
柳田国男　遠野物語
矢野隆　蛇衆
矢野隆　慶長風雲録
矢野隆　斗《とう》棋《ぎ》
山内マリコ　パリ行ったことないの
山川方夫　夏の葬列
山川方夫　安南の王子
山口百恵　蒼い時
山﨑宇子　ラブ×ドック
山崎ナオコーラ　「『ジューシー』ってなんですか?」
山田詠美　メイク・ミー・シック
山田詠美　熱帯安楽椅子
山田詠美　色彩の息子
山田詠美　ラビット病
山田かまち　17歳のポケット
山中伸弥・畑中正一　iPS細胞ができた!　ひろがる人類の夢
山前譲・編　文豪の探偵小説
山前譲・編　文豪のミステリー小説
山本一力　銭売り賽《さい》蔵《ぞう》
山本一力　戌《いぬ》亥《い》の追風《おいて》
山本兼一　雷神の筒
山本兼一　ジパング島発見記
山本兼一　命もいらず名もいらず(上)　幕末篇
山本兼一　命もいらず名もいらず(下)　明治篇
山本兼一　修羅走る　関ヶ原
山本文緒　あなたには帰る家がある
山本文緒　ぼくのパジャマでおやすみ
山本文緒　おひさまのブランケット
山本文緒　シュガーレス・ラヴ
山本文緒　まぶしくて見えない
山本文緒　落花流水
山本幸久　笑う招き猫
山本幸久　はなうた日和
山本幸久　男は敵、女はもっと敵
山本幸久　美晴さんランナウェイ
山本幸久　床屋さんへちょっと
山本幸久　GO!GO!アリゲーターズ
唯川恵　さよならをするために
唯川恵　彼女は恋を我慢できない
唯川恵　OL10年やりました
唯川恵　シフォンの風
唯川恵　キスよりもせつなく
唯川恵　ロンリー・コンプレックス
唯川恵　彼の隣りの席

集英社文庫　目録（日本文学）

唯川恵　ただそれだけの片想い
唯川恵　孤独で優しい夜
唯川恵　恋人はいつも不在
唯川恵　あなたへの日々
唯川恵　シングル・ブルー
唯川恵　愛しても届かない
唯川恵　イブの憂鬱
唯川恵　めまい
唯川恵　病む月
唯川恵　明日はじめる恋のために
唯川恵　海色の午後
唯川恵　肩ごしの恋人
唯川恵　ベター・ハーフ
唯川恵　今夜 誰のとなりで眠る
唯川恵　愛には少し足りない
唯川恵　彼女の嫌いな彼女

唯川恵　愛に似たもの
唯川恵　瑠璃でもなく、玻璃でもなく
唯川恵　今夜は心だけ抱いて
唯川恵　天に堕ちる
唯川恵　手のひらの砂漠
湯川豊　須賀敦子を読む
行成薫　名も無き世界のエンドロール
夢枕獏　神々の山嶺《いただき》(上)(下)
夢枕獏　黒塚 KUROZUKA
夢枕獏　ものいふ髑髏《どくろ》
養老静江　ひとりでは生きられない ある女医の95年
横幕智裕　監査役 野崎修平　周良貨／能田茂・原作
横森理香　凍った蜜の月
横森理香　30歳からハッピーに生きるコツ
横山秀夫　第三の時効
吉川トリコ　しゃぼん

吉川トリコ　夢見るころはすぎない
吉木伸子　スーパースキンケア術 あなたの肌はまだまだキレイになる
吉沢久子　老いをたのしんで生きる方法
吉沢久子　老いのさわやかひとり暮らし
吉沢久子　花の家事ごよみ 四季を楽しむ暮らし方
吉沢久子　老いの達人幸せ歳時記
吉田修一　初恋温泉
吉田修一　あの空の下で
吉田修一　空の冒険
吉永小百合　夢の続き
吉村達也　やさしく殺して
吉村達也　別れてください
吉村達也　セカンド・ワイフ
吉村達也　禁じられた遊び
吉村達也　私の遠藤くん
吉村達也　家族会議

集英社文庫　目録（日本文学）

集英社文庫

友《ゆう》　罪《ざい》

2015年11月25日　第１刷
2018年６月17日　第14刷

定価はカバーに表示してあります。

著　者　薬丸《やくまる》　岳《がく》

発行者　村田登志江

発行所　株式会社　集英社
東京都千代田区一ツ橋2-5-10　〒101-8050
電話　【編集部】03-3230-6095
【読者係】03-3230-6080
【販売部】03-3230-6393（書店専用）

印　刷　凸版印刷株式会社

製　本　加藤製本株式会社

フォーマットデザイン　アリヤマデザインストア　　マークデザイン　居山浩二

ISBN978-4-08-745379-9 C0193